国家社科基金一般项目
"现代西方审丑美学研究（24BZX054)"成果

[德] 卡尔·罗森克兰兹 著

Aesthetik
des
Hässlichen

丑的

美学

潘道正 译

万卷出版有限责任公司
VOLUMES PUBLISHING COMPANY

图书在版编目（CIP）数据

丑的美学 / （德）卡尔·罗森克兰兹著；潘道正译.
沈阳：万卷出版有限责任公司，2025. 7. -- ISBN 978
-7-5470-6706-2

Ⅰ. B83
中国国家版本馆CIP数据核字第2024DF0455号

出 品 人：王维良
出版发行：万卷出版有限责任公司
　　　　　（地址：沈阳市和平区十一纬路29号　邮编：110003）
印 刷 者：辽宁新华印务有限公司
经 销 者：全国新华书店
幅面尺寸：170mm×240mm
字　　数：500千字
印　　张：32.5
出版时间：2025年7月第1版
印刷时间：2025年7月第1次印刷
责任编辑：王　越
责任校对：刘　璠
装帧设计：李英辉
ISBN 978-7-5470-6706-2
定　　价：128.00元
联系电话：024-23284090
传　　真：024-23284448

目 录
Contents

中译者序

卡尔·罗森克兰兹（Karl Rosenkranz，1805—1879），19世纪中后期德国最具代表性的哲学家之一。他是黑格尔亲口认证的最好的学生，当时最为出色的黑格尔主义者，同时又是哥尼斯堡大学康德讲席教授、康德全集的编撰者。罗森克兰兹学生时代先后追随施莱尔马赫（Schleiermacher）、黑格尔，研究哲学之余，热衷于德国文学、浪漫主义文学、中世纪文学艺术，并进行了广泛深入的研究，伟大的诗人但丁、画家米开朗琪罗乃至音乐家斯波尔（Spohr）等，以鲜活的形象为他揭开了一个前所未闻的"黑暗王国"，那儿不仅有邪恶的人间地狱，更有令人恐怖的心灵深渊。在罗森克兰兹看来，比起灿若千阳、星辰大海，黑暗世界所展示的人性的深度有过之而无不及，因而值得深入研究。而从哲学的角度来看，丑无疑是最适当的切入点，毕竟，地狱不仅有邪恶，更有丑陋。然而，罗森克兰兹发现同当时持续百年的"审美热"相比，人们对丑的研究远远不够，"优美艺术的理论、良好趣味的立法、审美的科学，已经在文明的欧洲人间传布了一个多世纪，他们尽可能多地接受了相关教育，尽管如此，丑的观念虽随处可遇，却远远落后了"[1]。有鉴于此，出于哲学家强烈的责任感，罗森克兰兹决定为"公共的利益"做点什么。于是，他开始收集资料——不仅有纸上的资料，更有自然现实中的资料，历时十五年之久，终于完成了一部里程碑式的著作《丑的美学》，"发现了一个丑的世界，从最初混沌的薄雾，从无形态和不对称，到那被称为滑稽丑怪的杂多残损的美的事物中最密集的构成物，可谓应有尽有"[2]。《丑的美学》出版于1853年，距鲍姆嘉登（Baumgarten）出版《美学》刚好一百年，它集德国古典美学审丑思想之大成，又自成体系，开创了现代美学的一个审丑传统。

　　《丑的美学》当然不可能是凭空创作出来的。尽管罗森克兰兹抱怨在他之前人们对丑的研究很不重视，甚至还有很多片面歪曲的论断，但不可否认自鲍姆嘉登以降百年来，仅在德国就已经出现了很多成熟的审丑理论。美和丑相反相成，美在德国古典美学中被推至巅峰时，丑也变得格外醒目，成了美学家们绕不开的话题。鲍姆嘉登在定义"美"时，就相应地定义了"丑"："美学的目的是感性认识本身的完善（完善感性认识）。而这完善也就是美。据此，感性认识的不完善就是丑，这是应当避免的。"[3]只不过鲍姆嘉登并未对丑做进一步的研究。而当"德国古典主义之父"温克尔曼以古希腊雕塑《拉奥孔》为例把对古典美的崇拜推向极端的时候，莱辛就从中发现了丑的问题。温克尔曼说拉奥孔被蛇缠绕痛苦不堪，在《埃涅阿斯纪》（Aeneid）中哀号不已，雕塑中

1　　本书第10页。

2　　本书前言第1页。

3　　鲍姆加登：《美学》，简明、王旭晓译，文化艺术出版社，1987，第18页。

却显得很平静，"古希腊作品终极的、最突出的特征就是姿态、表情上高贵的单纯和静穆的伟大"[4]。那么雕塑中的拉奥孔为什么没有像史诗中那样哀号？这引起了莱辛的思考。1766年，莱辛出版了"德国古典美学发展中的纪念坊"（朱光潜语）式的著作《拉奥孔或称论画与诗的界限》，对温克尔曼的观点进行了反驳："雕刻家要在既定的身体苦痛的情况之下表现出最高度的美。身体苦痛的情况之下的激烈的形体扭曲和最高度的美是不相容的。所以他不得不把身体苦痛冲淡，把哀号化为轻微的叹息。这并非因为哀号就显出心灵不高贵，而是因为哀号会使面孔扭曲，令人恶心。"[5]莱辛进而极富创造性地从艺术表现形式的角度分析了诗、画分别作为时间和空间的艺术在表现丑时的界限，"在诗里，形体的丑由于把在空间中并列的部分转化为在时间中承续的部分，就几乎完全失去它的不愉快的效果，因此仿佛也就失其为丑了，所以它可以和其他形状更紧密地结合在一起，去产生一种新的特殊的效果。在绘画里情形却不如此，丑的一切力量会同时发挥出来，它所产生的效果并不比在自然里弱多少"[6]。莱辛的《拉奥孔或称论画与诗的界限》主题是"论画与诗的界限"，也的确用了大约三分之二的篇幅辨析画与诗的区别，但最终的目的却是解释"诗人怎样利用丑"以及"丑如何作为绘画的题

4　Johann Joachim Winckelmann, *Reflections on the Painting and Sculpture of the Greeks*, tr. Henry Fusseli（London: printed for the Translator, 1765）, 30.

5　莱辛：《拉奥孔或称论画与诗的界限》，朱光潜译，人民文学出版社，1979，第16页。

6　莱辛：《拉奥孔或称论画与诗的界限》，朱光潜译，人民文学出版社，1979，第137页。

材"这样的核心问题，因此从最终主旨来看，可以说这是一部不折不扣的关于"艺术丑"的专著。罗森克兰兹对其赞赏有加，视莱辛为"真正的开创者"。

《拉奥孔或称论画与诗的界限》让"艺术丑"登堂入室，自然引起了广泛的争议。温克尔曼狂热的崇拜者、狂飙突进运动青年领袖赫尔德尔于1769年发表长文《批评论丛，或关于美的艺术和科学的反思》，逐一反驳莱辛的观点，并提出了影响深远的"丑陋的美"："并非所有可笑的事物都是丑的。在完善和不完善之间大量无害的事物中，还有可称为'丑陋的美'的事物。……同理，并非所有可恐怖的东西都必然是丑的。"[7]赫尔德尔以"或然性"对诸多"艺术丑"概念之间关系的解释极富启发性，拓展了艺术丑问题的论域。伟大的歌德始终关注着"拉奥孔之争"，但他主要是通过对哥特式建筑的研究提出了"特征化"理论，为艺术表现丑正名并立法。在歌德看来，生成艺术的是内在的"创造性力量"，外在的"特征化"则提供了艺术之为艺术的形式。"特征化的艺术事实上是唯一真实的艺术。"[8]"特征化"可以消除美丑之间的界限，因为就算是"稀奇古怪的图案、可怕的形式"，只要"特征化"就成了美的艺术。就此而言，"特征化"更像审丑原则：从此，丑

---

7   Johann Gottfried Herder，"Critical Forests，or Reflections on the Art and Science
     of the Beautiful，"*Selected Writings on Aesthetics*，tr. & ed. Gregory Moore
     （Oxford：Preinceton University Press，2006），168-169.

8   Johann Wolfgang von Goethe，"On German Architecture（1772），"*Essays
     on Art and Literature*，ed. John Gearey，tr. Ellen von Nardroff and Ernest H. Von
     Nardroff（New York：Sunhrkamp Publishers，1986），7-8.

的事物找到了合法地进入艺术的特征化之路。罗森克兰兹及后来的鲍桑葵（Bosanguet）都对歌德的特征化理论推崇备至。温克尔曼在以《拉奥孔》颂扬古代艺术时，毫不留情地贬低了"现代艺术"："这是怎样的对比！我们现代艺术家的趣味与此直接对立，年轻艺术家尤甚！他们胆大妄为，但所能做的似乎就只有致力于扭曲和奇怪的姿势，他们这么做时貌似精神焕发，满怀真诚。"[9]温克尔曼坚持认为古代艺术是美的，现代艺术是丑的。这对像弗里德里希·冯·施莱格尔（Friedrich von Schlegel）这样年轻的批评家造成了很大的困惑。施莱格尔像席勒、歌德一样首先是个"古典主义的狂热爱好者"[10]。但对以莎士比亚甚至歌德的诗歌为代表的现代艺术又叹服不已。1797年，施莱格尔发表了《古希腊诗歌研究》，开篇就怒斥现代诗歌是丑的代名词："不仅最杰出的诗歌都在公开表现丑，而且还成了现代诗歌的指导原则。"[11]但在分析莎士比亚诗歌的魅力时，又以自然的名义，肯定了丑的巨大功用。"自然产生美和丑，它们相互混杂，且同样丰富，莎士比亚也是如此。就整体而言，他的戏剧没有一部是美的；在整体安排上，美从未起过决定性的作用。就像在自然中一样，哪怕是最独特的美的要素也难免附着的丑，它们都只是另一个目的的方法。它们都服务于'特征化'或哲学

9　Johann Joachim Winckelmann, *Reflections on the Painting and Sculpture of the Greeks*, tr. Henry Fusseli（London：printed for the Translator，1765），33.

10　Friedrich Schlegel, *On the Study of Greek Poetry*, tr. And ed. Stuart Barnett（New York：State University of New York Press，2001），1.

11　Friedrich Schlegel, *On the Study of Greek Poetry*, tr. And ed. Stuart Barnett（New York：State University of New York Press，2001），18.

兴趣。"[12]于是，"施莱格尔明确建议，把丑作为理论研究的对象，且倾向于把它完全排除在美的范围之外，但是却发现丑不可避免地闯了进来"[13]。最终，施莱格尔被鲍桑葵誉为"第一次把丑作为解释美的重要原因加以讨论"[14]的理论家。

　　当然，作为罗森克兰兹哲学导师的黑格尔的影响更全面直接。尽管在黑格尔的美的概念中没有丑的位置，但在艺术哲学和自然的层面上，他还是不可避免地谈到了丑。众所周知，黑格尔认为"美是理念的感性显现"，"当概念与外在形貌存在于统一体中时，理念不仅是真的，也是美的。因此，美的事物被'特征化'为理念的纯粹的感性显现"[15]。具体到艺术，就是意义和形态的统一，"艺术的使命在于，以感性艺术构造的形式展现、揭示真理，而在这种展现和揭示中，它的目的得到自我实现"[16]。"对抗得到和解"之后生成的艺术必然是美的，甚至可以说艺术之所以为艺术是因为它不是丑的。但是，黑格尔也绕不开公认的艺术丑问题。事实上，黑格尔非常熟悉有"德国苏格拉底"之

12　Friedrich Schlegel, *On the Study of Greek Poetry*, tr. And ed. Stuart Barnett（New York：State University of New York Press，2001），34.

13　Barnard Bosanquet，"The Aesthetic Theory of Ugliness"，*Proceedings of the Aristotelian Society*，Vol. 1，No. 3（1889–1890），394.

14　Barnard Bosanquet，"The Aesthetic Theory of Ugliness"，*Proceedings of the Aristotelian Society*，Vol. 1，No. 3（1889–1890），37.

15　G. W. F. Hegel, *Aesthetics：Lectures on Fine Art*, Vol I. trans. T.M. Knox（Oxford：Oxford University Press，1975），111.

16　G. W. F. Hegel, *Aesthetics：Lectures on Fine Art*, Vol I. trans. T.M. Knox（Oxford：Oxford University Press，1975），55.

称的摩西·门德尔松的相关论述。门德尔松从情感出发，提出了著名的
"混合情感论"："这就是我们情感的本性。一点痛苦，混合到甜蜜的
快乐中，会增加愉悦，使甜蜜加倍。"[17]艺术也因此更能激动人心。门
德尔松由此也肯定了丑在艺术中的合法性。但黑格尔认为后者立足于主
体情感反应的研究不可能深入下去，"因为情感是精神不确定的、模
糊的领域，能被感知的情感仍然被包裹于最抽象的个人主体性形式之
中，因而情感之间的差异也是完全抽象的，不像事物自身的差异那么明
晰。……这种害怕的情感不能靠自身控制任何内容，相反，它可以接受
最多变的、对立的内容。这样的情感完全是空洞的主观意向形式"[18]。
在黑格尔看来，这个问题必须被置于理念和形态辩证统一的过程中才能
得到深入的解释，即艺术丑是由这过程中的"冲突"造成的，"理念
的美恰恰在于理念自身不受干扰的统一、平静和完善。冲突扰乱了这种
和谐，置先天统一的理念于不一致和对立之中。于是，通过再现这样一
种扰乱，理念自身也被扰乱了，于此艺术的任务只能是：一方面，阻止
自由的美在差异中消亡；另一方面，表现这种不统一及其冲突，由此出
发，通过冲突的解决，实现和谐"[19]。而"冲突"被推进到何种程度则
取决于不同的艺术形式，取决于艺术形式"承受不一致的能力"。就此

17　Moses Mendelssohn, *Philosophical Writings*, tr. And ed., Daniel O. Dahlstrom
　　（Cambridge：Cambridge University Press，1997），74.

18　G. W. F. Hegel, *Aesthetics：Lectures on Fine Art*，Vol I. trans. T.M. Knox
　　（Oxford：Oxford University Press，1975），31–32.

19　G. W. F. Hegel, *Aesthetics：Lectures on Fine Art*，Vol I. trans. T.M. Knox
　　（Oxford：Oxford University Press，1975），205.

而言，诗歌比雕塑等视觉艺术更适于表现丑陋，"诗歌在描述内在情感时，几乎可以达至极端绝望的痛苦；在描述外在世界时，则可以表现绝对的丑陋。但是在视觉艺术中，如绘画，特别是雕塑，外在形态固定在那儿，永远不会被取代，不会像音符那样一再迅速消失。当丑不可能得到解决时，如实地表现丑就是一个错误。因此，适合于诗歌的事物并非都适合视觉艺术，毕竟诗歌只是让丑陋的事物呈现一会儿，随后就消失了"[20]。这明显受到莱辛的影响，但黑格尔的重点是丑在艺术表现过程中的解决，而这一点对罗森克兰兹丑的美学具有重要的意义。黑格尔关于丑的屈指可数的论述主要涉及自然物。然而，从理念的高度来看，自然丑的存在同样成问题：一方面，自然物之所以美，是因为"自然以概念和理念相结合后的具体形态呈现于感觉，……自然之所以是美的不外乎概念的预设"[21]，而这样的自然物不可能是丑的；另一方面，没有结合预设"概念"的自然物则无所谓美、丑。但同样绕不开的是，人们总是普遍认为某些自然物是丑的。如何解释这种常识？黑格尔认为这种认识是由人们长期养成的"习性"造成的，"习性不过是一再重复的、纯粹的主观必然性。例如，按照这个标准，我们可能认为有些动物是丑陋的，因为它们表现出来的有机体同我们惯常观察到的相异或相

---

20   G. W. F. Hegel, *Aesthetics: Lectures on Fine Art*, Vol I. trans. T.M. Knox
      （Oxford: Oxford University Press, 1975）, 205.

21   G. W. F. Hegel, *Aesthetics: Lectures on Fine Art*, Vol I. trans. T.M. Knox
      （Oxford: Oxford University Press, 1975）, 129–130.

冲突"。[22]比如人们认为两只眼睛长在一边的鱼是丑的，就是因为不习惯。形成"习性"的主导原因似乎在于人类的"生命观念"，"根据我们的生命观点、生命真实概念预设理论以及习惯类型的观点，我们可以区分动物的美与丑，例如，树獭是令人不快的，因为它显现为昏沉的不活泼状态，它总是痛苦地拖着自己往前移动，它的整个生命方式都展现了它缺少迅速移动的能力和灵活性。灵活性和机动性正是生命较高真实性的体现。同样，我们无法在两栖类动物、许多鱼类、鳄鱼、蟾蜍、大量昆虫身上发现美，而混合体尤甚，它们正处于由一种具体形式向另一种形式过渡阶段，多种形体混合在一起，或许会让我们惊异，但它们并不美"。[23]黑格尔认为自然丑是人们的习性使然，这给了罗森克兰兹很大的启发，被他直接运用于解释由知性丑导致的面相丑，"作为知性丑，邪恶一旦成为人之习性，必然导致面相上的丑陋"[24]。黑格尔对罗森克兰兹最根本的影响还是在方法上。按照鲍桑葵的说法，"黑格尔关于美的观念自始至终都是如此肯定，以至于他不可能给予该研究之外的问题——如美的否定——以特别的关注。"但是，"如果我们能够穷尽肯定，那么就能轻易地推断出各种类型否定之所在。迄今为止，他的方

22　G. W. F. Hegel, *Aesthetics: Lectures on Fine Art*, Vol I. trans. T.M. Knox（Oxford：Oxford University Press，1975），127.

23　G. W. F. Hegel, *Aesthetics: Lectures on Fine Art*, Vol I. trans. T.M. Knox，（Oxford：Oxford University Press，1975），130–131.

24　本书第30页。

法在指导性上要远远超过其他许多纯粹的理论"[25]。罗森克兰兹就是运用黑格尔的辩证法，以美的概念为出发点，把各种对立的范畴统一起来，最终形成了系统的"丑的美学"。

所有以上这些审丑理论，都为罗森克兰兹准备了"巨人的肩膀"。罗森克兰兹对德国哲学在审丑研究上的贡献给予充分肯定的同时，对其局限性也有着清醒的认识："无论如何，德国哲学仍值得赞扬，因为它有勇气第一次把丑理解为审美之否定理念，理解为美学中不可分割的部分，同时意识到是美把丑陋的事物引入了喜剧。这都是不可否认的发现，否定的美由此实现了自身。但是，丑的概念并没有得到相应的提升，一部分原因是人们普遍对其缺少兴趣，另一部分原因是片面沉湎于灵性主义的态度——他们过度专注于解释莎士比亚和歌德、拜伦和考洛特-霍夫曼（Callot-Hoffman）所塑造的一些人物形象。"[26]在审丑领域，德国哲学最大的成就就是在坚持丑从属美的前提下，证明了丑在艺术中的合法性。但也仅此而已，毕竟，用鲍桑葵的话说，德国哲学家们"关于美的概念丰富而强大"[27]，客观上不仅不允许他们专注于丑的研究，也容不下一个独立的丑的观念，而这正是罗森克兰兹努力的方向和要解决的问题："一般认为，丑产生的是卑下而非崇高，是恶心而非愉悦，是滑稽而非理想，但这些都是曲解，我所做的就是要证明在美中，

25   Bernard Bosanquet, *A History of Aesthetic*（London：George Allen& Unwin Ltd，1949），355.

26   本书第10页。

27   Bernard Bosanquet, *A History of Aesthetic*（London：George Allen& Unwin Ltd，1949），394.

丑是怎样一种积极的设定。"[28]在美、丑关系中，美是绝对的，丑是从属的，丑在美之中，这是德国古典美学的基本命题，也是罗森克兰兹始终坚持的观点，"美，就像善，是绝对的；而丑，就像恶，只是某种相对的东西。"[29]这是罗森克兰兹"丑的美学"不可动摇的基本原则，正因此，对丑的研究"必须从对美的概念的追溯开始"。然而，罗森克兰兹又要证明，丑虽在美之中，却是独立的存在，对于艺术来说是积极的设定。这儿有个明显的矛盾：既然从属于美，又怎么能独立呢？罗森克兰兹自然不可能看不到："丑是美的对立面，因此，丑的审美可能听起来就像说木的铁。"[30]在分析"美的丑"时，罗森克兰兹又客观地指出，艺术真正的动机"在于心灵对纯粹的、无杂质的美的追求"，生成美是艺术的任务，"那么当我们注意到艺术也产生丑时，这看起丒岂不是最大的矛盾？"[31]

那么，如何解决这个矛盾呢？

罗森克兰兹首先反驳了两种流行的观点：一是艺术的确能产生丑，

28　本书前言第1页。

29　本书第13页。

30　本书第11页。"木铁"一词源自古希腊语，意指把两种不相干的东西（有机的木和无机的铁）结合在一起，用以表达对立面之间的不可能性，在德语中是众所周知的逆喻。

31　本书第35页。

却以美的方式；二是美需要利用丑让自身显得更美。[32]对于第一种看法，罗森克兰兹似乎认为不值一提，因为它违背了一个公认的前提，即丑的事物永远不可能变成美的事物，因此第一种观点非但没有解决矛盾反而加深了矛盾。罗森克兰兹重点反驳了第二种观点，在他看来，美是绝对的、自足的，根本不需要什么反衬，"作为理念的感性显现，美本身是绝对的，无须任何外在的支撑，也无须对立面来彰显。丑不会让它变得更美。丑在美的边上并不能如人们预想中的那般增加美，它只不过激发愉悦，以便我们在感受美时更加生动"，而且，"任何此类陪衬都会被发现产生干扰"。[33]罗森克兰兹自己的解决办法是典型的"黑格尔式的"，他首先基于黑格尔的"理念论"，肯定了艺术丑的客观存在。艺术作为理念的感性显现，意味着必然需要感性要素，而要表现一个总体意义上的理念就必须要有全面的感性要素，体现在外观上，就是所有从偶然性和任意性中生发出来的形式都有存在的可能性，这之中不可避免会有丑的形式，"理念需要保存自身法则的整体统一性。如果艺术希望表达的不只是理念的单一的经验，它就不可能避免丑陋。纯粹理念呈现于我们的是最重要的美的时刻，是积极的，但是自然和心灵难道不

32　第一个观点显然来自康德，他在《判断力批判》"美的分析"中说："美的艺术的优点恰好表现在，它美丽地描写那些在自然界将会是丑的或讨厌的事物。"（康德：《判断力批判》，邓晓芒译，杨祖陶校，人民出版社，2002，第156页。）而第二个观点很容易让人联想到门德尔松广为流传的论断："这就是我们情感的本性。一点痛苦，混合到甜蜜的快乐中，会增加愉悦，使甜蜜加倍。"［Moses Mendelssohn, *Philosophical Writings*, Daniel O. Dahlstrom tr. And ed.（Cambridge：Cambridge University Press，1997），74.］

33　本书第36页。

应该以其全部戏剧性的深度得以再现吗？如此，自然的丑陋、邪恶和魔鬼般的事物便不可或缺"[34]。其次，美和丑既然是对立的，又如何在艺术中实现了统一？这就是辩证法的问题了。美是肯定，丑是美的否定，前者会克服后者，实现更高层次的肯定，罗森克兰兹对此，有明白无误的论述："丑与美之间的这种可自行消亡转圜的关联，令丑具有了超越自身的可能性，即作为否定的美的存在，可消解其相对于美的对立，回归同美的合一。在此过程中，美表现为一种力量，持续地抑制着丑的反抗。经如此这般的美化，无尽的愉悦就在我们的微笑和欢乐中发生了。在这一过程中，丑也把自己从混沌不明的自我中解放出来；它承认了自己的无力，并生成了可喜的东西。所有这些喜剧化的东西都内蕴着一个契机，否定性地关联着单纯的理念，只是这否定性在喜剧化的呈现过程中会逐渐消减，直至于无。与此同时，一旦其自身中否定的一面消失了，肯定性的理念就得到了确认。"[35]具体到形而下的艺术，即丑可以进入艺术，但必须为美所收服，因为只有这样才不至于同艺术所追求的目标相矛盾，而在艺术同一体中，美、丑关系密切，基于美的绝对地位，丑会自我消解其同美的对立，与美同归整一。在这过程中，美作为一种力量自我呈现出来，一再收服丑的反抗，丑最终也会实现自我超越。罗森克兰兹把这个过程称为"美化"，这是一个唤起愉悦的过程。在稍后分析"美的丑"时，罗森克兰兹对美化的过程作了更详细的解释。在他看来，艺术不会直接再现丑，因为这同"美化"丑的概念相

34　本书第37页。

35　本书第12页。

矛盾。相反，艺术首先必须"理想化"丑，"必须按照美的一般法则处理它；艺术不应隐藏、伪装、篡改丑，以华丽的东西装点它——这势必将违背丑存在的本性，而是按照其审美意义的参数赋予它形式和真正的完整性。"[36]理想化的过程同时也是"净化"的过程，"去除了未阐明的、偶然的、缺乏特征的东西，是一种理想化的活动，它并未为丑增加一种异己的美，而是直截了当地发掘出那些把丑标记为美之对立面的要素"。[37]经过"理想化""净化"处理，丑虽仍然是丑，但已经没有了否定的因素，而通过对丑内在否定要素的否定，丑生成了滑稽，并得以同美实现整体意义上的同一，其现实化就是以美为目标的艺术品。就这样，罗森克兰兹在一个"过程"中辩证地解决了矛盾，这个过程由美开始，结束于滑稽，而丑就在两者的中间点，"丑只有作为美和滑稽的中间点才能被把握"[38]，这就是罗森克兰兹对丑的定位。

然而，罗森克兰兹从来没有给丑下一个独立的明确的定义，原因无他，就是因为丑作为一种概念，只有作为相对于美的概念时才能被把握，"丑只有在美存在的时候才是现实的，美是丑的肯定性。如果没有美，当然就不会有任何丑，因为后者只是作为前者的否定而存在"[39]。正因此，"抽象地确立丑是不可能的，因为它必须在美中反观自身，美

---

36   本书第48页。

37   本书第49页。

38   本书前言第3页。

39   本书第12页。

是它存在的条件"[40]。但是基于否定性，罗森克兰兹还是定义了三种类型的丑：自然丑、知性丑和艺术丑。自然丑是自然美的否定，自然美在于合目的性的形式，而自然在演化进程中会出现诸如过度、失衡等否定性，形式上表现为变态或畸形。知性丑针对的是属人的精神，对于人的概念来说，美在于绝对的理性和自由，那么对理性和自由的否定，就是知性丑，由于习性使然，知性丑自然也会在形体上表现出来，但两者没有必然的联系。艺术丑有些特殊。艺术的真正动机在于心灵对纯粹的、无杂质的美的追求，但艺术离不开感性因素，也就难免自然丑，只是这丑经过美化、理想化、净化后已然失去其否定性，成为艺术化过程中一个纯粹的契机，这就是艺术丑。严格来说，艺术丑已不是真正的丑，尽管其形式因素在艺术品中依然可见。对于罗森克兰兹来说，艺术的目标只能是美，因此也就不存在丑的艺术。

罗森克兰兹进而定义了两种丑的概念：无形式性和不正确性。无形式性相对的是美的形式性，美的首要条件是一个能够自我呈现的和谐统一的总体形式，"对形式普遍统一性的否定就是无形式"[41]。不正确性相对的是自然形式的正确性，自然的形式规则具有真理性，而且只有自然形式才能确立美的事物之正确性，对自然形式规则的否定就是不正确性，"如果一个形式违背了自然的规则，矛盾冲突必然会生成丑"[42]。无形式和不正确是丑的两种主要形式。基于这两种丑的概念，罗森克兰

<hr/>

40　本书第46页。

41　本书第58页。

42　本书第60页。

兹确立了三个基本的审丑范畴，即卑贱、恶心和漫画。罗森克兰兹首先强调了美在自由，"没有自由就没有真正的美"，相应地，"没有不自由或限制，就没有真正的丑"。[43]不自由或受限制会让无形式性和不正确性达到极致，从而造成形式上的变态或畸形，是为生成丑的基础。从"自由"出发，罗森克兰兹把美分成了三种：崇高、愉悦和绝对美。崇高展现出来的是自由的无限性，对立面就是不自由的有限性，它同自由形成了矛盾冲突，其结果就是卑贱；愉悦是崇高的另一个极端，展现的是有限性中的自由，对立面是有限性中的不自由，即有限性通过自身的矛盾取消了自由，其结果就是恶心；绝对美是崇高和愉悦的统一，自由的无限性与有限的自由被调和一致，展现的是绝对的自由。绝对的自由不会被否定，而由崇高的否定卑贱、愉悦的否定恶心带入的不自由被赋予了自由的外观，内外形成对照，遂在整体上转化成了滑稽可笑的存在，这种特殊的审丑形式就是漫画。罗森克兰兹凭着对丑广博精深的理解，对卑贱、恶心作了进一步的划分。卑贱的次级范畴有猥琐、虚弱、低俗，低俗又分为平庸、专断和粗鲁；恶心的次级范畴有笨拙、死亡、丑恶，丑恶又分为无趣、嫌恶和邪恶，邪恶甚至还被细化成恶魔式的、女巫般的和撒旦式的三类。当然，所有层级的丑的范畴，都是相对于美的范畴的否定性的存在。就这样，按照肯定否定对立统一的辨证关系，罗森克兰兹建构了一门系统严谨的"丑的美学"。鲍桑葵在谈到黑格尔的辩证法时说："辩证法意在强调一种合理的联系，而美学就是我们所

43　本书第174页。

能有的样本。"[44]只是黑格尔自己的《美学》并未见多少辩证法精神，倒是罗森克兰兹《丑的美学》忠实地体现了黑格尔的辩证法精神，并被鲍桑葵赞为"整个后黑格尔时代辩证法的典型代表"[45]。

　　罗森克兰兹体大思精的"丑的美学"集德国古典美学审丑思想之大成的同时，也有创造性的发展。除了借用黑格尔的辩证法试图把独立于美之外的丑纳入美学研究领域之外，最值得一提的就是其唯物主义转向。以康德、黑格尔为代表的德国古典美学是典型的唯心论，其"美的概念丰富而强大"。康德关注的是抽象的形式及其合乎逻辑地生发出来的纯粹美的世界，同现实的生活有着很大的距离，他对具体的艺术几乎毫无兴趣；黑格尔虽然让美学回归了艺术哲学，但终究"理念"冗行，具体的艺术不过是建构其体系的"砖石"，他看重的只是理想化的精神世界。除非作为美的否定或挑战，康德、黑格尔等唯心的德国哲学家们才可能重视丑，毕竟丑更多表现为现实的存在。罗森克兰兹则不同。他虽心怀古典美学灿烂辉煌的美的世界，却能低头向下并踏入丑的黑暗王国。他对底层社会、大都市不为人注意的角落以及古往今来庞大的审丑的艺术等，进行了深入的考察，光收集资料就耗费数年。正是这种现实经验让罗森克兰兹转向了唯物主义。站在唯物的立场，罗森克兰兹坚持认为，不论是审美还是审丑，感性因素都不可或缺，"不可感性显现的东西亦无法成为美学研究的对象。……美是这样一种理念，作用于构造

44　Bernard Bosanquet, *A History of Aesthetic*（London：George Allen& Unwin Ltd, 1949），334–335.

45　Bernard Bosanquet, *A History of Aesthetic*（London：George Allen& Unwin Ltd, 1949），401.

某种和谐整体的感性要素。丑，作为美的否定，共享这一感性要素，才不至于被一种纯粹的理念世界所吞没"[46]。唯物论的罗森克兰兹极其重视自然，因为自然包含了所有的感性现实，包含着实实在在的个体化的真理。没有自然，理念就不能实现自身的有限性，就不能让自身成为一个具体的存在；没有自然，艺术就没有实现自身的具体形式，因此艺术依赖自然，艺术要研究自然并忠实地模仿自然。

站在唯物的立场，罗森克兰兹同他无比尊重的康德在很多观点上都产生了根本性的分歧，比如关于崇高的界定。唯心论的康德完全从主体性的角度来定义崇高，把它理解为人类战胜自然的某种精神力量，同客观自然关系不大，"崇高不在任何自然物中，而只是包含在我们内心里"[47]。而且在康德的美学架构中，崇高虽然被纳入了审美判断，但事实上并不属于美的范畴，而更像一个并列的概念。罗森克兰兹则认为康德的理解不符合客观现实，因为不管主体在还是不在，自然中的崇高都在，所谓的崇高感并非主体行为的结果，而是自然的客观产物。崇高的本质是自由的无限性，无限性不仅能被人类主体思考，更能实现自身。而康德所谓主体面对崇高能够实现精神提升，在罗森克兰兹看来不过是主体重复了那被崇高对象客观呈现出来的精神。崇高作为客观的存在因而也是美的一种形式，并不在美的概念之外。罗森克兰兹同黑格尔的分歧也在所难免。在黑格尔的哲学体系中，"理念"是本源性的存在，

46　本书第14页。

47　康德：《判断力批判》，邓晓芒译，杨祖陶校，人民出版社，2002，第103页。

"是自在自为的真理，是概念和客观性的绝对统一"[48]，完全不依赖感性外观而存在，相反现象只有符合理念并表现理念时才有现实性和真实性，"一切存在的东西只有作为理念的一种存在时，才有真实性"[49]。具体到美学，美只是理念的感性显现，关键是，"感性的客观的因素在美里并不保留它的独立自在性，而是要把它的存在的直接性取消掉（或否定掉）"[50]。感性作为理念直接的否定必须被取消掉才会有真正的美。这当然是典型的唯心论。罗森克兰兹是黑格尔"理念论"坚定的追随者，但作了唯物的理解。他赞同纯粹的理念是非感性的存在，"在纯粹理念的领域，存在只是作为存在的理念，而存在的现实性作为某种时空体则被抹除了"[51]。但他又坚持认为感性外观的存在是理念之本质的一部分，"允许外形的存在正是理念的本质"[52]。也就是说，理念必须要有感性外观。这就同黑格尔有点针锋相对了。对"理念"这个根本范畴理解上的分歧，直接影响了两人艺术哲学上的分化。比如，在"魔鬼"的审美效用问题上两人的观点就完全相反。按照黑格尔的"理念"，魔鬼作为纯粹的邪恶、绝对的否定，在审美上是绝对无效的，"这样的邪恶、嫉妒、懦弱和背信弃义只会令人反感，魔鬼自身因而是一个坏的、审美上无用的人物，因为他本身就是谎言，因而是一个极其

48　黑格尔：《小逻辑》，贺麟译，商务印书馆，1997，第397页。

49　黑格尔：《美学》第一卷，朱光潜译，商务印书馆，1997，第141页。

50　黑格尔：《美学》第一卷，朱光潜译，商务印书馆，1997，第142–143页。

51　本书第15页。

52　本书第37页。

乏味的人"[53]。罗森克兰兹完全不能同意黑格尔的这个观点，因为从唯物的视角来看，现实世界存在大量魔鬼形象，且具有极高的审美效果，这是不容置疑的。罗森克兰兹基于他对理念的理解，区分了"魔鬼本身"和"魔鬼般的对象"两个概念，前者是黑格尔意义上的魔鬼，属于纯粹理念领域，的确没有审美效用；后者属现象世界，而"在现象的世界，一物的本质总是通过另一物的外观显示出来"。[54]魔鬼的"外观"作为感性是丑的存在，对于美而言是一种积极的否定，否定的外观同绝对否定的内在形成对照，否定之否定就产生了肯定的审美效果，正因此，魔鬼虽在理念上是纯粹的邪恶却在艺术中成了经典的审美对象。罗森克兰兹的这种理解，虽还不至于同黑格尔完全决裂，但他强调了感性外观在审丑上的必然性，已然开创了德国古典美学审丑传统的唯物主义方向，并产生了深远的影响。

　　唯物主义的立场，让罗森克兰兹多了份现实的关怀。他发现人们总是刻意回避丑的形象，以至出现了"伪文学"，便以刻不容缓的使命感直陈利害："如此整治后的文学自然更适合女子寄宿学校和贵族女子精英学校，以便向温柔的少女和女士的灵魂展示美丽、崇高、鲜活、舒适、柔和、教益，以及所有其他陈词滥调，而我们德国文学亦由此被阉割了。文学史上一种难以置信的伪文学出现了。"[55]当然，罗森克兰兹更不能容忍以艺术之名行淫邪丑陋之事，他以极其专业的眼光几乎把所

53　　本书第358页。

54　　本书第359页。

55　　本书前言第5页。

能找到的色情之作都拉出来痛批一顿："情人们以各种姿势进行本能的活动，通常还会有一个奴隶站在边上，递送爱神饮料，一杯下肚，果真就激起了活泼的淫荡感觉。真是恶心！"[56]除了淫邪，还有血腥恐怖，这方面罗森克兰兹认为最过分的就是法国文学。在他看来，法国文学尤其是法国浪漫主义文学，以"历史""现实"之名，行"色情""恐怖"之实，他似乎想起来就气，批评自是毫不留情，且从小仲马、狄德罗到贝朗瑞（Béranger）、乔治·桑（George Sand），无一放过，"一组奇怪、丑陋的东西被形象地表现出来，虽并非荒淫无耻或无甚暧昧之语，却深深地损害了羞耻感，……当我们发现同样的恐怖被以从中发现诗歌的理由提供给我们时，我们觉得自己在伦理和审美上都被摧毁了"。[57]今天看来，"阉割的文学""伪文学"的出现已丝毫不令人意外，什么色情、恐怖的文学早已成了家常便饭，然而正因此，罗森克兰兹"丑的美学"仍有其现实性。

　　《丑的美学》是典型的德国古典美学著作，形而上的思辨之晦涩不下于康德、黑格尔，但现实的关怀却使其具有了真诚、热切甚至有些激情昂扬的风格，给这本"丑书"平添了几分"美感"，实现了形式和内容的统一，或者这就是丑的魅力吧。

潘道正
2024年10月10日于天津

56　本书第241页。

57　本书第245页。

前　言

　　丑的美学？为什么不？美学已经成为若干庞杂概念的总称，具体又可以分成三个门类：首先是美的理念；其次是同观念相关的作品，也即艺术品；最后是艺术体系，即在特定载体中用艺术品再现美的理念。我们倾向于把第一个门类的诸概念置于美的形而上学这一标题之下。但是，如果考虑到美的理念，那么对丑的考察就是其不可分割的部分。丑的概念，作为美的否定，因而是美学的一部分。生物学涉及疾病，伦理学涉及邪恶，法律科学涉及不公，神学涉及罪恶。对于这些，没有人会感到惊讶。如果用"丑的理论"就不可能把这个词的科学谱系如此清晰地揭示出来。至于书名，以此主题所涵盖的内容自会给出论断。

　　我曾煞费苦心地思索作为美与滑稽中间点的丑的概念。从起始直至以魔鬼的形式全然展现，在某种程度上看，我可以说发现了一个丑的世界，从最初混沌的薄雾，从无形态和不对称，到那被称为滑稽丑怪的杂多残损的美的事物中最密集的构成物，可谓应有尽有。无定形、不正确以及没人样，是连贯一致的系列变形中三个突出的层级。一般认为，丑产生的是卑下而非崇高，是恶心而非愉悦，是滑稽而非理想，但这些都是曲解，我所做的就是要证明在美中，丑是怎样一种积极的设定。所有的艺术、所有的艺术时代，各色人等，都希望用适当的例子来理清诸概念的变化发展，这样也会为此艰深美学领域未来的学生提供原始材料和参考。这部作品当然有不足之处，我最清楚不过，但我希望它能够弥合一个当下仍然无比醒目的裂隙。到目前为止，对丑的概念的研究尚不成系统且多偶发性，或者就是把它纳入一个宏大的谱系中，那样一来，丑就有成为一些极其片面的定义的附着品的风险。

真心寻求指导的善意的读者可能会认同所有这些看法，但仍然会问：真的有必要对令人如此不快、恶心的东西进行全面彻底的研究吗？毫无疑问，科学近来一再触及这个问题，故而需要得以解答。当然，我并不奢望提出一个论断来彻底解决这个问题，但就像在其他许多领域一样，如果公认我把这个问题至少向前推进了一步，我便会为此感到满意。现在，大多数人看到丑这个主题就会想到：

　　　　——下到那可怕的境地，
　　人不应挑战诸神。
　　祈求永远不要看到，
　　他们善意地隐藏在暗夜和恐怖中的东西！

人们有此顾虑，可能会把丑的科学弃置不顾。然而，科学自身有其必然性，必定会向前发展。夏尔·傅立叶（Charles Fourier）在劳动分工的标题下定义了一种类型，即他所说的"奉献的工作"（travaux de dévouement）——没有人生来就是干这个的，却有人热衷于此，因为他们知道必须为公共的利益做点什么。我写这部作品也是出于这样的责任感。

　　但是，研究丑在实践中真的就那么可怕吗？不是也有闪光的地方吗？对于哲学家、艺术家来说，不也隐含着积极的内容吗？我当然是这么认为的，因为丑只有作为美和滑稽的中间点才能被把握。没有丑，就不可能有滑稽，它在美的自由状态中分化重组。我们的研究具有普遍的意义，令人振奋，某些时段的确很艰难，但还是值得的。

　　鉴于在写作的过程中用了太多的实例，我一度为自己辩解。但我显然没有必要这么做，因为所有的美学家，像温克尔曼、莱辛、康德、让·保尔、黑格尔、费希尔，甚至是席勒，虽都不主张用例子，但在实际研究过程中同样引用了大量例子。为此研究收集材料就耗费数年，而用到的不过一半多点，就此而言，我可以说是很谨慎了。我在选取例子的时候，唯一的目标就是全面性，以免由于使用例子而限制了普遍有效性——历史上，这种情况困扰着每门科学。

　　我处理材料的方式可能被认为有些保守，或是过于严格。现代作者发明了醒目的引用方式，即把引用的东西随意地放在引号里面。这样，所引内容就能仍保持原貌，加一个名字他们都嫌多。但是他们却非常显摆地附上一个作者的名字和一本书的名字。总是想获得己知的文件或同所引无关的东西无疑是琐事。在我看来，那些东西并不常见，很少为人接触，较生僻，有争议，需要更准确的阐述，因此读者得亲自查找来源，进行比较和判断，但这会让他们愉快吗？雅致永远不能成为科学话语的目标，它只是方法手段，处于非常次要的位置。论述的充分和精确必须在它之上。

　　付梓后，我惴惴不安地发现，所用例子有相当一部分取自不久之前的材料，因为在我的记忆中它们是最新的，它们让我产生了浓厚的兴趣，一如它们的作者。这些作者——他们当中有些是我的朋友——会因此不快吗？他们会怨恨我吗？这于我着实很麻烦。但是，那些受人尊敬的作者必定先问自己我所说的是否属实；若是果真如此，那么对他们而言并没有任何不当之处。于是，他们将会发现，从我温和的埋怨及在别处的赞扬（当它们值得的时候）中，我对他们的友好态度从未改变。是的，我甚至记得大多数意见是先通过信件表达的，在这部作品中表达的是同样的观点，因此他们应该不会感到奇怪；如若不是，我宁可无视这些言论。按照以往的经验，我能不知道现代人多么容易激动吗？能不知道他们不能容忍任何不同的意见吗？能不知道他们多么希望得到赞扬而非批评吗？能不知道他们有多刻薄吗？——当然只是在批判他人的时候刻薄。能不知道他们从别人，尤其是批评家那儿只要求得到赞同、奉承，以及钦佩吗？

　　我相信我的作品不只是受过教育的人可以读，普通大众也可以读。就内容本身而言，对读者没有任何限制。我不得不论及令人恶心的东西，并以它们真实的名字称呼它们。但作为一个理论家，我不会让自己像索塔迪斯（Sotades）讽刺诗那样滑入污秽之中，自然会从善如流。作为一个历史学家，这些话语不会影响我；而作为哲学家，我可以自由处理。尽管我极其谨慎，可有人仍然会说我没有必要如此诚实。但话说回来，我可以向你保证，这项针对读者群的研究完全没有必要做，而且也的确没有做。某种假正经渗入科学，慎重成了研究动物和艺术的唯一准则，这对我们来说是悲哀的。如今，怎样才能最好地运用这个准则呢？人们不过是不再谈论某些现象了，一些人却断定它们不存在，另一些人则不择手段地把它们藏起来以便仍可以被社会接受。比如，有人出版纤毫毕现的木刻版画——没有木刻版画图例，用于生理研究的现代科学几乎不可能实现。但在某个大城市，当讲解者拿着木刻版画，在一圈女士和先生们面前讲解时，他只字不提生殖器，尤其不会提性功能。这当然足够谨慎，如此整治后的文学自然更适合女子寄宿学校和贵族女子精英学校，以便向温柔的少女和女士的灵魂展示美丽、崇高、鲜活、舒适、柔和、教益，以及所有其他陈词滥调，而我们德国文学亦由此被阉割了。文学史上一种难以置信的伪文学出现了，越过有限的教育目的，滑向令人颜面扫地的论调，极端片面的文学作品选集则支撑起了它。像库尔茨的作品，能够在这个时代出现究竟是怎样的一种幸运啊。相较于那些在被他们践踏的、令人恶心的槽沟里发现的东西，库尔茨（Kurz）的作品独树一帜，它迫使文学加工厂里的工人们至少能够再次在另一个方向上以另一种判断力接触其他作品。我想，任何一个敏锐的读者都会理解，我有自己的尊严，不可能写出如此一种极具消费性的、贵族学校文体。当下，我愿引用莱辛的话：

> 我不是为小屁孩写作，
> 他们去学校，是如此骄傲，
> 手里拿着奥维德，
> 他们的老师看不懂。

　　　　　　　　　　　　　　　卡尔·罗森克兰兹，柯尼斯堡

　　　　　　　　　　　　　　　　　　1853年4月16日

导　论

听从我的建议，不要

过于钟情太阳和星辰，

来吧，随我进入黑暗王国！

——歌德

伟大的心灵探查者已经一头扎进邪恶恐怖的深渊，并呈现出他们在暗夜里看到的可怖形式，伟大的诗人但丁甚至绘出了它们的形状，画家奥尔卡纳（Orcagna）、米开朗琪罗、鲁本斯（Rubens）以及彼特·冯·科内利乌斯（Peter von Cornelius）已经把它们的感性形象表现出来，而音乐家斯波尔则让我们听到了可怕的毁灭之音，其中恶魔尖叫，哀号着精神撕裂的折磨。

地狱不只是伦理—宗教的，也是审美的。我们立于邪恶与一般性罪恶中间，也站在丑陋中间。令人恐惧的无形式和畸形、粗俗和残暴，以无尽之态于我们四周环伺，从矮小的侏儒到身形扭曲的巨人，地狱的恶魔向我们露出了獠牙。这正是我们希望进入的美丽地狱。但是，如果我们没有同时进入真正的地狱，即邪恶地狱，我们就不可能

波提切利，《但丁地狱图》

奥尔卡纳，《死亡的胜利》壁画碎片

米开朗琪罗，《最后的审判》

鲁本斯，《被诅咒的陨落》

科内利乌斯，《最后的审判》壁画

De temps en temps j'aime à voir le vieux Père,
Et je me garde bien de lui rompre en visière.

此画为德拉克洛瓦为阿尔伯特·斯塔普弗翻译的1828年在巴黎出版的歌德的《浮士德》绘制的第一幅插图

进入美丽地狱，因为最丑陋的丑，不在那自然中污秽的沼泽、残败的树木、蝾螈和癞蛤蟆，不在张着血盆大口的海怪和皮糙肉厚的巨型动物，不在老鼠和猿猴，而在恨恶和轻佻的动作、激情的波动、不轨的斜视，以及——罪恶中揭示出来的自私的人性。

我们都很熟悉此地狱。每个人都经受过它的折磨。它以多种多样的方式触动我们的情绪、眼睛和耳朵。就此而言，那些受过良好教育、优雅的人们，往往遭受着更不可言说的苦痛，因为残忍和粗俗、古怪和无形，万千变化，都同高贵的感知作对。更有一万分熟稔的事实——人们无须了解它全部意义和范围大小，就能准确识别，那就是丑的事物。优美艺术的理论、良好趣味的立法、审美的科学，已经在文明的欧洲人间传布了一个多世纪，他们尽可能多地接受了相关教育，尽管如此，丑的观念虽随处可遇，却远远落后了。光鲜的美之形式的黑暗面终将成为审美科学的中心点，就像疾病之于病理学，邪恶之于伦理学，亦可谓恰逢其时。当然，并不是说我们对个体形象中非审美的一面认识不够。既然自然、生命和艺术无时无刻不在提醒我们，我们又怎么可能认识不到它呢？然而，至今没人能充分阐释其内容，也没人能就其机能给出更具体的理解。

无论如何，德国哲学仍值得赞扬，因为它有勇气第一次把丑理解为审美之否定理念，理解为美学中不可分割的部分，同时意识到是美把丑陋的事物引入了喜剧。[1]这都是不可否认的发现，否定的美由此实现了自身。但是，丑的概念并没有得到相应的提升，一部分原因是人们普遍对其缺少兴趣，另一部分原因是片面沉湎于灵性主义的态度——他们过度专注于解释莎士比亚和歌德、拜伦和考洛特–霍夫曼所塑造的一些人物形象。[2]

　　丑是美的对立面，因此，丑的审美可能听起来就像说木的铁，只不过我们不可能从美的概念中剥离丑，它们是相伴相生的一对概念，一个包含着另一个，稍有偏差就会失效。所有的美学，在描述美的积极特性的同时，也不得不触及丑的否定特性。人们多少都听过这样的警语，即事物若不能被如其所是地对待，美就会消失，取而代之的将是丑。丑的美学将揭示其起源、延伸和模式，因而甚至可为艺术家所用。显然，对艺术家来说，这将有助于创造性地表现完善的美，而不用把他们的天赋服务于丑。毕竟，发掘一个美丽的神的形式总是令人欣喜的，也总比表现一个恶魔的丑相更为高尚。但是，艺术家不可能总是避开丑。他需要丑的衬托，或用作表现一个一反常态的理念支点。最后，创作滑稽喜剧的艺术家不可能完全避开丑。

　　然而，从艺术的角度看，我们只能考察两种类型：一是自身即为目的的自由的艺术，一是诉诸视觉和听觉的理论艺术作品。那些诉诸触觉、味觉和嗅觉的作品则被排除在外，例如卡尔·弗里德里希·冯·鲁莫尔（Carl Friedrich von Rumhr）《烹调的精神》（*Geist der Kochkunst*）、安图斯（Antus）有趣的《吃的艺术》（*Vorlesungen über die Eβkunst*）、欧根·冯·瓦尔斯特（Eugen Baron von Vaerst）男爵机智的《美食学》（*Gastrosophie*）——从人类学的角度看，以上作品尤有价值，它们已经将奢侈享乐者的审美感知提到了一个很高的水平。人们尽可以信任这些著作，以之为基础的规则、方法适用于感知美食的美丑，这对于大多数人来说是最重要的。然而，对此我却并不赞同。丑的科学需要严肃对待，如果只是从咖啡桌审美不经意的优雅中获得线索，那肯定不能被视作严肃对待，这一点不言自明，其本质必会被忽略。丑的美学让我们有责任处理这样一些概念，对它们的讨论甚至一经提及都有可能被认为是对良好行为的冒犯。人们拿起一本治疗疾病和病理学的书，总难免厌恶；之于丑的美学，同样适用。

丑作为一种概念，只有与其他概念相对时才能被把握，这并不难理解。这里的"其他概念"就是美，因为丑只有在美存在的时候才是现实的，美是丑的肯定性。如果没有美，当然就不会有任何丑，因为后者只是作为前者的否定而存在。美是神之貌，是原初的理念；丑作为美的否定，只是第二位的存在，本就出自美的事物。美之美矣，好像同时又可为丑，但事实并非如此；只在一种情况下才可以说美可以为丑，即确定美之因果必要性的同等条件转向了对立面。

丑与美之间的这种可自行消亡转圜的关联，令丑具有了超越自身的可能性，即作为否定的美的存在，可消解其相对于美的对立面，回归同美的合一。在此过程中，美表现为一种力量，持续地抑制着丑的反抗。经如此这般的美化，无尽的愉悦就在我们的微笑和欢乐中发生了。在这一过程中，丑也把自己从混沌不明的自我中解放出来；它承认了自己的无力，并生成了可喜的东西。所有这些喜剧化的东西都内蕴着一个契机，否定性地关联着单纯的理念，只是这否定性在喜剧化的呈现过程中会逐渐消减，直至于无。与此同时，一旦其自身中否定的一面消失了，肯定性的理念就得到了确认。

可见，对丑的研究受到其对象本质的严格限制。美的事物是其存在的积极条件，而喜剧化的东西则是其形式，通过这种形式，丑把自己从同美的事物相关联的纯粹否定特性中解放出来。单纯美的事物总是以否定的模式对抗着丑的事物，因为它之所以是美的，正因为它不是丑的；而丑的之所以是丑的，正因为它不是美的。并非说美之为美，有所亏欠于丑。没有丑的陪衬时，事物也可以是美的，只是丑之本性中的矛盾是一种潜在的危险，会从内部威胁事物本身。于丑则不同。它于经验自身中的确是其所是，然而，只有在同美之事物的反射性关系中，它才能成为丑。在此关系中，丑发现了自己的尺度。因此，美，就像善，是绝对的；而丑，就像恶，只是某种相对的东西。

　　无论如何，人们都不能由此怀疑具体事物中丑的存在。的确，美由自我决定。而丑是相对的，因为它不能以自身作为衡量标准，只能通过美来衡量。在日常生活中，各人有各人的趣味，一个人觉得美，另一个人可能觉得丑；一个人觉得丑，另一个人则可能认为美。然而，经验审美判断并不确定，也不够明确，我们难道不希望把这种偶然性去掉吗？我们必须把它诉诸判断，把最高的原则运用于实践。实际上，美、时尚的领域中充斥着由所谓的美的理念判断为美的现象，事实上只能称之为丑，倒不是说这美对于这些人或对他们而言是美的，而是因为一个时代的精神在这些事物中找到了最适合表达其特殊性的形式，他们逐渐习惯了。经由时代的变迁，精神终于找到同其情绪相应的特定的事物，而就特定时代的情绪来说，丑也可以是适合表现的方式。过去的时尚，特别是那些新近不再流行的风格，现如今只能被判断为丑或滑稽，因为时代的情绪只有通过对立面才能得以变化和发展。共和时期的罗马人，他们征服了世界，脸刮得干干净净。哪怕是恺撒和奥古斯都没有胡子，直到哈德良的漫想时代，罗马帝国日渐屈从于成群结队的山地野蛮人，满脸胡须才成为时尚，就好似情感脆弱的男人，以此安慰自己原是具有男子气与勇气的。审美史上最值得纪念的时尚变革出现在第一次法国大革命时期。对此，赫尔曼·豪夫（Hermann Hauff）已作出了哲学分析。[3]

因此，美决定了丑之诞生，滑稽则预言了丑之消亡。美把丑排除在外，而滑稽同丑交好，当然，这一切都建立在将丑的厌恶感综合化的基础上，即通过同美的对比，丑认识到自己是相对的，是无效的存在。对丑的概念的研究，即一种美学方面的研究，已有了明确的思路。它必须从对美的概念的追溯开始，当然，这么做的目的不是像美学家所做的形而上的思考一般，仅仅是为了更充分地阐释美的本质，而只是作为研究必须给出的美的基本条件，由此否定的丑才得以显现。在涉及转换的概念时，这种研究必然会结束，而在此转换中，丑作为幽默的一种方法将为我们所体验。滑稽自然也不会得到充分的展现，而只是在需要对丑的转变进行分析时才会涉及。

一、一般意义上的否定

丑是一种否定性的存在，对此我们已经讲得很清楚了。然而，除了表达一种单纯的否定事实外，之于丑的一切关联而言，一般意义上的否定的概念尚未确立。关于否定的思考，就其纯粹性而言，没有任何可感知的形式。不可感性显现的东西亦无法成为美学研究的对象。一般意义上的无、他者、非中性、非本质、否定的概念，就像抽象逻辑，给不出普遍性的经验或意象，因为它们是永远都不可能被感知的。美是这样一种理念，作用于构造某种和谐整体的感性要素。丑，作为美的否定，共享这一感性要素，才不至于被一种纯粹的理念世界所吞没。在纯粹理念的领域，存在只是作为存在的理念，而存在的现实性作为某种时空体则被抹除了。

　　就像一般意义上，否定的概念几乎不大可能被称为丑，这个术语也很少被应用于另外一个否定的概念——不完善。

二、不完善

　　从一种基本理念出发，美也可以说就是完善。过去的一个世纪，这种观点已得到充分的体现，在鲍姆嘉登的美学中尤其显著，即美的概念和完善的概念被视为相同的。但是完善的概念同美的概念并不能直接等同。一种动物可能非常适应自然，作为生物，它的身体构造也极其完善，但它也正因此而生得极其丑陋，就像骆驼、树獭、乌贼、癞蛤蟆等。另一方面，个体思想的一个错误，一种不正确的概念，一个错误虚假的判断，一种有错漏的总结，都是智力上的不完善，也是不可能纳入审美范畴之内的。一种新养成的德行，尚未熟练地应用于实践，在伦理上也表现为不完善，但就其即将达成的目的的愉悦来说，在审美上却可能蕴含着无穷的魅力。与此同时，一个丑的角色，差不多就意味着他是一个邪恶的人。

　　不完善的概念是相对的，它总是取决于评判的标准。相较于花朵，叶子是不完善的，而如果把花的价值同树之果实相对立且更看重后者的话，那么花也是不完善的。但是，从植物学或经济价值来评价的不完善的花，从审美的角度来看一般要比果实更高一级。在这样的关联中，不完善同丑几乎没有关系。丑甚至诞生于现实性和总体性更完善的东西之上。如果在不完善的东西中有真正的动力，真实地和美起作用，那它也可能是美的，尽管可能无法同其在完善状态下的美相比。例如，一位真正的艺术家的第一件作品，必将有许多不足之处，但已经闪耀着一个天才所拥有的更大成就的光辉。席勒或拜伦年轻时的诗歌仍不完善，但正是在它们的不完善中，蕴含了诗歌作者不可估量的未来。

因而，我们不能把初始意义上的不完善这个词同坏的概念相混淆，尽管我们有时的确委婉地这么做过。在通往完善之路上，不完善是必要的一步；相反，坏则是这样一种实在，它只是让欲望吞噬一切，且不会唤起任何对更完善的渴求，是某种同完善直接冲突的东西。从积极的方面看，不完善只不过欠缺能让它把自身展现为一个整体的进一步的形式化，而这整体其实已内在于它自身。然而，坏是否定意义上的不完善，它将某种别的东西、某种可能不存在的东西与之混为一体。一幅画可以既是不完善的，又是美的；一幅坏的画则是一个错误，同美学规则相冲突。

对于我们的研究来说，最重要的是正确理解比较意义上的美，这样一来，我们在艺术中就能发现、得出下列表述：正因为存在某物比另一物更美，才不能由此得出结论，即较少的美即是丑。恰恰相反，这不过是一种渐进的差异，它并不会改变美自身的本质。

首先，人们必须记住，每一类别都有相应的属，它们自身之中也可能存在从属关系。从属的角度来看，所有的种都是平等的，但这并不能排除这样一种可能性，即在直接的对比中，一物客观上比另一物更高级。建筑、雕塑、绘画、音乐和诗歌同属艺术，相互之间完全平等。然而，在此所给出的序列，也体现了艺术之进程——下一种艺术在其适于表现精神、自由之本质的可能性与范围上，要超过之前一种艺术，这也是事实。

　　个体艺术也存在相似的情况，即较之种类、整体，单个艺术行为之间也有质的差异。考虑至此，就能超越所有诸如哪个种类应该优先之类的争议，因为经由从属关系，人们永远都不会忘记它们于整体上的协调和谐。例如，诗歌中的戏剧诗客观上是完美的，就此而言，抒情诗和史诗从属于它，但并不能由此得出结论，即作为诗歌必要形式的抒情诗和史诗不享有同等的绝对性。相对而言，建筑艺术不如雕塑完美，雕塑则不如绘画，以此类推。然而，就各自质料的独特性以及每种艺术所能实现的绝对形式来说没有高下之分。换句话说，这意味着如此这般断定的从属关系同丑毫无关联。就像我们必须要做的那样，人们设计一种艺术或一类艺术，相比之下较低级或不够完善，但这并不意味着存在审美等级。它们之所以如此，只是相对的，同等级中某种必要的丑的感念无涉。就个别艺术作品而言，从质的方面简单归类，以便进行美的比较，这是很常见的。例如，人们会说《穆克豪森》（*Münchhausen*）是伊默曼最伟大的作品，人们在任何情况下也都会说那是他最美的作品；另一方面，说他另外的作品不那么美，绝不是把它们等同于丑。

三、自然丑

　　存在于时空中，这对自然的理念来说至关重要；而在自然中，丑已经展现出无数的形式。自然中所有的事物都有其基本的演化进程，但若过度、失衡，进而扰乱了自然自身对纯粹形式的追求，最终就会不可避免地生成丑。个体的自然存在，于异质的混沌中，达成真实的存在，在其成形进程中往往互相妨碍。

　　像三角形、正方形、圆形、棱形、立方体、球体诸如此类平面和立体的几何形式，它们于对称关系中，尽展简朴，美丽大方。的确，抽象纯粹性中的一般形式只存在于想象中，现实中只在水晶、植物和动物的某些特定自然种类中得以表现。而在这些平面和立体的几何形式中，自然之力正在肆意挥洒，僵硬的直线同单调的平面之间的关系就这样发展成曲线的柔和以及直线和曲线的神奇融合。

　　原始的、未经加工之物，只遵循重力规则，就审美术语而言，它不过是为我们提供了一种冷漠的中性状态。它并不必然是美的，也不必然是丑的，而只是一种偶然的存在。例如，如果我们认为地球是美的，那么它就必定是一个完善的所在，但事实并非如此。它的极地宽阔平坦，赤道又过于隆起，此外，它的表面高低不平，差距很大；如果只看立体剖面图，那么我们就会看到高低起伏的不规则轮廓，体现了自然之力最偶然的无序。同样，我们也不能说高低不平的月球表面是美的。从一定的距离看，作为一个单纯的发光体，银盘之月当然是美的。但是，由小丘、沟渠和峡谷合成的一团却并不美。行星在螺旋轨道运行，人们把它们的运行轨迹绘成复杂的椭圆形，这些椭圆形线条并不能成为审美的对象，因为它们只是在我们的绘画中才呈现为线条。另一方面，无尽的星体，不是以原物而是以光作用于我们的视觉。那些闪烁星空的敬畏者，他们的奇思妙想，在命名星座时体现出来：七弦竖琴［天琴座］（Lyre[Lyra]）、天鹅［天鹅座］（Swan[Cygnus]）、贝蕾妮斯的头发［后发座］

（Berenice's Hair[Coma Berenices]）、赫库勒斯（Hercules）、珀尔修斯（Perseus）等，听起来不是很美妙吗？现代天文学在命名上已黔驴技穷，像六分仪、望远镜、气泵、印刷作坊及其他重要的发明则都因星座之说而美化。推进、投掷、降落、摇摆之类的机械运动，可以是美的，但并不直接决定于运动的形式，其中也蕴含着客体的结构和运动速率的因素。比如摇摆运动，摇摆本身并不一定是丑的，当然也不一定是美的。然而，如果有人把摇摆着的年轻女孩想象为在明媚的春光中优雅地来回踱步，此情此景就有了一种无忧无虑的美。烟花逆射而上，照亮暗夜，凌空炸裂，看上去同星空妙合无间，这是美的，但这一切的美不只因机械运动本身，也因其光亮和速度。

　　自然的动态进程既不美，也无所谓丑，因为在这一过程中，形式尚未达至任何表现。内聚力、磁力、电力、流电学、化学，就它们自身而言只是一种效用，但它们产生的结果可能是美的，像电火花的迸射、闪电划出的"之"字形、雷霆贯耳的隆隆声、化学实验中色彩的变化，等等。气体灵活多变，生成大量新奇的现象，为人类打开了一片辽阔的未知领域。然而，这辽阔的未知带来的不仅是美的形式，还有丑的形式。例如，任何时候，气体膨胀的基本形式都是球状的，同时向四面八方推进；它可以无限膨胀，但一旦遇到固体或其他气体，立刻就会失去球形，同后者混合或乱作一团。晚霞变幻万千，唤起无尽遐思，却又什么都不是。[4]

　　有机自然的存在基于形式的完成。美由此得以把自己从捉摸不定的偶然性中解放出来，而在无机自然中，前者只能附着于后者。于是，有机实体就获得了一种确定的感性特征，因为它已是一个真正的个体。也正因此，丑得以通过无穷确定的方式成为可能。有鉴于此，自然美研究需要遵循自然的规律。我们在这里不作具体论述，相关内容请参考贝纳丹·圣彼埃尔（Bernardin St.Pierre）、奥斯特（Oerstedt）、冯·维舍尔（von Vischer）的著作。[5]从简单的晶体开始，经由植物界的直与曲，到动物界数不胜数的形状，自然中形式的均匀、对称与和谐方才得以实现。其间，还伴随着千百次的震动和曲折变化。在此进程中，涉及了无数的变形以及色彩的渐变。

单个晶体自身是美的。聚集状态下，大量晶体往往以令人惊叹的组合显现出来，就像我们在施密特（Schmidt）《矿物》一书中美不胜收的图例上所看到的。[6]

地球表面连绵起伏，有着最多变的形式，且往往无定形。山峦，当它们以柔和、倾斜、纯粹的线条延伸时，是美的；当它们像巨大的壁垒兀然耸立时，是崇高的；当它们在沙漠之地，犬牙交错且毫无特性地乱成一团而令人不忍直视时，是丑的；当它们以离奇和怪诞的异相逗弄着我们的幻觉时，是滑稽的。现实世界中，我们要想获得这些形式，就需要利用光来增添其额外的、独特的吸引力。不妨想想，月光是如何为中国的凹马图或五马头、武夷山、七星山等奇观增色的。[7]在化学结构和形式之间存在着另外一种相关性，冯·豪斯曼（von Hausmann）在他的经典论著中已经证明，地貌形态同植被和植物生命之间也有这种相关性——一度炽热的地壳，冷却之后，加上水和空气的作用，方才绘出了地球表面的多元形貌。[8]

植物差不多都是美的。据古代神学，有毒的植物应该是丑的，但它们仍然给予了我们精致的形式和精美的色彩。它们麻醉的力量的

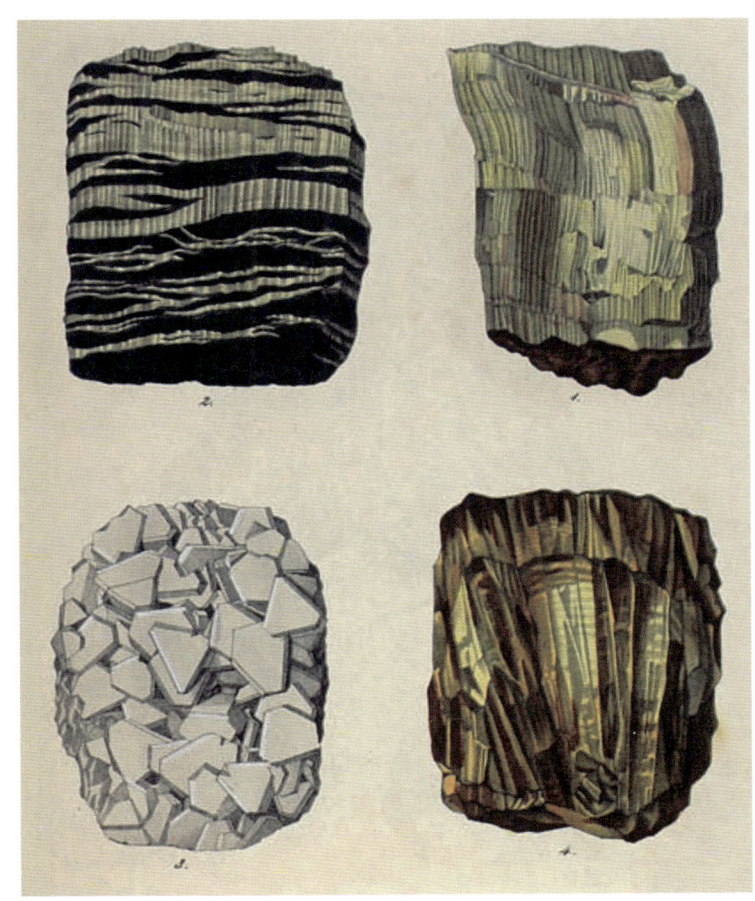

施密特为《矿物》绘制的插图

施密特为《矿物》绘制的插图

确能致人死亡，但是，这对植物来说又意味着什么呢？难道杀害是其概念的一部分吗？麻醉的确具有致死的效果，但陶醉中也存在快乐，且也的确可以治病救人。毒是一个相对概念，在古希腊语中，药（pharmakon）这个词，就同时包含毒药和治疗两层含义。[9]

但是，因为植物是活着的，所以也可以成为丑的。生命自主构形，必然导致这种可能。丛族之中，植物可能会过度生长，相互挤压，致自身畸形，因而就长得丑了。它们还可能会因外部猛烈的冲击而随意成形，终被毁坏；也可能因内部之病变枯萎衰败。就病来说，必然会导致残损和变色，的确很丑。所以，在所有这些例子中，造成丑的自然原因显而易见。就生命和植物来说，没有外来的、邪恶的原则在发挥作用，而在植物自身，即作为生命体出现了病态，就是在肿瘤、干硬、矮化、融合中丧失了正常的形式，在漂白和变色中失去了正常的色泽。急风、骤雨、烈火、动物和人类的暴力于植物之外部，能使其变丑，但也能使植物变美，这取决于暴力行动的具体特性。风暴能够吹散一棵橡树的叶子，吹折它的枝丫，使这骄傲之树残损。但是，当它有节奏地吹过枝叶，也能够在动态中，为这橡树带入光，让树的美更加夺目。一株植物在正常的变形过程中不会丑，因为这是必然，无论如何都不会产生病态；从蓓蕾到花朵，花朵到果实，只伴随着无声的、不可言说的喜悦。秋天里，叶绿素溢出叶子，染出万千黄色、褐色和红色，生成无尽如画风景。当营养丰富的谷粒成熟、泛黄，也即当它们收浆之时，放眼望去，金色的谷物又是多么美啊！

在动物王国，丑的可能性较之植物更大，因为动物的形式之丰富趋于无限，而生命也更有活力，更以自我为中心。为正确理解动物形式的丑，我们就必须考虑一个事实，即对于自然来说，在所有的目标之中，生命和物种的保存最为重要，甚至不惜为此目的而漠视美和个体。这就可以解释，自然为什么产出一些真正丑的动物，它们不是因损伤、衰老、疾病变得丑陋，它们丑的形式是结构性的。至于我们的审美判断，本就隐含着太多的错误，部分源自我们对一种类型的熟悉，我们倾向于把这种熟悉的类型称为美的，而偏离了这种类型的则被称为丑的；部分源自孤立地看待动物：我们审视着收藏品里的蚀刻版画或某件标本，动物们被以抽象的方式呈于我们面前。实际上，我们看到的自然中活生生的动物根本就不是这个样子，如水中的青蛙、草丛或缝隙中的蜥蜴、正爬树的猿猴、浮冰上的北极熊，等等。

坚硬规整的水晶，在成形的过程中一旦受限，可以多种方式在经验中生成不完善的东西，但在它们的概念中，客观形式的美从未改变。植物残缺或彻底枯萎，即失去它们的外部形式，但按照概念，它们仍是美的；如果在某些实例中，它们看上去是丑的，那么通过一种漫画化的表达，无形式立马就变得柔和了，如仙人掌的脸、甜菜、葫芦科植物（葫芦、南瓜），在绘画中，后者的确经常被用来绘制奇特搞怪的漫画形象。[10]不过，不可否认的是，动物中存在着一些原始丑的形式，它们的外表如此可怖，以至于任何漫画化的表达都不能让人对它们产生好感。然而让这些形式存在的真正动机是，自然必须让动物的机体融入不同的元素、地域、土壤类型，以引导它顺利度过地球发展变迁的不同阶段。出于这种必要性的考虑，自然必须让每一个物种（如狗类），具有无限的多样性。水母、乌贼、毛毛虫、蜘蛛、鳐鱼、蜥蜴、青蛙、癞蛤蟆，啮齿类，大型厚皮类，猿猴都是积

极的丑。[11]动物中有些对我们很重要或至少很有趣，例如电鳐鱼。其
余一些因体形和力量之丑而让我们印象深刻，像河马、犀牛、骆驼、
大象、长颈鹿。与此同时，动物世界也在发生着漫画化转向，像白
鹭、巨嘴鸟、企鹅，以及一些老鼠、灵长目动物。大多数动物是美
的。看，那些贝壳、蝴蝶、甲壳虫、蛇、鹦鹉、马，多美啊！我们发
现丑的形式主要源自动物王国发生的转换过渡之中，因为完全不同的
物种在转换过渡时会发生冲突、波动，并体现于外在的形式。例如，
许多两栖动物都是丑的，因为它们既是陆地动物，又是水中动物；它
们仍然是鱼，又不是鱼：它们的结构和活动方式，从里到外，看上去
模棱两可。史前生物怪异的形状正是如此，它们巨大的机体不得不适
应地形和气温的极端状态，鱼龙和飞蜥，巨大的爬行动物却长着鳍状
物……因为只有这样才能在无边的沼泽及那些充满闪电、浓雾和炙热
的环境中生存。地表的多样性也必然塑造了动物形式的多样性。我们
还发现，那些两栖动物多生活在地貌尚未充分形成和植被仍处于原始
状态的地方，如澳大利亚鸭嘴兽。

　　因此，就种类来说，动物可能是丑的；就一个原初美的种类而
言，其个体也可能变成丑的。受外部损害或内里疾病的影响，它的内
里或外在极可能出现畸形，就像植物那样。同在一种情况下，动物丑
陋的程度都要远超植物，因为它的机体更为统一和密闭；而植物在开
放的空间生长和缠绕，已习惯了偶发性的存在。相比之下，动物的结
构对其自身来说则是确定的；恶果就是，当它们的肢体受伤或失去了
某一部分，就立马变得更丑。动物机体的每一部分都不可或缺——除
了过量生长的毛发、角质物等，因为它们可以再生。人们可以从玫

瑰花丛中掐一朵玫瑰而不损害这株植物或它的美，但没有人能够砍掉
一只鸟的翅膀或一只猫的尾巴而不减损其形式和生命的欢乐。另一方
面，由于动物的形式这种先天的明晰性及自我封闭性，丑也可能发生
于异于其原初概念的一个赘物。动物机体上的肢体都是按照数值和方
位精确定义了的，因为它们必须和谐地相互配合。当生出多余的肢体
或这肢体长的不是地方，它们在概念上会同动物机体的基本形式产生
冲突，导致丑陋。例如，一只绵羊生来八条腿，必要数值翻了倍，岂
不就是怪物和丑陋的东西了？动物形式的生成非常精细，从内到外都
有确定的比例，每个数值都有标准尺度，由所谓的器官平衡这一尺度
来决定。所以，当这种尺度增加或减少时，就会导致比例失调，是伴
随丑的种类的必然特性。然而，此等比例的过大或过小通常都是疾病
的结果，鉴于生命的深度，此疾病也可能源自遗传。畸形也可能在卵
子、精子、子宫、胎儿中就已经发生了。疾病首先摧毁机体的一部
分，紧接着就摧毁整体，在摧毁的过程还会相应地发生变色和变形。
一个动物就其概念来说有多美，其干瘦、憔悴、肿胀、苍白、溃烂的
形式就会有多丑。马，毫无争议是最美的动物之一，也正因此，它那
病态、衰老，眼睛浑浊，肚腹下垂，骨头突出，肋骨外露及斑秃的模
样才尤其令人厌恶。

　　至此，可以得出这样一个结论，即对我们来说，动物形式的
丑——不论我们视之为原初的，还是在偶发事件和疾病中产生的，都
可以得到充分的解释，因此我们不需要像道博在其《加利利人犹太》
（*Judas Ischarioth*）[12]中那样假定在自然中存在某种非自然的东西干
预动物。相对于单个机体——自然之力把鲸鱼、海豹一类的哺乳动物

投入水中，把蝙蝠放飞空中，在水中和陆地上都准备了数量相当的龟类、蜥蜴类和无尾两栖类动物，正像利用疾病从外部暴力损坏一个动物，或从内部使它畸形的偶然性之必要一样清楚明了。食肉动物的嗜血性、某些动物的毒性、出于防卫散发的恶臭，同它们的美或丑几乎没有关系，就像一株植物的毒性丝毫不影响其形式的美丑，故而不需要额外关注。超自然论者假定丑源自一种败坏了自然之真的邪恶，因而掠食者和毒蛇原则上也就必定是丑的。但实际上，这是一种极小概率事件，有时甚至恰恰相反，长着毒牙的蛇和野猫正因其美，医其绚丽而闻名于世。非自然的东西必然无法适用于自然，因为缺失意识和意志的自由，自然就不可能有意识地打破既定规则。对于动物来说，不存在自尊、孝心，也就无所谓犯罪。自污、乱伦和杀婴是只属于精神世界的概念，被动物世界的反常行为吓到实属病态之多愁善感，人们不应该如此判断动物世界。

　　当我们说到自然的美和丑时，头脑中最好也不要有诸如此类的想法，不妨想象景观之美，它自身汇聚了所有的自然形式而成为一个独特的统一体。景观是单调的，它只以某一种自然形式为主体，如山峦、溪流、森林、沙漠等。或充满对照，两种形式互相对立；或一片和谐，对立面消融，进入更高的统一之境。每种景观的基本形式都要经历无穷且多样的阶段，经历时间和季节的循环往复。一处景观能让人产生怎样的审美印象首先取决于光线。沙漠可以是崇高的，当热带太阳灼烧着它，一如灼烧着深卧的撒哈拉时，它是可怕的崇高；而当温带月亮的银辉洒满它，一如洒在高原戈壁时，它是忧郁的崇高。每一种基本形式的景观都可以体现为丑，也可以体现为美。单调被认为丑，首要原因是那绝对无定形的漠然，就像灰白无风的天空下铅色、呆板、浑浊的大海。

四、知性丑

如果我们从自然转入精神，就要先明确一点，即精神的绝对目的是真理和善。为此，美只能是次要的，就像有机体的自然让它从属于绝对目的生命、基督、自由的理想，我们不刻意地把它想象为丑，但也不会以古希腊的方式把它想象为美。我们口中的灵魂之美不过是关于善和意志纯粹性的概念，它可以存在于一个普通的或一个丑的身体。意志内在于自身，为自身服务，神圣而严肃，超越了审美感知；良心在实践中亦不在意它所显现的形式。亲切的心灵总是会让人忘掉一次行为中粗鲁的态度、可怜的穿着、言语中可能的错误等。但是，真理和意志的善天然地与个体人格尊严相连，并会逐渐蔓延至外在的感性表现。作为明证，用利希滕贝格（Lichtenberg）的话说就是，所有的德行产生美，所有的邪恶产生丑。也就是说，在大多数情况下，真理自身可以被这样表达出来，即所有自由的情感和自由的意识产生美，而所有的不自由产生丑。只有在无条件的自我决定的意义上，我们才能说获得自由，并从真理的内容中抽象出来。有机体从一开始就什么都不是，而只是作为从其自身散发出来的精神的工具。我们可以从种族和社会阶层观察到这种概念的真理，越自由，外观越美。高贵的宅邸变得更美是因为他们感受到更多的自由，是因为他们从自然的束缚中解放出来，是因为他们有更多的闲暇时光并能以游戏、爱、军操和诗歌充实它。南太平洋岛屿上的居民是美的，因为他们生活在舞蹈、搏斗、爱之中，并享受海水浴。达荷美（Dahomey）和贝宁（Benin）的黑人是美的，因为他们自我感觉良好，兼具尚武精神和商贸野心，也对美感兴趣；国王卫队中有几千名亚马孙女战士，她们都是真正美丽又勇敢的女孩，阿米·布埃（A.Boué）为我们留下了她们的画像。收到国王礼物的人会用舞蹈来表示感谢，也就是说，在召集来的民众面前当场完成一种审美行为。一个人就算从道德角度看有点坏或邪恶，也可能表现出美，因为除却他的恶习和不道德，他还能拥有德行，甚至拥有一个灵魂。也就是说，他往往还有形式的自由、聪明、审慎、节制、自律、坚韧；只要拥有了此等德行，罪犯甚至都可以因某种骑士精神和高贵气质而引人注目。以此观之，我们就会发现一些奇人，尼农·德·伦克洛斯（Ninon de l'Enclos）就是其中一位。她无疑是美丽的，而她的勇气一点也不比美少；她虽放纵不羁，但激情昂扬、英勇无畏而又优雅大方，因而仍是美丽的；她坚守所好，散尽珍爱财物，却没将其售卖。

　　因为同心灵相比，身体只具有象征性的价值，所以，一个人，身体可能是丑的，身形无甚匀称，歪嘴斜脸，满是疤痕，然而他也可能让我们忘记所有这些，借一种表达，从内而外激发这些不幸形式，展现出令我们不可抗拒的魅力——就像丑陋的米拉波（Mirabeau），只要人们允许他说话，他就知道怎样充满激情地俘获最美丽的女人；再如莎士比亚笔下的理查三世（Richard III），他精神焕发，气概不凡，在亨利六世的棺材前获得了安娜的爱，要知道，安娜一开始时还在诅咒他；就像柏拉图《会饮篇》（Symposium）中阿尔西比亚德斯（Alcibiades）所描述的苏格拉底，他沉默时丑，但一开口便美了。

　　作为知性丑，邪恶一旦成为人之习性，必然导致面相上的丑陋，这出于邪恶的本质，不自由源自对真正自由的肆意否定。原始状态的人们是幸福的，有着幸福的习性和面相，因为他们享有最初的天然的自由。不自由就意味着知悉邪恶就是邪恶，以及意志和邪恶的理念之间最深层次的矛盾，这种矛盾冲突必定会于外部表现出来。一个人的坏毛病和恶习会形成自己的面相特征。妒忌、憎恨、撒谎、贪婪和淫欲会生成专属于它们的怪异形式。例如，女贼的眼神总是飘忽斜视，这一神态在法语称为张望（fureter），词根是拉丁语fur，意思是鬼鬼祟祟，她的眼神随意而锐利，隐秘又明显，潜藏着某样可怕的东西。如果有人参观过大型监狱，进入六十到一百个女贼坐拥在一起的大厅，就会发现自己正处于这种游离、不安的眼神的特殊看视之中，这就是此类人的典型看视。当为了邪恶而邪恶的时候，自然就会更丑。但是，尽管听起来有点矛盾，事实却是当邪恶自洽为一个系统的整体的时候，会重新获得一种意志的和谐，审美地柔和了由此生成的外观。比起绝对的邪恶，个人的恶习往往有着更令人厌恶、更粗鄙不堪的表达；因其否定性，得以在人的身上重获完整。粗俗的恶习因其片面性而显眼，而绝对的邪恶在深层又或浅显处，以类比的方式，粗暴地入侵面相和习性，无须搜集什么罪状，处处皆可为证。一场奢靡的沙龙里，人们被口中的文化彻底吞没，言行放荡不羁，沉迷于最精致的利己主义，同妖媚的女人打情骂俏，遭受冷漠折磨的同时折磨着他们的仆人，最终堕入真正的邪恶之渊。相较于人类，自然可能会在一些动物身上直接地、积极地生成丑，但是人类却能彻底丑化和扭曲所拥有的自然美，通过邪恶，实现自毁自由，而这是动物所做不到的。

皮埃尔·米格纳尔德，《尼农·德·伦克洛斯肖像》

　　丑可以表现于一个人的外观，而造成邪恶和丑的原因则在自由自身，一个超然的存在不可能置身其外。邪恶是人自身的行为，人自然首当其冲，承担其后果。鉴于人在本质上有自然的部分，所以我们在有机体——特别是动物身上发现的那些决定丑的东西，也可能发生在人的身上。的确，人类，万物之长，确实可以期望一个美好的外观，但经验现实——其必要因素包括机遇和偶然性——展现给我们的也不乏丑的形式，加之特定个体的形式本就不纯粹，他继承了大量群体性特征。但是，有些动物生来就丑，它们的概念中就已经包含着丑、扭曲以及冲突，由此可知，不纯粹的形式并非物种意义上的概念。提到人的理念，实际上仍属偶然，经验上只是相对必要。这些不纯粹形式可能仅限于单个或特殊种类。单个种类诞生于有机体因个体疾病而出现的畸形，例如淋巴结核、脊柱侧凸、骨折等；而所谓特殊种类，指的是有机体自身必须适应某一特殊的事物而产生的畸形。在此种情况下，为了考察某种土壤类型和气候的适应问题，我们不妨把人置于和动植物同样的进程。地球条件的多样性，在人类的习性和面相的多样性中得到充分展现，由此也产生了多元的生活模式。山区和平原地带的居民，丛林猎人和渔夫，牧人和农夫，极地和热带地区的居民，他们必定有着截然不同的人类特征。以呆小症为例，这种疾病似乎同生活在特定的地貌，确切点说，与特定的山溪相关，因为沉积的石灰往往溶解于山溪之中。呆小症患者尤其丑，因为他除了不具备正常人的身体，通常还存在其他先天缺陷，即智力低下和精神虚弱。呆滞的眼睛、短小的额头、突出的下唇、贪婪的秉性以及性残暴让他更低级，甚至接近猿猴；但事实上，猿猴更具审美上的优势，因为它不是人类。

　　在人的概念中，本没有丑。作为理性和自由的概念，人的外观形式表现为规律对称的体型，手脚分工，直立的姿势。如果一个人天然就是丑的，就像布须曼人（Bushman）和呆小症患者，那么，他的畸形也表现了一种地域性的、相对可遗传的不自由。疾病会造成骨架、骨头和肌肉的畸变，例如，感染梅毒会让骨头突出，生出坏疽。在这样的情况下，人都会变得丑陋。此外，黄疸病会让皮肤变色，猩红热、瘟疫、某一种类的梅毒会让皮肤长满疹子，像染上麻风病、湿疹，一副蓬头垢面的鬼样子，在这种情况下，人就是丑的。最可怖的畸形毫无疑问要数那些由梅毒导致的病变，它不仅生出令人恶心的疹子，还侵蚀、毁坏骨组织。同钻入皮肤下让人发痒的螨虫引发的病相比，皮疹（疹子）和脓肿在某种程度上是寄生的个体，它们的存在，同作为统一体的有机体的本质相冲突，因为是它们导致了有机体的分裂。对于此类矛盾冲突的体验正是不折不扣的丑——当疾病以非常规的方式改变了身体的性状，它通常就是致丑的原因。浮肿、中耳炎等，皆属此类。但像肺结核、躁狂症或发烧这样的病症，当它们给予有机体一种超乎寻常的酊剂，让后者彻底变轻盈时，那么它们就不是致丑的原因了，因为病人的消瘦憔悴、灼热的目光、苍白或潮红的脸颊，甚至能让人的精神本质更直观可见。此时，精神正处在同它的有机体分离的边缘，它仍在人的身体之内，却让身体变成了一个纯粹的符号。恶疾于整副躯体而言已什么都不是，它完全成了精神的表达，虽然这精神正在飞升，徐徐超脱于万物。谁还没见过临终之际的少女或年轻人呢，作为消耗的牺牲品，他们为丑的研究提供了真正形体扭曲的可怕实景！没有哪一种动物能够提供这样一种实景。——出于相同的理由，我们可以得出结论：死亡未必会导致狰狞与丑陋，倒是很容易留下一个美丽的、祝福的表情。

甚至，如果疾病能在特定条件下美化一个人，那么在其消失后更能成为美之源泉——只见，那人慢慢恢复健康，重现自由清爽的目光、一抹柔和红晕的脸颊。血脉偾张，肌肉鼓起，生命之力整装待发——再次开始兴奋地追求快乐，这一切无不表现出一种意想不到的强力的美，此刻，人的身上散发出不可言喻的魅力。与此同时，恢复活力的诉求于自身中仍见宿敌，即虚弱，一如生命自身中始终包含着死亡。大病初愈即是献给诸神的画卷。

接下来，我们再说精神，因为除了一般的疾病，还有其他产生丑的方式。也即是说，精神自身也可能成为疾病，并在外观上表现出矛盾与冲突，此时的精神已然堕落。更准确地说，灵魂的紊乱本就是真正的精神之丑，同邪恶别无二致。然而，内在丑也能转化成外在的丑。白痴、蠢笨、精神病和躁狂都会让一个人变得丑陋。作为一种同心灵极端的、人为的自我疏远，醉酒也属此类。节制则相反，有着自我意识的精神虑及所有的关系并认识到自身，与此同时，个体则展现了理性的一般本质——它给予精神必要的心灵表现，相应地，也给予精神必要的统摄有机体的绝对权力。然而，在灵魂紊乱的状态下，人变成一个白痴，失去了自我意识的抽象概括能力，或变成一个弱智，只能很有限地把自身剥离开来，再或变成一个疯子，人会感受到自身为一种矛盾冲突所击溃，并认定只有通过虚构另一个存在才能把自己解救出来，甚至干脆进入狂暴状态。在所有这些例子中，病人都把错误的价值归于现实及想象：白痴日益沉湎于动物式的漠然；傻子目光怪异，游离不定，跳过现实及当前的人和物转向迷醉于不确定的东西，他们面部扭曲，令人恶心，表情或激愤，或僵硬，面目可憎；至于精神病人，他们的心灵则遭受更彻底的毁灭，举止装模作样，陷入歇斯底里的悲号，时断时续，淋漓尽致地暴露了一个崩溃的自我意识。

五、艺术丑

如我们所见，丑的王国同我们的感官世界一样庞大。就感官世界来说，邪恶和精神之不幸的自我异化，只有通过外在表象的中介才能成为审美的对象。因为丑只能通过美而发生，利用自然的必然性以及心灵的自由，它可以作为其每种形式的否定而自我生成。自然于不经意间把美和丑混合在一起，或如亚里士多德所谓下沉（καταβεβηκώς）。精神的经验现实同样如此。为享受美，精神首先必须带来美，而后为自己把美封闭在一个特殊的世界里。这就是艺术的起源。从外部来看，艺术也同人的需要相联系，但它的真正动机仍然在于心灵对纯粹的、无杂质的美的追求。

如果生成美是艺术的任务，那么当我们注意到艺术也产生丑时，这看起来岂不是最大的矛盾？

如果我们回答，艺术的确产生丑，但它只是作为美的一种，那么，我们不过是在第一个矛盾上又加了第二个。而且，后者的矛盾性明显更大，因为丑的事物怎么可能变成美的事物？

行文至此，我们发现自己陷入了新的难题。当这些问题涌现在我们面前，人们只能用些陈词滥调加以辩护，即美需要丑，或可以利用丑表现美；同理，人们也会说恶习是德行的前提条件。有了丑的黑暗面的衬托，纯粹的美的形象被人们认定会显得尤为明晰。

但是人们真的能相信这些话吗？事实是，同丑相比，美必须被感受为更美，而丑则只是相对的。所有的美都绝对希望有丑相伴？只有站在特瑞斯特斯（Thersites）的边上，阿喀琉斯（Achilles）的美才能如其所是地充分表现出来？这种论断显然是错误的。作为理念的感性显现，美本身是绝对的，无需任何外在的支撑，也无需对立面来彰显。丑不会让它变得更美。丑在美的边上并不能如人们预想中的那般增加美，它只不过激发愉悦，以便我们在感受美时更加生动；如很多画家，描绘甜美慵懒的达娜厄（Danaë）在她美丽的塔楼里接受金雨时，在她的旁边或身后，总会画一个满脸皱纹、尖下巴的老妇人。

但事实上，我们更希望美和崇高可以独自、原样地呈现出来。其自身足以具有这种能力，即不仅不需要任何丑来陪衬，而且任何此类陪衬都会被发现产生干扰。绝对的美有平心静气的效用，当此之时，能让人忘掉除自己之外所有的东西。面对已然是被祝福了的完满，为什么还要让别的什么东西分心？为什么要通过沉思其对立面来增加它的乐趣呢？在阿迪顿神庙里神像边上，难道还有摆放恶魔雕像的空间？除了神，崇拜者难道还会对别的什么东西感到满意？

因此，我们必须抛弃艺术中的丑是为了美的这种无效论断。在建筑、雕塑、音乐和抒情诗中，人们发现坚持这种论断常会带来麻烦。通常情况下，艺术所需的对比不一定非得依靠丑来生成；美有千面，足以同其自身的形式产生对照，例如，在歌德的《伊菲革涅亚》

（*Iphigenia*）中，出现了那么多美丽的角色，或如拉斐尔《西斯廷圣母》（*Sistine Madonna*），画中只有庄严、荣恩、优雅、高贵、温和，找不到任何丑的东西，但尽管如此，这件作品却并不缺少对照，作为美的艺术品，它生成了无尽的喜悦，这些喜悦则来自作为纯洁无暇的圣母的绝对美。因而，对于丑的目的论阐释缺少足够的辩护。对自然的谈论，我们总是不免带有目的论的腔调，涉及的主要是生命，美只是第二位的。我们也看到，对于心灵来说，真理和善优先于所有审美要求。真和善也美，那当然好，只是美并非必要。在此需要强调的是，我们由此并不能得出结论，即真理和善若不能以理想的美的形式出现就一定是丑的。在心灵或自然中，无自我意识的丑，除自身外没有任何目的。自然并不会通过骇人的形式和色泽来警告我们某些金属、植物和动物有毒，但最有爱的精神却可能命运悲惨，不得不背负着伊索的驼背、拜伦的跛足过活。

　　艺术的目的只能是美，又怎么可能创造出丑呢？很明显，我们需要思考这种表层联系下的更深刻的理由。或许，我们可以在理念的本质中找到答案。艺术的确需要感性要素——这是它的局限性，对抗着善和真的自由——但在这感性要素中，它想表现也应该表现总体意义上的理念。允许外形的存在正是理念的本质，于是，否定也就有了可能性。所有从偶然性和任意性中生发出来的形式同时都真切地意识到了它们存在的可能性：理念首先要有力地证明它的神性，在混乱的现象世界中，这证明的力量就表现在对事故和事故、冲动和冲动、任意性和任意性、激情和激情之间的划分之中。理念需要保存自身法则的整体统一性。如果艺术希望表达的不只是理念的单一的经

Achilles. Who's there?
Patroclus. Thersites, my lord.

Act II. Scene III.

此画为H. C. 塞卢斯为卡塞尔公司出版的莎士比亚戏剧绘制的插图

提香，《达娜厄》

安塞姆·费尔巴哈，《伊菲革涅亚》

拉斐尔，《西斯廷圣母》

塞巴斯蒂亚诺·德尔·皮翁博，《独眼巨人》

莱昂内·莱昂尼，蓬佩奥·莱昂尼，《查理五世》（雕像上部中间的怪物为喀迈拉）

爱德华·伯恩–琼斯，《珀尔修斯和三姐妹》

扬·凡·艾克，双联画《最后的审判》

验，它就不可能避免丑陋。纯粹理念呈现于我们的是最重要的美的时刻，是积极的，但是自然和心灵难道不应该以其全部戏剧性的深度得以再现吗？如此，自然的丑陋、邪恶和魔鬼般的事物便不可或缺。尽管古希腊人生活在理想的国度，却为世人奉献了赫卡同刻伊瑞斯（Hekatonchires，百手三巨人）、塞克洛普斯（Cyclops，独眼巨人）、萨提洛斯（Satyrs，半人半兽人）、格莱埃（Graiae，灰色三姐妹）、恩普萨斯（Empusas，嗜血女魔鬼）、哈尔皮斯（Harpies，鸟身女妖）、喀迈拉（Chimeras，狮头羊身吐火怪物）、一个跛足的神；在他们的悲剧中有最可恶的罪行（俄狄浦斯、俄瑞斯忒斯）、发疯（Ajax，埃阿斯）、恶心的疾病（Philoctetes's pus-filled foot，菲罗克忒忒斯脓肿的脚）；最后，在他们的喜剧中更是汇集了所有的恶习和卑劣的伎俩。但是，直到出现了从根本上认清邪恶的本质并将其彻底克服的基督教，丑才被充分地引入艺术世界。

为生成总体理念外形，艺术难免制造丑陋。把理念局限于简单的美的事物的这种理解，未免肤浅。从这种完整性出发也并不能得出丑的事物同美的事物享有同等审美地位的结论。但将丑的事物排于第二位就大不相同了。美，自我静止，它能由艺术展示，而无须关联什么，也不需要任何更深层次的背景。丑则不具备这种审美的自足。从经验上看，丑的确不证自明，即它自身也能够表现出来；但就审美来说，抽象地确立丑是不可能的，因为它必须在美中反观自身，美是它存在的条件。至此，我们可以继续前述中丑同美之间关系的讨论。我们现在可以这样说：丑不能依赖自身而存在，必须以美作为衬托。我们可以很好地欣赏达娜厄身边丑陋的老妇人。但画家并非为我们单独画了她，除非作为某种类型画——在这样的画中，情境构成了审美要素；或者作为一种肖像画，那就直接属于政治范畴了。丑依存于美，但我们不能理解为丑被允许以美作为方法。这是荒谬的。在美的支持下，丑偶尔或许可以邻近美，能够提醒我们危险的存在——毕竟，美因其机动性的自由，总是处于这种危险之下，但是丑不可能成为艺术直接、独一的对象。只有宗教才会以丑为绝对的对象，就像许多恶心的异族宗教偶像所表现的那样；当然，基督教的许多宗派也会这么做。

　　总体来看，丑就像邪恶、疾病一样，不过是构成了一个临时歇脚处，在自然这一座巨大迷宫中，我们不仅只是忍受丑，它对我们来说还可以是有趣的。然而，一旦离开了这样一个环境，丑在审美上就无甚可能了。例如，我们可以仔细观看但泽（Danzig）的凡·艾克（van Eyck）所作联幅画《最后的审判》，在画屏正中一边的尾翼上再现了可怕的地狱，可恶的、爱嘲弄的魔鬼于绝望中接受审判，很明显，画家之所以绘制这一堆罪恶可憎的嘴脸，只是为了同对立面的画屏建立联系，因为在那幅画中有得救者经由明亮的波浪走向陆坻；而这两侧的画也只是为烘托正中的画，即审判，它独自解释着立于两侧的极端世界，为对阵的两群人指出一条通道，画幅上奇妙的色彩上下渐变，炫耀着救赎的光辉。但如果只画地狱，或者哪怕只画魔鬼，画家都宁可不画。出于教诲的理由，我们自然也会把丑单独表现出来，但是像肖像一般逼真地再现了丑的艺术家，绝不会认为他在这绘画过程中创造了一件艺术品。基督头像被大模大样地随处展览，只一个梅菲斯托的面具却不行。诚然，这种个体化会赋予丑以自足的存在，却同它的概念相矛盾，而在所有静物的绘画中，美都是可以被独立表现出来的。也正因此，所有以纯粹丑的东西为主题的诗歌，不论其精神表现如何，都无法获得丝毫欢迎。没有人能从这样的作品中获得真正的愉悦。法国有关于色情、梅毒的说教诗，荷兰有关于胃肠胀气等之类的诗篇，就连这些诗歌的拥有者在自己的藏书中发现它们都会感到羞愧。歌德告诉我们，[13]帕拉哥尼亚的王子想通过艺术本身呈现丑，断然违背丑的规则，想在某种系统的完善中以雕塑的形式再现丑。他设法克服了所有的困难，但做出来的不过是一个混杂无序的、悲哀可笑的怪异东西。只有同美结合在一起，艺术方才让丑存在。也唯有如此，丑才能带来巨大的影响。艺术需要丑，不只是为了完整地把握这个世界，主要还是为了将一个行为转化为悲剧或喜剧。

　　艺术果真再现丑，这似乎同美化丑的概念相矛盾，因为在那种情况下，丑已经不再是丑，完全独立于尝试以美化丑这一命题。强词夺理地伪饰一个审美谎言，实际上并不能通过弄清丑——美的否定——变成美的过程中的内在矛盾何以产生丑，也不能把它当作某种积极的事物，这同丑的本性相对立，最终让丑自身变成漫画，一种矛盾的矛盾。重申一遍这个事实，即艺术必须理想化丑，必须按照美的一般法则处理它；艺术不应隐藏、伪装、篡改丑，以华丽的东西装点它——这势必将违背丑存在的本性，而是按照其审美意义的参数赋予它以形式和真正的完整性。记住这一点尤其必要，因为这就是艺术处理所有现实的方式。自然艺术向我们展示的是真实的自然，而非通常经验的自然；是可能的自然，只要其有限性允许它如此完善。同样地，艺术给予我们的是真实的历史，而非通常经验的历史，按照其本质和真理，作为理念的历史。通常，现实世界里从不缺少最迫近和最令人反感的丑的形式，艺术处理起来并不容易。艺术必须向我们展示丑的全面危害，但它必须按照理想化的形式，这也是处理美的方式。艺术必须去掉内容中仅属于其偶然性存在的所有东西；它强调现象的重要意义，去除无关紧要的特征。艺术也必须如此处理丑；它必须展示使丑之为丑的那些条件和形式，但也必须去除所有那种偶然地侵入王的存在，并弱化或混淆丑的内在特征的东西。这种净化去除了未阐明的、偶然的、缺乏特征的东西，是一种理想化的活动，它并未为丑增加一种异己的美，而是直截了当地发掘出那些把丑标记为美之对立面的要素，而丑的独特性就存在于这种审美冲突当中。然而，古希腊人的理想化却在某个时期达到了这样的高度，即丑被取消掉，变成了积极的美，就像欧门尼德斯（Eumenides，复仇女神）和美杜莎（Medusa，蛇发女妖）那样。[14]如果人们就此以为古希腊人主要是在愉快的平静中追求理想的美，而避开丑那种极具变动性和强度的表达，那就太狭隘了，一些关于古希腊艺术的观念只是基于有限的一些雕塑。涉及诗歌时，人们稍加反思，很快就会承认这一点。安塞姆·费尔巴哈在他研究梵蒂冈阿波罗雕像的出色著作中已经证明，古希腊人毫不羞于表达可怕的、戏剧化的活力。[15]涉及绘画时，我们稍加深入查看一下赫库兰尼姆和庞贝壁画就明白了，我们也可以从对位于雅典和德尔菲礼堂（Lesche）的波里格诺托斯（Polygnotus）石柱上绘画的描述中了解到这一点，诚如歌德在对以上艺术的评论中所言，他对审美的冲突加以强调，尽管他自己是一个快乐、平静和节制生活的崇拜者。[16]

　　丑，必须通过艺术去除所有异质的冗余和扰乱心神的偶然因素，再次服从于美的一般法则。正是出于这个理由，对丑的孤立的再现同艺术的概念相冲突，因为它应该通过艺术表现为自身的目的。艺术必须使丑的第二自然可见，并提醒我们，丑起初并不能独自存在，而是有赖于作为它的否定的美。丑因此种偶然而被带入审美视野，得到的所有的关注也只是由于它是和谐总体中的一个契机。丑不能闲置，但必须证明自己是必要的。丑必须适当约束自己，让自己服从所有对称与和谐的法则，而这法则往往是与它自身形式所违背的。丑也许无法让自己脱离其内容所允许的比例，但必须拥有一种个体表达的力量，让自身的意义准确无误地表达出来。

以绘画艺术为例，一个人排便或呕吐的样子自然令人恶心。然而，画家并不惮于在盛宴的背景下表现这些东西。这些终究是这个世界的行事方式，当某个东西味道特别好时，人们自然就会吃撑了。为了画面的完整性，艺术家不希望漏过这一时刻，而只是运用表现形式从审美上弱化它。保罗·委罗内塞（Paolo Veronese）曾为迦南的婚筵（Wedding at Cana）画过一幅知名画作。在前景中，他绘制了一个天真无邪的小男孩撒尿。其实，于前景中出现这样一个孩子是可以容忍的，男孩笑嘻嘻地撩起袍子，露出小巧的腿和臀部倒也无伤大雅。此外，保罗还画了一个呕吐的成年人，这个男人享受了太多美酒佳肴，被置于背景中，头痛欲裂地倚在墙上。

再看音乐，不和谐会破坏、损害音乐。音乐家不会随便将其引入，除非必须，且往往在已作了充分铺垫的情况下；最后，通过消解杂音的形式，不和谐终成了实现更高和谐的基础。

为我们奉献了卡利班（Caliban）这一形象的莎士比亚在一座孤

岛上就是这样做的：一个巫师统治着海岛，在这样的语境中，卡利班的出现自然也就没什么奇怪的了。他是荒岛中未开化的原住民，受过教育的入侵者自居为他的主人。在接触了文明人类施予原始人的命运后，卡利班起而反抗、报复普洛斯彼罗（Prospero）。因此，卡利班不是一个简单的怪物，诗人还借此表达了一种世界历史的观念。类似的例子还有更多，例如，作为审美补偿，莎士比亚又塑造了爱丽儿这一形象。在同这个精致的空气精灵的鲜明对比下，卡利班粗鲁残暴的怪物一面更加突出，同时，也给予我们越过他笨拙的身体，触及心灵与良知的契机。

　　建筑以废墟为题向我们提问。一座建筑物的拆除让我们期待丑陋，只是不知它是否能够出现，因为丑陋的出现部分取决于建筑，部分取决于它的破坏方式。也就是说，一座美丽的建筑变成废墟后仍将展示出其蓝图的宏伟、比例的大胆，建成后的富丽和优雅，而我们将不由自主地努力根据这些想象一座完整的建筑。一座丑的建筑能从拆除中受益，它的碎片可能被奇妙地堆放在一起，这同拆除丑陋的建筑让我们从审美层面感到满意的事实相去甚远。当然，废墟如何产生，碎片如何扔在一起，还剩下什么……这些思考也很重要。一堆石头，几堵残垣断壁，也提供不了如画的视角。一座谷仓或牛棚的废墟，就算在月夜也不会引起我们的兴趣，而一座宫殿、一座修道院、一座骑士城堡，往往看起来很浪漫。一片废墟最终是否美丽，不只取决于建筑的原始比例和它毁坏的方式，还取决于建筑是否同周围的自然一同成长，是否让自身呈现出自然作品的特征。屋顶和门窗洞开，了无人迹，苔藓绿了石板，植物长于其间，鸟儿筑巢，狐狸破窗窥探，建筑

保罗·委罗内塞，《迦南宴席》

就这样接近原生状态，最终成了自然的产物。

六、丑同各种艺术之关系

所有艺术都有落入丑的普遍可能性。每一种艺术都可能产生丑，且的确可能丑到那种我们无法忍受的地步。尽管如此，这种普遍可能性的本质特性还是取决于每种艺术的特点。每种艺术的性质、内容、范围和形式各不相同。实际上，每种艺术都是一条精神与审美的自我解放之路，从这一点上看，诗歌是最能完满地实现自身的一种艺术类型。再现美的种种材料，为我们再现了这种解放的具体步骤。在质料、空间、经验上，即在视觉艺术上，精神仍外在于自身。在声音、时间、感觉上，即在音乐艺术上，精神进入了自我之中。而在语词、意识、形象和思想中，即于诗歌艺术而言，精神达到完美的内在性，形式也得到充分的理想化再现。在这一进程中，随着自由度的增加，再现愈发容易且毫不费力，但随之增加的还有产生丑的可能。

举例来说，人们最终建造出建筑物可能会令人憎恶，这不仅见于无数因有限需求而涌现的建筑物，也见于许多公共建筑物，事实上，也见于那些被视为建筑奇迹的建筑物。然而它们在建筑艺术中，也很难定义为完全丑陋。歌德曾说，错误的就不要建造，因为它们以其尺寸和持久性冒犯着人们的美感，这实在太让人痛苦了。他也曾不止一次暗示建筑是一件极其严肃而有价值的事，无论如何不能草率对待。鉴于它的材质，即庞大的物料，建筑总是更容易激起讨论。建筑必须至少要能明确地提供安全的居所，且在一定程度上实现它的目的。这两种实用动机总是能使建筑在自身之中具有一定的节奏感。一座建筑，越是以令人安心的方式向外宣布其比例的稳固性，越是象征性宣布了其所致力于的形式目的，就越美。例如，那些18世纪上半期建造的房屋，看上去确实就像有人先是临时建了四面墙，接着勉强加盖了个屋顶，最后心血来潮地挖几个从里到外没有任何对称性的、或大或小的窗子，就像舍彭施德特（Schöppenstedt）的市政厅那样。然而，一座大型建筑总是会表露出一些独特的反思，它并不兼容建筑风格的混杂，独立于时代，令人印象极深，更不会让人觉得难看。

雕塑因其物质的易碎性和珍贵性也极能限制丑。诚然，最可怕的事实也有可能会发生，即最卑劣的雕像都会有人雕刻和铸造，但至少材料的奢华和作品的纯粹总能控制住其生产时的浮躁。一块卡拉拉大理石、铸像用的青铜，可一点也不便宜。只有在漫漫时间之中，石块才会屈服于数千次的锤击；只有在经历一段耗时长达数年的塑造后，矿石才能被浇入铸型，但也仍需一月接一月的雕凿。这就是为什么没有艺术能像雕塑这样拥有如此强大的生命力。对于雕塑来说，新的风险很少出现，因为失败的代价太大。一个错误，如果刻在石头上或铸在青铜上，考虑到材料极强的塑型性，可要比描画更为显眼。最后，只有雕塑坚持不懈于自己的最初的理想，也没有像其他艺术那样，流露出疾病、痛苦，以及邪恶中的否定。

另一方面，视觉艺术中的绘画最容易成为丑的牺牲品，因为它必须模仿单个动作，同时还得运用透视构图。雕塑能让个体犯或大或小的错误，在创作雕像时，形式、位置、衣褶都可能出错，但总体上仍值得尊重。但是，由于绘画的材料很容易买到，作品的生产也要容易得多，所以就很容易产生丑。同雕塑相比，绘画的取材范围趋于无限大：景观、动物、人……视觉所及，无所不包。与此同时，绘画的好坏取决于很多方面：形体轮廓、颜料、透视——如果作为一整个画面呈现出来，画家要考虑的东西可就太多了！也正是因为这个原因，极易出现绘画失误，颜色失真，透视错误。一个透视缩短，一幅画立马就搞砸了；一种色彩选错了，一幅画就失败了；阴影或高光，还很容易被人忘记！毫无疑问，相较于雕像，就算除却宗教原则下的丑陋的印度和埃及绘画，这世上糟糕的绘画也要多很多。

　　再说音乐。随着音乐的制作越来越容易，又鉴于这种艺术狙特的主观性，也越来越容易出现丑。尽管音乐的抽象形式、尺度和节奏基于数学，但旋律——让音乐成为理念最真实、深情的表达——是最模糊、最具偶然性的，要想对音乐是否美下个判断，往往很难。考虑到声音的空灵、多变、神秘性、象征性，以及世人评价的不准确性，音乐甚至比绘画更有理由出现丑。

　　最后，是艺术中最自由的诗歌。由于精神之自由，以及作为表现媒介的言词书写都很容易，诗歌生成丑的可能性达到最高。就真正公平地对待理念的这一层面来说，诗歌是最难的艺术，因为出于精神的深度状态，它几乎无法直接模仿经验现实，而又必须解决这个问题，并加以浓缩。然而，一旦它出现，一旦它赢得了文学的存在，一旦它为自身找到了真正的技巧，那么，没有其他艺术能像它这样被如此轻易地误用，因为根据一位伟大诗人的著名论断，语言本身己经为我们进行了书写和思考。在史诗、抒情诗、戏剧和教诲诗中，同样的材料稍加改头换面，内容和形式保持不变，材料的结构却很容易发生变化。于是，在诗歌里，我们只能靠趣味来发现丑，趣味则需要多面的经验得以养成和丰富，也需要渊博的知识来使之达到平心静气。此外，还得加上一种有倾向性的诗歌兴趣。于是，并非诗歌的价值，而是革命的或保守的、理性主义的或虔敬主义的存在，决定了一首诗的命运，就像我们这个时代经常证明的那样。对我们来说，派系的观点就算不会让神圣的理想完全消失，也会让它黯然失色。在诗歌里，人们最容易犯错，还最不易察觉，产生丑的比例也必然最大。

七、丑的愉悦

丑能产生愉悦，听来就像说疾病和邪恶能带来愉悦一样荒谬。尽管如此，丑的确能以健康以及病理学的方式产生愉悦。

就健康来说，当丑证实自己在一件艺术品整体中相对必要时，就已经被美抵消掉了。在此，并不是说这样的丑造就了我们的愉悦，而是美克服了它的背叛，令人愉悦。

从精神病理学的角度来看，当一个时代在身体和道德上都堕落了，那么它就无力去追求真理而只能表达简单的美，但仍希望欣赏艺术，在无聊败坏的趣味中寻找刺激。这样一个时代喜欢以矛盾冲突为内容的混合的感性。为刺激迟钝的神经，人们把闻所未闻的、最不沾边的、最令人恶心的东西拼凑在一起。被撕裂的灵魂以丑为食，因为丑在某种程度上成了它们否定状态的理想。动物诱饵、角斗士游戏、下流的症状、夸张的手法、淫靡的旋律、巨大的器具，粪便和鲜血的诗歌文学是这些时代所特有的。

八、作品的划分

　　在解决了这些先决问题后，让我们转向丑概念分类的发展，上文我们已经给出了它在美的形而上学中的大致位置。我也说过，丑构成了美本身的概念和滑稽概念之间的否定的中间状态。这种立场不同于以下观点，即他们看不到丑作为美之理念的特殊契机，而只是视它为以可怕和恐怖的形式作为崇高的从属的规定要素，或以滑稽和低等的喜剧形式作为喜剧从属的规定要素。当今许多美学家把喜剧和崇高相对立，认为绝对的美是崇高和喜剧的统一。然而，喜剧并不只是简单地站在崇高的对立面，它总体上也是美的事物的对立面，更准确点说，它不是美的事物的对立面，而是促进丑的东西进入美的事物的要素。丑站在美的对立面，它同美发生矛盾冲突，而喜剧与此同时却可能是美的；美的事物并非单纯绝对意义上的美，但肯定是审美和谐意义上的美，是解决矛盾冲突后回归的统一体。在喜剧里，某种丑的东西被共置为美之事物的否定，后者反过来也否定了前者。没有一个矛盾冲突只通过外在形式得以解决，因为外在形式终究只是外在形式，喜剧的东西不能由之得到思考。亚里士多德及其后的西塞罗已经提到了此事。[17]崇高的概念同样离不开美的概念，且被看作后者的一个特殊的形式。既然丑的东西不是绝对的存在，而只是某种相对的东西，那么，我们只有回到美的理念才能给它以概念和定义——美的理念提供了定义丑的条件。

　　当只涉及丑的事物时，我们已经假定，一般意义的美的事物，是和谐总体中自然和智力的自由可感的外观。

　　因而，我们可以明确一点，美的首要的条件需要一个界限，它必须自我呈现为一个总体，把差异呈现为统一体中有机的部分。形式之抽象确定性的概念在某种程度上构成了美的事物的逻辑，因为它仍然完全从其具体内容中抽象而出，并为所有的美提供了同样的必要形式——不论它在哪种材料中实现自身，也不管那是一种什么样的精神满足。

　　对形式普遍统一性的否定就是无形式。所有形式的纯粹缺失，既不是美的事物，也不是丑的事物。无限延展的空间不能称为丑的，分辨不出的黑夜不能算丑的，同一的乐调也不是丑的……当一些内容本该拥有形式却没有，或者拥有形式，但其形态却同内容的概念不相称，只有在这样的情况下，无形式才是丑的。至此，我们所说的"无形式"也指边界的不确定性，无形式能很好地成为一种内容的必要形式，例如，空间的无限性需要一种形式，从而有了边界，但这会违反绝对空间的概念，因此，作为一个形式，它只能是无形式。然而，如果某些内容应具有特定的形式，而这形式又不存在，我们又将它同这种预先为其量身定做的形式相比较，便会觉得这种不足就是丑。没有形式，任何内容都不可能存在，从形而上学的角度来看，这种观点在任何情况下都是完全正确的，但相对而言，我们可以谈论无形式，就像我们可以谈及内容的缺失。比方说，我们假定一个风景画家希望画一个地方，由于时间紧迫，只能在尚未完成的轮廓上画几道色彩，以唤起他的记忆：此时，这风景的形式就很不完善。我们用无形式的色点代替真正的着色，而这些色点只是为了将来能完成绘画，而这些色点的总体仍无形式，结果就只能是丑的。现在，我们也可以假定画作已经完成，但画家却画错了，摆在我们眼前的是一件糟糕的作品，于是，这幅画虽是一个完整的形式，但却不是它应有的形式。取代应有的形式，将会酿成一个或多或少同事物的概念不相符的形式，因而，它是一个同内容不相称的形式。于是，内容和形式之间便会产生一种积极的矛盾冲突，而这种形式的无形式就会再一次成为丑的。

　　因此，美的事物要求在决定性的关系，或者说得抽象一点，在比例中实现形式和内容的统一，但是美的事物也有可感知的一面，这至关重要，因为它会完全像形式所做的那样进入自然。要成为美的，知性的内容也需要可感知表象的中介。就此而言，自然可以说包含着实实在在的个体化的真理，这之中必须进驻美的存在。现实中，美也被理想化地决定，只是这决定在某种程度上同自然密不可分，因为只有通过自然，理念才能实现自身的有限性，使自身成为一个具体现象。没有自然，任何单个的美的范式都不可能存在，艺术因而需要研究自然，以便把握它的形式，就此而言，艺术应该模仿自然，而且要本着良心，忠实地模仿，因为艺术依赖自然。——这个主张同断言艺术不应该模仿自然一样为真。只要我们把模仿理解为对可能的经验对象的简单且精确的复制。正如抽象比例的形式主义还不足以创造美，抽象现实主义也做不到。对粗糙外观的模仿还称不上艺术，模仿应该从理念开始，但是自然以其自身的存在暴露于所有的外在性和偶然性之中，往往无法支撑其自身的概念。自然形式的理想的实现，仍是艺术的事，自然追求的美，存在在时空中，往往没有实现的可能性。但是，为了让理想的自然形式的实现成为可能，我们无论如何都得勤勉地研究经验自然——所有真正的艺术家都在做的事，只有虚伪的理想主义者才会对之嗤之以鼻；因为只有自然形式的真理赋予了美的事物以正确性。

　　相对地，正确性在总体上意味着必要的自然形式的表象没有任何错误。然而，美的事物难免错误。因此，如果一个形式违背了自然的规则，引发的矛盾冲突必然会生成丑。当自然因某种失常而偏离了它的规则的时候，它自身也不再是美的。就艺术而言，情况更是如此，因为在艺术中不再有自然这个借口，也就是说，它不再能够避免问题语境，于是庞然怪物、蟑螂、脑积水等都出现了。比方说，我们想象一座雕塑意在描绘一头母象，带着正在吃奶的幼象，就像米隆（Myron）所作哺乳奶牛的雕塑，抽象的比例将不得不被应用于一个群组的顺序，但自然正确的表达往往会包含这样一个事实，即幼象被喂养得尽可能自然地贴合母亲。母象的乳房长在两条前腿之间，而不像人类的乳房，幼象也不是用鼻子吃奶——象鼻是用来吸水并灌进喉咙的，它是用下颚的嘴唇吸奶。如果艺术家连这一点都没有观察到，那么就会导致不正确，结果就是丑，因为大象所有的形式比例都是为了这种吸奶的形式。很明显，一种表面所谓的自然美化，改变了它的理想真理，也属于不正确的概念；通过笨拙的努力轻易就能实现的卑微的正确性，也达不到理想的真理，反过来还需要审美的矫正。

　　但同样明显的是，为服务特定的审美冲动或奇妙的意象，艺术自觉背离了自然给定的形式，就不应算作不正确。传统的艺术比例构成了一个特殊的正确范围，它把自身固定为一种精神形式的历史表达。一开始，这样一种形式或多或少同一种自然比例或至少同一种事实的需要相一致。然而，随着时间的推移，它开始能够同自然保持一定的距离：人

米隆，《奶牛》雕塑（复制品）

为了让他的自由真实可见，甚至对自然使用暴力。未开化的人通过野蛮地损坏和改变自己的身体，在鼻子、耳垂、嘴唇上穿骨头吊环，在身上文图腾来证明自己，努力把自己同自然区别开来。他已不能像动物那样满足于既定的自然，他希望作为一个人对抗自然以展示他的自由。后来，人们终于获得了一种截然不同的习惯和稳定显著的行为方式。他们按照地方和民族的特点，创造独特的服装、住所和设施形式。艺术应该以历史对象为主题吗？这是必须的，以便按照其明确的历史形式正确地再现它。但其中重要的不是严谨的准确性，而是形式如何通过特殊的夸大成为一个审美层面更独立的个体。博托库多人（Botocudos）阔大向下伸展的下嘴唇，中国女人的富态的肚子和三寸金莲，阿尔卑斯山施蒂利恩女人干瘪的脸和腰身等，这些显然都是丑的。因此，对这些形式的违逆会获得审美上的优先性。但是，如果意在准确地再现某一历史时期一个中国美女，那么除了按中国人的审美方式来做，我们别无选择，于是不论是富态的肚子，还是三寸金莲都不可少。艺术可以弱化这些形式，但不可能无视它们，因为它们属于一种历史模式的个体特征。的确，艺术的素朴时期丝毫不关心这种历史的精确性，重要的是抓住全部人类，但到了反省阶段的艺术却再也不能无视历史的正确性。众所周知，路易十四和路易十五统治下的法国剧院里古希腊、古罗马英雄和女英雄的扮演者，个个戴着假发，穿着有裙环的裙子，挎着长剑。演员也被安排站得离公众很近，好让公众更容易理解穿着这种服装的表演。但这种自由最终却引发了恐慌与讨论，因为人们希望过去的和外来的东西有它们进入陌生之地且保持自我的权力。一本独立期刊提供了真正具有指导意义的铜版画，这就是路易十六时代出版的《巴黎大剧院服装年鉴》（*Costumes et annales des grands théâtres de Paris*），目标是以历史的精确性描绘凯尔特人、希腊人、罗马人、犹太人、波斯人和中世纪服装，并同戏剧实践相调和。

　　无形式和不正确是丑的两种主要形式。但仍存在那么一种形式，它实实在在地包含了成为这前两种形式的动机，那就是内在的畸变，它会爆发为外在的不和谐和不自然，因为它自身就是晦暗杂乱的。对于美来说，自由是真正的内容，自由指的就是一般意义上的自由，它不仅包含意志的伦理自由，还包含智力的自发性和自然的自由移动。只有拥有自决权，形式和个体化的统一才能成为完美的事物。人们必须普遍接受这种自由的概念，否则审美领域就会受到不必要的限制。美的形而上学不仅适用于艺术，也适用于自然和生活。在现代生活中，一说到美，我们就习惯地认为是在谈论可感知形式的精神内容。只要自然本身也是源自精神，这可能就意味着，它也是创造性精神的作品，散发着精神的魅力。殊不知，精神在它的沉思中也沉思着它的自由。但如果精神只是把自身局限于艺术，那么结果就是对美的概念，以及丑的概念的毫无根据的和不公正的打压。倘若没有必然性，自然的概念是无法想象的，因为自决权的内容、形式本就源于个体定义中自我的本质。我们应该避免被那些关于自由之起源与目的的令人费解的老生常谈带偏，它们最好被归入其他科学。如果我们对美学观点心领神会，那么就能得出结论，即作为自我决定的必要性——自由包含了理想的美的内容。自由，就其本质来说存在着一种双重运动的可能性，即它能作为无限，超出外观的尺度，也可作为有限，进入尺度之内；自由是无限内容和有限形式的统一，而这种统一体就是美的事物。那么，自由应该取消其自身限制的有限性吗？实际上，取消自由有限性的举动会让它变成崇高。相反，如果它追求它的有限性，限制自身，就可能会变成愉悦。绝对的美持守着它自身的无限，既不伸展向无限，也不会在极小的空间里迷失。

正如阿诺德·鲁格（Arnold Ruge）和库诺·费舍尔（Kuno Fischer）所言，崇高真正的对立面不是丑，也不是滑稽，而是愉悦。在美的理念中，我们必须区分包含崇高的一般意义上的美和作为否定美的丑之间的对立，区分崇高的美的事物和令人愉悦的美的事物的精致优雅形式间的积极对立。经由丑，这一滑稽引来的中介，滑稽的确有可能相对地反对崇高，但值得深思的是，作为一种幽默，滑稽也能够与崇高再次融合。这就是拿破仑一世在衰落时所说的：从崇高到可笑仅一步之遥，以及拿破仑三世在加冕典礼上所说的：从可笑到崇高也只有一步之遥。这能作为普遍的美学原则吗？阿里斯托芬常常如此崇高，以至于每一个悲剧家可能都会妒忌他。

因此，在丑的世界里，主要原则应是不自由。由此，个体审美，或换一种表达，即非审美的特征出现了，不自由也可以是一般意义上的，因为不仅是艺术，一般意义上的自然和生命，也被拉到这个方向。作为缺少自决权的不自由，或作为一种自决权的矛盾冲突的不自由，对抗着主体本质的必然性。出于自身原因导致了丑的事物，它的外观表现就成了不正确和无形式。例如，我们观察生病状态的生物就会发现，它生病的可能性的确是必然的，但这绝不意味着因为这个必要的理由，它就必须在现实中生病。由于生病，生物的运动和发展的自由被干扰，它也受到疾病的影响，最终的后果就是，在被恶疾入侵过内部之后，生物的外在畸形和丑化也必然会展露出来。或者，如果我们留心观察，也不难发现，只要稍稍否定其必然性，它就会成为积极的不自由，就会成为邪恶。邪恶是伦理上的丑，这种丑将同样以审美的丑为后果。理论上的不自由、愚蠢和狭隘如何能帮助自己投射在蠢笨且软弱的脸上呢？真正的自由不管从哪方面看都是美的事物的母亲，不自由则是丑的事物的母亲。然而，丑的事物，正像美的事物——它的双重否定，经由两面揭示它的不自由：一方面，不自由设置了一个界限，而按照自由的概念，这里本不该有界限；另一方面，不自由去除了一个界限，而按照自由的概念，这里本该有界限。在前一种情况下，丑产生了卑鄙，而在后一种情况下，丑产生了憎恶。最后，不自由以准确无误的判断方式，把自身同它的本质，即已被它倒转为厌恶的东西的自由必然性相比较，生成了自由和美的扭曲——漫画。在诞生之初，它是丑的，因为不论是形式还是内容，漫画都意味着自由、美同自身明显的矛盾冲突。但在漫画中，对其原型决定性的反思再一次打破了丑的力量，它可以相对地回归自由和美，因为它不仅唤起了与之相矛盾的理想，还带来了一定的自我满足感，自身对绝对无效的积极满足在外观上生成了滑稽。

　　因此，崇高的对立面是卑贱，愉悦的对立面是厌恶，美的事物的对立面则是漫画。这一概念应用广泛，因为它集合了丑的所有变化，作为一般概念，几乎等同于丑的同义词，且能正确地让漫画同理想相对，这理想在其自身当中已被倒转。基于这种同美的事物的明确联系，滑稽之物可能会变成美的事物，突破所有的外观形态，因为漫画有多种类型：平面的与深刻的、欢乐的与痛苦的、卑贱的与崇高的、骇人的与迷人的、可笑的与可怕的。但它们都可以决定自身，也可以透过自身指向积极的一面，让其对立面跟它们一起直接显露出来。而就每种丑而言，它们也同所否定的美确立了一种联系。无形式为丑激活了形式；不正确直接唤起了丑的形式比例；卑贱之所以是卑贱，正因为它同崇高相矛盾，而憎恶之所以是憎恶，则是因为它同愉悦相矛盾。另一方面，漫画与其说是普遍审美之否定，不如说就像哈哈镜反射出一种崇高、愉悦，或类同美的原型的特质和形式，这种反射是以个体化的方式进行的，如前所述，这让漫画有时会显得相对美丽，甚至在它消失的状态下会产生更有活力的效果。例如，塞万提斯的《堂吉诃德》，高尚的拉曼却是一个梦想家，尽管周遭的环境早已不属于那个时代，且同他此刻的冒险的行为相冲突，但他仍通过人为的、病态的努力，设法扮成一个中世纪骑士。巨人、城堡和巫师已经不见了，警察已经取代了骑士的部分职责，政府已经成了寡妇、孤儿和无辜之人合法的保护者，面对火枪的暴力，个人的力量和勇气已经有了不同的角色。然而，堂吉诃德的所作所为就好似这一切都不存在，他还是会让自己卷入无数的冲突，并通过它们转变成漫画。他的行为越是暴露出不可避免的无助，他越追求公正、越坚持走向高卢的阿玛迪斯（Amadis of Gallia）、利苏阿尔特（Lisuarte）或其他被召唤的光辉典范所走的道路。这些骑士之花的现实条件早已不再，虚构它们存在的渴望扭曲了我们这位绅士的世界观，直至让他发疯。这个傻瓜只有在他的幻觉世界里才实实在在拥有了一个真正骑士所有的品质。他勇敢，慷慨，有同情心，乐于助人，是被压迫者的朋友，有爱，忠诚，相信奇迹，耽于冒险。他的德行值得我们尊敬，他那诗一般的语言诉说着充满

古斯塔夫·多雷为《堂吉诃德》绘制的插图

大爱的崇高，令人愉悦。若在中世纪，他可能会成为亚瑟王圆桌骑士中值得称道的一员，——圆桌骑士是所有歪门邪道危险的对手。确切地说，正是因为他身上这些积极的要素，堂吉诃德才成了一个更有意义的漫画。不过，这些特性虽好，但自他身上表现出来时已被倒转，同时也消解了自身。堂吉诃德在迷离的兴奋中勇敢地冲向风车巨人，把用铁链拴住的一伙罪犯当作受压迫的无辜之人解放，只因为狮子是国王般的动物，就把它放出了笼子，甚至把理发师的盆子当作不朽的曼布林（Mambrin）的头盔崇拜……当他悲怆的崇高到达自我毁灭之点时，我们嘲笑他，漫画爆发出幽默，甚至把我们推向了忧伤。堂吉诃德，是可悲的、瘦弱的、犯错的，可绝不是卑贱或可憎的，但他的确成了无形式，他的驽骍难得（Rocinante）根本就不是一匹战马，他的冒险在现实中也行不通，在执行计划的过程中，他心中理想骑士的原型发生了变形，成了扭曲的反映。与此同时，塞万提斯深谙伟大的艺术，懂得以一般的方式在异想天开的骑士和他理智的同伴身上表现永恒的人性，他深知如何创造这种扭曲的艺术：最高尚的情感和态度发生了转变，成了对文明社会中弊病的批判，——当然，不只是在西班牙，可爱的堂吉诃德就生活在这个版本中心。我们必须向诗人承认，在这些烂透了的社会里，尽管有政府，有警察，有启蒙运动，一个坚强、善良之人的自愿干预，也是有所助益的。由此可见，以天才之力，一个漫画可以变得多么重大、丰富、意义非凡。

第一章　无形式性

　　如上所述，所有美的抽象的基本定义都是统一。作为理念可感知的外观，美要求没有限制，因为只有在它之中才有区别的力量，然而，如果没有那让它自身脱离的统一，区别就没有可能。所有美都必须表现为统一，但不只是同外界隔绝的统一，且也必须在自身之中同自身相区别。明显的差异会导致破裂，然而有破裂才会努力回归同自身的统一，哪怕经验中的事件并不总能达到这么深远的境地。统一在自身中创造差异，并通过消解差异使自身成为和谐的统一。

　　美的形而上学的一些定理如下：（1）存在形式的非统一、非封闭和不确定性；（2）差异要么是作为错误的不规则性，要么是作为错误的平等和不平等而产生；（3）不是形式和自身的重新统一，更确切地说，是产生了从破裂到大量错误对照的转变。我们必须回到它们，因为只有它们才能推出丑是否定的美。无形式的这些不同形式用常规语言说就是：无形态（shapelessness）、非形式（non-form）和不统一（disunity）。然而，对于科学技术来说，用希腊语来表达会更合适——我们德国人既用希腊语也用罗曼语，在适用范围内希腊语更准确。因此，我们可以称形式的对立面为无定形（amorphism），称差异之合理排序的对立面为不对称（asymmetry），称生动的统一的对立面为不和谐（disharmony）。

第一节　无定形

总体而言，统一是美的，因为它展现了一个指向自身的完整性，因此，统一是所有设计的先决条件。

统一的对立面是抽象的不统一，首先就是外在界限或内在差异的缺乏。

外在界限的缺乏是一种存在（being）美学意义上的无形态。这种无边界对某些存在的本质来说可能是必要的，像空间、时间、思想、意志，它们自身作为存在必须被认为是无边界的。然而，这种无边界首先须得让自身明显感觉到，按照概念，它本应有一种外在的差异，但实际上却没有。一般的无边界既不能称为美的，也不能称为丑的；与之相比，有边界的则更美，因为它表现了一个指向自身的统一体，正如柏拉图著名的偏爱边界而非无边界。[18]无边界在一般意义上不是丑的，毕竟它的空无为界限提供了可能性。当然，由于这种界限不是真实的，所以它也不是美的。

从形式的绝对缺失，便能分辨出我们称之为相对的无形式，即的确有一个形式，因而有统一和界限，只是自身没有任何差异。由于自身的无差异，这样一种形式因此是自身内的无形式。缺少特性就会变得很无聊，所有的艺术都把自己武装起来反对它。例如，建筑就追求装饰，运用"之"字形、曲流、圆片、圆环、齿突、圆蛋图案、从内到外的卷曲等，以形成差异，不然单纯的表面就会呈现出单调。纯净、无差别的身份本身还不算积极的丑，但它会变得丑。一种特别的情感，一种特殊的形式，一种颜色，一种声音，它们的纯粹性甚至直接就是美的。然而，如果相同的东西在我们眼前不被干扰地一再出现，没有变化或对照，结果就是悲哀的贫乏、千篇一律、单色、单调。空无的不确定性可能仍是一切设计的虚无，已经在这儿消解了自身，从设计可能性的尚未区分的深渊中，它已经达成了形式、色彩、声音和形象的现实和定义。由于它只剩下这种单一的定义功能，于是纯粹同一性的固化就生成了不同的丑。一开始，我们仍然会愉快地接受这样一种印象——本身是确定的，毕竟统一性和纯粹性至少在投入精力后，能创造出某种令人满意的东西。然而，它应该停留于这种抽象的统一，由于差异的缺失，它会变得丑陋和不美观。单一形状和色彩、单一音调和单一形象，自身无差别，只能同外部无形状的无相区别，它们重复的纯粹性会变得丑陋，且的确让人无法忍受。绿色是好看的颜色，但如果只有绿色，没有蓝天在上空，没有水珠闪亮其间，没有毛茸茸的白色羊群奔跑其上，没有红瓦屋顶在树间隐现，那么也会变得无聊。当枪炮声打断了大街上永恒的马车噪声的单调，Le parti des ennuyés（无聊的聚会：纨绔子弟），1830年的巴黎令人激动不已。但是，当第二天战斗继续，甚至第三天枪声似乎永远没有结束的时候，不久前还不觉得无聊的同一群人哭了：Oh，que c'est ennuyant！（噢，多么无聊啊！）

　　统一，若只是统一，就会变丑，因为它内在于一个能把自身同自身区别开来的真正的统一概念。现在，形状能以自身消解后的差异对抗统一。它能够消解自身，并朝一个方向消失，或干脆就只是作为一般意义上的形状。这样一种消解可以是美的，因为形状跟随着它必然会消亡，因而就有了差异，哪怕这差异最终不过是空无。这种现象的吸引人之处在于一个事实，即与形式同时出现的是无定形，纯粹的形式过渡成了其他东西。想象一座山脉，以树为冠的山头在芬芳的远处梦幻般地隐现。或者想象汹涌的波浪冲出的泡沫，飞溅、跳动着的水花被狂暴的旋风掀向空中，勉强成形的水柱逐渐下沉，这是美的。又或者想象一种音调，永远都不变的那种，逐渐响起，这种逐渐响起就是美的。与毫无变化的平等的沉闷相比，所有动态，哪怕是消亡，都是美的。但是，如果消解发生在不该发生的地方，那么按这些方式来说是美的东西也会变成丑的；在那里，我们更希望看到形状的确定性和封闭性，然而，通过这种消除，形状非但没能实现自身，反而被扰乱、弱化，进而消退。最后形成的是我们在艺术上所谓的差异雾化（nebulistic）和起伏化（undulistic），即缺乏明晰性，而它本应该具备这一属性。在史诗和戏剧诗中，这也可通过无情节显露出来，在音乐中，我们委婉地称之为狂野，狂野的东西自然也可以是美的，就像战歌那样，但作为批评，它指的是无形式。边界的摇摆不定同形状的概念相矛盾，而这种矛盾是丑的。无资源和无力量往往把自身隐含在这些松散的形式后面，几乎没有该有的轮廓；人们不应该把这些软体动物似的、没有固定样子的形状同草图相混淆。真正的草图首先在于执行，而前者还不能令人满意，因为它纵然缺少执行性，但它仍然可以很好地让我们感受到可能的美，就像伟大的画家和雕塑家的作品在其初期阶段的轮廓。歌德在《收藏家和他的圈子》中，考察了所有最适合这儿的区别。[19]

　　因此，雾化并非那种形状可以藏身其中的美妙香水，起伏化也不是那种能浮起形式的柔和的波浪，含混不清的音调里也不可能飘出一种乐音。正是在划界不明显的地方才必须要有一种决定性的划界，区分不够清晰的地方才应该特别强调，表达不可理解的地方就应该把它标记出来。在雕塑和绘画中，主要是象征和隐喻的形式会引导人们做出这样的处理。就算是有着最好意向的艺术家，往往也实现不了任何具体的定义，他们不得不把这样一种抽象表现为La patrie，la France，le choléra morbus，Paris（祖国、法兰西，可怕的霍乱，巴黎）之类。在这样一种情况下，如果不管什么东西都能表现为一个美丽的女性形式，那么我们就已经感到很满意了。古老的杜塞多尔夫画派（Düsseldorf School）有一段时间就被这种无形式所困扰，由于感伤风格处于主导地位，它在绘画和诗歌的差异上被误导了，并附着于诗人，它太依赖这些帮助了，即对它那摇摆不定的成问题的形式附以解释性的言词。在诗歌中，我们总是能发现，在出现了一个伟大的天才之后，会有一段模仿者的时期，在他们的诗歌中无形态可谓泛滥成灾。在史诗中，按照施莱格尔的理论，情节，作为一个更大语境仅有的片段，可能会做过头，到达没有内在统一性的无限。在抒情诗中，它通常以过量的谓词把自己区别出来，这些谓词是它用来装饰主体的。由于一个谓词总是会抑制其他谓词，这种过度堆砌，非但不能产生诗人想要的丰富画面，反而什么都没说出来，混淆了本质和非本质。在戏剧中，向所谓的戏剧诗致敬——不管怎么说，从舞台表演的可能性中抽象出了一种先验的东西，于是为原则摒弃了真实的情节、前后一贯的性格，看似有道理，实际上这里往往只包含了一系列结构松散的抒情独白。在我们德国人中，因为我们并不像一个民族，结果就是没有民族舞台，这确实很不幸，我们三分之二的戏剧作品就是这种在戏剧化上无甚建树的纯粹戏剧，在这里没有必要说出特殊冒犯者的名字。歌德创作了《浮士德》（*Faust*），从而开创了野兽诗风，他经常因此而遭受指责，这是一个错误，因为《浮士德》经受住了戏剧化的考验，它的第一部分令人眼花缭乱，它的第二部也将会经受住戏剧化的考验，只要必需的音乐能和它相匹配，因为它同样是戏剧化的思考和歌剧风格的。

我们既然注意到无定形之丑的源头，那么我们也必须要研究下它变成滑稽的过程。这儿的喜剧效果部分源于一个事实，并非人们期待的明显的差异，而是同样的东西在持续回归；部分在于另一事实，即一种形式从一开始就被毫无征兆地抛向另一种完全对立的结局。设计的不确定性，包含这样的事实，即在空的无限性中，目前还没有任何东西，既不能称为积极的美的事物，也不能称为积极的丑的东西，因为non entis nulla sunt prädicata（没有谓词附着于空）。作为仍然中立的立场，我们也不能称之为滑稽。

此外，形状的一致确定性，若在同样阶段的无穷回归中被发现，就可以产生一种喜剧效果。它持续落入同样的阶段，而不是转到另一个谓词。同一性单纯的无限延展会令我们厌烦。即使一开始我们应该嘲笑它，但它很快就排斥我们，并变得丑陋，我们在看差劲的喜剧时有这种经验，当作者不合时宜地塞入嘴里一些无趣的话语——这种方法被广泛应用，会刺激我们好几次，让我们发出干巴巴的笑声，但这笑声很快就耗尽了，留下最可悲的印象，即无脑的人希望成为机智的人。真正的艺术家知道如何运用重复的喜剧效果（说到重复，我当然不是指克制，那属于其他规则），例如，阿里斯托芬在他的《蛙》（Frogs）中，为证明欧里庇得斯开场白的惨不忍睹，他竟让埃斯库罗斯在所有开场三音格诗中加入一个诸如公羊羊毛、软膏罐子、马粪袋之类的词语，在这一过程中让它们变得可笑。人们期待着每次开场都有不同，但是每次开场时狠心的埃斯库罗斯都会加上那令人万念俱灰的软膏罐子。德罗伊森（Droysen）的翻译很随意：对古老的七弦琴不感兴趣，这的确标明了意向，但实际上只能说是对阿里斯托芬想要的结果的一个抽象的说明。以下载自沃斯版第三卷185页：

欧里庇得斯：
随着四面八方呼喊声不断壮大，埃古普托斯
和他的五十个儿子，转过船舵，
驶向阿尔戈斯——

埃斯库罗斯：
——把他的软膏罐子摔成两半。

欧里庇得斯：
狄奥尼索斯手握权杖，身戴有美丽斑点的
牡鹿皮饰品，举着燃烧的火炬穿过帕纳苏斯树林
在一圈跳舞的中间蹦跳——

埃斯库罗斯：

——把他的软膏罐子摔成两半。

欧里庇得斯：

世上还活着的人没有谁在所有事情上都快乐：

因为，出身高贵的，缺少美德；

出身卑微的，——

埃斯库罗斯：

——把他的软膏罐子摔成两半。

欧里庇得斯：

卡德摩斯，曾离开西顿高大的城堡远航，

是阿格诺的儿子——

埃斯库罗斯：

——把他的软膏罐子摔成两半。

等等，等等。

　　不断加入一个改变了的形式，又不断落回已然明晰不过的形式，这就是滑稽之道吗？这出闹剧是懂得如何快乐而强有力地运用这个套路的，正如人们在杂耍演员和骑马队各种愚蠢行为中看到的那样。无形态也能包含一个转换，即转向初始设计积极的对立面。它向我们宣告一种形式，但并非我们所期待的，而是对立面，对初始形式的消解导致了一个相反的结局。自然，也将有些形式，但同最初的形式相比，这个形式于它而言意味着毁灭。例如，小丑大步迈向前，就要跳过一个障碍。我们所有看着的人，在想象中期待着这勇敢的一跳，就在他到了目标跟前时，却突然控制住自己，平静地从障碍物下面钻过或从一边若无其事地绕过去。我们哄然大笑，因为他成功地骗了我们。我们笑，是因为他站在高强度运动的完美的对立面，那冷淡的平静让我们惊奇。又比如说小丑努力学骑马，他装成笨蛋，有人不厌其烦地告诉他必须如何做，并说服他骑上马。他终于颤颤巍巍地上了马，但却是反向上的，因此他一把抓住了马尾而不是缰绳，如此等等。魔术师的艺术也能以这种方式带给我们极大的快乐，因为魔术师懂得如何无中生有。常识有云：没有东西可以从无中产生出来，尽管如此，我们还是看到魔术师从一个空的帽子里取出了一束又一束的花来。我们惊得合不拢嘴，但我们笑了，因为我们的常识，即使被如此公开地反驳，仍默默地告诉自己，它终竟是对的。自觉受骗上当的矛盾让我们感到兴奋。醉汉从正常说话到结结巴巴，到只能发出口齿不清的声音，反应混乱，智力下降，这过程在某种程度上也可以是滑稽的。柏林的演员吉恩·德·索恩（Gern der Sohn）精于此道，且效果持久，他能发出这些语不成声、哼哼、吱吱、咯咯、喵喵的音调，偶然夹杂着碎言碎语。

第二节　不对称

　　无定形就是形状的完全不确定性。在形状的统一中消解了自身，而形状在自身中缺少差异，因此无形状就是自身缺乏差异。或者，形状上出现了差异，但已包含了它的消解方式。

　　一个形状的统一体能够在简单的差异中重复自身，它可以按照特定规则自我延伸。这就是规律性。但是，在规律性和统一性之间仍然有存在物直接地成为——否定状态，即存在的差异性（differentness），其丰富多彩的多样性在审美上可以令人非常愉快。出于这个缘故，所有艺术都本能地追求多样化，以便打破形式统一的千篇一律。这种多样性，同抽象身份相对时，自身具有令人愉悦的效果，只是一旦成了最不相干的存在物枯燥乏味的混合时，就堕落成了丑。如果出自相同事物的一团东西的特定组群不再出现，就会很快激怒我们。因此，艺术很早就关注如何通过抽象的同一关系驾驭混乱，后者的多样性很容易分崩离析。我们已经有机会指出，在早期的视觉艺术中，流行的趣味是怎样努力使一大片的空无变得鲜活。起初，这种趣味帮助形成的不过是圆环和点、彩色线条和圆斑，但它很快就开始组织这些材料。长方形、"之"字形、叶卷须、齿状饰、编织带子、圆片饰品……成了所有装饰中最基本的形式，它们仍然装饰着我们的帷帐和地毯。

　　多样性的丑因而诞生于共同感性关系的缺失，这种感性关系能够促使单个元素发展完满，达到某种相对的形式化。只有从滑稽的角度来看，无法无天的骚乱才能再一次令人满意。普通现实混乱地群集在一起，这会在审美上冒犯我们，但幸运的是，它们不是让我们笑了吗？我们通过让·保尔或狄更斯小说中博兹（Boz）的眼睛窥视它们，于是它们立马就具有了喜剧的魅力。用这种幽默的视角观察，我们穿过大街时不可能看不到源源不断的材料。我们遇到一辆装家具的马车，车上沙发、桌子、厨房用具、床、绘画混乱地堆在一起，而按照它们通常的分布，这被认为是不可能的。或者，那儿有座房子，一楼有个聪明的鞋匠，楼上的花圃中有家雪茄店，里面有啤酒厅，再上面是一个巴黎裁缝，而在高高的阁楼上则是一个东方花卉画家。这些被偶然拼凑在一起的杂乱是多么令人兴奋！又或者，我们走进一个书店，看到展台上古典著作、烹饪书籍、儿童课本、宣传册子，一个对着另一个怒气冲冲，它们以这样一种滑稽的方式挤靠在一起，就算华盛顿·欧文（Washington Irving）和古兹柯（Gutzkow）都能梦想处于他们的一种讽刺情绪中。至于废旧物品，又是怎样一个幽默大师呢，他（可能是欧文或古兹柯）漫不经心地把发黄的家庭相簿和虫蛀的皮子、旧书和夜凳、军刀和厨房扫帚、行李箱和号角混在一起。市场、客栈、战场和邮政车，以如此怪异的即兴方式混乱地群集在一起。通过这种出于我们的观点强加给它们的联系，各式各样的、接触在一起的存在物的异质性，改变了事物通常的价值。偶发现象的确可能是平淡无聊的和无脑蠢笨的，但也可能是非常诗意的和机智的。原本相隔很远的事物，在各自的环境中可能都被认为是亵渎的，被偶然放在了一起，人们竟觉得它们如此令人惊奇。现代人已经非常广泛地培养了这种精微美妙的才智，且往往非常适宜，当代意识极大丰富了人们的经验，让无数的联系成为可能，那些偶然聚在一起的事物以它们的相互投射让我们高兴。英国岛民、海耕的伦敦人、伊丽莎白时代、莎士比亚的世界想象，尤其激发了这出奇幻剧。霍加斯（Hogarth）以这些景象入画，尽管他擅长性格特别是面相研究，他的艺术也并非完全没有预设，而是流露出一种夸大的、贸然侵入的焦虑，以防止他计划的某些方面被忽略。在较近的诗歌文学中，这种方式已经成了幽默小说家的专利，他们不仅对此感到舒服，还很矫情地把它推到了荒谬的境地。一堆乱七八糟的图像是很丑陋的。我们一些强装幽默的作家，往往比不上精神病院为自由联想所困扰的病人。

自由的多元化是美的，只要它能包含一定的群体感。如果我们考虑这样的趋势，视多样性为多元化中抽象的、自我重复的单元，那么我们就获得了规律的概念，也就是，按照那将松散差异捆在一起的固定原则，更新多样性。节奏间隔同等的时间，林荫小道上树间同等的距离，建筑类似部分同样的尺寸，歌曲副歌的回归，等等，这种规律性自身是美的，但它只会让需要抽象常识的人满意，一旦审美的形式化限制了自身，不再提供任何其他可能表达理念的东西，那么它就已经走在变丑的路上了。规律性因程式化的同一性而厌倦，它总是以同样的方式向我们呈现差异，因此我们渴望摆脱它的单调一致，走向自由，哪怕是极端情况下混乱的自由。蒂克（Tieck）在他《幻象》（*Phantasus*）的导论中，从这个视角捍卫荷兰园艺时说，花坛被篱笆墙、修剪了的树和黄杨木围了起来，非常适合散步者交流。花坛的目的就是社交，在一个敞亮的庭院里，这些宽阔的、散落沙粒的小径，这些绿色的墙，这些列队排列的树，这些岩穴般的灌木丛，都恰到好处。事实上，路易大帝时代的雷诺特（Lenôtre）已经把这种方式发展到了极致。然后，他又被舍恩布卢恩（Schônbrunn）的模仿者卡塞尔（Kassel）、施韦钦根（Schwetzingen）等复制。在这里，自然并不意味着要以其自由的自然活力出现，而是要在庄严的事物前控制自己，以最好的行为方式表现自己，在欢快的沙龙里，丝绸长袍和金色制服间穿梭而过。但是，一个小小的范围，不足以作为法庭诉讼的舞台，在篱笆和被修剪成圆形、金字塔形的树木之间，我们被准确的尺度和力量感所压迫，在此疲惫沮丧中，我们渴望一个毫无规律可言的英国花园，或者说，一片野树林会更好。

此时，我们发现自己不过是处在辩证决定的中间。诸条件的明确表达和约定往往还不够，它们会互相融合。在某个时刻，规律性得到保证，可以是美的；作为绝对的规则，审美的客体在它之中得以实现，它也可能是丑的。然而，我们不能得出这样的结论，即规律性的对立面无规律性在任何情况下必定都是美的。在适当的条件下，它可能是美的；置于错误的位置或由它退化成混乱，同样也会变成丑的。建筑领域激发不规则性的一个很好的例子是谢尔河畔的梅尔汉特城堡，以一种不对称的文艺复兴风格建造而成。[20]为表现那种随意穿搭的形象，我们非常恰当地称之为女便装（néligée），这种衣服女仆穿来一般比她们的女主人更好看，在这方面诗人和画家已足够成功，我就不再举例了。在过去的一个世纪，明显模仿希伯来诗歌，古代的合唱，斯卡尔兹（Scalds）和奥西恩（Ossian）风格不再流行，自由节奏的歌曲进入德国，以其无规则的旷野风格把自己从韵律诗的牢笼中解放出来。其中一些诗歌非常精彩，尤其是克洛卜施托克

（Klopstock）的一些吟游诗和歌德的一些创作。然而，其他一些诗人对这种无规律性的运用就非常糟糕，那些诗歌不只是一连串空洞的语言，根本就是完全没有节奏的、非音乐的、磕磕巴巴的一团噪声。

正是出于这个理由，规律性，就像无规律性一样，通过并置成为滑稽的。前者变得如此迂腐，后者便会嘲笑它。迂腐就是把生活困在规则之内，它甚至不允许暴风雨在恰当时间之外的任何时间展开一次礼节性的访问。因为它的强制性是不切实际的和任性的，所以变成了滑稽的东西，而无规律性，就像淘气的小精灵扰乱了它煞费苦心绘制的圆圈，也变成了滑稽的，因为对这种愚蠢行为——违背它的概念，努力像机器一样控制生活——的嘲笑是正当的。

统一应该和差异结合吗？这的确可能会发生，即一种形状被重复，但是在这重复中，它转了一圈形成了一个反转。形状的重复是规律性的等值，秩序的反转是无规律性的不等值。然而，这种等值的形式同于不等值，是真正的对称。于是，我们看到古人在美丽的对称中描绘狄俄斯库里兄弟（Dioscuri），每人抓住一匹咆哮的马，一人用左手，另一人用右手；一人左脚向前，另一人右脚向前；马头向内转，或向外转。两边是一样的，但又有差异，并不只是简单的另一面，而是另一面的反转，因而是同一事物的关系。因此，对称所表现出来的不是简单的统一，不是简单的多重性或简单差异，也不是简单的规律性或无规律性，而是在等值中包含着不等值。尽管如此，对称还不是形式的完美，美的更高的形式化，把它置于自身之下，就如同一个契机，在特定条件下，它超出了自身。——在我们有理由期待对称出现的地方，却没有实现对称，这样一种不足会令我们感到失望吗？至少在这种情况下我们是会感到失望的，即对称已经呈现出来却被毁坏，或是已经广而告之却没有实现。抽象地看，对称只是一般意义上的平衡，准确地说是一种包含着上下、左右、大小、高低、明暗对立的平衡，或更准确地说，是在同等事物的重复中包含位置反转的平衡，对此我们只是称之为倒置，就像人体器官中的双眼、双耳、双手和双脚，以这种对称方式，一个对着一个。同样事物成双，可能关联着这样一个点，即对两边来说都是一样的，就像窗户的位置关联着门，或两个半圆柱关联着两条使它们相交的通道，或在一个对句口，五音步格律抑和扬两个部分关联着六音步格律，等等。所有这些都是对称序列，都是我们在雕塑、绘画、音乐、舞蹈和基于特定艺术内容的诗歌中指定要用的。在这些情况中，对称应该被否定吗？比例矢调是丑的东西产生的后果。

如果在总体上，对称失去了，如果它根本就不存在，在这种情况下，对称的缺场也要比正面的伤害更能忍受。如果在一个基本的对称关系中，相同的一边失去了，那么对称的存在就是不完整的。我们的幻想功能基于已有的一边，会想象出另一边，以作补充，因此这种半对称（half-symmetry）作为概念性的存在仍是可以忍受的，尽管在现实中没有可行性。我们可以从许多哥特式教堂上感受到这一点，它们往往只建造起了一个塔楼，而另一个完全没有，或只是建于较低的楼层。俯瞰塔楼侧面，从审美的角度看，失去的塔楼是个明显的缺陷，因为在设计建筑的时候，它是应该有的。但由于它属于作为一种结构的塔楼的概念，且塔楼结构自身就具有崇高性，因此我们就可以相对容易地容忍这个缺点。如果过于明显的话，我们也可以在想象中让它完整。对称必须完整吗？由于构造的矛盾，我们的幻想被剥夺了发挥的空间，因为我们被某种积极的东西所阻碍。我们因而无法把某种别的东西置于给定的位置，不能从观念上理想化地完成已表现出来的东西。相反，我们必须服从经验的存在，照原样来。等值可以反常而非倒转的方式存在。它所提供的因此不是对称的、交响的关联，而是等同的关联，相应地，它会以本质上不同的方式表现自身。例如，让我们想象下，一座哥特式教堂，按照最初的计划，应该有两座塔楼，但一开始只建成了一座塔楼，后来才建成第二座塔楼，只是风格不同：对称肯定还是有的，因为的确有两座塔楼，但与此同时，其表现方式与整体概念并不一致，与其有质的矛盾。在戏院，戏服的短缺会造成不对称，这种形式的不对称往往很滑稽。对称可能是形状统一性的定性匹配，但如果违背了量的平衡，无形式也是丑的。视觉艺术中有许多这种错误。从概念上来讲，两座平行的塔楼，一座不应该比另一座高；建筑的两翼，一个不应该比另一个长；由门分开的两排窗户，一边的数量不应超出另一边；一座雕像，一只胳膊不应该比另一只长；等等。当手臂或腿脚缩短或弯曲畸形，这种残疾就为我们提供了对称缺失的例子。

不对称并非简单的无形状，它是确定的无形状。拜伦在奇幻剧《残疾者的变形》（*The Deformed Transformed*）中，描绘了一个坚强的驼背者的痛苦。甚至在母亲抛弃了他之后，拜伦让他去寻死，这时却被一个神秘的陌生人制止了，陌生人愿意赐予他任何其他的形体，他说：

我会逗弄水牛吗？

以你分裂开的偶蹄，或敏捷的单峰驼

有了你高高的驼峰，动物们

会沉浸于赞美之中。而且

两者都更敏捷、更强大、更有力

在行动和耐力上都超过自身，

同类所有的凶猛和公平

都赋予你。你的身体是自然的产物：仅有一次

自然错误的慷慨馈赠

把别的动物的礼物给了人。

　　但是，这个被叫作阿诺德（Arnold）畸形怪人，感受到了美的全部重量。他进而说道：

我不求

勇气，因为畸形就是勇敢无畏。

它的本质就是超过人类

以全部的身心，让自己成为标尺——

是的，成为其他人的上级。

　　因为丑就其否定性而言是某种积极的东西，它感到孤独，而这种感情正是它最大的痛苦。阿诺德说：

　　没有力量给予我

　　改变的可能性，我会

　　尽我所能，心灵会找到

　　它的路，所有畸形的迟钝，死寂，

　　令人沮丧的重量压着我，像一座大山，

　　情感上，压在心上，一如压在双肩——

　　一座讨厌而难看的鼹鼠丘

　　在幸福的人们看来。我将

　　以那种性别来看美，那是

　　我所知道的类型或梦想的美

　　照亮了这个世界，伴随一声叹息——

　　不是爱而是绝望；也不追求胜利；

　　尽管心中满是爱，却不能回报我

　　以爱，因为这肮脏歪斜的木屐

　　使我寂寞孤单。

　　畸形怪人的痛苦如此凄凉。尽管如此，这却可能是他顶好的幽默之法。尽管缺少对称，也谈不上滑稽，但混乱已经生成，因为在它之中一种形状取代并消除了另一种形状。在半对称中同样如此，尚未实现的现实化冲动有一个滑稽的外表，完全无视内容。另一方面，积极的不对称，它的一致性其实是不一致的，其各部分的平等也是不平等的，这种不对称的对称自身事实上已很滑稽，就荒谬是不可能作为某种经验现实的矛盾而言，它拥有与概念对应所要求的现实性。的确，

按照概念，一只手臂不应该比它对应的部位更长，但事实上一个应该
比另一个长吗？现实中不应该如此，因同概念相矛盾，但却成了事
实，这种冲突就是滑稽的——换作脚，就像瘸腿也有点好笑。喜剧常
利用导致手臂弯曲或明显缩短的人类活动，以表现动作滑稽的作家、
裁缝、鞋匠、木匠等。

戏剧中出现了一种特别受人喜爱的喜剧品质，即支线情节的喜剧
安排同主线情节的悲剧安排对称性地对立。所有严肃事情的积极的
进程都在喜剧无关紧要的氛围中重复，通过这种平行对比，达到了
悲怆的效果。在英国的剧院，但首先是在西班牙的剧院，这种方式占
据统治地位。莎士比亚拒绝在高级悲剧中运用这种方法，但卡尔德隆
（Calderón）几乎每部作品都要用，因为他除了做些道德规范的练习
外什么也不解决。哪怕在《天才魔法师》（*Magico prodigioso*）这样
的神学戏剧中，他也是让悲剧在幽默的背景中展开。

我们称之为丑的不对称，同样的规定性被赋予一个正面人物，如
果其正面形象只是伪装出来的话，那么不对称就会造成滑稽。在满眼
皆是丑陋的地方，我们没有必要进一步探究幽默，只需要建议它消解
为荒谬。然而，我们的确需要展示，不对称是怎样通过虚假的强烈反
差，即对称的对立杠杆，变成不和谐的。在对称中，就像在不对称中
一样，相互倒转的成员之间关系通常是平静的。但是，如果对立面变
得紧致，那么这种关系就变成对照性的。众所周知，这是最高妙的审
美方法之一。就质来讲，它只包含本质上矛盾的决定；就量而言，它
可能有许多程度，如弱小和强大，迟滞和有神。在既定的情况下，
哪种对照是必要的，随具体条件来定。对于同一存在物来说，根据不

同的方面有不同的矛盾冲突，但每个方面也由于其独特性而于其自身中有一个绝对的矛盾冲突，它包含了全部的否定，作为绝对的矛盾于生命是死亡，于死亡是生命；于真理是谎言，于谎言是真理；于美是丑，于丑是美；等等。另一方面，于生命是疾病，于真理是错误，于美，滑稽只是作为相对的矛盾冲突，出于这种理由，这些决定有别于它们自身中绝对的矛盾冲突。疾病的确抑制和减少生命，只要生命按照其概念必须是健康的，疾病就与生命相矛盾，因此，在生命中，疾病绝对的矛盾是健康。错误同客观确定性绝对对立；喜剧同悲剧绝对对立。这种区别使得没有内在矛盾冲突的诸规定性之间的对照成为可能，无论这种规定性是相对的还是绝对的。但是两者之间的矛盾只能被混合地表现出来，有时是绝对的，有时又是相对的。从形式上看，绝对的可能结束于同绝对的矛盾，但也可能结束于同相对的矛盾，而相对的则结束于同其他相对的矛盾。具体地说，这种条件可以有多种表达。

　　这里不是研究这些一般概念的地方，这些概念有些直接属于形而上学和逻辑学，另一些则独属于美学形而上学。我们只要回想它们至这样一种程度，即足以区别作为丑的虚假的对照和作为美的恰当的对照。无论何时，当出现的是仅有的差异，而非本应该提出的对立时，虚假的对照就产生了，因为这只是一种区别性的差异，还形成不了任何张力。丰富多彩的差异可以从美学上判定为完美的，但如果提供的对照起作用，那么它就仍然是不充分的。所有的差异，无论怎样堆叠，都不可能取代准确的对立在我们心中激起的兴趣。一部小说，表现了一大群人的命运，其间发生了大量的事件，然而，行动者之间没有对照，他们的命运贯穿大量的情况，这种多样性就算到了结尾没有令我们感到恶心，也会很快就让我们感到厌倦。或者，如果一幅画炫耀大量的色彩，却没有确定的颜色对照，那么我们的眼睛很快就会被这纯粹的混乱弄得麻木。在不损害多样性的魅力的情况下，对立可以让自身从中脱颖而出。

肯定和否定的对立首先会产生一种对照。换句话说，同一性（sameness）必定同自身相异，而这可能导致冲突和碰撞。因此，被区别出来的东西在某种程度上必定是完全相同的，它必须通过统一来确立同自身的相互关系。它越是把自己表现为相互依赖的东西，就越美。然而，如果出现了明显的差异，且取代同一性否定的只是某种不同的东西，某种确实能够建立关系的东西，但不是一种内在的关系，结果就是某种完全不同的东西。例如，在歌剧《魔鬼罗伯特》中，魔鬼与他的儿子截然不同，作为魔鬼他本应痛恨儿子，可是这个"外乡人"却爱这个儿子，虽违背了魔鬼的本性，但符合父亲的本性；也就是说，由于对儿子的爱，魔鬼的理念被消解掉了。他不能同善人相比，尽管他总是在比较；一个多愁善感的魔鬼是可笑的。这是一个失败的对照。本该出现对立的地方，却被单纯的差异占据了。这种对照不仅单调乏味，更是令人厌倦。

然而，无论何时，当对立超过张力时，就会产生丑的对照。我们称对照双方的这种形式为事后张力。这种艺术不相信简单的真理，却能升华到极致，以刺激心灵和情感。它想不惜任何代价强行产生一种效果，且不能让人享有任何自由。它必须被克服，因为对于艺术的胜利来说，它的失败在此将会是错误的表达——对照是主要的手段。但是，担心它可能会被一个赝足的、迟钝的种族于不经意间听到，会导致重新努力——如今天的人们所说的——攫取。对照变得光彩夺目，也俗不可耐。自然真理的界线被轻易越过，以便通过过度兴奋准确无误地刺激我们的神经。艺术中的这种设计是丑的，就像它败坏了我们的现代音乐一样。伏尔泰在把莎士比亚的《朱利斯·恺撒》（*Julius Caesar*）改编成法国舞台剧时就运用了这种无趣味。对他来说，作为一个共和党人的布鲁图斯同恺撒这个追求极权的执政官、独裁者之间的对照还不够：他让布鲁图斯成了恺撒的儿子，且让双方都知道；他把谋杀政治对手的行为放大为弑父，为提升这部作品，他略去了腓立比战役（Battle of Philippi），在这场战争中，恺撒的灵魂与布鲁图斯展开了世界历史的对抗。

我们说过，真正的对照包含作为同等的非同一性的对立面。因此，作为颜色，红色和绿色是相同的；作为无色，白和黑也是相同的；就自由而言，善和恶也是相同的；作为物质，刚性和液态也是相同的；等等。此外，虚假的对照由定性的一般性开始，带来明显相反的东西，例如，大对立的不是小或另一程度的大的事物，而是轻或弱。同轻相对的有重大的、卓越的、高贵的，而同弱相对的有强壮的、强力的。就它们能够互相成为同义词来说，这些形式之间也有特定的密切关系，也可以解释为什么就算是最优秀的艺术家也会失手。我们的现代抒情诗歌遵循圆滑的、八面玲珑的阿纳斯塔休斯·格律恩（Anastasius Grün）指引的语言方向，已经产生了许多混合对照的诗篇。然而，人们可以发现它们的原创者就是格律恩自己，且的确源自他最好的诗歌。这种编造甚至已经潜入优美的、深受喜爱的诗歌《最后的诗人》（*Der letzte Dichter*），如：

> 只要树林还在沙沙作响
> 就有人厌倦凉爽。

　　疲倦的对立面是休息，凉爽的对立面是火热。疲倦和凉爽放一起不合适。沙沙的响声，引出了树林，同没有树的平原的寂静相对照，或同它自身相对照。我们看到，格律恩在这儿想要概括的东西很多。开阔平原的灼热让人疲惫不堪，而树林应该给他们提供凉爽，细枝嫩叶沙沙作响似扇子扇风，只是这个理念表达得不够完美。

　　另，强烈的对照增加了张力，方法就是把当下合情合理的张力弃于不顾，打开一条通向其他兴趣的路，在这过程中分散我们对实质性联系的注意力，而不是按预期加强。Mole ruit sua——被自己的重量压垮——可以说这就是它的效果。布鲁图斯坚持共和政体是罗马国家的必要形式，当他宣告恺撒之死时，那个时代的巨大的政治危机就被展现在我们面前。布鲁图斯牺牲了他对恺撒的感情和个人的同情，以忠实于他对祖国的责任——就像第一代布鲁图斯不得不牺牲他的儿子们——他们支持塔奎因（Tarquins）。然而，当伏尔泰让布鲁图斯成为恺撒的儿子时，布鲁图斯也就成了善良的怪物，这种对尊重的违背本身就很可怕，足以让我们的血液冻结。这里有两个原则要求我们拥护：罗马公民的道德和孝道。在莎士比亚时代，布鲁图斯不缺这种孝道，且必定让他很难作出谋杀恺撒的决定，只是仍不足以阻止同谋者布鲁图斯，毕竟首位重要的仍是政治。

在特定的条件下，强烈的对照在审美上也可能变成美的，但如果没有自我——同一的统一性加持，就会变成丑的。这种对同质性基础的超越，意味着使对照变得刺激（piquant），这是一种精湛的技艺，它败坏了尤金·斯克里布（Eugène Scribe）和尤金·苏（Eugène Sue）所有天才的艺术。通过综合异质性对立面，求新的意图主导了巴黎盛大的歌剧。这本不可能，但通过谎言和惊奇的想象力却获得了合理性，其让人惊奇的手段不是童话的天真烂漫——这种孩子气的不成熟仍在有限度地发挥作用，而是精心打磨疲惫的精神错乱。我们已经引证了斯克里布和德拉维涅（Delavignes）《魔鬼罗伯特》中的伯特兰，以说明同一化没能让他同儿子形成真正的对照；他也没能同爱丽丝形成对照，因为她是一个来自诺曼底的年轻女孩，且不是他那样的恶魔。但令人感到刺激的恰恰在于，魔鬼有一个他深爱的儿子，而由于魔鬼爱他的儿子，所以希望儿子成为地狱的一员。这种爱让他歌唱，如第三场第九幕［按照西奥多·黑尔（Theodor Hell）的标准翻译］：

> 哦，我的儿，哦，罗伯特！给你
> 我最好的礼物，
> 我甚至藐视天堂，
> 我甚至藐视地狱。——
> 名望，已烟消云散，
> 荣耀，今天已然失落，
> 你是我唯一的安慰，
> 是你让我获得了平静！

正是通过父亲的多愁善感，这个一点都不邪恶的魔鬼开始变得有趣。一个可爱的魔鬼，在儿子身上找到了安慰和平静，的确还没有发现过。[21]

不难理解，这样的作品往往会让评论家们尴尬，因为矛盾的虚假性可能会掩藏起来。赫布尔（Hebbel）的《抹大拉的玛利亚》（*Maria Magdalena*）在我们德国引发了争论，这是一个非常有趣的例子，虚假的对照能被视为美的极致。当然，这个戏剧化的故事足够悲哀。不幸的是，它随时都有可能发生，我们的报纸上满是这种烂透了的素材。但是这个故事不是悲剧，就像赫布尔在他的前言中所写的，以及其狂热的追随者所想的那样。事件中令人悲哀的东西被纳入了一种悲剧性的对照，且被以尊严的名义遮蔽起来，这的确产生了赫布尔戏剧令人眼花缭乱的特色。木匠安东，一个脾气暴躁的人，拒绝同法警干杯，还冲他说了些粗鲁的话，法警告发他儿子是小偷。他儿子被投入监狱，这位父亲相信他是有罪的，母亲死于恐惧。女儿克拉拉爱上了一个年轻人，但他在上大学期间似乎忘了她。她爱上了莱茵哈德，一个普普通通、精于算计、讲究实际的人。她有意强迫自己忠贞，向他献出了贞操，并怀了孕。但是，莱茵哈德因另一桩婚姻能最大限度地改变他的命运而离开了她。与此同时，木匠的儿子被发现是无辜的——他移民美国做了一名水手。克拉拉以前的情人也回来了，仍然爱着她，想同她结婚——但不幸的是她怀孕了。

没有男人能克服这一点！

　　他自己也这样感叹道。克拉拉徒劳地哀求莱茵哈德同她结婚，因为她并非出于爱而献身于他，且心中爱着另一个人，他轻蔑地拒绝了她。她以前的情人，博士学位获得者，同办事员莱茵哈德决斗，他们互相射杀身亡。老安东，慷慨激昂地发表了一通尖刻的加图式的演说，却一点都不相信女儿在道德上的坚守。他威胁说，如果她让他丢了脸，他就割喉自杀。女儿悲苦不已，出于对父亲的爱，投井自杀。他没有用一个刀片抹脖子，就像人们期待的布尔乔亚悲剧中加图所做的那样，他也没有发疯——他太有理由发疯了——而是以讽刺的、空洞的话结束了这一段：

　　　　我不再理解这个世界。

　　这部剧是错误对照的真正的集大成者。儿子和母亲，儿子和父亲，女儿和父亲，爱人和被爱的人，都处于错误的联系中；其间也没有什么情况，不论是国内暴政、偷窃、无辜者的堕落、不忠、恶行、决斗，还是强迫杀婴自杀，这些并没有给我们带来丑陋的转折。整部剧的中心点应该是克拉拉。我们又怎么才能把她算作悲剧人物呢，当她投入像狠心的莱茵哈德这种人的怀抱时！如果他是一个高贵的人，那么他和博士之间可能会形成一个悲剧对照。然而，他们同克拉拉之间的关系却毫无统一性。或者说，克拉拉可以同他形成鲜明的对照。但既然她向他出卖了心中的真爱，且的确因一时轻浮的心血来潮向他献出了纯洁的贞操，又怎么能实现这种对照呢？无论她用什么狡辩来掩饰，最终的结果仍很常见。不可否认，她足够不幸！但是，当我们看到一个女孩偷偷地哭泣或悲伤地呻吟了五场时，当她告诉我们，不是出于爱，也不是出于感官陶醉，而是出于真正地狱恶魔般的算计，才委身于内心深处鄙视的人时，我们除了为她感到难过不可能再有任何别的感受。赫布尔用温暖、鲜活、标新立异的视觉语言，以宏大的风俗画般的准确性，讲述了一个不幸的故事——可能在我们的邻居中每天都一再发生，而就效果来说，所有这些努力不过是让我们从其悲苦中更深切地渴望崇高的悲剧震撼，渴望通过恐惧和怜悯得到净化。

　　至此，错误对照的丑很容易变成幽默，事实上已经能够从我们所说的字里行间里读出来。异质性只要再多一点点，所寻求的效果只要再夸张一点点，荒谬就已就位。例如，很多人肯定会有对着《魔鬼罗伯特》中伯特兰的痛苦开怀大笑的愉快经历，尽管伴着梅耶贝尔（Meyerbeer）的配乐。

　　错误对照已然是对称布局的内在破裂，是进入满是矛盾的不和谐的通道。

第三节　不和谐

　　对称是美的形式条件之一——但不是最终的，因为在它的重复中隐含着合理性，对称自身的确是有益的，但仅仅如此也是肤浅的和无聊的，就像纯粹规律性的区别一样。埃及艺术为我们描绘埃及单调生活的盛大图景，它的规律性和对称性没能上升为更自由的形式。例如，因为象形文字需要索引以标明应该从右向左读还是刚好相反，所以在所有铭文中，它们都必须方向一致——看这些宽阔的城墙，上面挤满了人，通常有数千人，被安排侧面站立，且都是同一侧，令人极端厌倦的景象，与之形成对照的只有门口坐着的巨大神像。因此，自然和艺术都努力以某种力量克服对称的僵化。为了达到并保持巨大场景的和谐，大胆的天才毫不犹豫地牺牲掉从属关系的规律性和对称，就像我们在雄心勃勃的建筑概念中所能看到的，例如，令人赞叹的马琳博格城堡；[22]在音乐作品中，如贝多芬的某些奏鸣曲；拿诗歌举例，如莎士比亚的历史剧。美可以发展差异，直至矛盾断裂，只要矛盾在统一中再次消解自身，因为通过断裂的解除，和谐首先出现。简单的统一自身的确也是美的，因为它满足了所有审美设计的第一条件，即再现一个整体。但是我们已经发现单纯的统一仍然有缺陷，且会变成丑的，一方面是由于缺少区别特征，另一方面由于区别特征的混乱，也即一团模糊。区别作为差异可以转化成自由和美的事物的多样性；但由于群的缺失，单纯的差异作为表面的、外在的不同转变成了荒凉和贫瘠，为对抗其无形式，美努力在通用规则下通过差异的从属关系作出反应。于是，如我们所见就有了作为同等差异等值回归的规律性，只是这规律性自身反过来可以变成丑的，只要它成了一个审美整体的独特的形式，出于这个原因，美必须把差异提升为确定的差异。肯定和否定通过自身等值的契机的反转变成真正的对称，享受着一种本身和其内部是美的相互关系。如果按照形式概念它本应该在那儿，但却完全消失了，或者它的确在那儿，但存在缺陷，通过内在矛盾干扰了统一的、协调的差异推定的等值性，那么丑就会再一次产生。假设的矛盾同美并不矛盾。相对同相对、相对同绝对、或绝对同绝对之间真正的对照是美的。在所有审美的动态过程中，碰撞是发展的高潮；另外，错误的对照变成了丑的，因为它假定了一种对立，而在这对立本质的统一中，本身却不成其矛盾。真正的矛盾必须包含统一的断裂，因为这样一种断裂带有消解自身的可能性；不协和通过作为相异的同一的碰撞，让统一得以被瞥见。从统一、差异、规律、对称和对照中产生的丑能转变成滑稽，至此已经作了全面的说明。

只有这样，统一才能实现其审美上的完整：差异作为整体中活跃的契机而产生，在自由互动中彼此站立一起。不仅统一必须表现为在其差异中自我确定，差异本身还必须拥有这种自我确定的特征。这就是和谐统一的概念。和谐不只是抽象、自足的统一；它也不能是这样一种统一，即分裂成了单纯外在的、相互漠然的区别；它更像是一个整体，能够自由地创造它自己的差异，并把它们带回自身，这个若以自然为例，我们高兴地称之为有机的。它有足够的力量通过自身克服矛盾——在这矛盾中，差异可能会被混淆。对于古人来说，和谐具有如此之高的地位，以至于他们让差异的个性特征完全从属于它，而现代人的趋势是为个性特征牺牲和谐。例如，我们可以看看庞贝壁画，在这里颜色的和谐是如此重要，以至于在一个房间里，地面的色调统领一切，乃至最小的细节。赫特纳（Hettner）在其《古代视觉艺术导论》[23]中已经明确指出，只有高度和谐的感受性才能解释壁画中违反自然真实的动物形象——动物或人的颜色对它们来说不自然。凑近细看，我们发现这种对自然的偏离是由和谐决定的，为了追求和谐，墙壁和中央绘画的底色应和着侧面的图画和装饰。古人把墙壁变成了一个生动的光学统一体，其上所有的独特之处都可以从着色得到解释。

　　就像所有类似情况一样，和谐一词已经用作统一之内的那些价值观念或等级标准，这些都只是统一之内的契机。一个简单确定的纯粹性，像一种颜色、一个音调、一种表面，我们已经称之为和谐了。同样，快乐的对称乐曲的律动也是如此。严格来说，我们只能称和谐为其差异具有遗传特征的统一。它不只是要有比率的均衡性，还要有和谐所要求的相关的活动。整体内部的差异越是多样化，它们各自看上去越自足，而它们越是紧密地联结在一起并生成了完全同质性的统一，所产生的印象就越和谐。一件和谐的作品在它的每个差异上都重复了整体的本质，把自己的灵魂赋予每个差异。这件作品并不回避把自身分散到多元化的差异上，因为它知道如何在作为契机的整体的综合下合并，这些契机作为独立的存在相互需要，就像它们需要整体一样。不和谐因而出自和谐，是和谐的自我反转，因为如果不能假定一种形状的和谐，人们也将无从谈论不和谐。空无、死亡、非矛盾、唯一统一的东西让它无材料可用，只有在多元性和统一性、本质和形式、一般性和特殊性的相互关系中，和谐才会出现。无论何时，当我们期待一个活生生的统一体而产生的却只是一个抽象的统一体时，和谐将会消失；但于此情况，也不会有积极的不和谐。自由多样性的缺场是不美的，但缺场本身并非统一的断裂。——统一应该进展到差异吗？但是这些差异对于彼此来说仍是外在的，因此它们无法做到一个融合进另一个，而我们将怀念和谐的灵魂。于此情况，仍然没有积极的不和谐，但已经有非和谐出现，因为不善表达的差异，通过简单地前后相随地站立一起，把统一分解成了多元性。差异本身成了互不关联的单元。出于这个原因，统一不能和谐地出现，而是处于单纯聚集状态的冷淡中。没有什么地方比剧院更能让我们深切地感受到这种畸形——尤其当演员们都没演好的时候，每个角色只为自己，努力让自己的本质遍布舞台，就好像其他角色与此无关似的。个体表演之间没有联系；情节发展时断时续，且缺少总体性的表演，造成一种孤独冷漠的印象，演员阵容差的剧院尤其如此。是的，有时候，当演员过于依赖提词员，只是简单地重复着人们已经听他用地狱般的声音（字面上，一种哈德斯式的声音）沙哑低语过的语句时，留给人们的印象就离精神病院的住院者不远了，精神病人也是永远都在不管不顾地扮演着自己的角色。

如果差异的统一体需要通过转变成矛盾来摧毁自身，且没有重回统一体，那么，这种断裂就是我们通常准确地称呼的不和谐。这样一种矛盾是丑的，因为它摧毁了统一，而统一正是所有审美设计从里到外的基本条件。不和谐自身的确是丑的，但人们必须马上区分产生美的必然不和谐和产生丑的偶然不和谐。必然不和谐是这样一种冲突，即统一体里所谓秘传的差异能够通过它们的合理碰撞而失落；偶然不和谐就像是强加于统一体上的外来的矛盾。必然不和谐以它撕开的可怕裂口揭示统一体里的全部深度。不和谐的力量越大，那么战胜它的和谐的力量对我们来说也越大，但断裂不仅必须与统一体共享一个同质元素，事实上还必须是统一体与它自身之间的否定关联；因为只有在此前提条件下，统一体的恢复才有可能。因此，断裂之所以是美的，不是由于如此这般的否定，而是由于统一体，它在断裂中证明了自己的能量，即它是内在有效的、粘合的、存续的、可重生的力量。

康德曾公正地说，美是无功利且令人普遍喜爱的；因此，丑就是无功利且普遍令人不喜爱的。不和谐能很好地激发我们的利害关系，因此不能成为美的，我们因而称之为有趣的。若自身不带有矛盾，我们将不再称之为有趣的。单一的东西、光、透明的东西都不是有趣的；另一方面，伟大的、崇高的、神圣的东西对于这种表达来说太高远了，因为那远不只是有趣的。但是，回旋的、矛盾的、含混的，以及反常的、犯罪的、陌生的，甚至发疯的，都是有趣的。女巫那口矛盾的大锅里不停地冒着泡，具有神奇的吸引力。有些作家往往混淆了有趣的和诗意的，于是通过他们思想的丰富性，通过创作时巧妙的技巧，把它理想化，它也的确接近了理想。这样的作者总是最能把握所有事物的矛盾：像伏尔泰和古兹柯。但是，在悖论的产生与消解中，他们并不是那么快乐，这说明了一个事实，即他们更多地运用敏锐的感觉和幻想，而不是被情感所淹没，不和谐的旋涡的确动摇了他们，但他们宁愿被和谐的胜利的潮流所裹挟。真正的不和谐是重新实现统一的起点；错误的、丑的不和谐是一种伪断裂，一种人为注入的矛盾。这样的事物呈现给我们的不是一个真正本质的外观，而是一个真正的非本质，因而让我们感到难堪。在我们已经讨论过的赫布尔的《抹大拉的马利亚》中，每当克拉拉在地板上高视阔步，我们就感受到永恒的矛盾，即她到底是怎样的人同她想成为怎样的人且的确应该是这样的人之间的矛盾。无论她说什么都是高贵的和美的，她的话锋芒尽失，因为我们必定总是回复：但是你的确怀孕了，而且——你希望如此！这个来自德国北部的克拉拉同尤金·苏《巴黎的秘密》中的玛丽之花（Fleur de Marie）没什么两样。这个古埃尤思（Gouaieuse），天生的公主，有着清新的银嗓子，散发着天真烂漫的少女气息，她对自然的感知，她天使般的行为举止，可谓人间理想。只是，她的甜美越是展开，我们就越是感到同这可爱的孩子在巴黎潜水酒吧初次见面的不和谐。尽管她是勇敢纯洁的瑞格莱特的朋友，但她缺钱、失业，在花光了最后一分钱后，她任由自己放荡懒散。她让奥格里斯把她灌醉，诱骗她卖淫。一个天生的公主落入了都市的魔窟！这于高高在上的天国是有趣的，但一点诗意都没有。自此以后，我们就没办法忍受她道德立场上的不足，她自己也不可能克服，而苏至少有足够的机智让她无所事事地死在她父亲——德国寓言王子詹道夫——的宫廷。[24]

真正的不和谐会变成丑的，如果它未得到良好解决的话，因为很明显，在这种情况下，一个矛盾就成了另一个矛盾的根源。在矛盾的持续发展过程中，统一性于其中发挥作用，就像一个规则一样，并逐渐浮现，这种对内在必要性的体验让我们感到满意，因为我们发现通过和谐，不和谐下降了——不和谐在和谐中消解自身，而不是通过与开始不一致的解决方案来分散注意力，而后者明显是丑的。例如，这就发生在原本无比清醒的普鲁兹的《卡尔·冯·博本》（*Karl von Bourbon*）中。普鲁兹没有遵循故事的诗意，没有让主角在同教皇的斗争中成为本韦努托·切利尼（Benvenuto Cellini）枪子下的牺牲品，从罗马城墙上摔下，而是让他几年前就死在了帕维亚战场上——是被情人送给他的戒指里的一颗胶囊毒死的，而这情人之前竟然能从走廊逃走，及时从容地进入了杀声震天的战场。身受重伤，筋疲力尽，迷离恍惚，希望用酒精让自己坚强，这位伟大的康纳泰伯（Connétable）喘着粗气说着冗长的话慢慢死了。这同他最初勇敢的出场形成了多么悲哀感伤的对照，那时他曾在法国国王面前祈求法兰西幸福安康、荣耀四方。这是怎样的不和谐！这是怎样错误的和谐，可怜的投毒者，一个不幸的、浪漫的人，很自然地也把自己毒死了。在战场中心一颗飞快的子弹射中勇敢的心，于历史是真实的，且只需如此就有了和谐和诗意。对于一个矛盾，浪漫主义给出的往往不是一个客观的、自我剖析的解决，而是主观的和幻想的解决，让我们期待落空。话说回来，人们应该记住，在沉思美的时候——不论是自然美还是艺术美，都不能太过自由。对于我们来说，伟大的审美原则越明确，我们越是能踏踏实实地坚持它们永恒的真理；凭借更多的克制，我们就能达至美的具体形式，它往往于自身中结合了最富变化和最矛盾的东西。我们之前正确地区分了有趣的和诗意的；但为避免误解，我们作了注释，说明真正的诗意同时也可能是极其有趣的。岩石犬牙交错，裂隙奇妙非常，但在纯粹的理想和否定的意义上，它们既不美也不丑，但它们当然可以是有趣的，而作为有趣的，一种狂野的、可怕的、奇怪的诗歌自它们之中油然而生。在一些建筑身上，不同世纪的风格是如此奇妙地融合在一起，算上所有具体组成部分的异质性，它们仍然是一个最有趣的、不和谐的和谐的整体。有些诗歌，不属于特定的类型，出于这个原因，不能从审美上展示一种完美纯粹的效果，却充满真正的诗意。拜伦的《恰尔德·哈罗尔德朝圣》（*Childe Harolds Pilgrimage*）不是史诗，不是抒情诗（朗诵调），不是教育说教诗，不是挽歌——而是所有这些类型综合在一起而成的一种有趣的诗。

因为不和谐诞生于一种本质同自身之间的断裂，因为它集中了其错误判断和错误决定中形式丑的所有契机，比起之前向丑的过渡，自然就为产生滑稽提供了更为强大的手段。在其内在自我发展的必要之处，每一次单纯的移除，每一次无效的解决，每一次矛盾的幻想的结束，都已是走在成为滑稽的路上。在诸如此类的作品中，作为概念的滑稽并未在作品自身中表现出来，但是在另一种发现自己被它们的诡计欺骗的意识里，矛盾本性上太过严肃以至于不能以其反常的复杂和优柔寡断唤起我们全部的狂欢；滑稽要想在灿烂的笑声中解决所有麻烦的、不健康的幽默，就必须不能有任何可疑之处，这就是为什么这些作品完全违背它们的意愿成了丑的。赫布尔，正如亨内伯格恰当地称呼的，一个悲观主义者和怪诞诗人，[25]通过他的《朱莉娅》（*Julia*）应该已经向我们证明，悲剧是怎样开始滑向喜剧的，那就是悲剧矛盾的结既没有正确地打好，也没有正确地松开。但是因为它仍然太过严肃和沉重，所以对于当下的丑的东西来说也是如此。强盗头子安东尼奥为自己或者不如说为他被处决的强盗头子父亲向富人陶巴蒂复仇，因为他坚持认为陶巴蒂是他父亲最初流亡的原因。他是怎么复仇的呢？他决定让陶巴蒂的女儿丢脸。他接近她，当然没有让她怀疑他是强盗，她爱上了这个漂亮的年轻人，他为了侮辱她父亲而强奸了她。这一行为比恶魔般的意大利人还要过分！然而，在暴力过程中，他的憎恨却变成了爱，结果就是他整个态度发生了改变。他消失了，努力摆脱他的强盗同伙，成了资产阶级社会中受人尊敬的一员，并和他的朱莉娅一起移民美国——彻头彻尾的非意大利人。只不过，他是如此不可理喻，以至于一点都没告诉女孩他的未来计划，尽管他另有不幸，于藏身处卧病在床。时光流逝，朱莉娅发现自己怀孕了，但作为她所在城市里最纯洁的女孩，她应该在圣罗萨莉亚宴会上扮演处女女王。因无法忍受这种矛盾冲突，她逃走了，在乡下四处游荡，希望死在某个地方。她终究没有像赫布尔《抹大拉的马利亚》中克拉拉所做的那样跳入水中把自己淹死，没有像鲁克莱西亚那样用匕首刺进心脏，也没有像弗吉尼娅那样任由自己被父亲杀死，或至少也要像莎士比亚的朱丽叶一样喝下睡眠药水，她在一座森林里遇到了一个土匪——独自一人——她交出钱包，说着奇怪的话，直到土匪意识到她可能不想再活下去了。就在这一刻，一个前所未闻的灾难降临。在树林里蜷缩着一个富有、年轻的德国伯爵，他对一般人类有着超乎寻常的爱；他把自己毁得如此彻底，以至于可从概率上确定地说他活不了多久了。但是，由于他事实上是一个非常善良的人——就像他的老仆人克里斯托弗所证实的，如果可能的话，他非常愿意用余生做一件有用的、高尚的事。唉，对于他聪明的大脑来说，"怎么做"仍没有头绪，但戏剧化的天意也许会眷顾傻瓜。他惊奇地见证了最初的谋杀场景，在恰当的时候，他用力大喊一声"孩子"就赶走了诚实的土匪皮尔特洛（Pietro），伯爵从朱莉娅那里知道了后续事态的发展，兴奋地在她身上发现了一个可以扭转他一无所有的人生的完美机会。是的，他决定同怀孕的朱莉娅结婚。在赫布尔的《抹大拉的马利亚》中，克拉拉的初恋情人不愿意做的事情——他认为没有"男人"能做到这点，对这个衰弱的伯爵来说一点都不是问题。在弥留之际，他的视野更高更自由，他渴望做件好事，巧妙地帮助一个堕落的女孩恢复名誉——这难道不是特别有意义的事吗？与此同时，老父亲发现他的女儿失踪了，就用一个空棺材骗过了镇上的所有人，假装她已经死了，在这出闹剧中，他得到了老家庭医生阿尔伯特（Alberto）的帮助，后者作为世交，先是爱着朱莉娅的母亲，但仍保持距离，后又爱上了朱莉娅。伯爵伯特兰携朱莉娅归来时，父亲不管高兴与否，还是祝福了高贵的女婿。但是，英俊的强盗安东尼奥因爱情变成了俗人之后，也回来了，一开始自然愤怒不已，直到弄明白了伯特兰出奇的意图——与其说是为了贞洁，不如说是因为性无能。最后一场戏中，我们发现伯爵出现在蒂罗尔（Tyrol）的一座城堡里，朱莉娅和他的丈夫、情人以及柏拉图式的阿尔伯特相处和谐。伯特兰的确感受到了他年轻妻子无尽的美和善意；然而，他保证遵守约定。他想去阿尔卑斯山上捕猎山羊——然后？他肯定很熟悉乔治·桑的《雅克》（*Jacques*），因为他拖了快一个月——然后，他转向朱莉娅和安东尼奥：

　　你们答应我——

　　朱莉娅：那么——

　　安东尼奥：那么，我们应该问问自己，我们是否还可以幸福？

　　朱莉娅：我们应该问问自己，我们是否还可能幸福？

剧终

　　这幕悲剧至此结束，从头至尾直到最小的细节都被其作者扭曲了；我们已直接给出了它的内容，却没能避免滑稽搞笑之处。我们的确丝毫没有怀疑伦理倾向的主观严肃性，这也是赫布尔在其前言中以极大的悲愤宣称的。但是我们还是不能因此被迷惑，而是要认识到这个悲剧，由于其不和谐的形式，从根本上讲就是一个可怖的喜剧，一个由虚幻对照生成的怪物。如果让我们对这个悲剧中经常出现的愚蠢动机视而不见，它往往有一个高度滑稽的构造；如果我们专注于基本的条件，那么就会发现这些不是悲剧性的，而是喜剧性的。一个秘密怀孕的女孩要在游行队伍中以处女女王的身份出现，这当然是滑稽的；一个父亲以为他的女儿和情人私奔了，就用假死和假棺材欺骗镇上的人，这当然是滑稽的；一个德国伯爵，浪荡一生，患了美德妄想症，希望为他饱腹的尸身增加点有用甚至高尚的额外荣誉，这当然是滑稽的；一个怀了孕的女孩，在一个有自己宪兵的国家任意穿行，且渴望着死亡，在一个黑暗的树林，摆动着一个钱包，说服一个土匪杀了她，后者并没有像人们期待的那样，在没有谋杀的情况下拿走钱包并强迫女孩——一个漂亮的战利品，听从他的命令，这当然是滑稽的；伯特兰和朱莉娅结婚，这不是一个人的事——在他，是在死前做些善事，在她，是为了挽救她的荣誉，这当然是滑稽的，最后，所有三个爱人，从自己的立场出发，相互接受，甚至相互赞赏，令人难以置信地一起生活在蒂罗尔的城堡里，而伯爵还给予安东尼奥和朱莉娅以愉快的愿景，即为了他们的幸福而将永远消失，好吧，这当然是滑稽的。滑稽？是的，在阿里斯托芬的意义上，只要这也包含了道德的虚无，但并不是在更广泛意义上，也就包括在阿里斯托芬意义上的绝对虚无的快乐的繁荣——没有什么好矫饰的。相反，这些败坏了的条件被庄重严肃地对待，处理成了充满长篇大论的演讲，于是，我们感受到的只是面对一个失败悲剧的沮丧，而非幸福的微笑。

如果矛盾就其内容而言不理想，如果主体捕捉到了它却并不感受为矛盾，而是似乎对它十分满意，那么由此产生的不和谐就是滑稽。不妨再想下，在阿里斯托芬的《云》（*Clouds*）中，斯瑞希阿德（Strepsiades），一个值得尊敬的雅典人，希望跟随苏格拉底研究哲学。但到底为了什么呢？为了自己能巧妙地摆脱债主。他为哲学设置的这个目标同哲学本质相矛盾。但这样看来，它很有趣。斯瑞希阿德深信哲学将帮他摆脱债务，一开始他为此感到心情舒畅，直到他的儿子跟他玩了个文字游戏（ubersophitet，关于诡辩的文字游戏），辩证地向他证明，儿子有权揍他父亲一顿。

第二章　不正确性

　　无形式抽象的规定性适用于所有的丑。但是，具体来说，丑部分是自然的，部分是精神上的。无定形、不对称和不和谐的一般性在自然和大脑中，都是真实的存在。如此，则取决于在外观上实现构成其本质之概念的必要性。现实与概念的相应，规则相适的客观满意度，构成了正确性。因此，按照其正常的独特性再现的审美形状就包含：按照其概念属于它的无一遗漏，同其本质相异的无一添加，它的正常性没有任何改变。这些论断的否定则是不正确的概念。

　　不正确已引入具体艺术领域。但是如果人们想随它至此领域，将会以卷入无尽的无关细节而告终。换言之，人们将不得不加诸准则的每一积极规定性以这样的规定：违反此准则即是不正确。如果不得不列举所有的艺术规则，且每条都要唠叨下，即同样的失败是不正确的，那么这将会多么令人厌烦啊。因此，在我们的文章中，揭示出丑的东西是怎样进入不正确以及不正确又是怎样成为可笑之物的根源，这就够了。

　　因此，我们将首先阐释清楚一般意义上不正确的概念；接着，我们必须研究，在不同民族、学派特有的风格类型以及表达的个体理想形式中，不正确的特定的变化；对于设计进程来说，由于它在诸多艺术中都有相同的特征，给出一般特征就足够了。

第一节　一般意义上的不正确性

如此这般的正确性在于适当性（rightness），一种形状可以适当地再现那些凭借其基本内容——不论是自然的还是历史的——而内在其中的形式。用形式逻辑的语言来说，就是赋予一个客体从根本上把它同其他对象区别开来的所有特征。只有通过对其基本的适当性的定义和明确，一种形状才能从审美上把自身同其他对象区分开来。正确性因而就有这样一些要求，比如，在一幅风景画中，树木的种类要能通过它们的自然类型区别开来；在一座建筑作品中，柱廊的装饰和渐变要同它们的秩序规则相一致；在一首诗中，其文类特征要保留，等等。这个定义是完全必要的，因为没有它，形状的个体特征就不能表现出来；有了个体特征才能是美的。但由于正确性首先基于个体形状的形式对应——个体形状具有同一种规则的类别相似性，所以它本身并不是绝对美的，而只是满足了美的一个必要条件。理想的韵律、更高层次诗歌的成功，并不完全取决于正确性，单凭它还不能满足审美需求。

如果我们说一件艺术作品完全正确，这当然是赞扬，且并非不重要，因为我们认识到艺术品完满地实现了自然规则。但是，如果我们不多补充几句，这赞扬就变得近乎指责，因为艺术品可能只是正确而已，也可能干瘪，无灵魂，缺乏原创性的活力。这在所谓的学院派的艺术中得到了很好的体现。它们在形式上大体正确，但它们的价值也就局限于没有错误而已。然而，尽管它们是正确的，却很快就会令人们厌烦，因为它们没有激情去俘获人心，神圣的性格、理念的真理、本真的自由是成就艺术经典的首要的因素，加上适当的激情，才会让我们快乐。学术的、学究气的正确性，其实什么都不是，如若伴随时常令人尴尬的精确，再同天才的创造性相比，的确丑陋。并非此等正确是丑陋的，而是说这丑就是美，只要它仍保持在纯粹正确性的层面上且不使之成为深情表现的手段。一件作品在细节上不正确，违背了画法、音乐旋律、韵文结构等，但如果整体上为理念的力量所统辖——可以让我们忘却细节上的瑕疵，那么它也可以成为美的事物。发明创造的新颖，组织安排的大胆，执行实施的有力或温柔，令我们以天才的名义宽容不便、错误和过失。例如，冯·普拉滕（August Platen）非常正确，但不够独特，且缺少自我创造；相反，海涅通常是不正确的，有时甚至是故意这么做，但仅仅是他的创造力，他的原创性，就已经足够伟大。由于这种差异，他对我们文学的影响要比普拉滕更强烈、更广泛。

　　不正确自身通过删除、异质性的增加或修改，否定了必要的形式规定性，因此成了丑的范畴，这是毫无疑问的。艺术必须要求正确，不应有不好的信念，而练习中的不正确是可以忍受的。必要性是物理的、心理的和历史传统的，据此，艺术必须服从一般意义上的正确。模仿的概念由此走向了前台，因为艺术在这里必须坚守它必须接受的某种既定的东西。必须关注自然和心灵显现出的形式，因为只有在这些形式中艺术才能实现形状的个性化。然而，众所周知，模仿还没有强大到可以复制偶然的经验，而是通过全神贯注于相同之处，通过对形状的精确复制，来认识理想的形式、一般性比例。自然和心灵努力获得某种形式，作为它们本质适当的外观，但内在的偶然性和任意性总是横加阻止；它们的现实性总是落后于其概念发展的趋势，因为它们于不经意间总是干扰它们的必然性，妨碍它们的自由。艺术把审美设计从这种困境中解放出来，清除所有已败落的和非本质的东西，突破外壳抽取出纯粹的内核，以完美理性的永恒性让我们满足。这一切不可能只是通过经验上的折中就能实现，因为产品越精确——就像蜡像、机械制作的图画、银版相片等——它们同理想的自由和真理就越远。一张相片并不能给予我们整个的人，而只是受过去的情绪所控制的、特定环境下特定时刻的人，等等。艺术家必须从出自精神体验的最后产品中创造出理想，而服从经验只能为他提供物质材料。雅典人选出一些漂亮的妓女，任由普拉克希特勒斯（Praxiteles）支配，如果普拉克希特勒斯让自己困于精确地表现她们的形体，那么可能就永远都不会创作出阿佛洛狄忒（Aphrodite）雕像。我们不妨想象下，普拉克希特勒斯选取一个美女的胸部，选取另一个的手臂，从第三个选取脚，如此这般，再把这些个别的部分敷衍地组合在一起，那么他创作出的肯定是一个美丽的怪物，而不是值得世人祈祷的美神，从他自己内心的想法来看，他必须超越女性美。这恰恰说明，为什么那些妓女对他来说并非无用，因为对他来说，研究她们才可能获得正确性，在每一个美女身上有他所能看到的理想之相对真实的外观。而我们现代雕塑家和画家创作裸体女性，很明显是以女工模特为基础，这些女工穿着紧身衣，已经败坏了纯粹的自然形式。为了保证正确，艺术应该

普拉克希特勒斯，《阿佛洛狄忒半身像》（复制品）

利用自然和心理现实的本质，但艺术的自然化不应超过服务于虚假超越的理想化。我们将不得不为艺术家让步，允许纯粹适当性的相对重塑，因为只有这样他才能创作出理想的客观真理，而我们将无法斥责这种经验形式的过度延伸是不正确的；只有当主观理想化把特定的个性化力量削弱成抽象的可能性时，才不得不受到批评。

物理的正确性能得到最确实的验证，因为艺术作品同给定对象的比较在物理学中是最容易和可行的。我们也在一般意义上用按照自然（nach der Natur）这个比喻性的表达，以期从总体上直接理解正确性。例如，我们会说，尽管建筑物是思维的产物，但建筑的表象也是按照自然绘制出来的。正因如此，我们也会说源自生活（nach dem leben），如今，尽管自然经验总是心甘情愿地为我们提供同样正确的概念，但绝不像看起来那样万无一失。纯粹客观的视听绝不是一种普遍享有的能力。令我们惊讶的是，经过仔细观察，我们往往会发现一切比我们所能想象得更不正确。其他不正确的例子源自方法的固化，如拜占庭绘画中过长的形体、手和脚。[26]

我们总是称心理的正确性为自然真理，它主要包括心理欲求、倾向和激情；在手势、面部表情、言语中有同样正确的表达，也可以说是情绪的正确动机。按照它们的内容关联情感，在模仿、病理学和相面术意义上同一事物显现的形式，声音、言语中同一事物的表象，为败坏客观真理打开了一个无限的领域，而客观真理的正确性较之物理上的不正确要简单得多。在诗歌、音乐和绘画中，心理错误将会比在雕塑中更明显，因为后者致力于类型化表达，为了再现抽象的寓意往往不得不弱化特征的决定性。法国人因此就有了一个诗学概念，叫作轻诗（La poésie légére）。普拉迪耶（Pradier）在一座雕塑中表现了这个概念，引得评论家们齐声怒赞，诗人们则用充满激情的诗句颂扬。这是一个漂亮的跳舞的女人，左手拿着一把小竖琴，右手伸在头上。她用左脚尖站立；右脚轻微摆动提起，以脚尖敲击身后的地板。我们愿意承认，按照法国流亡诗歌（poésie fugitive）的观念，这种形状具有一定的完满性；但是，那转向天空的头难道不也应该迸发出激情吗？心灵是否应该表达出一种令人愉快的满足？眼睛非得那么小，非得像吸食鸦片后那样紧闭着吗？难道这种面相不是太像弗里妮（Phryne）了吗？普拉迪耶难道没有考虑，他的轻诗虽的确要有些情色的特征，但也应在眼睛里和下巴上表现更多的精神印记吗？诸如此类的保留意见源自这样一个问题，即在这些形式中，玩笑的、机智的、热情的、情色的缪斯的概念是否得到了正确的表达？普拉迪耶在现代雕塑家中的地位仅次于卡诺瓦（Canova），最完美地表达了甜蜜，他或许会辩解说，一个不那么圆的下巴和更大点儿的眼睛，反过来将会显得太高贵、太阿波罗了。[27]

　　关于历史传统的正确性，精神的自由仍是基本点，就此而言，对既定对象的尊重得从属于自身。心灵得到正确表达，历史进程的实质把握得当，那么外在形态就不那么重要了，是这样吗？如此，就给予外在形态的不正确更大的空间。历史精神展示其独特性的方式同我们生活中穿衣服一样，在日常用具中见形式，在习俗中见特征。在所有这些表现中，可以看到诸多规定的无限性，这些规定尽管是其本质的表达，但事实上就其深度而言都是偶然性的。当我们把一些事物作为一个整体来观察时，我们能享受它的连贯性，因为这连贯性个体特征

普拉迪耶，青铜雕像

深入每一个最终的细节，但就艺术来说，我们必须认识到，同自由的悲怆相比，具体形式——其中个体特征耗尽了自身——的多样性只具有第二位的价值，自由的悲怆才是艺术的本质内容。古人研究的琐碎细节从审美上来看不是首要的东西。例如，尽管剑柄和剑身在不同的国家甚至不同时代的同一个国家的确展现出最大的个体多样性，但一把剑说到底终究也只是一把剑。衣服，随着气候和文化而变化，跟随时尚变化则更甚，然而，不管在哪儿，总是要给脑袋留个洞，在两侧为两臂留两个开口，等等。因此，艺术在再现历史时，首先必须强调的是一般人性、精神内容、行为的内在本质享有权威地位，从这个真理出发，其在手势、面部表情和言语中的外化，同传统形式——构成诗歌，美直接取决于它——的适当性形成对照。因而假定在一种精神现象中，我们的基本的兴趣得到了满足，那么我们就不会拘泥于历史的真实，至少它同物理的真实和心理的真实相比重要性要低得多。针对表面的历史，学识渊博的准确性从来都不是艺术的目的，因为艺术所要做的远不只是教导。当古代的忠实性同诗歌的动机相一致，就像瓦尔特·斯科特（Walter Scott）的诗歌那样，这诗歌会令人非常愉快，但是一定不能为博学而牺牲诗歌，完全出于说教而写出的作品，像巴塞勒米（Barthélemy）的《希腊之旅》（*Voyage en Grêce*）、贝克尔（Becker）的《沙里克勒斯》（*Charikles*）和《盖勒斯》（*Gallus*），无异于直接承认我们只是在为实用的东西编织一块令人愉悦的遮盖物，而艺术之为艺术的东西则荡然无存。我们无条件地支持艺术家在处理历史材料时运用一定的技巧，只要他带给我们的是人的艺术。只要不是荒诞不经，只要不是毫无用以评判的艺术效果，就算是《时代错误》（*Anachronisms*）这样的诗我们也无所谓。

　　伟大的艺术家处理历史题材时具有一定的自由度，我们并不认为这是不正确的。莎士比亚就是这样处理英国历史题材的，而且他也是如此处理罗马历史题材。他笔下的罗马人在某种程度上就是英国人，但他们首先是真实的人，平民也好，贵族也罢，无不充满真情实感。吹毛求疵者所谓历史错误，在更敏锐的批评家则是诗意盎然。在《冬天的故事》（*Winter's Tale*）中，他让海水奔涌向波西米亚海岸。这是多么大的疏忽！迂腐之徒大声批评。但它终究只是一个故事，而民间故事中的地理都是想象出来的。对于这一时期的英国人来说，波西米亚是一片陌生的土地，从历史的角度来看，他们并不比故事中的国王和巫师知道的更多。相反，在古兹柯《理查德·萨维奇》（*Richard Savage*）中有处时代错误，却是不折不扣的不正确——萨维奇同著名记者斯蒂尔（Steele）有一场对话，为了让闷闷不乐的思想家振作起来，斯蒂尔就对他说："你知道吗，我同情你和我自己，你应该在令人窒息的伦敦被绑架，但是我的朋友，波特尼湾真值得好好研究一番［（自言自语：）我得努力安慰他］。对于我的杂志来说，有必要在那儿派驻一位记者。"古兹柯给他戏剧中人物角色设定的时间17世纪20年代。他受到的教育太好了，以至于不知道大洋洲此时尚未被发现，而且斯蒂尔所说的人道主义思想也根本不适用于波特尼湾，因此，这里的时代错误毫无道理可言，这种有意为之的错误恰恰使它变得不正确。

　　尽管艺术在处理这样一些材料时或许并不太在意正确性，但在处理那些诗歌敏感的材料时则要小心谨慎。在这种情况下，正确性意味着表达出了情节的真实性，偏离这种正确性，偏离与正确性相对应的相面术的、病理学的和修辞性的外观，同时也就毁掉了理想的本质，而没有理想的本质，艺术作品就不可能仍然是美的。绘画艺术为我们提供了非常有趣的例子，证明在创作令人敬佩的作品时，历史形式的不一致问题是可以忽略的。例如，凡·艾克画派（van Eyck School）曾经把玛利亚画成了一个德国女孩，跪在墙壁镶嵌着木板的房间中一张深棕色的床前，聆听天使报喜。地板上铺着地毯，墙角的花瓶插着怒放的百合花，透过窗子我们能看到矗立着城堡的莱茵河畔。这里全部的装饰在客观上是不可能的，因为在中世纪，基督出生前的巴勒斯坦不可能看上去像莱茵河边居民家的客厅。因此，整个的环境、服饰、皮带、金色的头发、蓝色眼睛、德国人的侧影都不具历史精确性，是不正确的。但试问，那个谦卑的形态、处女的超然、渴望的虔诚被注入了一个祈祷者，被注入了她的脸部特征、仰望着的眼睛了吗？如果我们发现的确如此，而且是按照自然的、心理的正确性表现出来的，那么历史传统就变得不那么重要了。童贞受孕——基督教对达娜厄情欲受孕的反转，就是这幅画的理念，且得以实现。

　　为了美，我们得允许艺术家改编神话和历史，只要他能够因此把同样的诗歌内容描绘得更理想，且不会像欧里庇得斯那样因肆意改变而创作出畸形的作品。没有伟大的艺术会害怕因诸如此类的改编而招致的责难，因为这种指责有一种好处，那就是可以从美学的角度对历史传统进行纠偏。莎士比亚、歌德、席勒无不以各种方式改变了历史材料，但并没有损害根本的历史真实。席勒《堂·卡洛斯》（*Don Carlos*）中的主角卡洛斯不完全是历史人物，但同时又是一个真正的历史人物。作为王子，卡洛斯天赋卓绝、生性敏感，却因此招致专断父亲的愤怒，更不幸的是他还爱上了年轻的后母，而她原本是要成为他的妻子的。席勒通过这样的设置创造了一种极其不幸的悲剧氛围。不仅如此，席勒还把西班牙人的思想和宫廷礼仪个性化了，通过这种方式深化了悲剧氛围。就我们所知，富凯（Fouqué）的《堂·卡洛斯》倒是给了我们一个细节准确、经验真实、符合历史的堂·卡洛斯，但也仅此而已——这个西班牙婴儿不为世人所知，因为在历史上他缺少精神这一要素。尽管为了追求理想的真实，艺术在历史这个维度上享有一定的自由度，但不得不说天才的艺术家还是会为历史的忠实而烦恼，只是因为它为他提供了如此快乐的个性化方法。他只会放弃那种必定会限制其实现审美目标的材料，对有损理想真实之和谐的材料加以修改。不妨仔细看看杰出大师的作品，看看你能否因其忽视历史色彩而找到批评他们的理由。拉斐尔画的长廊达到了如此之高的历史精确性，以至于丝毫不用担心存在任何细小的错误。但不妨问问你们自己，莎士比亚在他的罗马悲剧中只是在整体上遵循历史真实，还是在最个人化的关系中实现历史真实？问问你们自己，像他笔下的克丽奥佩特拉，是否只是一个美丽的、热血的、充满情欲的、专横的女人，或者她是否根本就不再是埃及女人——那条尼罗河的老蛇？人们只需要听听像吉维努斯（Gervinus）[28]这样的历史学家是如何讨论这部悲剧的历史内容的就可以了。或者看看席勒的《华伦斯坦》（Wallenstein）：三十年战争时期欧洲世界的分裂不是被非常历史地描绘出来了吗？再看看辛克尔（Schinkel）画的舞台布景：他难道不是让历史个性服从于审美理想和剧院的实际需要了吗？——但我们将始

扬·凡·艾克，《天使报喜》

辛克尔，莫扎特《魔笛》1815年舞台布景

终认为艺术自由处理自然，特别是心灵得具备一定条件，即理想在作为语词目标的意义上得以达成。本质自身能够达至外观的明晰，理想则能够解放这种趋势，因此如若不能实现理想，就会变成不正确，或干脆成了滑稽可笑的东西。

　　事情总是如此且普遍存在，即这里的滑稽在于概念上不可能的东西似乎成了真，并以其经验现实嘲讽我们的常识。如上文所提到的，如果古希腊和罗马的男女英雄出现在巴黎的舞台上，戴着抹了粉的长假发，穿着高跟鞋，配着宝剑，手拿折扇，现在我们会认为这种装扮是不正确的，令人发笑。然而，这些外在的东西对事情本身几乎产生不了什么实实在在的影响。事实上，我们会发现，当下在法国剧院里上演的高乃依（Corneille）、莱辛（Racine）、伏尔泰的那些悲剧，已不再穿君主专制时代宫廷庆典服装，而是穿着真正的古代衣服，但这种改变并没有让外在着装同其内容产生任何张力。另一方面，可以想象，刻意追求历史的准确性，必定会产生滑稽的效果，因为这种作品只能是滑稽可笑的模仿之作。例如，在格拉斯布伦纳（Glasbrenner）的木偶戏《天堂》（*Paradise*）中，亚当出场时如此说道：

　　　　我很高兴自己被创造出来。人们并不知道所谓何事。（四处看了看）一座可爱的植物园！那蓝色的顶棚和温暖的灯笼也没什么用处。这已然成了事实，撇开这一点不谈，所有这一切，突然就完美地实现了。创造者获得了大众的赞赏。至少，已经有了一个开始，创造的主动性已在掌握之中，一个强大的管理力量按照适当的尺度仍然在让它发展成一个美好的所在，

（环顾四周）六天的时间，这怎么可能？（摇了摇脑袋）只一个家伙就实现了所有这一切，我不信。肯定有更多的人：一个团队。不管如何，拉多维兹（Radowitz）肯定帮了忙，因为没有他那家伙什么都创造不了……

亚当怎么可能如此说话！这根本不可能，我们甚至都想打断他的话。但是这座木偶戏剧院的亚当的确就是这么说话的。我们看到，创世竟然开始于一个柏林来的浑浑噩噩的酒鬼、喜好争论的市井酒徒这个事实同原型概念之间产生的矛盾冲突，令人忍俊不禁。

一般意义上的正确，包括忠实地遵守自然和心灵正常状态。但是，如我们所见，若囿于正确性，那么艺术的自由就不可能充分实现，而即使在特定的条件下可能会变得不正确，却并不会同美形成冲突。刻意的模仿会变得滑稽可笑。但又该怎么看待奇幻的东西呢？一件作品，无论在物理上还是在精神上，似乎都是不可能实现的，却以艺术的形式出现在我们面前，并给予我们全部现实的震撼，我们对此又该怎样判断？这些梦幻中的形态是怎样同丑的概念联系起来的？艺术除了美的法则之外的确可能没有其他的法则，但是美必定联系着真和善，哪怕是最自由的艺术也无法否定。这对于艺术来说，绝非否定性的限制，恰恰相反，首先通过这种联系，积极的完满的美才可能实现。但是，必须把适当性同这种联系区别开来，它在其相对性中，允许幻想同经验现实的形态玩一场梦幻游戏。幻想在其游戏冲动中获得了极大享乐，也即是说，把自身从诸多限制中解放出来——这些限制在正面再现时是必须要遵守的，而它这时通过只属于它自身创造力的无限形态便得以生产实现。幻想在任意的狂欢中肯定它的自由，它同自身的活力开玩笑。它创造出不属于任何类别的植物，不属于任何种群的动物，以及不属于任何历史时代的环境。当我们面对这种幻想的本质时，还能谈论什么正确性吗？这似乎不正确，但这些虚构的东西真的有必要同那些正面的自然形式进行比较吗？

就此而言，我们必须记住，自然和历史本就富于奇幻的作品，要是常识能对它们起作用该多好。这些奇幻的事物的确不会被发现，但机会和任意性则会让它们沉溺于最厚颜无耻的轻浮，而经验层面的组合确实能够无耻地同主观幻想的发明创造竞争。仅靠常识几乎不可能发现那些外表同周围植物毫无区别的动物，像是大群的植物状动物（Phytozoa）。仅凭常识根本无法想象史前巨型鹦鹉螺那矛盾的形式。就算是现在地球的有机时代，人们也无法忍受任何飞鱼、有翅蜥蜴、飞鼠、长嘴似肉扦的蜥蜴、尾巴长鳞片的啮齿动物、像鱼一样跃出汹涌的大海逗弄我们的恒温哺乳动物等。自然，远超人类的感知和理性，有足够的智慧和想象力自由地组合看似矛盾的东西。矛盾冲突只是表面的，有机体内部则没有，否则就不可能存活，只是在外形上表现为矛盾。因此，幻想的艺术，当它创造出牛狮、鹰牛、狮鹫、斯芬克斯、半马人之类的东西时，就近于自然了。自由的精神，因缘际会，创造出最可怕、最不可思议的现象，远非自然的幻想可比，这在历史上并不少见。心灵唤起无数奇幻的形态和境况，光芒闪耀，艺术家就算在他最大胆的想象中，也不敢如此创作。拿破仑一世——一个炮兵中尉、将军、政治家、征服者、被放逐者——的一生，何等的幻想以足够的力量谱写如此奇妙的诗篇？《淘金者》（*Gold miners*）

描述的加州和澳大利亚矿工们的生活，在十年前谁不认为那只是谎言？摩门教徒横穿沙漠，从纳府（Nauoo）到犹他盐湖城（Great Salt Lake）——此时老旧的欧洲正大兴路障，谁能想到，这种《旧约》中才有的诗篇会在事理通达的北美实现？艾拉·奥尔德里奇（Ira Aldridge），一个真正的摩尔人，来扮演奥赛罗——莎士比亚就算做梦也想不到。但是我们将不再列出更多的事实，这是属于我们这个时代的、当下的事实，是尚未因距离、灰暗古代或传统积淀而披上奇幻光晕的事实。当有必要为其独特性创造空间时，精神随随便便就能超越通常的目标，超越残忍的必然性，超越单调的实用性。精神也毫不在乎美的纯粹形式，而是随着内在驱动标明它的个性。在不同群体中又有怎样奇妙的事物呢？我们只是尚未遇到。不妨想想中世纪那些向上反转的、角顶端挂着个铃铛的带嘴的鞋子。难道是因为脚的形状而要求这样一种形式吗？不。那是因为特别舒适？当然不是。这些翻转的角传达出了实实在在的美吗？这是不可能的事。那它为什么会存在？显然，它的出现只是为了满足淘气、贪玩精神的疯狂的情绪冲动。回想下督政府（the Directory）时代的服装，埃米尔·瓦蒂埃（Émile Wattier）是如此贴切把它们画在了挂在莫罗画廊（Galerie Moreau）里的画中。妇女，作为了不起的女性（Merveilleuses），裸露着脖子、胸脯、手臂，束腰上衣留着侧缝，她们以此展示自然，但透过这侧缝看到的不只是小腿，我们看到的更是盛装的妇女；作为不可思议的女性（Incroyables），正在做着相反的事情，即通过巨大蓬松的头发、过于厚实的围巾、有着奇怪尖角的燕尾服，使得她的自然事实无法辨认。人们只要回想起这些形态，就会承认有着奇幻模式的历史能够明白无

埃米尔·瓦蒂埃，《维纳斯的胜利》

误地超越梦想的世界。

　　回到艺术中，我们必须认识到，奇幻的一个主要方面是一种审美的限制，同作为形象之真实的适当性没有多大关系。它们必须能让我们产生幻觉，即它们有一定的现实性，哪怕没有直接对应的经验现实。我们称事件的这种状态为理想的可能性。它们同我们的常识相矛盾，但它们必须通过矛盾的统一，通过它们非自然的自然化，通过它们非现实的现实性，同常识达成一致。我们必须承认，幻想出来的生物，如怪兽、百臂巨人、半人马、斯芬克斯等，在解剖学和生理学上是不可能存在的，然而，当我们看它们的时候，它们自身要显得和谐一致，这样对它们现实性的质疑就不会对我们产生直接的困扰。源自差异的东西，必须按其真实加以整合。如果不能满足这个要求，我们就不得不视之为不正确。统一、和谐以及杂多的和谐，被幻想偶然地结合在一起，它们的正确性必须得到表现，否则设计出来的东西就会给人以丑的或滑稽的印象。埃及斯芬克斯是人的脑袋、女人的胸脯和狮身的合体。从解剖学和心理学上来看，这样一个统一体是不可能存在的，但是雕塑把它呈现在我们面前，确切而清楚，当看到它的那一刻，我们丝毫不会产生那种自然科学上的疑虑。它那完全舒张开来的身体那么平静，脖颈那么直，眼睛那么深邃！难道我们不应该允许这样一个存在物进入我们的想象？的确，如果女性的脑袋接入狮身时不那么自然，如果它们相互之间只是拼凑在一起，如果各异质部分之间的亲和不是毫无痕迹地表现出来，我们就会发现斯芬克斯是丑陋的。这个原则同样适用于混种动物、奇幻植物乃至阿拉伯图案。一朵幻想的花，其叶子的形式、位置，其杯状的样子，都必须模仿自然真实状态下花的外形，它的比例必须适合审美感知。从心而论，也必须有这样的要求，即无论怎样异想天开，就理念来说也必须具备审美的可能性。事实上，从理念的角度来看，幻想很容易同常识性经验发生冲突，却不会违背更高的法则。怪异事物的中心必须保持一定的审美可能性，以免人们把奇幻同荒诞混为一谈，就像当今人们汲汲以求的那样。德国早期浪漫派的一些作家，有着健康的开始，终滑落到无趣的混乱，却视之为一种诗学深度的表现，事实上他们所实现的不过是荒诞和无知的虚无。阿尼姆（Arnim）的巨著《多洛莉丝》（*Doroles*）、布伦塔诺的《戈德维或被吓呆母亲的照片》（*Godwi or the petrified picture of the mother*）就是例子。[29]在现代画家中，格兰德维尔（Grandville）已经证明自己是一个伟大的奇幻艺术家。在他的《芬芳花朵》（*Fleurs animês*）中，女性形式同花朵形式交织在一起，以至于人们分不清是女孩变成了花朵，还是花朵变成了女孩，这是多么奇妙啊！花只是一种装饰，花褶表现出类似人类形式的特征，而且在植物学上是正确的。[30]《另一个世界》（*Un autre monde*）无疑是其天才的巅峰之作，然而这次他有点冒险了，意象的冲突把我们的幻想撕得粉碎。我们努力把握那些意象，处于发疯的边缘，无法承受此等体验。这些图像中的一部分为什么让人如此痛苦呢？我们相信，在幻想的界限内，在这些意象中，格兰德维尔不仅忠实于审美感知，而且在他绝对奔放的诗学狂想中还保有惊人的自然真实。"地狱勃鲁盖尔"（Hell-Bruegel），丹尼尔斯（Teniers）和卡洛在他们《圣安东尼的诱惑》（*Temptations of St. Anthony*）中创作出的高度幻想性的人物，然而，尽管这个抽象的形象具备所有自然的精确性，展现出的

MARGUERITE

格兰德维尔为1847年出版的《芬芳花朵》绘制的插图

格兰德维尔为1847年出版的《芬芳花朵》绘制的插图

CONCERT A LA VAPEUR.

格兰德维尔为《另一个世界》绘制的插图

小大卫·特尼尔斯，《圣安东尼的诱惑》

LA FOSSE AUX DOUBLIVORES.

格兰德维尔为《另一个世界》绘制的插图

格兰德维尔为《另一个世界》绘制的插图

琉善《真实的故事》（1894）中的插图

却不过是幻想性的故作姿态。格兰德维尔则不同，在他那些扭曲失真的幻想形象中，不仅有长着鬈毛小狗脑袋的乌龟、蛇熊、鹦鹉蚱蜢；不仅把人画成了机器，机器画成了人；还画了一个动物笼子，就是史前怪物看了都会被吓到，因为我们在笼中看到的是双重动物，它们并非分裂形式的简单组合，而是互相排斥的整体结构，以令人惊恐的方式摧毁了人们对统一的幻想。例如，我们会看到水牛的尾端有条鳄鱼样的蛇，水牛双蹄奋力向前，鳄鱼的两个爪子则拼命向后，这分裂的倾向疯狂地扰乱着人们对统一的想象。又比如，一头狮子从一根爬杆上跳下来，尾巴却是一只鹈鹕的脖子和头，而且正忙着吞一条鱼。这真是很丑陋的画面，太过可怖，以至于不可能有任何喜剧效果。的确，如果带有喜剧色彩的话，就算是最极端的矛盾冲突也是可以忍受的。在同一件作品中，格兰德维尔还画了一个动物园，动物笼子前各种各样稀奇古怪的民间故事中的动物来回走动。在一个笼子里，我们看到一头英国独角豹，它面前站着的动物，有着狗的身体、水手的脑袋，还戴着一顶帽子，吸着短烟斗。在双身拿破仑鹰面前，我们能看到一个畏缩的斯芬克斯，长着个阿尔萨斯奶妈的脑袋，戴的不是埃及卡兰提卡面纱，而是风靡一时的软帽。水手狗、斯芬克斯奶妈都是幻想出来的，也是有趣的，并没有成为丑陋的东西。嘲笑虚假幻想糟糕的不可能性时，别忘了幽默也有不可能的时候，且是以最僵化、真实的口吻表达出来的，就像琉善（Lucian）在他《真实的故事》（*True Stories*）中如此精彩地戳破的旅行者的吹嘘和学者的迂腐。[31]

我们完全可以举出作为一种类型的童话，其本质冲突同历史、自然的正常性并行不悖。童话中到处都是的事物和场景，难道不是在打那些主张规则相似性的人的脸吗？——什么不可能？何谓不正确？然而，童话的不可能性指的是未能实现象征意义上的可能，就此而言，真正的童话不存在不正确。童话中的花朵会唱歌，动物会说话，人会变成动物，动物会变成人，神奇的事情一件接着一件；但是，透过所有这些幻象，将会发现自然真实和历史真实之间更深层次的——人们可能会说更神圣的——一致性。人类创造的外在表述，用文明包裹所有的叙事，被童话世界无条件的自然所洞开。这些流传下来的童话，像那些东方故事和古老的北欧故事（凯尔特人故事则不然）宝库中的童话，理念上是正确的，且保留了儿童幻想的自然纯真。童话如果让一个人变成了一头驴，则会让它仍然像一个人那样思考和行动，尽管他的确像一头驴子那样吃稻草和蓟草，断不会堕入近来童话诗所呈现给我们的那种荒唐境地。在奥斯卡·雷德维兹（Oacar Redwitzs）的《冷杉树的故事》（*Märchen vom Tannenbaum*）中，冷杉树被认为是上帝的象征。这树喜欢干燥的沙地，雷德维兹却让它的根浸入山泉，后者被认为是人的象征，他追随自然的地球引力，迷失在一个广阔的世界中，直到最后不能动弹，干渴而亡。但是，冷杉树送给他一根救赎的枝条——于是水流溢向上游，直至源头！人类的救赎——以一根遭水流冲击的冷杉树枝来象征！多么枯燥乏味的针叶树诗歌！一条倒流的溪水！又是多么深刻！

第二节　特定风格的不正确性

就自然的理念而言，为其实体的正确性，艺术具有普适的规范。

但出于内在的必然性，艺术也会为自己生出一些特殊的规范，它们必须适用艺术作品的实现过程。我们称艺术典型化过程中生成的特殊形式为风格。一件艺术作品只有实现了特殊风格的独特性才是正确的。忽视这个特性就会导致不正确。艺术品朝不同方向发展，理想在风格化的过程中实现自身，但这里还不是多元发展的地方。我们需要关注的是，对一种特殊的丑的形式加以解释，这种形式源自对风格个性化的否定。

出于美之理念自身的特性，艺术品的再现可以是高度、严谨的风格，或中度的风格，或轻度、浅显的风格。艺术家需决定采用这些模式中的一种。每一种模式都内含着诸多渐变的层级，构成了对其他模式的转换，当然，每种模式都有自身特有的审美品性。艺术必须坚持，它的产品明显属于这些风格模式中的一种或另一种。这些风格模式会发生融合吗？特别像在小说形式中发生的那样，这样一来，在融合体中，差异必须以其纯粹性凸显出来。高度的风格排斥中度风格允许存在的阶段和形式；中度风格则排斥低度风格可以且必须利用的阶段和形式。高度风格的目标是崇高；中度风格的目标是令人感到自豪和优雅的对象；低度风格的目标则是普通的东西，甚至是滑稽和怪诞。因此，当一件艺术品不具备按其本质应具备的风格时就是不正确的。例如，赞美诗的庄重，祭酒歌的激情，颂歌的节律，就排斥词语和语句表达，而词语和语句表达在简单的社会歌曲中则不会有什么妨害。另一方面，如果一件艺术品充斥着只属于高度风格的滔滔不绝的夸耀和宏大的表述，那么也是不正确的。关于风格的纯粹性，就像科学史涉及的方法那样，艺术史提供了类似的现象。科学家在从事自己的科学研究工作时几乎不会表示出自己的主观意识。大多数科学家在研究中并不清楚他们处理对象时采用的是分析性的、综合性的，还是遗传学的方法。我们在许多艺术作品中能够发现类似的无意识行为，即该采用怎样的音调，艺术家从一开始并没有明确的意识。另外，事实上，动机而非审美的因素会影响艺术再现，矛盾冲突由此产生。例如，哥特式柱头上的鬼脸形象，众所周知，它们包含着非常愤世嫉俗的对象，能够作为丰富幻想的产物被接受，却并不会削弱总体印象的力量。但它们的产生并非源自审美的理由，而是源自其他关系，部分涉及社会地位，部分同个体建造者所在行会的传统有关。它们不可能源自整体的风格，从古希腊式和谐的角度来看也是格格不入。不和谐因素一般不那么引人注目，但还是显而易见的。霍尔蒂（Hölty）的《饮酒歌》（*Trinklied*）（"莱茵河之父赐予我们如天堂一般的生活"）是以中等风格创作出来的，适当糅入浅显风格加以调节。但是，当霍尔蒂最后唱道：

> 每个德国人都活得足够长，
> 只要他还能握住酒杯，
> 就会喝着莱茵河白葡萄酒
> 直到倒地不起！

这首诗最后的语句从中等风格和浅显风格转向更低等的风格。喝到趴下——也太不文雅了。如果莱茵之父赐予我们如在天堂一般的生活，却是如此草草收场，那未免太遗憾了；再次起身为这样一个研究狂欢的人祝酒也不太合适。在同一节诗中，霍尔蒂向女性酿酒者祝酒，并宣称她为女王。这首歌有很好的主题基础，本来很容易实现一个完全不同的、庄严的结尾，然而却以粗俗的快乐结束，这也太过德国化了。

　　无意间混杂了风格模式，无意识地从一种风格跳到另一种风格，都会导致丑陋。当以讽刺模仿的方式表现艺术时，顶多也就是成为滑稽可笑之物。十七、八世纪，人们以一种所谓的古典风格对哥特式教堂、市政厅里里外外进行修补改进，但是古典风格欢快的美同德国风格的崇高倾向完全不搭，由于修补的建筑中大多数是他们想要表达的风格中的怪物，矛盾冲突再所难免，人们从中看到的不是滑稽而只有丑陋。但是，若有意从一种模式跌落到另一种模式，那么就可能成为幽默的主要源泉。伟大的拿破仑提醒他的勇士们，四十个世纪以来，人们一直在从金字塔上俯视他们。在一幅画中，我们看到浮士廷一世（Faustin I）在稀疏的棕榈树荫中冲半裸的卫兵发表长篇大论："士兵们！从这些高大棕榈树上俯视你们的是——四十只猴子！"演讲的结尾同开始的庄严形成冲突——但这是滑稽的。

　　民族风格源自种族、地域、宗教以及一个国家的主要产业，具有独特性，因此审美理想的一般法往往是个性化的。一个民族的天才在实际行动中表达自己越多，进入自我意识的精神内容就越多，其艺术风格就可能变得越个性化。一个民族不能自由地决定它的命运，被嵌入巨大的世界生活图景之中，为条件所限，往往困于自身的存在，而这些条件在最长的时间内于它而言都是隐性的，有时甚至只有在它没落的悲剧时代才变得清晰。出于这样的原因，形式能发展出民族风格，且确实符合这个民族的特点，但它又是如此同其自我意识中诸多不可避免的、具体的局限性纠缠在一起，以至于无法符合理想的绝对要求，而一旦成为习惯和总体意义上的偏见，就会把艺术固定在一个不完美的状态。于是，一个民族，其艺术家默默地遵从着习俗范式，在时间长河中强化了它们的主导地位；它们也因此成了现实的理想，并用以衡量正确性。对于那时的民众来说，任何不在它范围之内的东西都被认为是不正确的。判断因此成了问题，为指明这一点，我们恰当地采用了民族趣味（national taste）的说法，以表述民族艺术个性化的典型。

显然，民族趣味可以符合理想的要求，但相反的情况同样可能发生。在这种情况下，在正确这个词更高的意义上，一个艺术家是正确的，但在民族风格的意义上却可能是不正确的。艺术家忠实于艺术的绝对律令，结果却同经验混杂的理念相冲突。例如，在中国，建筑已经发展成了木结构。木被中国人视为五行之一。为保护木头免受恶劣气候的侵蚀，中国的艺术家给它盖上瓷砖，刷上清漆，并画上华丽的色彩，以破枯燥单调。漆上浮华的色彩，并加以镀金以强化，就成了民族风格，就此而言，在中国人看来，只有这种复杂亮丽的色彩才是正确的。或者，再想想法国人，他们坚持认为，戏剧中时间、地点、情节的抽象统一是亚里士多德的观点，并把这个理论上升为他们自己的绝对准则。人们很快就会发现，对他们来说，违反三一律中的任何一条都必定是不正确的。他们是这么想的，也是严格按照这一抽象的统一去做的；如有违反，不论作品曾经被认为具有怎样的诗意，一律判定为丑。人们只要回想下伏尔泰关于英国舞台的著名论断就什么都明白了，伏尔泰曾从他的民族立场出发断定英国的舞台是野蛮的，因为在英国的剧院里呈现的恰恰是相反的民族理想，时间、地点随意变换，主要行动可以自由地过渡到插话式情节，而以上这些在法国人看来只准用于史诗。一种独特的民族风格应该和宗教观点绑定在一起吗？从绝对理想的意义上来说这是不正确的，就此而言，两者的结合能够在长时间内形成纯粹的美的时尚。艺术可以达到一个更高的发展水平，不仅在技术和理想的追求上，也在那些同宗教没有直接联系的领域。然而后来，艺术被迫在宗教层面上没完没了地复制典型形态，也不管艺术品最后可能有多难看。古兹柯在他的幽默小说《玛哈格鲁》（*Mahaguru*）中已经证明了这一点，小说中哈利-农（Hali-Nong）兄弟因异端行为而受审，因为他们竟然胆敢美化神的形象。他们在制造神像的工厂里修改了达赖喇嘛塑像嘴巴和鼻子之间的部分，以制作出比神圣传统所允许的更美的尺度。我们还可以在伊斯兰绘画和雕塑中发现，《古兰经》（*Koran*）禁止表现有灵魂的存在，绘画和雕塑领域的发展受到限制，艺术家不得不把创造力倾注于同一化产品的丰富性中。

　　我们有各种民族风格的同时，也有各种审美理想的客观形式。至少到目前为止，它们都是表达特定条件、情感、情绪的合适手段。因此，按照事物固有的习性，找到与特定的任务相应的风格，并始终如一地执行下去，这就同正确性有关了。例如，以中国、古希腊或摩尔风格呈现一个对象可能都符合审美真理。在这样的例子中，若不用各自民族风格的恰当形式就可能是不正确的。回想下孟德斯鸠在乌斯贝克（Usbek）和里卡（Rica）之间的信件往来，是穿着波斯袍子完成的；伏尔泰的《扎第格》（*Zadig*），莱辛的《南森》（*Nathan*），歌德的《西—东咖啡馆》（*West-East Divan*），鲁切特（Rückert）的《东方玫瑰》（*Eastern Roses*），等等，则完全被伊斯兰东方风格所统治。

　　反过来，在一个民族中，风格往往贯穿不同年代或发展流派。一个流派在一定的时期确立了一种特有趣味，占据了某些实现理想的舞台，就像民族风格一样，可能成为一种相对的审美标准。总之，在一个流派中，民族风格的倾向会以最纯粹的方式出现。民族精神的理想将同流派的理想一致；这时，同一个民族的其他流派则会以疏离的状态出现，或在主导性的流派发展过程中以某个契机出现。这样一种风格或许也会得到普遍的认可，甚至可能成为一种持久的艺术形式，就像今天，当我们说一幅画是按照意大利或荷兰风格画的时候，同时也会具体指出它是按照佛罗伦萨，或罗马，或威尼斯，或西耶纳（Sienna）等画派的方法构思出来的。一旦形成这样一种观点，那么艺术家如果不符合具体流派的趣味，就会被认为是不正确的。当然，就自然真实的意义而言，其中一些艺术家也是不正确的，这也并非不可能；从流派的角度看，艺术家可能不正确，他难道不想实现混杂着个性和瑕疵的流派风格？没有这些个性和瑕疵，他同样无法实现那些能区分学派风格的特长。

　　是时候谈谈那个让歌德着迷的概念——浅薄（Dilettantism）了。歌德在编辑狄德罗的《绘画随笔》（*Essay on painting*）时，批评狄德罗混淆了实践中恰当的必要性和审美上理想的真实。歌德就学术僵化的迂腐发表了论据充分的公开论辩，成了自然无条件的辩护者；按照他的说法，自然无所谓不正确，因为如他所言，每一种形态，不管是美的还是丑的，都有它的原因，在所有存在物中没有什么是不该存在的。歌德主张按照规则创造艺术，是这类艺术的辩护者，反过来他在自然问题上走得如此之远，以至于断言人们就不应该说出"自然永远不会正确！"之类的话。自然作用于生命和存在，保存和再生着它的造物，并不关心它看起来是美还是丑。如若一种形态从生成到成为美的造物的过程中，它的某一部分却可能为某种偶然情况所损伤，其他部分就会和它一起承受。由于自然需要力量来治愈受损部分，就需要从其他部分汲取某些东西，而这必定会妨碍它们的发展。造物已经不再是它应该所是的，而是它能够所是的。在强调了一个学派的培养功能及其无法估量的经验价值后，歌德宣称："面对突发情况，世上的天才无视传统，通过直接观察自然，决定诸多比例，以适合把握真实的形式，选择真正的风格以及为自己设定一种囊括一切的计划。"他在1799年的一部作品中计划对此进行深入的探讨，但遗憾的是这个计划没有完成，就算歌德狂热的追随者也没能找到只言片语。对于我们德国人来说，如果某个东西已经全部完成，那么就会被不断地重复，直至破败不堪；要是想向前推进一小步并做进一步的努力，就更难于登天了。以简便的方式把片段作品印制在一起，用这种选集为自己博取文名，在任何别的国家都没有像在我们国家那样流行。我们厉说的这篇文章可以在《（歌德）全集》第44卷找到："论艺术中所谓的浅薄或实践中的业余者"（Über den sogennanten Dilettantismus oder die praktische Liebhaberei in den künsten），它内含一个全面的、非常详尽的大纲，我们宁愿推荐甚或委托更年轻的学者来完成它。歌德首先提出了一般意义上的浅薄概念，将其同手工作品中的拙劣之作相提并论，用个人的艺术具体说明，给出了它的用途，最后也指出了它的缺点。我们会从这些观察中摘录同丑的生产有关的部分。"艺术指引它的时代，浅薄追随其时代的潮流。若艺术大师跟随了一种错误的趣味，浅薄之徒便会忙不迭地坚信自己达到了大师的艺术水平。因为浅薄之徒首先从艺术作品对他产生的效果出发得到自我生产的召唤，他把这些效果同创造艺术品的客观原因以及动机混淆了，以至于相信自己能够营造富有成效且实用的情感状态，就好像希望用花的香味生成花本身一样。然而，那种意味着情绪的东西，所有诗意组织结构的最终效果，预先设定了整个艺术努力的方向，被浅薄之徒视为艺术的本质，进而希望自己就能创作出来。事实上，他所缺乏的是最高意义上的设计构思的能力，即那种创造、建构、组织的实践力量。他对这种能力只有怀疑，于是乎，他把自己完全交给物质材料，而不是去控制它。人们会发现，到头来浅薄之徒所追求的首先是工整，视之为表现的极致，这造成了误解，即表现出来的工整是值得存在的。在对待精确性以及所有其他最终的形式条件上也都是如此——这些最终条件同样也可能是非形式的伴随条件。浅薄之徒跳过一些阶段，又坚持停留在特定阶段，并视之为最终目标，认为自己有正当的理由从这个阶段给整体下判断，于是就阻止了作品的完善性。按照错误的规则，他认为有必要采取行动，因为没有规则他甚至连业余都算不上，毕竟他根本就不知道真正的、客观的规则。他越来越偏离客观的真实，迷失在主观的死胡同。浅薄让艺术失去了严肃性和严格的态度，抽去了艺术之为艺术的因素，让艺术成了公共的错误。所有的和稀泥都会毁掉艺术，而浅薄之徒引入了嗜好和偏好。浅薄之徒只关注那些同他们立场相近的艺术家，同时伤害真正的艺术家。诗意的浅薄要么忽视了不可或缺的机械因素，认为它在展现精神和情感方面做的已经足够了；要么只是在机械因素中寻求诗意，机械因素能够实现一个艺匠的才能，但没有精神和内容。两者都是有害的，但前者对艺术伤害更大，后者更多的是损害主体自身。所有的浅薄之徒都是剽窃者。他们淡化和消除语言、思想中已有的原创性的东西，这样一来他们好重复、模仿，以此掩盖他们的虚无。于是，语言中每过一段时间就会充斥着被抽空了的短语和公式，里面已经听不出任何东西了；人们可能读了一整本书，它风格优美，却什么内容都没有。总之，现实的诗意、所有的真正的美和善都被占据主流的浅薄亵渎、拉低和贬损了。"

第三节　各门类艺术的不正确性

总之，不正确性在于错误，在于偏离了自然和心灵的合法性。具体来说，不正确包括不忠实和反对一种风格理想的规定性，同民族风格对立，同流派风格对立。康德区分了理想的存在与常规的存在，如应用于不正确概念，人们可以说一个民族、流派的趣味所包含的审美理想得到发展并被固化为一种具体的常规的存在。[32]因而，一个流派或一个民族会把在一种经验历史进程中形成的常规存在等同于绝对理想。于是，如我们所想的那样，正确性可能成为审美生产的一个消极束缚。但幸运的是，就再现手段的形成而言，各种艺术已经有了针对自身的驱动力，它打破了那种限制，在传统风格的意义上，生成不容置疑的不正确性，否则，传统风格就不能满足具体必要的正确性，而后者正是其艺术所要求的。为什么社会大风尚就算获得了法律权威也从未能完全摧毁艺术生产？秘密就在这里。全在于各门艺术个体的正确性产生了如此高度客观的效果。

　　所有的艺术都应该再现美的事物，但只能在自己特定的介质中这样做。在各门艺术个体的体系中，美学必须发展出关于效果过程的规则。如前文所提到的，在这儿若是详述就未免太草率了，因为这样做只会给每个积极的规定性附加一种无谓的唠叨，而对积极规定性的偏离的结果就是违背正确性。因此，我们只能满足于提出几个要点，据此，那种不正确性将会一目了然。作为一种威胁，任何独特的艺术都有自身特有的丑的形式。

　　视觉艺术用无声的物质在空间中展现美。建筑艺术的任务就是运用物质来提升和支撑物质。因此，艺术首先必须关注的是重心。在这一点上若是失败了，那就是不正确，所有其他装饰性的或图画般的美都挽救不了这个结构设计上的根本性的错误。然而重心自己会纠正这个错误，即建筑会自己坍塌；这是一种昂贵的纠错形式，但在我们这个时代却非常受欢迎。重心当然可以移动，但不会是在现实中。就此而言，比萨斜塔（Leaning Tower of Pisa）显然只不过是同基本的建筑规则形成了张力，是技术上大胆的杰作，但没有人会认为它是美的，因为建筑艺术，哪怕是就其自身条件来说最大胆的，都要创造出一种安全感和持久感。只有实现了这个最基本的要求，其他建筑效果才能得到满足。一栋建筑必定坐落在地球上，除非是建在地下，否则就只能伸展在空中，因为物质得承载物质——墙壁得承载着屋脊。这种承载的力量，努力从地球母亲伸向天空，给予每栋建筑独特的势头，即它的自由。遵守重心可称为内在、向心力的正确性，而遵守从地球上升可称为外在、离心力的正确性。例如，克伦茨（Klenzes）在慕尼黑建的古代雕塑展览馆（Glyptothek），虽堪称杰作，但从地基往上升的太少了，在这一点上是不正确的。

对于雕塑来说，不正确性主要源自对生物，特别是对人体自然比例的忽视。雕塑作品作为持久的现象，立于我们面前，在所有的空间维度上充分展开，因而就会因体量的不足、过多，错误的结构，不可能的位置，而给我们的情感带来最严重的伤害。波利克莱托斯（Polykleitos）的《法则》（*Kanon*）就把它创作的源起归功于艺术必须以正常的人体比例作为参照。准确地说，在雕塑中，仅凭经验看，偏离了自然比例，就可判断其为不正确，因为它们本就是那些需要更高的和谐来评判的作品，就像我们在论及不正确的一般概念时所提到的。的确，一个根本性的规范可能永远都不会被违反，但确实可能发生轻微的、不起眼的偏离自然的适当性，而后者能让知性内容的完满实现成为可能，著名的例子如梵蒂冈的阿波罗（Apollo Belvedere）雕像，或许不完全符合解剖学上的比例，然而我们却并不视之为错误，因为修长的形体承接了些许臀部独特的弹性，从地面伸向空中，同头颅上表现出的激情和谐一致。从经验正确性的层面来说，巨大的形式也可能是不正确的，但就产生崇高这种特定的效果来说，对于艺术而言也可能是完全正确的。然而，对于它们来说，对象的比例和个性化程度的不同，会产生不同的效果。从比例上来说，对象不能太大，否则就很难感知到完整的形体；客体对象自身还必须具有高贵的形式，

让-巴蒂斯特·伊萨贝，《比萨斜塔》

梵蒂冈博物馆的阿波罗雕像

尼尼微宫殿里的公牛雕塑

尼尼微宫殿里的狮子雕塑

以便成为美的事物。尼尼微（Niveveh）宫殿里巨大的公牛和狮子雕塑是美的，因为公牛和狮子自身提供了高贵的形式。但是，我们不妨想象一下，一位艺术家想在一件塑料作品中塑造一只坐着的老鼠，那么无论有多么完美，在任何条件下，都会是丑陋的。小型化同样如是，在对象和尺寸上同样有其限制。对于个别的身体，雕塑也会允许自己对自然的常规进行微调，当然，这有前提条件，即在这过程中它不会滑入不正常。为了强化一种关系，比起自然状态，雕塑可以让肌肉隆起得更加紧绷，或让肌肉收缩得更加平滑，但是将不得不赋予它适当的位置和形式，因为违背基本的解剖学常识马上就会得到报复。众所周知，古希腊人夸大了眼眶——当然仅限于雕塑，以便给予呆板的雕像一种深邃的、注视的力量，光学效果因此平衡了骨骼学上的不正确。

　　油画的独特性在于颜色和光，而素描作为草图则需要退一步看。人的轮廓在任何情况下都必须是正确的，因为油画必须绘出个性化形体，这是特有色彩中鲜活的形体，是光影互动中的形体，也是透视中按比例变化的形体，素描中的错误比雕塑中的更易容忍，它为我们提供了完美的形体，它们有自己的颜色，并接受来自外部的光线。但在雕塑中，颜色不重要，重要的是形体。塑料制品的刚性特质同个性化色彩是对立的。给雕塑上色是一道不正确的工序，就像人们在面对彩绘雕像和蜡像时所感受到的。在一些修道院里，在所谓的基督受难站（Stations of Passion of Christ），在骷髅地（Calvaries），人们偶尔会发现，有些雕像通过穿戴真实的头发和衣服，以达到逼真自然，这甚至比彩绘效果更好，但披着真实生活外观之类东西的雕像就像鬼魂。

比如，在萨尔茨堡（Salzburg），爬上卡普奇纳山（Kapuzinerberg）的基督受难站，到达好牧人（Good Shepherd）雕像前，迎接人们的是石室里铁丝栅栏后形貌可怖的犹太人、士兵和受难基督的怒目而视，这得有多恐怖！

事实上，美是可以通过学习获得的，因此正确就是审美的技巧。这一点在音乐中看得最明白，因为尽管这种艺术再现的是内心深处的激情，然而从自然声音到严格的算术规则，都给它设了限，音乐因此能够最精确地控制它的不正确性。

在诗歌中，正确性就不那么明确，因为比起其他艺术，诗歌知性内容的深度更重要，且这种知性内容比在任何别的地方都更能容忍潜藏的不正确性。亚里士多德、贺拉斯（Horace）、布瓦洛（Bouileau）、巴托（Batteux）都曾努力确定诗歌的规则及相关的不正确概念。语言纯粹、度量适当、修辞完美、文类有别都成了必要条件，且应用于每一首诗歌作品。相对的不正确性，在我们的时代，首推举例中的最后一项，因为我们周围已经充斥着不能再多的没有矛盾冲突的史诗、没有情感的歌曲、没有情节的戏剧，而最离谱的是名为小说的东西，就算是最无特征的混合物，也仍有人喜欢。

有一种明显的不正确性，产生于不恰当的艺术组合。它们能够也的确会互相支撑，因为它们都具有社会性，如歌剧，考虑到它那无与伦比的能量，可以同所有的艺术类型合作。但是，当各门类艺术向前或向后超出了它们自身的范围，希望实现一种凭它们自身的独特性无法达成的效果时，那就是另一回事了。每种艺术都具有力量，但仅限于其质的规定性之内。当它离开这种质的规定性，寻求那种凭它的介质不可能实现而只能通过其他艺术才能实现的效果时，就同自身产生了矛盾冲突，堕入丑陋。一件艺术品，要能持守界限，即在一种艺术的特殊介质之内，能做到这点就是正确的。如果它超出界限，那么这种冒险行为必定会产生某种本不该生成的东西，一种在任何情况下都会很有趣的奇怪现象，然而这侵犯了真正的艺术边界。这也需得到恰当的理解。一门艺术支撑另一门艺术是美的；而一门艺术抹杀了另一门艺术的个性则是丑的。例如，建筑可以得到雕塑甚至绘画的支持，只是这种支持不能以建筑失去其自足的方式发生；另外，雕塑和绘画所能做的仅限于作为一种装饰。古代的色彩装饰，就像在森佩尔（Semper）和库格尔[33]的报告中所看到的那样，需得小心翼翼注意这个限度。建筑为雕塑和绘画准备了一个位置，但这些艺术行为不能为建筑的体量所压倒，为此它必须特别小心，而且出于这个目的还得调整建筑结构，为雕像备好基座，为图画备好墙面。音乐和诗歌同样可以互相支撑，诗歌甚至可以是歌曲，但同样重要的是，作为伴奏的器乐，不能太响以至掩盖了作品本身，就像一些现代歌剧那样，迫使歌者不得不尖叫和咆哮，这除了让人惊讶于物理力量外，对它的受众来说提供不了任何美的东西。

　　众所周知，莱辛在他的《拉奥孔》中试图划定绘画和诗歌的边界。他列出了绘画忽视其基本条件——并存（coexistence）和诗歌忽视其基本条件——继起（succession）后造成的所有不正确性。他曾宣称诗歌沉迷于描述、绘画热衷于隐喻，会引发错误："人们想让前者成为有声的画，却没有真正认识到它能够且应该画的是什么；人们想让后者成为无声的诗，却没有想到，在没有同自身使命拉开距离的情况下，成为一个任意符号，所能表达一般概念的限度在哪里。"在这本书的第33至35节，莱辛把丑排除在绘画之外，又为诗歌中的丑辩护。但这是一个错误，莱辛本人就以他自己的方式表达了疑问："绘画在表现荒谬和恐怖时难道也不可以利用丑的形式吗？""我不敢在此武断地回答不。"不管怎样，他区别了适用于荒谬的无害的丑和适用于恐怖的有害的丑，并断言在绘画中，荒谬和恐怖的第一印象很快就会消失，留下的只是不愉快和无形式。然而，在他的论述中，作为论据的所有材料都取自诗歌作品，而非绘画，如我们将要看到的，正是出于这个理由，在这部著作下一个部分探讨嫌恶概念时，我会指出他对绘画的定义过于狭隘。

各门类艺术之间会显示出一种内在联系，展现在我们面前的是一种艺术通向另一种艺术所固有的通道。建筑最值得夸耀的结构柱廊，已经宣告了雕像的存在，但这并没有让柱廊进入雕像。在浮雕方面，雕塑已经宣告了绘画的存在，但浮雕本身并没有绘画原理，因为除了偶然的光线外，浮雕不讲透视，也不用阴影。绘画已经如此有力地表达出了个体生命的温度，声音似乎只是偶然消失了，但光线的表演，即绘画的色调，却并非实实在在能听到的声音。只有音乐能用它的声音唤起我们的情感。我们在象征性的音调平衡中感受到了它，但音乐越是表达我们的内心，我们越渴望获得诗歌所具有的神秘深度，并通过确定的想象和语词来达至明晰性。各门类艺术之间姐妹般的互助成就彼此，从建筑到诗歌的内在进程，完全不同于艺术相互之间的错误抓取，因为后者并非一种自然的强化，而是一种艺术通过篡权或降格强行实现一些凭其自身因素不可能达到的效果，或者说这些效果无论如何都应该保持如此。如果一种艺术在没有正当理由的情况下贸然采取行动，那么这叫篡权；如果它把自身置于比按照其概念应有的水平更低的位置，那么这叫自我降格；但不论是篡权还是降格都有怪异之处，就像理念的科学在其诸多一般法则之一中所表明的那样。只要举几个例子就足以说明。例如建筑，倒退成其他艺术是不可能的，向前发展也不应通过雕塑或绘画弱化大环境。雕塑就算退化也不应取代建筑中廊柱的角色。同头顶果篮的纤弱女孩相比，力大无穷的阿特拉斯（Atlantids）的确更适合做像柱，或更适合用来支撑横梁和天花板；然而，这样的承载者永远不会成为决定性的建筑要素，因为它们总是贬低人类的身形，而后者太高贵不适合充当天花板横梁的支撑。巨人阿特拉斯托举世界则颇具诗意，因为它的先决条件就只是无尽的力量；但若只是实现一个柱廊的功能，他甚至不会比普通柱廊更好，这就有违人类身体的尊严。另外，当一个真正的廊柱，就像埃及的一些，用伊西丝（Isis）自己的脑袋做柱头，而伊西丝的脑袋本应构成廊柱的侧面形式，那么这就是一种篡夺，在这种情况下，塑像的审美预期就得不到保证。音乐试图描述只能被看到的对象，必定徒劳无功。海顿（Haydn）《创世》（*Creation*）中有个著名的段落，"要有光，就有了光！"从不把光再现为光，而总是用美妙的乐章形象地展现世界。在《季节》（*The Seasons*）中，自然事件和人的职业身份各不相同，都被配以声音，在海顿的努力下，声音有了画面感：号角描绘出了猎人的特征，潘神短笛迷人的音调描绘出的是牧羊人，长笛吹出的舞步曲描绘出的是田野的劳作者。瀑布下水泡的汩汩声、风暴的咆哮声、雷霆的隆隆声，音乐都可以模仿；然而，情绪却只能象征性地表达。人们总是引用莫扎特《费加罗的婚礼》（*Marriage of Figaro*）中的片段，作为音调描绘场景的例子。在此场景中，人们在找一根倒霉的小缝衣针；但是，人们应该考虑到，没有缝衣针这个词和舞台上的模仿，几乎不可能从音乐中得出"有人在这儿找缝衣针"的想法。同样，绘画也不可能再现只能音乐地或只能诗歌地甚至只能散文化地表现出来的东西，诗歌的确可以运用语词这个介质再现所有的东西，没有什么能逃脱其描述的力量；但是绘画只能再现那种能够进入可见领域的东西。在这里很难给出一个在所有时间里都有效的一般规则，因为不论绘画是否逾越了界限，都必须依据实际情况。纯然内心的、抒情的、即知性的东西，不适合绘画；为了把主观性形象地表现出来，绘画就不得不把它置于一种情境之中。一位名叫艾梅·德·勒穆德（Aimé de Lemud）的巴黎画家，描绘一个画家坐在长凳上，黯然地看着一个石罐，而画笔和其他工具散乱地摆放在一个凸起的台子上；在他身边，站着位中年妇女，手里拿着把钥匙，做着鼓励的手势；两人都穿着中世纪服装。这幅画到底想表达什么？如果没有这一系列物品的启发我们可能永远都猜不到。它被认为是再现扬·凡·艾克和他的姐姐玛格丽特（Margarethe）绞尽脑汁发明油画之事。但除非勒穆德读过莱辛的《拉奥孔》才有可能。发明或不如说发现火药之所以能够被画出来，是因为人们能够画出伯特霍尔德·施瓦茨（Berthold Schwarz）因害怕石臼里火药爆炸而后退的样子。在这里，爆炸让场景清晰；但是发明油画则不可能画出来，只能像叔本华夫人所做的那样复述出来。

　　在各门类艺术中，当艺术家有目的地运用不正确性的时候，就

描绘"火药先驱"伯特霍尔德·施瓦茨所作版画

像每个丑的规定性那样，不正确性可以直接转变成滑稽喜剧。但这一转换在建筑和雕塑中的确没有可能性，因为两种艺术极其单一；至于音乐，由于其数学基础，也没有可能；绘画则较有可能，而最有可能的是诗歌。通过语言再现，诗歌中的不正确性就成了最重要的幽默手段：从美的角度看，错话、行话、杂话当然不正确。但是，如果是有意为之，却能够最精彩地再现心灵与自身的矛盾，与此同时，亦是对这种状态幽默的逃避，因为语言终究也只是一种手段。然而，丑陋的事物已然成了最荒唐可笑的东西，戏剧诗因此大量运用这种不正确的形式。莎士比亚就曾以无穷的机智采用错话的形式，涉及极大范围内的所有语调。[34]口吃也可算错话，意大利人就特别喜欢口吃的喜剧效果，因此在那不勒斯人（Neapolitan）的面具中总有一个巴尔布托（Balbutore）。方言，尽管自身是正确的，但在高雅文学语言的语境中也能表现为不正确；喜剧就用它来创造反差，就像阿里斯托芬、莎士比亚和莫里哀所做的那样。莎士比亚让弗卢伦上校（Captain Fluellen）和埃文斯牧师（Pastor Evans）用方言说话时是多么亲切啊！后者的牧歌就算看的是蒂克的译本都能让人发笑：

　　　　冲着浅浅的河水和它的瀑布
　　　　欢快的鸟儿唱起了情歌；
　　　　我们在那儿制作玫瑰花托，
　　　　和上千芬芳的花束。

　　行话不同于方言，来自一种语言的不同领域，而自成一体，像小偷的黑话、浴场的暗语，以及大城市乌合之众混乱的语言。布尔沃（Bulwer）、苏及其他一些作家曾在需要制造恐怖效果时，大量运用行话，因为这种与众不同的语言让我们失却行为得体、教养良好的资产阶级社会。我们听到野蛮人的语言时不禁感到恐惧颤栗，他们就在我们之中，生活在隐秘的黑暗里，他们的语言就是我们敌人的语言。正是基于这个原因，在过去的几十年里，柏林行话才经历了如此广泛的扩张，因为这种行话包含一定的乐观自嘲的元素，即它被驯化了。在格拉斯布兰纳的作品中，能找到运用行话的经典案例，而在鲍尔勒（Bäuerle）和他的斯塔贝尔先生（Herr Staberl）创造出维也纳方言之前，在特南·斯特伦普夫（Tenant Strumpf）、巴菲先生（Herr Buffey）、皮斯克夫人（Madam Pisecke）、巴菲之子（Buffe's son）、威廉（Willem）等人的作品中行话同样很常见。当然，行话也总是会犯些没法言说的语言错误。

明显不同于行话和错话的是杂话。既然每种语言都应该是一个和谐的整体，那么严格来说，所有借自另一种语言的词语都应该被批评。只是语言纯粹主义不应走得如此之远。混合语言——就像今天的罗曼语——出现的地方，或宇宙文明大同主义出现的地方，像欧洲和美国，旨在推动各民族国家进行最密切的合作，保持语言的纯粹性已绝无可能。在特殊情况下，不用最易理解的外语，甚至可能是一个错误。杂话在它摧毁审美统一性时是丑的，就像17世纪中期我们文学中的那些杂话；那是一种在我们作家中，西尔斯菲尔德（Sealsfield）也经常犯的错，即通过混合各民族语言特有的语句消除它们的特征。但是，杂话一旦表达内在的冲突，就像《格吕斐乌斯可怕涂鸦》

艾梅·德·勒穆德，《凡·艾克兄弟传奇》

（*Gryphius Horribiliscribrifrax*）那样，或者一旦它做出荒唐的尝试，即试图从两种现存的语言中随随便便地创造出一种全新的语言，就像所谓混合语言（macaronic）诗歌所做的那样，那么它就成了滑稽可笑的东西。[35]但后者的历史确切无误地表明，只有在语言相互之间有一定关联性的情况下，才可能成功发生，就像意大利语和拉丁语那样。就此而言，特奥菲洛·佛朗哥（Theophilo Folengo）仍然是最伟大的混合语言诗人。——《朦昧者书简》（*Epistolae Obscurourum virorum*）式的语言堆叠并非混合语言，事实上，不过是通俗的厨房拉丁语，只是加入了所谓的拉丁语中的德国习语。

第三章　変态，或畸形

　　丑不只是美的缺场，更是对美积极的否定。按照定义不属于美
之范畴的，也不可能被纳入丑的范畴。算术练习不美，但也无所谓
丑；一个数学意义上的点，没有长或宽，谈不上美，但也不能算丑；
抽象的思想之类同样如是。既然丑是对美的积极的否定，那么美就
不应该——像那些美学家毫无远见的定义——被视为感性之于精神的
专属。因为诸如此类的感性是自然的，而如我们之前所看到的，就定
义而言，自然的东西的确并不必然是美的，因为所有的自然物首先是
目标性的，以至于审美形式只能从属于目的性统一体。从定义来看，
自然物并不必然是丑的：相反，还可能是美的，且同其概念并不矛
盾，就像初具形式的无机自然向我们展示的那样。从一座山、一个悬
崖、一片湖、一条河、一个瀑布、一片云能发现怎样的美啊！如果可
感知性是丑的原则这种观点是正确的，那么只要是自然的东西就必定
是丑的。另一方面，精神性几乎不可能成为美的原则，因为就起点来
说，知觉作为美的一个构成性的契机而属于美。抽象的精神独立于自
然，内含着对可感知性的否定，并不是审美对象。只有通过自然或艺
术的中介，进入有限之环，即感官可察觉的外观，精神才可能成为审

美对象。因而人们也不能说带有痛恨之情的邪恶是丑的原则，因为尽管邪恶及其负罪感能够成为丑的因，但也不是绝对的。宗教想象普遍表达了这一观点，如魔鬼也能伪装成光之天使——毕竟那就是它最初所是。就丑而言，其实现也无须诉诸邪恶。至于负罪感，只要不是令人毛骨悚然的惩罚，就能给予真正忏悔者以超凡之美，这正是画家们试图赋予忏悔者抹大拉的东西。在一种非常不好的状态中，雕塑家制作了一座糟糕的雕像，作曲家创作了一部糟糕的歌剧，又或一个诗人写出了一首差劲的诗歌，作品的丑并不必然源自内心的丑恶。他们有可能是这个世上最好的人，却因天赋和技巧而受此苦痛。善本身也能成为丑的因，就像我们在一些困难、危险、肮脏的人类劳动中所见到的。砷矿工人、白铅工厂，以及裁缝师傅、烟囱清洁工等，他们辛勤劳动，当然最值得敬佩，但他们因此而变美了吗？

我们总是让自己相信，在统一、差异及和谐的比例总体上的明晰性遭到破坏之处，丑最先有可能表现出来；诸如此类的否定于自然和精神、善和恶之间的对立却没什么用处。我们进一步让自己相信，自然和精神的事物所必备形式的独特定义一旦被否定，丑就会产生。一种外观的正确性在于个体同其种类之间畅通的对应关系，在于外观适配其本质的完全性、合理性。如果违反这条准则，就会导致不正确性，会产生有诸多限制的丑，因为纯粹的正确性必须服从于理想的真实。事实上，美的终极基础不过是自由；这个词在这里指的不是纯粹伦理意义上的自由，而是一般意义上的自发性，它的确在道德的自我规定性层面上得到了最完美的体现，但在生命的游戏、在动态的和有机的进程中也成了审美的对象。整一性、规律性、对称、秩序、自然

威尼斯圣母教堂佚名画师，《玛利亚抹大拉》

真实、心理的和历史的精确，它们本身并不能满足美的概念，还需要
通过自我活动，生成美之生命，赋予它灵魂。我们必须承认，从审美
的角度来看，这种自我活动可能是一种事实。美学可以满足于错觉。
泉水喷射到空中，所呈现的外观是纯粹机械的产物，因重力的关系，
高处的水首先必须落下，但是暴力喷射却给予水一种自由运动的错
觉。一朵花前后摆动着它的花瓣。花朵并没有真的让自己如此转动、
前后摆动，是风在吹拂着它。但错觉让花显得像是在自我移动。

　　因此，没有自由就没有真正的美；没有不自由或限制，就没有
真正的丑。只有在受限的情况下，无形式性和不正确性才能达到它们
的极致，即它们的生成基础。由此生成的形式上的畸形才能得到发
展。在具体的情况下，一般意义上的美成了崇高和令人愉悦的美之间
的区别；这种区别则通过高贵和优雅的结合在绝对美中被克服了。作
为自然分类的主体而打动我们的崇高，不是美的事物的对立面——就
像自康德以来人们就已习惯的那样，而是被视为一种形式的美，被视
为美所示的极端，美由此变成无限的存在。正是出于同样的理由，这
种分类把愉悦看作一种积极的、基本的美的形式，被视为美展示的另
一个极端，是美走向有限的途径。崇高和愉悦都是美的，而作为美的
东西，它们既互相对立又协调一致；但它们都从属于绝对美，后者是
崇高和愉悦的具体统一，正因如此，绝对美有多崇高就有多愉悦，因
为它从不贬低任何一方。因此，丑作为美的否定必定会积极地转化崇
高、愉悦，以及纯粹和简单的美；通过这种转化，丑才得以存在。奇
怪的是，人们会说崇高、愉悦、可敬和优雅的东西是美的，但它们可
以变成丑的；这种矛盾的表述会有损关于对美的正确理解，因为它们

会让自己被无条件地采用。在我们的例子中，崇高和愉悦就好像不是美的，绝对的美就好像没有从其所有的领域清除出所有的丑。怀斯在他的《美学体系》中以充满思辨的论证断言，直接的美就是丑。[36]抽象的理解如今助长了这种大胆的言论，而这一观念在古希腊哲学家中也并不少见，只不过带有嘲笑的意味，因为持这种言论的人没有深入了解事物，没有——像浮士德那样——深入地母（Mothers），正是后者在黑暗中孕育了所有的事物。要想理解丑，我们必须把握一点，即它不是被简单地赋予存在的，而是逐渐形成的。当丑展现出来的不是自由的无限性而是不自由的有限性时，崇高就被否定了；不是有限的不自由——它无损于审美，而是不自由的有限性，它会同自由形成矛盾冲突，毕竟自由就其自身而言本质上是无目的性的。两相对照，我们称其结果为卑贱的。卑贱有那么点本不应该的意思，因为它同本应自由的事物的本质相冲突。崇高的概念规定了卑贱的概念。例如，当具有某种相貌的人被发现沉迷恶习时，我们就称这种相貌是卑贱的——因为这样一种沉迷同人的概念是对立的；作为人，遇到这种情况本应克服它，——愉悦允许自由出现在从属的规定性即有限的关系中，它通过自律的自由所拥有的魅力吸引我们。因此，愉悦是真正意义上的社会美；法国是最喜欢社交的国家，或者说是更喜欢社会交往的国家，法国人在表达他们对美的认识时，谓词用可爱（joli）比用美（beau）的时候多。自由的否定，以其有限性通过自我矛盾的不自由取消了自由。这样的事物是令人厌恶的，因为它否定了自由所必需的界限，又设定了自由所不能容忍的界限。处在不自由状态的自由是令人厌恶的，正因如此，恶心总是同愉悦相对；因为它彰显了一种矛盾状态中的自由，有限本应只是自由进行活动的一个契机和方法，却给了自由一个没有被克服的界限，而自由原本是应消解这些界限的。例如，为什么活物腐烂令人恶心，不忍卒睹呢？就是因为在腐烂的过程中，它变成了一些原初力量的牺牲品；原本，只要它活着就可以控制这些力量。在腐烂中，仍可见那一形式，即我们习惯于看到的作为掌控其基本预设的自我规定性的本质；而现在，我们看到的只是同样的形式在消解自身，我们看到它明确无误地屈从于那些它的生命曾主宰的力量。活物腐烂之所以令人厌恶，是因为那原本按定义是自由的却结束于一种不自由的状态，崩塌成了有限的事物，瓦解了一个活物必需的界限。腐烂的东西分崩离析又聚成一体，这在特定的情况下可能是必然的进程，但无论如何它都是令人恶心的，因为我们所能进行审美想象的前提是，那形式仍然载有生命的力量。

卑贱和恶心自然并行不悖，但它们也有区别。卑贱的一般会变成恶心的。某人过度吃喝属卑贱。但作为后果，他呕吐了，卑贱就变成了恶心。不自由的有限性就成了不自由的一个条件。于是，过度就颠倒了有序的自然进程，把嘴降格为肛门。

在绝对美中，崇高是高贵，愉悦是优雅。前者的无目的性成了一种自我规定的力量，后者的有限性成了自我界限的软化。同绝对美相类比的丑因而是审美的建构，把不自由的有限性带入有限的不自由状态，只是以这样一种方式表现出来，即不自由采用了自由的外观，而有限性则采用了无目的性的外观。这样一种形式是丑的，因为真正的丑就是通过它的不自由而同自身相冲突的自由，是在本不该有的有限性中为自身设置一个界限。然而，通过自由的外观，丑得到缓和；我们把它同其理想化反面图像的形式进行比较，这种比较把丑的现象转化成了滑稽可笑的东西。丑的东西通过自由和无目的性的外观而进行的自我摧毁——准确地说，即爆发自理想的扭曲——是滑稽可笑的。我们称这种特殊的丑的形式为漫画（caricature）。在意大利语中，负载（caricare）的意思是超载，由此出发，我们通常把漫画定义为特性的夸大。总体来看，这个定义是正确的；而就具体来说，仍需对现象发生的语境进行更准确的界定。特性是个性化的关键因素。个体被夸大，结果就是总体的消失，即是说个体让自身扩张以代表整个种族。因此，准确地说，它要同超个性化的高层次对照相比较，以对抗一般必然性的尺度；漫画的精髓正在于这种反省之中。绝对美内在积极地平衡崇高和愉悦两个极端；而漫画却走向了卑贱和恶心的极端，但与此同时漫画也以这样的方式让我们看透崇高和愉悦，把崇高等同于愉悦，愉悦等同于崇高，卑贱等同于崇高，恶心等同于愉悦，以及把无特性空无的无效性等同于绝对美。

以上都表明漫画概念的多面性，甚至是延伸至丑的概念的可能性。正因如此，只有无形式或不正确，正如只有恶心或卑贱，还不是漫画。夸大对称，超出现实，唯有如此这般的扭曲才能成为漫画，也就是超出对称比例所要求的事物的概念。或者，如果有人说话时夹杂着俗谚，这还算不上不正确；但是人们如果像桑丘·潘沙（Sancho Panza）那样，最后只说俗谚，集中运用俗谚的结果就造成了一种扭曲，明智地运用俗谚产生的教育力量因过度使用而丧失殆尽。诸如此类令人不快的相貌并不是滑稽讽刺；但是，当一张脸某一部分格外突出时——看上去似乎就剩一张嘴，整张脸都是鼻子，都是额头，等等——这就发生了扭曲；譬如说，一个有着酒糟鼻子的人会让我们关注到他脸上的其他部位。同样的道理，恶心自身绝非滑稽讽刺。当令人反感的环境迫使人不情愿地屈服时，就像癫痫病发作那样，这可能会激起我们最深切的同情。但是，像在阿里斯托芬的喜剧《妇女大会》（*Ekkleziazusen*）中，当我们看到布莱皮洛斯（Blepyros）某天一大早胡乱地披上他妻子扔下的袍子走出房屋去上厕所时，恶心就被喜剧化成了滑稽讽刺，因为布莱皮洛斯认为没有人注意到他的所作所为。[37]

像阿里斯托芬这样伟大的艺术家会给此类行为增添大量典故，而完全不用考虑这样的事实，即由于"科西奥斯大师"（Master Kothios）——弗博（Voß）翻译成屎人（Shitus）——的急迫，布莱皮洛斯自然而然就早起了。在这种情况下，滑稽讽刺尤为常见吗？事实显而易见，尊敬的雅典小资产者的妻子普拉克萨哥拉穿着她丈夫的衣服已经到了集市，准备参加妇女大会；就在布莱皮洛斯忙不迭地回应自然之呼唤的时候，在另一个地方，公众正在进行一场不同的身体活动，即要求律法改革。那些聚在一起的男人已经不再是男人，聚在一起的女人才是男人。此时，布莱皮洛斯披着妻子瘦小的夹克、穿着她的波斯鞋子；他的邻居登场了，两个可敬的市民心无旁骛地讨论着布莱皮洛斯"被一棵野生梨树突然挡住了"的肠胃活动。诚然，阿里斯托芬能把诙谐的谈话材料当场转化成讽刺，他赋予那些场景的不只是几个政治典故，还有对那些诗人的嘲讽——在他们的喜剧中，呈现给观众的，不是他们所缺乏的"优雅的机智"（Attic salt），而是粗鲁、过分的讥讽。

　　夸张推动特定事物超越比例，因而导致不均衡；一想到它的一个理想的反面，夸张就变成了滑稽可笑。夸张就是以这样的方式变得滑稽可笑的，因为任何夸张自身并不必然具有滑稽可笑的效果，毕竟作为扭曲确实有可能成为单纯丑陋或可怖的东西。例如，制服在正常尺寸基础上放大或缩小都不会产生夸张，因为如此超过或低于标准，所有关联始终会被保持统一。旺多姆石柱（Vendôme Column）上的拿破仑雕像同周围的房屋甚至石柱自身相比毫无疑问是巨大的。这座雕像的铸铁仿制品只有手指大小，我们可以把它放在写字桌上，不是夸张。一个拉普兰人，只有四英尺高，但比例完美，就像他们牧场里生长的矮桦树，一点都不夸张。侏儒的尺寸就和正常的拉普兰人差不多。相反，一个布须曼人，脑袋大，大腿细，腿上几乎没肉，像类人猿一样游荡，就是人类形式的一种夸大。人身体特定部位在过度生长过程中的某个时刻，首先会造成人之形式的断裂，这确实应被称为夸大，然而，如刚提到的，我们也倾向于认为所有的丑都是对美的扭曲。例如，在日常生活中，我们不会认为福尔库斯（Phorkyas）长得很夸张，因为同美丽的海伦相比，她象征着一般意义上的丑或感性上的恶。然而，在狭义上，那些没牙的嘴巴，皱巴巴无肉的手臂，扁平微缩的乳房，急促笨拙的手势，就是丑陋，且几乎就成了恐怖。要是夸张点，那么福尔库斯身上必须得有趋向不正常的特定的变形点；但是人们找不到这个点，除非她那皮包骨头的极致瘦也算。相反，新年博览会（New Years's Fairs）会上的巨型女一般就被认为是形式的扭曲，不是由于她们的大小，而是因为她们那毫无形状可言的粗大。对形式的破坏要达到夸张的程度，在其形式必须要有限度，在其内容必须要有不自由，同时还必须要具备自由的外观，因为如果没有自由的外观，这一现象就会部分归于纯粹的卑贱，部分归于纯粹的恶心。自由的幻觉越显著，越能激发滑稽可笑的夸张。特征的夸大，不均衡的突出，必须表现为其自身的行为。正因如此，喜剧尤其擅于利用人们的观点同他们真实的品性和条件之间的矛盾，因为通过他们无视自身真实状况而获得的自由，对荒谬滑稽的刺激就被放大了。例如，一个驼背的人，可能是丑的，但他却能无视这些而自认非常帅气；就像人们所注意到的驼背的人那样，他确实几乎不会意识到自己是一个驼背的人。于是，他陶醉于自诩的美，陶醉于自诩的正常形体，只有这样他才显得夸张，进而也的确成了滑稽可笑的人，因为正是他这样的行为举止引得我们将他同正常形体相比较。

　　以上对畸形的丑的解释已经足够，它们已经让我们认识到作为变形、卑贱和恶习之丑的最终原因在于不自由。不自由并非自由简单的缺场，而是对真实的自由的积极的否定。但是，如果我们设想不自由以及源自它的否定的审美形式是自由的产物，那么仅仅如此——显而易见——不自由就被克服了。我们或许能够如此更准确地表述这个艰涩的辩证：卑贱、恶习以及空无都是自由的产物，只是在诸如此类条件下自由把自身展现为不自由。但是，当这种不自由忘掉了它同真正的自由之间的冲突时，当它沉缅于自我感觉良好的状态时，当它从卑贱、恶心以及空无中获得满足感甚而忽视了自身内在的理想时，外在表象就会以这种方式在形式上让自身充满自由，夸张也变得滑稽。没有卑贱或恶心的不自由也是可以想象的。埃皮克提图（Epictetus）是个奴隶，杨·胡斯（Jan Huss）、哥伦布、伽俐略都身陷囹圄，所有这些人的外在都处于一种不自由的状况下，然而他们却没有让自己败坏到卑贱的地步。因为他们内心仍忠于自由，他们的处境令我们震惊并非因为卑贱或恶心，而是悲伤的崇高。即便外在如此不自由，也存在取消不自由的可能，且非但没有任何丑化，反而通向了美化的真正的自由。但是，我们在这里费力描述的自由是与自我沉静式的不自由相伴相生的产物。这种自由的不自由让作为个性有限性的特征成为绝对的存在，因而把自身同理想相分离，同时仍与表面上的现实和谐一致，通过这样的矛盾为观众提供笑料。

第一节　卑贱

要想科学地再现丑就不能忽视这一点，即只能从美的肯定的理想获得指导性的逻辑准则，因为丑只能源自作为其否定的美。在这里，丑的概念同疾病的概念或邪恶的概念处于相同的境地，后两者的逻辑准则正取决于健康和善的本性。现在看来，只有最大限度的逻辑精确性才能充分满足科学的需求，正如席勒所言，要想对知识有所贡献，就必须深挖、明辨、旁通和持之以恒。没有人会否认这一点。只是，作者也将不得不运用案例来阐释概念，特别是在一个较少被涉猎的领域；人们对抽象的定义总是心存疑虑，只有运用案例才能让人们放下疑虑。当然，运用案例就会遇到新的危险，因为作为一个具体的例子，它限制了自身真实的普遍性，威胁着偶然和必然的混合。席勒曾恰当地说[38]，着迷于科学精确的作者会因为这个原因非常不情愿也很少用例子。尽管如此，在接下来的论述中，我们将不得不违背此普遍正确的规则，因为我们在此研究的对象属于经验，如其所是，抽象的概念定义必须要用案例来验证。涉及把一般运用于特殊的事物，人们往往缺乏耐心，大多数读者更是缺少实践经验，其认知仍停留于单纯的概念定义，这时只要作者勇于超出类别，在一个更大的范围内介绍他的主题，那么当代作者就会被迫退一步更多地考虑用案例。人们只要想想一个概念的历史，再看看其传统概念是怎样依赖一个案例的，自然就会承认同样的案例具有非比寻常的重要性。莱辛当然是一个讲究精确概念定义的人。但是仔细观察我们的领域，在他之后我们的确能够一再想象作为荷马创造的形象的特瑞斯特斯，但实际上我们看不到任何一张画像；一种观点认为，莱辛先是遇到了凯吕斯伯爵（Comete Caylus），后者在给《荷马史诗》作插画时漏掉了特瑞斯特斯。在一篇论述艺术如何运用卑贱和低俗材料的文章中，席勒追随莱辛的脚步走得更远，他断言我们不可能忍受一幅荷马笔下伪装成乞丐的奥德修斯的画像，因为这样的景象关联着太多低俗的附属意象。这是一种毫无根据的观点，幸运的是绘画从来都不用担心此类观点所说的问题。

真正的美是崇高和愉悦之间快乐的中间状态；也就是说，快乐的中间状态充满同等程度崇高的无限性和愉悦的有限性。崇高美是自我确定的美的形式。康德在《判断力批判》（*Critique of the Faculty of Judgement*）中完全从主体性来定义崇高，按照他的说法，崇高应该是那种仅凭可理解性就能超越可感知对象的精神力量。只是这种理论不适用于席勒用对句表达出来的著名观点，后者否定了无限空间的崇高性，但它得到了如此之多的认可，鲁格和库诺·费舍尔[39]都是其忠实的支持者，以至于后来自然通常被排除在崇高之外。这是个错误，因为在其他事物中，自然本身也是崇高的。我们清楚地知道，自然中哪儿有崇高；我们把它找出来，以便欣赏它；我们把它作为厌烦旅程的目标，当我们站上被积雪覆盖的埃特纳（Aetna）山顶，看到前面卡拉布里亚（Calabria）和非洲海滩之间的西西里岛被海浪冲刷时，那种崇高感与其说是主观行为的结果，不如说是自然的客观产物，因为在到达山顶之前我们就已经期待了。再比如尼亚加拉瀑布（Niagara Falls），水花飞溅，直冲云霄，声如雷鸣，方圆数里，地动山摇，不论是否有人见到这阶梯式的景观，瀑布本身就是崇高。至于涉及的理智，这丝毫也不能成为崇高的反证。不论自然还是艺术都不能从理智中抽象出来。康德也说过，精神的力量超越所有理智的力量；近来的作者则把理智从崇高中彻底排除，把崇高完全置于道德和宗教领域。崇高自身内含有限、理智，以便随时超越自身。人类不仅能思考无限性，无限性还能实现自身，这种经验把我们从有限性的诸多束缚中解放出来。我们所谓的精神的提升不过是重复那被客观呈现出来的东西。当我们站在冰封的埃特纳火山之巅，看着天空、大地和海洋置于如此宏大的环境中，此时地平线远低于我们，这种经验把我们从一切的主观狭隘中解放出来，把我们提升到诸神统治的外太空，就像荷尔德林（Hölderlin）在他的《恩陪多克勒之死》（*Death of Empedocles*）中的精彩表述。

　　直接观察崇高的特征，而不是像我们通常所做的那样完全用一般性概念来识别崇高，也能够避免对崇高概念的大量误解，因为一方面崇高是美的形式，是对通过自我消解界限所获自由的否定，无论那些界限是真实的还是理想的，而以这样的方式实现的崇高，它的无限性对于我们来说就成了一种客观存在：换言之就是伟大（greatness）；另一方面，崇高是在创造或毁灭的力量中再现自由之无限性的那种形式；最后，崇高内在的永恒力量在创造或毁灭的伟大中是平静的、自我确定的：换言之就是威严（majesty）。在伟大中，自由超越它的界限；在力量中，自由或肯定或否定地解放了它的本质力量；在威严中，自由表现得同等伟大和强力。由此可以得出结论，即作为崇高之否定的卑贱是：1.丑的形式，在属于它的那些界限之内和之下降低为一种存在：那就是猥琐（pettiness）；2.一种存在于量上，落后于力——就其本质应是内在——的形式：虚弱（feebleness）；3.那种在不自由之下把限制和无能同自由从属的特性结合起来的形式：低贱或低俗（baseness or the low）。因此，崇高和卑贱相应，就有了一些相对的概念：伟大和猥琐，强力和虚弱，威严和低俗。在具体情况中，根据它们精细的意蕴，这些对立也被标上了诸多其他名称。

一、猥琐

规模上的巨大算不得崇高。两千万塔勒（Thaler）是一笔巨大的遗产，人们可能会非常高兴去继承它，但这遗产自身肯定无所谓崇高。规模上的极小也不必然是卑贱。只有十塔勒的遗产是很少的，然而也终究是笔遗产，没有什么可瞧不起的。写在樱桃石上的"天父"两字很小，但并不因此而丑陋，只是写得非常小而已。哪怕是极其微小，又如规模上的巨大，都能在特定情况下得到证明。然而，猥琐虽的确是关于小的概念，只是这小属于本不应该的那种，也就是说它把一种存在贬损至低于必要的限度。崇高通过它的无限性在规模上消解了空间和时间、生命和意志的界限，消解了教育和阶层的差异，从而实现了自由。相反，猥琐则超过它们理应具有的必要程度，重新肯定了这些界限，在让它们绝对化时，颠覆伟大。席勒说过，不诉诸心灵而只能让人产生感性兴趣的任何事物都是卑贱的。他想通过这些话暗示，卑贱是以不自由的元素为标志的。在某个领域限制一种存在的自由，而这其实毫无必要，那么猥琐就是卑贱。例如，日常生活中，如果有人迂腐地遵从无关紧要的东西，并因此阻碍了必不可少的东西的实现，那么我们就说这个人是猥琐的；这种人无法免于那些无关紧要的东西的束缚，不能把自身提升至它们之上。

　　至于自然及其中的单个实体，猥琐可以说是很少的和相对的；但涉及景观，这个概念可应用的地方就多了。例如，那些被打上不自由标签的自然景观：没有通过体积或高度带给我们压迫感的悬崖峭壁，轻缓得不足以推动磨坊水车的瀑布，矮小且稀落的树林和灌木丛，两座平缓小山之间水流侵蚀出来的沟槽状峡谷，悄悄流淌的小河，甚至还形成了一座小岛，然而却是片微小的、浅绿色的沙洲——所有这些景观都是多么猥琐啊！

　　就艺术来说，猥琐要么在客体对象，要么在处理方法；在对象，就是不值得表现的无效性内容；在方法，就是忙活一通只表现出次要特征，而忘了表现本质特征，甚至同所要表现的概念相违背，例如要呈现大时出来的结果却是小。艺术的对象不应该是猥琐的，这并不是说，艺术不应该表现在特定情况下显得简单的东西。绘画中的风俗人情和诗歌中的田园风光都告诉我们，就算是穷人的小屋，艺术也能从中发现美。乔治·桑在她新近的一些小说《珍妮》（*Jeanne*）、《魔沼》（*La Mare au diable*）、《小法岱特》（*Petite Fadettey*）中塑造了许多果农形象；最简单的性格和环境，最逼真地模仿现实，却并没有阻碍她以令人叹为观止的深度表现出人类心灵的丰富性，以至于当我们看完故事时都会不由自主地问自己，所读的是否真的只是关于单纯的农夫的故事，部分农夫说的甚至还是那种幼稚的语言。至此，显而易见，高级的处理方法能让材料变得高贵。一个像珍妮这样的牧羊女，一个像玛丽这样的农民，一个像法岱特这样的饲鹅者，毫不做作，同她们的农村环境相适合，但她们有纯洁的灵魂、高尚的精神，在我们看来是真正伟大的人。然而，当一个诗人用了全部无关紧要的材料作为他的对象，像《缩小》（*Diminutivum*）那种作品，就变成猥琐甚至恶心了。例如，我们在吕克特的《诗歌集》（*Poems*）中能找到以下诗节：

> 昨晚去拜访我的甜心后带了
> （一件多么让人心神不宁的小爱情纪念品！）
> 啊，一只小跳蚤回家，它现在
> 正想念它的第一次约会，
> 一整天都在跳动、钻挖，恐吓我，
> 到了夜晚，躺在我的沙发上，
> 时候一到，当我准备
> 外出，小跳蚤就跳到我身边；
> 我听到外面的雨正噼里啪啦地响，

于是我说：好吧，我今天不出去了！

这小野兽欢呼雀跃着猛扑向我。

读到最后，人们只能收获异常沉闷的猥琐。一个情人颂扬他心爱之人的小跳蚤；一个情人因为下雨就不去看心爱的人；一个情人伸展身子情意盎然、舒舒服服地躺在沙发上，就为了研究心爱的小跳蚤交叉步前进——这也太无聊了。然而，猥琐也可能在于处理方法。当艺术深陷次要的特征并因此完全偏离本质时，就会犯下这样的错误。同要点相比，这样的艺术给予了从属之物以本不应有的广阔空间。例如，一首史诗的确需要表现场所、衣着、武器等。但如果超出了史诗的目的，像新近的一些小说所做的那样，以科学的精确处理植物，甚至额外取个拉丁名字；以时尚杂志的专注描写衣着，以技术精度来描写家具和家居物品；如此这般的具体性就成了猥琐，因而也是丑陋的。就算是优秀的作家，像法国的巴尔扎克，或者我们的马克思·瓦尔道（Max Waldau）在他的短篇《自然之后》（*Nach der Natur*）第一版中，都经常遭受猥琐的折磨。同样，诗歌在处理精神私密的一面时也容易变得猥琐，例如，在漫不经心的分析中暴露感情，就细枝毫末的特征得出心理实用主义的报告，却没有任何客观的理由。就算再天生情感强烈也会被这种解剖意义上的精微处理消耗殆尽。这就是理查森（Richardson）在他的《克拉丽莎》（*Clarissa*）和《帕梅拉》（*Pamela*）中所犯的错误；这就是——现在我们完全可以说，而不会受到激烈的谴责——卢梭在他的《新爱洛伊斯》（*Nouvelle Heloïse*）中所犯的错。处理方法上造成猥琐也包括以太小气的方式处理宏大的计划，因为这就违背了宏大计划的概念，使之在所有的情况下都被矮化了。如前所述，小的对象会在合适的地点和时间（εὔτοπος καὶ εὐκαίρως）为自己辩护。但是如果一个宏大的内容，不仅在操作方面，还包括在构思方面，从头到尾以很小气的方式进行微型化，那么就必定会生成一个丑的现象。在这样的表现过程中，形式的小就同本质上的大发生了矛盾冲突。例如，教堂这样的建筑必须毫不含糊地表明其伟大的用途。教堂应该表达会众整体的意愿，要能在墙、门、窗等处给人超越私生活的体验。相反，如果我们看到的是一座毫无特色的建筑，像马厩、花园住宅或仓库一样简易，也就是说，同神殿概念中所包含的崇高构成鲜明的对比，那么就形成了猥琐，进而发展成卑贱。当然，教堂也可以小，一个礼拜堂就是一座小教堂；但它的风格必须是庄严的，整体上要能表达出盛大感。在我们这个时代，称这样的教堂为波尔卡教堂（polka-churches），它们也可以是工厂、火车站之类。

猥琐作为对伟大的戏仿，也就是说作为对虚假的伟大的戏仿，能发展成滑稽可笑，这是显而易见的，因为它通过夸大就会把自身消解掉。古兹柯在他的《布拉塞多》（*Blasedow*）中出色地塑造了一个老人形象，老人满脑子都是他所没有的十美元，所有的东西都让他想到十美元，直到它们被他在幻想中鼓吹成了怪物。吕克特诗中的小跳蚤对我们来说是猥琐的对象；而同样的小动物在一首史诗般的描述性诗歌中却能让我们发笑，就像在混合语言诗歌《弗洛亚》（*Floïa*）中那样，这首诗如此开始：

看，小德伊拉，我跳得多好啊。

（Deiriculos canam，qui bene buppere possunt etc.）

在处理一个对象时，像狄更斯·博兹［Dickens Boz，狄更斯1836年发表《札记》（*Sketches*）时用的笔名］这样的幽默作家专注于细枝末节可能没什么危险，例如在《大卫·科波菲尔》（*David Copperfield*）中，他以最为冗长的话语描述严肃的仪式——密考博（Micawber）准备大打出手，或描述小女人为维持家庭开支而遭受的痛苦，等等，对我们来说并不算太过冗长。一个自身宏大的对象，若事先想好了，也可以用小的方式来处理，对象因此就会被歪曲，就像布拉默尔（Blumauer）的《埃涅德》（*Aeneide*）中的庇护埃涅阿斯（pius Aeneas），或者对象会受到无情的讽刺，就像伏尔泰《奥尔良少女》（*Pucelle d'Orléans*）中[40]，英雄圣女贞德对各种猥琐且实在令人反感之主题的热情。

二、虚弱

猥琐的同时也可能是虚弱的，就像虚弱的通常也都是猥琐的。但两者之间存在一定区别。猥琐是让一种存在贬低至它本应超过的特定限度以下，虚弱则是让一种存在的力度低于按其本质应拥有的量。崇高之力的崇高表达的是其创造和毁灭的无限性，具体表现为强力或暴力，也能表现为恐怖和残暴。与之相反，虚弱则在生产的无能，在被动的忍受和折磨中，显示了自身的有限性。

然而，弱本身不是丑的，就像小本身一点都不丑一样。伹是，当力量被期待时，它就开始变丑。自由，作为所有真正美的灵魂，在创造和毁灭中，或在对抗一种力量时，显示了自身的力量。虚弱则在碌碌无为中，在让位于暴力时，在绝对的顺从中，表明其缺乏力量。虚弱的幻想、虚弱的玩笑、虚弱的色调、虚弱的语调、单调的措辞，并非精细的幻想、优雅的玩笑、平滑的色调、柔和的语调或明快的措辞。力的崇高表达了绝对的力量，是其自身活动的源泉。自我规定性只有在其真实的效能所及之处才能得到显示，但就审美来说，它必须如此这般地表现自身。看着一架巨大的起重机如何从船上吊起巨大的重物，只要一直看着那机器就会打消所有自由运动的想法。相反，火山从内部喷出岩浆、石头以及暴雨般的火山灰，在剧院戏剧表演时都是崇高的场景，因为这里表现了一个自由的、基本的过程；地球内部气体富于弹性张力的运动也是机械的，只不过伴随着爆炸力。如果仅仅因为一个机器不能给出崇高的印象就推断它一定会给人留下虚弱的印象，那就太笨拙了。情况并非如此，就算在进行最了不起的操作时，机器也不会表现为崇高，只是因为它依赖外在的力量、人的理智和意志，运动也并非像崇高概念所要求的那样源自且开始于自身。另一方面，精神掌控着巨大的自然力，以至于自然必然从属于精神自由，这时对我们来说就是崇高；它可以让机器看起来是自足的，接下来就得看具体条件，不论这种条件在事实上能否生成一种近乎崇高的印象；但只要近乎崇高就行，因为如我们所知，当我们让一列巨大的火车在轨道上飞驰时，我们对机械计算精度的意识反过来会消解部分审美效果。有机生命，只有当它们认识到它们的力量是暴力时，才可能显现为崇高。直言之，我们不能称任何动物是崇高的：雄鹰舒展着弧形的身体，在森林和山峰，甚至云层之上沉着地扇动着翅膀；笨拙的大象用柱子一样的腿脚踩伤一只老虎；雄狮带着自信，大步跃出，扑倒小羚羊：于我们而言，这些动物都谈不上崇高，因为它们向外表现出来的爆炸性力量以其无限性内在于它们自身。对于老鹰来说，在飞行上似乎没有任何限制；至于大象和雄狮，在对抗另一个动物时亦没有任何难度。

在对抗自然的必然性以及其他心灵的自由时，精神持守自己的自由以及自己的必然性，就算遭受暴力也会坚持，那么这就像崇高了。面对自由的绝对力量，就算有着最可怕的骇人力量的自然也不能与之相比。人类可能被自然压制，但如果在落败的过程中保持尊严，那就不可能被征服。人自身对大自然仍保持着自由，这里类似斯多葛派智者的崇高，他们即使被坍塌宇宙的废墟埋葬也无所畏惧。人们没有必要把自由想象成抽象的情感缺失；生命的诸多制约，疼痛的尖锐，都可以被感受到，而自由则需要持守。牺牲者变得更加崇高，是因为他通过他的自由克服暴力付出的更加艰苦的必然性，以及为此而付出的更深沉的对抗之情，被感受到了。有一位科尔提乌斯（Curtius），大白天全副武装，在同胞们的簇拥下，跳入地心深处，他会以最亲切的方式感受到全部的生命价值。此外，为掌握大自然，他还勇敢地跳入黑暗的深渊。在自由与自由的冲突中，提升不可避免的精神痛苦，态度上的崇高也将表现出来——于是我们在小动物、妇女、疾病、孩童、缺乏经验者和不熟练者等相对的弱小中发现不了任何丑陋的东西，因为这是完全自然的。这种非自我意识结束之处，一种存在声称有它还不足以拥有的力量，弱小就转变成了虚弱，而后者是丑陋的，因为它包含了矛盾冲突。这里会出现分界线，我们最好尊重它。只要崇高带着绝对的暴力介入，与之相比就算表现得相对弱小，自身也的确是种力量。因此，在否定的意义上，这样的弱小就不是虚弱。例如，面对大自然的至高无上，所有的生命力量，所有的自由能量，不管有多么巨大，都变得弱小无力。震动着、张开大嘴的大地吞噬着动物、人和城市，是崇高的，但是它无情地对待所有自它而出并在这片土地上享受生活的事物，是残酷的崇高。生活在恐惧中的、在绝望中四散奔逃，试图抓住每一个救赎的影子，看上去无力对抗大地；但是因为这种关系不具可比性，所以人们不能指责它是虚弱的。当海浪戏弄着最巨大的船只，摧毁它的桅杆，将它抛向悬崖峭壁，这时，海浪表现为可怕的崇高，人们徒劳地挣扎着，希望得到解救，看似毫无力量，但只有当他们屈服于一种不合时宜的绝望时才是虚弱的。一场大洪水（Deluge），能让所有个体的努力付之东流，但也能表现出个体的自由，就算是死亡也能展示自己对暴力的超越。吉罗代（Girodet）在卢浮宫的名画《大洪水》（*A Scene of the Deluge*），让我们看到毁灭中的一家人，仍然至诚地团结在一起。

画中的男人将已经半死的老父亲扛在肩上。左手勾住一枝光秃秃、裂开的树干；右手努力从水波里拉出他的妻子。但作为母亲，她不想放弃她的孩子，一个是刚出生的婴儿，紧紧抱住她的胸部，另一个孩子拽着母亲的头发；她已经落入悬崖，但负担太重，那树干行将完全断裂——这一切都展现在我们眼前，他们将全部葬身洪水；但就算是死，这一家都在一起。动物在这种情况下只会遵从自保的本能而不会有任何其他的考虑，这正如一位现代德国画家所画的森林大火所表现的。大火以永不餍足的复仇之势，吞没参天大树和灌木丛，把动物从蔽身之所赶了出来；密密麻麻的畜群，毛发直立，满眼惊恐，伸出长舌喘息不已，它们奋力跳跃，似乎已经忘记平常的本性——熊和水牛、豹和鹿、狼和羊，在一个伟大的交集中唇齿相依，迫于共同的危险和平相处。画家在这些奔逃的野兽的恐怖中画出了地狱的狂怒。

　　动物相互撕咬，只有在它们身形足够巨大的情况下才可能成为崇高。一个小动物可能是强壮且勇敢的，只是它的力量永远都不能获得自我创造和自我更新之无限性的幻觉。一只斗鸡谈不上崇高，就像更弱小的动物对抗更强大动物的斗争也不是崇高。猫爪下的老鼠，秃鹫利爪下的野兔，貂两齿间挣扎着反抗既定结局的鸽子。人们也不能说它们是丑的，因为这斗争是不平等的。面对自然的力量，人类应该维护自由，对抗其自然的意识和意志力。人们要是匍匐在自然之下，在它的暴力面前颤抖，就会显得弱小。但是弱小是否可以被称为丑陋，取决于具体的情况、战斗程度和得以被表达的形式。一个人勇敢地用棍棒攻击掠食者，或是紧抓着中空的树干躲避过不怀好意的波浪，都会让我们精神得到提升，这同倒行逆施让我们感到羞辱一样。面对自然力量的恶意，哪怕是出于最高的英雄主义，所有的战斗都可能是徒劳的；在外在的失败中，保存自身的自由除了内在保存宁死不屈、永不枯竭的勇气外一无所剩。

　　即使面对最艰难的苦痛，精神也能等而视之，这就是崇高，就像埃斯库罗斯的普罗米修斯那样，就像卡尔德隆在《坚贞不渝的王子》（*Principe constante*）中所表现的；屈从于压迫的弱小是丑陋的，这里并不是荒谬可笑。总的来说，这是真的；但是，历史会产生无限复

吉罗代，《大洪水》

杂的境况，强制会以最甜美、最具诱惑的形式出现，因此在特定情况下，形式的确基于神圣职责的召唤。在道德冲突的领域，可能出现诸如此类的境况，即其中的弱小通过个体的亲和性获得了自由的外观，或通过诡辩篡夺强力形式——很多小说中都能见到这个熟悉的主题。的确，在这些多愁善感的英雄的亲和性中，艺术家自有办法弱化丑的外观，让它变得有趣。心浮气躁、优柔寡断、反复无常、迟疑不决、心不在焉，不合时宜的屈从，不成熟的行为，这些特性本身在任何情况下都不能表现为适当的或亲切的对象。亲和性必须置于精神、想象、个体行为中；通过良好的品性、条件之艰难的设定，意志的虚弱就必然会得到谅解，以不同方式果断行事就有造成不良后果的可能性，但并不能以此来判断，道德弱小的轻率行事总是有陷入低贱并成为真正罪犯的危险，就像（歌德的）《箴言诗》（*Xenien*）中所言，一切全凭运气。弱小在试图将自己（对自己）表现为高贵时就有点牵强附会了，但这种牵强附会往往会带来最让人憎恶的东西。出于自满、惰性、怯懦、虚荣，根据具体情况，弱小会堕落成卑贱，且凭着一种异己的意志，遭受它或许会鄙视但出于他者、自我中心的动机而不得不认可的痛苦。通过心理上的合理化，通过虚构的疾病，通过假想遭受绝对无助的个体残酷命运，它向自己掩藏起这种鄙视。然而，人们必须区分作为表现对象的弱小和作为审美处理错误的虚弱。弱小必须允许被表现。歌德塑造的维特（Werthers）、魏斯林根（Weislingens）、布拉肯伯格（Brackenburgs）、费尔南多（Fernandos）、爱德华兹（Edwards），雅各比（Jacobi）塑造的魏尔德玛尔（Woldemars），让·保尔画的罗奎洛尔人（Roquairols），乔治·桑照相般塑造的安德烈（Andrés）和斯泰尼奥（Stenios），都有被表现的权利。但是，如果表现自身是虚弱的，那就完全是另外一回事了，也就是说，在确切地需要力的地方，出现的却是无力、柔弱、迟滞的形式——这是一种决定性的错误，会导致审美形式的消解，而我们早先就认识到审美形式是灵活多变且可塑的，可以根据每种艺术要素的独特性而具体化。

　　从否定的意义上来说，力量和虚弱是对立的，因此力量对于艺术来说可能具有吸引力，艺术可以通过力量由一方转向另一方。在心理真实层面上做到这点很难，就此而言，作为一个规则，只有伟大的艺术家才能真正成功。伊夫兰（Iffland）和科兹布（Kotzebue）表现弱小主题最为出色，为我们提供了大量梦幻般的类似转化。拜伦曾奇怪地献给歌德的两部戏剧《萨达纳帕卢斯》（Sardanapalus）和《伊纳》（Irner），主题都是弱小。在《萨达纳帕卢斯》中，主角天性高贵，但太柔弱；仁爱，但过于宽容，在无忧无虑中长大，从热衷于享受生活，到殉道的高贵尊严、英雄气概、勇敢无畏和崇高，这是一幅灵魂画像，有着如此无与伦比的深度和美，却为什么没有舞台愿意把它表演给我们看？这真是个谜。另一方面，《伊纳》中，诗人向我们展示了高贵的天性怎样因弱小而堕落成卑贱，怎样在对其罪恶行为的可耻回忆中毁掉余生。伊纳在巨大的逆境中，从他沉睡的宿敌那儿偷走了一百金币。为直面自己，当着妻儿的面，他为自己辩护，说只有在可能杀死头号劲敌时他才偷这个钱。但是，席勒早就充分证明，谋杀因需要更大的力量，从感性的角度看比偷的立意更高。伊纳如果杀了斯特拉伦海姆（Stralenheim），他的行为本应更加罪恶，虽说没那么卑

贱。弱小只允许他偷窃，辩称钱事实上是他自己的财产也不能缓减其
良心的负担。他的儿子乌尔里希（Ulrich）没像他父亲那样想那么多，
直接进行谋杀。当伊纳有此可怕发现时，他无奈地听到那作为辩护的
关于弱小的理论，而这理论正是他亲自教给儿子的：

　　　是谁告诉我，机遇

　　　会为某些恶习开脱？

　　　激情是我们的天性？自那

　　　幸运的欢乐而来的是那天堂里的东西？

　　　是谁告诉我他的仁爱只取决于

　　　胆识？是谁剥夺了我全部的力量？

　　　为保护我自己，为展示我自己

　　　在公开的战斗中，他的耻辱，甚或

　　　让我被打上了杂种

　　　罪犯的印记？他，是温和的

　　　同时又是弱小的，他激励人去行动，

　　　而他虽然想却不敢做。如此奇怪

　　　我做了你想做的？

　　弱小和虚弱是怎样不着痕迹——甚至，自以为很好地——变成邪恶
的呢？对此，乔治·桑在《小法岱特》中有精湛的表现。法岱特引导希
尔韦恩（Sylvain）认识自己，让他知道自己是多么软弱、多愁善感，对
待身边的人又是多么专横暴虐，让他明白自己是多么蛮不讲理和自私自

利；软弱导致错误，这就是他为什么是一个自我中心和忘恩负义的人。希尔韦恩终于明白了，最后，这位母亲的儿子、居家的人成了一个完全不同的人，在拿破仑战争的喧嚣中竭力忘掉他对法岱特的爱。

　　显然，当虚弱要让自己有力量时，它必定会在最丑陋的时候显现。内在力量不应盖过它自身，它越贬低自己就越会这么做。对于自然来说，这毫无意义，因为它缺乏自由意志。当大象因临近的小老鼠而惊出一身冷汗时，这在大象并不是虚弱，而只是非常恰当的本能，因为要是老鼠钻入它的鼻子，再乱爬一气，简直会把它逼疯。然而，要是一个王子、英雄、高级牧师沉湎于自己的性情和弱小，就会堕落成同他们的本质形成鲜明对比的卑贱。例如，大卫王一反常态除掉乌里亚（Uriah），就是为了在享有乌里亚的妻子时不被打扰，而按照大卫王性格发展趋势，特别是对一个国王来说，这就是软弱，大卫王由此堕落成卑贱和罪犯。如果说阿尔弗雷德·梅菲纳（Alfred Meißner）的《乌里亚之妻》（*Uriah's wife*）是一部失败的戏剧，那么有一半的原因在主题的选择。

　　当虚弱者像强壮者那样行动时就成了喜剧。然而，如果弱小的内涵对德行要求的损害不是太深，那么这种冲突就只会变成滑稽可笑。因此，智力的弱小，无害的弱小，更多取决于自然或环境的弱小；诸如此类，如我们所见，在喜剧中特别多。弱小的发展应该同命运的虚幻联系在一起吗？必然性无处不在，喜剧效果就相应增加吗？有关这种幽默的光辉杰作不得不提到狄德罗的《宿命论者雅克和他的主人》（*Jacques le fataliste et son maître*）。一个绅士没有仆人就活不下去，这是一种不会伤害到任何人的弱小；一个绅士喜欢听故事，这是一种给他人机会以展示讲故事天分的弱小；一个绅士试图让公开管着自己的仆人相信他的宿命论是错误的，这是一种可爱的弱小。狄德罗以令人难忘的幽默让雅克的宿命论发挥了作用！一切都发生了，"因为它写在上面，写在伟大的轮子上"（parce que c'étoit écrit là en-haut, sur le grand rouleau）。但是，如果狄德罗不知道如何在仆人和女服务员的闲聊中，在仆人的宿命论和绅士的批评中，触及人类存在的最深层次的问题，他也就不是狄德罗了。如果听信某些广为传布的解读，人们可就大错特错了，因为按照这些解读《宿命论者雅克和他的主人》只有轻浮的一面。[41]这部小说的底本更像是命运的理念，狄德罗自己就通过限定词"宿命论的"表明了这一点。

三、低俗

崇高就没有边界而言是伟大的，就不可抗拒地表达力量而言是强力的，就无限性、无条件的自我规定性而言是威严的。威严将绝对的规模和绝对的力量结合在一起。崇高的伟大的对立面是猥琐，后者堕落到了其本质所必需界限之下；崇高的强力的对立面是虚弱，后者下降到其可能所需的力量之下；崇高的威严的对立面是低俗，后者的自我规定性取决于偶然的、限定的动机，取决于猥琐的、自我中心的动机。"低俗"在任何情况下也都是个相对性的表述；但如若再作一个肯定的而非相对的理解，那么，它等同于一般的不完善、低劣和卑鄙。只有威严在它平稳的巨大规模中，在它的行动中，是绝对确信的，因为它的可确定性并非来自外部或是出于偶然。同时，它作为一种特殊的现象，终究也还是属于表象的世界，就存在易于受外部攻击的一面，它必然会遭受痛苦，会感到疼痛，但内在始终如一，在短暂发生的堕落中，仍确信自己的无限性。这就解释了一个明显矛盾的现象，即威严能够在苦难中恰如其分地揭示它的伟大和力量。相反，低俗是：1.直接地说就是日常、平庸、琐碎；2.相对地说，就是相对变化和不安、随性和专断；3.粗鲁，即让自由低于异己必然性的贬低，甚或就是这种贬低所带来的后果。所有这些概念都有许多其他的同义词，就像我们按照层级分化以别的名字来称呼威严，像高贵、高级、尊贵、强势、盛大等。

（一）平庸

平庸，就其构成一般意义上的经验性存在而言，还不能算是丑的；但此论断只能是相对的，在特定条件下它也会变成丑的。威严崇高的现象，就其内在地拥有一整个的世界而言，是独一无二的，所谓独一无二就是经验中没有另一个事物同它相像，在此意义上，根据莱布尼茨的"不可区别律"（principium indiscernibilium），独一无二其实可以指任何事物，甚至是最平庸的东西。然而，威严并不只是在经验上不同于其他现象，它之所以是独一无二的是因为在既定的范围内它是无可比拟的。我们不妨想象崇山峻岭，它可以因纯粹的大而崇高。现在，我们再想象下，在它的山脊上，一座山峰昂然而起，凌驾于其他山峰之上，直插云霄，它展现出来的就不只是崇高，而是威严的崇高，因为它赋予了这庞然大物某种个人化的表达。星空下洒满月光的山峦，因其柔和的威严而独一无二，以上这些都是空间上的例子；时间在跨度上也能表现出威严，当它让我们想起历尽沧桑仍始终如一时，也便有了时间上的崇高。只是，产生的同时也是消逝。在时间中形成的某种东西以同样的方式获得了永恒的外观，自它的无限性时间流淌。四千多年前，死海以东的大草原上悬挂着巨大的石门，巴桑摩押人的国王们进进出出，而石门仍挂在同样的铰链上。如今只有可怜的牧羊人从它们旁边经过，但那些仍是当初的石门。显而易见，为了显得崇高，客体对象物必须巨大而有力；光是时间上的持久不会让它崇高，甚至哪怕历经千年保持不变也不行，例如，柏林的新博物馆展出了一块屋顶瓦片，是犹太人还在埃及的时候绘制的。但即使是一块永恒的屋顶瓦片也不会变得崇高。历史上，有些人、行为、事件充满着威严，他们确实独一无二且能专注于族群的事业，心中有一整个的世界。摩西（Moses）、亚历山大、苏格拉底都有威严崇高的人格，因为在积极的意义上他们都是独一无二的。苏格拉底没有逃走，他也没有试图运用花言巧语败坏法庭，他带着愉快的严肃心情在牢房里等死——即所有那些普通人都做不到的事情——这赋予他一种威严的光环。同样，火烧莫斯科是一场可怕的、威严的事件，因为在这场庄严的燔祭中，俄罗斯人的抵抗以世界历史上独一无二的方式专注于自身。如果个人和行为不能表达出这种基于肯定思维的独特性，那么他们就不是威严的，而由否定性定义的独特性就完全不能断言威严；相反，它会堕入丑陋。科莫德斯（Commodus）、黑利阿加巴鲁斯（Heliogabalus）虽贵为世界之主，但道德上反常，在他们孩子式的疯狂中，越是努力在喜怒无常的暴政中行使威严，越是扭曲了它；就这种扭曲而言，他们是独一无二的，但这种独特性是令人悲伤的，是巨大的放荡、疯狂的自负之一。当赫洛斯塔图斯（Herostratus）把火把扔进以弗所阿尔忒弥斯神庙（the temple of Ephesian Artemis）时，他达到了目的，但这种卑鄙的行为，带有轻浮愚蠢的独特性，正是所有威严的对立面。真正的威严自然显现，同其虚弱的模仿者形成鲜明对比，越发独特，就像基督在可怜、好奇的希律王面前那样，在眼神凌厉的沉默中，掩饰其无尽的威严。希律，一个王，质问一个被监禁、被定罪的犹太人——他还不配得到一个回答；面对放荡的影子国王，如此友好、呼吸着爱的嘴唇却并未张开；此等沉默——是多么可怕的威严！

如前所述，平庸绝非就是丑的。没有人能从概念上证明其必然性，平庸就算不是美的，至少也可以是精致的。只有当它在众多案例中表现出来，且在任何方面都不突出时，在美学上才变得毫无意义。它缺乏独特的个性。美在任何情况下都应该为我们再现事物的普遍真理，而它只有在个体自由的形式下才能做到这一点——个体自由以其特殊性把普遍必然性个性化。平庸或日常的事物，因缺乏区别意识，单调乏味，或卑贱，而转变成了丑。对此，我们不应误解。不是美变得不美了——这是不可能的，而是重复的频率，一种大规模存在的广泛性，令它变得漠然，因为一个个摹本，作为纯粹的重复，缺乏由新颖而来的魅力。创新有限度，在这种情况下，每种艺术都必然会在主题的某种循环中发展。但这种重复，内在于事物的概念，并不与艺术对立；重要的是，它能通过个体化让那些主题——它们自身总是一样的——显现出新的样子。例如，人们会想到所有的悲剧冲突都是预先想好了的，而按照本雅明·贡斯当（Benjamin Constant）的说法，冲突不会超过二十八个；不论诗人怎样开始，这些冲突总会主动出现；他的作品在这些冲突上有道德的局限性，他必须明白如何处理那种内容上不可避免的雷同，只有这样所选定的冲突才会表现出新的、独特的面貌。只是表面、形式上的不同，纯粹的重复并不能让我们满意。我们明白改变理念本身是不可能的，而理念又是必须的；然而，从外观来说，我们可以适当地提出要求，即艺术家要用另一种、令人惊讶的方式表现它。我们在阅读瓦伦丁·施密特（Valentin Schmidt）论浪漫主义诗歌的著作、邓洛普（Dunlop）的《虚构文学的历史》（*History of the Fiction*）、冯·哈根（von der Hgen）论中世纪短篇小说的作品、沃尔夫（Wolff）关于小说及其他文学作品的论述时，会认识到通过不同的人、时代和语言的加工，某些材料始终是老样子，结论就是诗人的想象力太贫乏了；不过这是个误解，因为在主体材料规定的界限内，他们能够实现如此多样的处理方式，足以说明想象之创造力的丰硕的成果已经表现得够充分。例如，如果我们考察下主人和奴仆这样的关系，立刻就会发现在此规定界限内的规定母题。主人和奴仆构成了古代喜剧的大部分素材。塞万提斯的《堂吉诃德》、狄德罗的《宿命论者雅克和他的主人》、狄更斯的《匹克威克外传》等，正式主题都是主人和奴仆。但是在这些作家的笔下，主人堂吉诃德、主人（Maître）和匹克威克先生差别很大，奴仆桑丘、雅克、山姆维勒亦各有千秋。在这样的多样性中，母题仍然是一样的，因为它同总的环境不可分割。于是，主人就像奴仆一样，具有一定的家族相似性；只有在此限度内，它们才能通过个体化再次偏离，而这里正可见创造性想象的原创性。狄德罗笔下的主人看着表，拿着一手牌，一再用肘推雅克，让他讲讲他的爱情故事——这是个独一无二的角色形象，作为一种类型，他的确同堂吉诃德、匹克威克先生有某些相似之处，但作为个体则是不相同的，堂吉诃德、匹克威克先生和他也不相同。纯粹复

制的模仿，形式的、表面的重复，作为抄袭，的确让人恼火，对此我
们同古兹柯《乌利尔·阿科斯塔》（*Uriel Acosta*）中的阿基巴拉比一
同喊叫："以前都做过！"将被认可的母题的同一性与令人反感的处
理方式的雷同区别开来的方法就是，给后者贴上陈词滥调的标签；所
有的艺术都有它们的陈词滥调；所有的时代也都有它们的陈词滥调。
所谓陈词滥调就是已知、熟识以及有印象之类的琐碎。陈词滥调也曾
是新颖、有趣的；只是由于频繁重复，它的精神被耗尽抽干了。当它
以新颖性自命不凡地出场时，就变成荒唐可笑的东西了。然而，诗歌
中生成的一再复现的永恒意象，如自然、太阳、大海、山川、森林、
花朵等伟大的客体对象，或是古希腊神话，不能归为陈词滥调。它们
都已成了永恒的象征，而有教养的人们在任何地方都会以所有人都能
理解的方式表达自己。自然和诸神总是美的和不可知的，是所有其他
意象的本源，能够再运用和更生。具有宇宙精神的席勒和荷尔德林不
是从古希腊神话中断的地方开始，赋予它们浪漫主义的灵魂了吗？

　　莱辛把平常的同不寻常的对立起来，人们乍一听几乎不可能找
到相应的例子，因为这种区别只是一种限制性的判断。如果他把平常
的解释为自然的，那么不寻常的就不能是自然的。如果诗人带入剧院
的除了他在纯净的自然里发现的东西外并无他物，那么他所能给予观
众的只能是他们每天都看到和听到的。但是，谁去剧院只是为了能偶
然看到他在剧院外就能遇到且还不止一次的同样的东西呢？因此，诗
人如果想吸引观众的注意力，就必须把不寻常的特征融进他的人物角
色。但除了偏离自然之外，不寻常还能是什么？在这里，对自然的偏
离应为不寻常的特征。人们总是能不断地发现魔术和奇迹，或做作和

不自然，因为它们最大限度地偏离了自然。如上下文所示，莱辛其实不是这个意思，他想说的是，艺术如果只是照搬卑陋的现实，那么就不是艺术；与照搬现实形成鲜明对照，所有的诗歌，甚至所有的艺术都是不寻常的。同样，人们不应把平庸和复制（reproduction）混为一谈。诸如此类的美不会由于它的复制而改变，因为它自身是无限的；正如我们会怀着永远真诚的感激之情乐此不疲地欣赏着天空的蔚蓝、大地的碧绿、春天的繁花、夜莺的歌声。剧院重新演出索福克勒斯的《安提戈涅》，我们得以在我们的时代体验到一个十分惊奇的不朽力量的案例，这种内在的力量与真正美的事物，永不衰减。现代技术最重要的方面之一，就是成功地让既更快又准确地复制视觉艺术作品成为可能，这些复制品让它们得到前所未有的普遍欣赏。这种复制并非是对没有活力的弱点的非创造性模仿中的典型模式的平面复制。中世纪恋歌（Minnesang of the Milddle Ages）引起了席勒的关注和嘲讽，因为它们的叙事千篇一律，动辄就是春天来了，冬天去了，烦恼挥之不去；在席勒看来，如果麻雀能写出一份遐想日历，成品大体也就是这样。于是就有了成千上万首彼特拉克式的十四行诗，成百上千部法国较早时期的暴君悲剧；于是就有了专注我们儿童故事中愚蠢主题的流水线制品；于是就有了多不胜数的辞职小说；于是当代德国绘画中尽是悲恸皇家夫妇、犹太人、母亲［豪泽（Hauser）的《无辜者大屠杀》（*Massacre of the Innocents*）］[42]、托根伯格之家等，这就是现状。模仿者往往自认为是古典艺术家，因为他们似乎能够展示——细到头发——公认的权威也曾创作过的东西。但正是与权威典范的极度相像，才让他们如此令人讨厌，以至于他们的作品不被遭受他们不公正指责的大众接受。如果他们能够创作出新的东西，那么他们就有正当的理由要求得到掌声；但事实上，如果我们发现那些精心雕琢、色彩亮丽、对位工整、风格优美的作品琐碎无聊，他们就不应该指责我们。一个真正的艺术家，以宗教的严肃追求理想——的确，他可能会用千变万化的习语表达哪怕只一个理念——但是，因为他将努力接近理想。所以在这个过程中就不会让我们困倦。他的每一件作品都会从不同的方面展现出他的真实写照。像彼特拉克，在十四行诗和组歌中，将激情倾注于劳拉（Laura），不论在高度还是深度上，一点都不比拉斐尔的圣母、拜伦阴郁的英雄、利希波斯（Lysippus）神样的亚历山大的雕像等差，尽管赞美之词都不过是同义反复。平庸或是真正的无能之辈，重复已有的东西，没有进步，缺少富有成效的深化，通过自身无意识的平庸让我们沮丧，一如真正的天才通过其作品单纯的原创性让我们充满热情。

当平庸的人怀疑——尽管他可能并不会承认——其作品的平庸之时，就会用各种不同的刺激手段进行掩饰，以掩藏作品的单调无聊。然而，他们这么做只会让概念的单调无聊和执行乏力更加明显。现在，蹩脚的诗人不顾一切地在危险的赞扬，即精神饱满与理所应当中——自欺欺人。精神真正的富足，来自多方面经验的广度，来自艰苦努力的深度，这是多么罕见哪！经验和反省、诗歌和哲学不成熟的融合会形成怎样的平庸！而诗歌和哲学的胡乱混杂现如今更是倾向于被认为是富于精神。当下，根据辩证的反思，无能也成了暂时仿造创造性作品外观的手段。

据前文所说，平庸者显然也会进行自我评判，因为他会因夸张而

尼古拉斯·普桑，《无辜者大屠杀》

变得滑稽可笑。只是，人们必须把客观、非武断地折磨他的幽默同有意模仿平庸者之空虚的幽默区别开来。如果平庸者通过夸大一种错误的情感努力扩展内容上的无效部分，那么这就是非意向性的滑稽。在这种情况下，我们嘲笑丑意味着对它的谴责。然而，如果平庸的内容被以崇高的形式表现出来，或与之相反，本应是崇高的内容却被表现为平庸，那么随之而来的就是一种喜剧效果。前者的例子如拙劣的模仿，就像《蛙鼠大战》（*Batrachomyomachy*）中青蛙用荷马式英雄的语言说话；后者的例子有嘲讽性的戏仿，如命运观念自身崇高的力量却变成了一种无意义的对象。于是，纳塔利斯（Natalis）用他的羊毛袜剧戏仿，普拉滕用他的餐叉戏仿，这是宿命论学派的混乱；于是，廷斯·巴格森（Jens Baggesen）用他的《亚当和夏娃》（*Adam und Eva*）戏仿浮夸，在这浮夸中，宗教史诗和我们一同逝去。最初的人类无疑是素朴的崇高对象。当今世界，法语和神学研究无疑是最普通的工作。巴格森让亚当研究神学直到中午十二点。这期间，夏娃则在伊甸园里闲逛，动物们都非常礼貌地向她致敬，舔她娇嫩的脚来讨好她。那条鳞光闪烁的蛇的行为尤其好，通过说法语和讲述很多关于巴黎的报道，让夏娃对自己产生极大兴致。亚当，一个善良的资产者，十二点和夏娃一起吃午饭，长时间以来，对这个危险的熟人一无所知，直到有一次和他的妻子在小路上散步偶然遇见，等等。巴格森的这一整个处理，把原型人物变成了现代人，从事着所有稀松平常的工作，像研究神学，中午吃午饭，学法语，或散步助消化，再加上天堂乐园的奇幻预设，而动物们仍平静地活着，蛇则吐人言，一个令人愉悦的矛盾冲突由此生成，给了诗人设计许多机巧的讽刺情节的机会，这之中，蛇用巴黎故事毒害天真烂漫的小夏娃以及用巴别（Babel）语言奉承她，都不算是最糟糕的。

　　如果以讽刺的方式来处理，平庸也可能变成滑稽。上文已暗示，我们在审美上竭力避免的平庸在现实中可能很重要。我们所有人都要服从的必然性不是已经走到台前了吗？这不就是王子遇到乞丐的情节吗？我们不是都必须吃和喝、睡觉和消化吗？我们不是都必须工作——至少无所事事吗？孩子不是都要出生吗？皇后能下令去除分娩的痛苦吗？我们尽管有财富和教养，但能不生病吗？我们最终不都是要死吗？因此，这些生活日常不也都是严肃且值得尊重的吗？不正是生活日常在稳定的相同性中的情境构成了历史史诗的元素吗？如果艺术能从这个方面来运用它们，那么所有的卑贱都会从它们身上消失。事实上，雕塑、绘画和诗歌皆呈现了神的睡眠，人的劳作，共同进餐，结婚、出生和死亡，都按照它们积极、普遍的意义的高贵性来表现。人们应该记得荷马是怎样在勇士阿喀琉斯（Achilles）的盾牌上，让赫菲斯托斯（Hēphaistos）描述了和平盛典和筵席的整个流程；人们应该记得赫西俄德（Hesiodos）的《工作与时日》（*Works and Days*）；人们应该记得田园牧歌、社会生活之歌和斯克里奇抒情诗；人们应该还记得古代的信仰、古代花瓶绘画，或庞贝壁画以单纯的欢乐表现了我们的日常生活实况；基督教诗歌、雕塑和绘画又是怎样取材于基督和族长时代人们生活中所有符合他们价值理想的平凡事件；人们将会认识到普通的事物能够以十分正面的特征在艺术中占据那么广阔的领域。只是，这些具有无限现实意义的生活中的史诗要素同时也是最普通的生活日常，人总是得吃吃喝喝、工作睡觉、降生死亡，这也暴露了人类对自然的依赖，在它们永恒的回归中包含了我们存在的无聊，也正因此，它们已内含了讽刺的味道。艺术只会更加尖锐地强调我们和自然的连接点，强调我们摆脱不了的有限性，而幽默突然就在那儿出现了。于是，就产生了另一种类型的画面，它赢得了我们的微笑，因为它在其自然的限度内向我们展示了自由。在伟大的总体中，单个的境况只是瞬间。一种境况无论相对地、暂时地带来怎样的满足感，都必须在总的语境中消解自身；暗示这种转变就是让它变成讽刺的对象。如果没能成为史诗意义上严肃的、有价值的东西，如果没能成为讽刺意义上的喜剧，那么美丽且诗意的风俗画也会变得平淡无奇且单调乏味。日常自然有助于我们的风俗画创作，这一点值得赞扬，因为我们在其中能够找到我们有限经验状态的全部空洞画像，女厨师和水果贩子、学生、补袜子的母亲、修靴子的鞋匠、穿着睡袍沉思的牧师、小酒馆周围闲逛的懒汉等，描述得不能再真实了，没有丝毫理想升华，也不见一丁点智慧。我们德国人没有共享的伟大故事，没有统一的、感动神灵的热情，这也解释了为什么我们的艺术在处理有价值的对象时是如此窘迫，以及为什么我们的艺术很容易就堕落成空洞的聒噪和抱怨平庸的牢骚。尽管如此，黑格尔和霍托（Hotho）[43]还是正确地强调了，由于风俗画中物的无足轻重，从而让出色的处理带来的愉悦更有可能。只是，如果人们把他们对荷兰学派风俗画的热情当作一种认可，即对经验现实单纯的反映就已让他们感到满意，以及细节上的精益求精对于精湛技艺的光彩没有那么大的助益，那么对这些哲学家来说是不公平的。这种观念成为一种普遍的偏见，会彻底摧毁一个民族的审美意识，因为它会让我们把范围限制当作终极的东西加以崇拜，会在田园牧歌的茫然中以单调的舒适感钝化我们的感觉，会让我们更无法把握生命真正的痛苦，不能感知什么首先能够赋予我们的存在以真正欢乐的祝福。理想的缺乏、内容的琐碎，导致所有的艺术都去追求细节的恢宏，对细节的精雕细琢已经被用于诗歌；在普通细节上所花时间长得不成比例，因为人们不想错过任何东西，伴随着这种糟糕的完全性倾向出现的是一种可怕的无聊。伏尔泰曾说过一句话：所有的类型都是好的和被允许的，除了无聊的类型。但他也说过：变得无聊的秘密就是什么都说。这没什么好奇怪的，在这样的时代，恰恰是那些有着更高天性和雄心壮志的人们，出于对卑贱和平庸之辈偶像崇拜的厌恶，转而夸大讽刺，反对有限，很快就走向轻浮、虔诚或疯狂。因此，真正的艺术家在表现平凡时，要么给它一个肯定的理由，即它是事物普遍运行的必要形式，要么讽刺地反思一种境况的界限，以进入一种可以超越它的自由，要么直接把它变成滑稽可笑的。穆里罗（Murillo）的《乞丐男孩》为何那么有名？因为他的苦痛并没有让人们尴尬，因为破衣烂衫包裹着的是一颗无视所有外在贫困的灵魂，幸福感由内而外地散发出来。穆利洛斯把握住了他们的存在中肯定的一面。奥古斯特·比亚德（Auguste Biard）为什么能获得如此伟大的声望？因为他懂得如何在平凡中激起讽刺的时刻。他那著名的《巡回演员》（*Les Comédiens ambulants*），人们因瓢泼大雨徒劳地等待着来访者。蜡像发出的光徒然地熄灭了，在这些蜡像中我们注意到甚至有几尊奥林匹斯山神。公司的主管们聚集在一位精明睿智的老妇人周围，极力说服她自己收银机里已经分文皆无。那个蜡像的讲解者，胳膊下夹着棍子，灰心丧气地看向荒凉的街道，街上被伞罩着的人们像影子般掠过。那些人在生活中遇到过，他们总是表里不一，口是心非，忍饥挨饿的训练让他们不会很快就无精打采，然而此刻周遭环境却令人极其沮丧。但是，在地板的前景，那是多么可爱的景象啊！一个年轻女孩，身着男孩式样的礼服，端坐在那摆弄小提琴，没有受到周围所有悲苦的影响。她会分担这种悲苦；她的吃的、喝的都很差，甚至没有；她衣着单薄会被冻僵；但她会为了艺术而热爱艺术。这黑色的头发，这些渴望的特征，这双热切的眼睛，向我们展示了天分，让我们激动不已，出离了所有的平庸。在杜赛尔多夫（Düsseldorf）画派的画家中，哈森克利弗（Hasenclever）的幽默值得关注，他的《舞蹈课》（*Dance Lesson*）、《画家工作室》（*Painter's Studio*）、《结伴喝茶》（*Company for tea*）、《守夜的工作》（*Jobs as Nightwatch*），都是多么精美的画作啊！

古人把英雄画（megalopraphy）——描绘神灵和英雄，同静物画（rhyparography）或植物画（phypography），或如弗里德里希·韦克儿（Friedrich Welcker）所说的凡俗画（rhopography）对立起来，因为肮脏也属于平凡和低俗。格林穆特的一篇独立文章，[44]赫特纳《艺术入门》（*Vorschule der Kunst*）中的一节，对古代的这种风俗画进行了更为详细的描述。从现存艺术作品来看，古人把拖着武器四处转悠的丘比特，鞋匠的小屋，绘画的侏儒，与公鸡、仙鹤打架的俾格米人，水果静物，鸟和花瓶都算作风俗画的对象。

（二）随性和专断

界限之内的卑贱是平庸的，就像具有独特性的崇高是威严的。

穆里罗，《乞丐男孩》

奥古斯特·比亚德，《漫步玩家》

约翰·彼得·哈森克利弗，《画家工作室》

约翰·彼得·哈森克利弗，《守夜的工作》

在直接自我调整状态下的创造，威严的行为的确是突然的，但并非偶然；的确是自由的，但并不专断。沙漠中，摩西用权杖击打岩石，从干涸的沙漠里突然就流出了一股活水。这一威严的行动既非偶然也不专断；不是偶然的，是因为摩西是神遣的人民领袖，他必须照顾好民众；不是专断的，是因为民众已处在灭绝的边缘。威严的行动对于创造而言是绝对确定的，无需特殊的外在调节就能达成目标，主要是通过纯粹意志的单纯行为来实现。梵蒂冈的阿波罗已经吓跑了其神庙墙上的一些怪物，不论这怪物是巨蟒（Python）还是复仇女神（Erinyes）。他手里的确仍握着弓箭，只是他的姿势和神态准确无误地传达出这样一个事实，即远射之神预先就确信他会成功。他希望杀死怪物，他的确杀了它。毫无疑问，动摇或犹豫可能会出现在声称威严的人身上。要是威严在行动中成了偶然和专断的牺牲品，那么它就会变成丑陋的东西。它的行动必须毫不费力，要表现出必要的轻松感，要在正确的地点、正确的时间，这就是所谓的扭转乾坤之力（deus ex machina），所有与它相似的东西都不能给人威严之印象。一个本应威严的存在怎么能在意向明确的行动中失败呢？这同其行为本应有的确定性相矛盾，就会变成丑的或滑稽可笑的东西。我们不妨想象下，一头狮子从某个隐蔽的地方飞跃而出扑向一只小羚羊，但它跳得太远，以至于越过了羚羊，后者就从它的身下逃走了；这样一来，百兽之王就显得很搞笑了。同样，威严也不应以其行动的形式加速，因为它必须庄严地进入自主状态。内在绝对的确定性再现自身时，外在必须冷静、得体。树枝慢慢地弯下又直起，它们的树冠威严地倾斜着；当一种语调能控制住自己，在适当的停顿后，再次打破沉默时，它是严肃的；走路就是要避免摔倒，因此一种步伐，脚从后面提起的幅度比从前面落下的幅度大时，方才是稳重的。因此，所有本应威严的个性化动作，一旦表现得焦躁、仓促，被扯得东倒西歪，就成了丑的，因为它们同作为威严本质的无条件确定性相冲突。就算是威严的语言也必须是简短、准确、持续、相称的。冗长、极端的模式就不适合，那更像是开玩笑式的幽默表演，因为在表演中要通过掌控某事来展示自己。一个性情多变、敏捷机智、横冲直撞的王子，不再能控制自己的情绪，他的行为揭示了他没能克服那些困扰着普通人的烦恼，就处在可笑的边缘了。

　　同威严那不加思考、自给自足的行为相对照，卑贱的特征是偶然的、专断的。偶然自身和专断一样微不足道，它们本身也不是丑的；只有当它们取代了必然性和自由时才成为丑的。美之内在不是强制性而是必然性，不是无法无天而是自由。自由的必然性是美的灵魂，而偶然以及专断只能让它转向悲剧或喜剧。如果必然性伴随着自由的出现是一种异想天开，那么命运将会变得随性和专断；同时，作为防止过于偶然和专断而自设的、客观的界限，就会制造出一种威严的印象。所谓的偶然能在悲剧的发展中找到，但只会存于那种内含纯粹必然性的形式中。命运不应该是一条赤裸裸的界限，准确地说，它应该是一条我们通过自由的本质而认识到它是必然的界限。由此观点来看，哪怕是古代宿命论中悲剧的冲突也具有道德性，就算后者的缺失不再被视为一种伦理冲突，而只是一种无需道德的行为时，它的动机甚至尽在诸神掌握之中。在我们看来，道德上不存在的罪恶感，却被古代的悲剧所承认，正如著名的索福克勒斯式诗句以如此无与伦比的气势说出——

　　如果诸神认为这些事物是美的，（all'ei mén oun tad'en theois kalá）

　　一旦遭受厄运我就会知道自己有罪。（pathontes an cuggn-oimen hemartekotes）

　　对于幽默来说，偶然不下于专断，都是绝对的驱动力，因为只有它们能够通过主观过度的表现，戏仿糟糕的专断、偶然之丑陋。正是在怪异（bizarre）和巴洛克（baroque）、怪诞（grotesque）和滑稽（burlesque）中，偶然和专断自丑陋中出现并把它变成了喜剧。就理想来说，这些形式没有一个是美的；每种形式都存在一定的丑，但也有成为最狂放的喜剧的可能。

　　怪异是情绪上的顽固。这个词源自意大利语bizza，意为狂怒，也指恶意。由于恶意是某种奇特的东西，已被应用于独特、奇怪的事物，其结果能使人心情愉悦。当人们认为美与理想的表现有关时，就不可能期望怪异成为美。怪异更趋向于成为喜剧，然而考虑到它的内容，它几乎不可能是纯粹的滑稽可笑。怪异性是如此夸大了个性化，以至于它似乎是丑的或至少是近乎丑陋。在它引发的情绪中，会绑定人们通常会分开的东西，解绑人们通常会绑定的东西。英语"坏脾气"一词有许多稀奇古怪的含义。怀孕的妇女和正在发育的女孩子往往有些奇怪的欲求，如吃烟灰。疑病症患者（Hypochondriacs）用怪异的幻想折磨自己。爱，作为一种激情，激励怪异的行为，例如图卢兹（Toulouse）的行吟诗人佩尔·维达尔（Peire Vidal）的行为至今仍令人难忘。我们可以把他那多愁善感的废话同德国吟游诗人乌尔里希·冯·里希滕斯坦（Ulrich Von Lichtenstein）的并排放一起。[45]在建筑和雕塑领域，怪异可以宣称自己的权利，但很少这么做，因为这些艺术材料的严肃性和特异性遮蔽了它的过度性。在绘画领域，怪异已经通过非常自我的色调获得了一个有意义的表现空间。在音乐领域，按照它在温和、柔软、未确定声音元素中的奇思异想，自然能够发展出其变形的不可理解性，音乐则明确地把它的一些最奇妙的创造命名为随想曲。最后，在诗歌领域，对存在于怪异中的难以定义要素的多样化更是表现得一目了然。莎士比亚在他的一些喜剧中对此做了精彩的阐述。在最近的法国人中，巴尔扎克在理性化怪异的艺术上令自己卓尔不群。他写了一部描写斯威登伯格主义（Swedenborgianism）的小说。一个女主角，由于她天使般的本性，在男人面前是一个处女，名为塞拉菲塔（Seraphita）；在女人面前则是一个年轻男子，名为塞拉菲图斯（Seraphitus）。这种心理上的雌雄同体导致了怪异的发生。在最近的德国作家中，古兹柯在创造怪异的人物形象和环境方面有着非凡天赋。他的《马哈格鲁》、《尼禄》（Nero）、《马达加斯加王子》（Prince of Madagascar）、《布拉塞多》，以及他的《精神骑士》（Knights of the Spirit）中的哈克特（Hackert）在最显著的意义上都是怪异的，而由此原因触及的往往是崇高和荒谬。在创造梦游、秘密警察、精神肮脏、邪恶又善良的哈克特时，古兹柯以可能是最合适的方式呈现出怪异。在《马达加斯加王子》中，他尤其喜欢把怪异置于具体环境里：王子陷入了多么怪异的困境啊，竟被自己的仆人囚禁且被卖为奴隶！在古兹柯的短篇故事中也能发现他对怪异的趣味，例如在口吐芬芳地讲出的金丝雀故事中，金丝雀奇怪地爱上了镜中自己的影像，并因担心对面世界的不真实忧虑而死。古兹柯甚至对这种艺术的特征进行了非常成功的研究，就像他画的肖特基（Schottky）肖像，与之相比恐怕只有亨利希·罗比（Heinrich Laube）的卡尔·沙尔斯（Karl Schalls）肖像能制成吊坠挂起来。

怪异具有锐意进取的冒险性和出色的机动性，这使得它成了对平庸的讽刺，循此方向，它触及了迷人的做作。一样东西是多么容易堕落成明显的丑啊——在蒂克的作品中我们不时能看到，他是如此热衷于真正怪异的形式。在中篇小说《顽固与任性》（*Eigensinn und Laune*）中，他让女主角艾米琳（Emmeline）最终成了一个妓院鸨母。这种随意性是丑陋的，而作者又用人们多少能够把握的方式来表现艾米琳其他乱七八糟的行为。艾米琳可能想嫁给一个长途汽车司机，她能让一个粗心大意的助理职员把自己搞怀孕，可能嫁给一个有钱的贵族，也可能同一个政府官员私奔，而这个官员实际上就是长途汽车司机马丁（Martin），再来看看——她当真需要如此堕落，以至于以卖淫为业，且不是为了自己，更是以最令人恶心的方式，做妓院的老板吗？这个结局已远不止于怪异。直到此时，艾米琳的确表现得顽固又任性，但不是令人发指的卑贱。巴洛克很难同怪异区别开来。人们可能会说巴洛克通过特殊形式赋予平庸、随性和专断以意义。人们发现，巴洛克这个名字源于一个有名的三段论人物，名叫巴洛柯（baroco）；而按照其他一些人的说法，这个词应该意指"歪斜"之类的东西，并适用于凹陷的镜框，这些镜框与图片或镜子在对角

弗里德里希·佩希特1851年为《精神骑士》绘制的木版画插图

安德烈亚·德尔·韦罗基奥,《怪诞的舞者》

线上相遇，如今仍被叫作巴洛克框架。然而，为什么不是源自巴洛（baro）——在拉丁语中指一个愚蠢的人，在意大利语中指一个骗子、游手好闲之徒呢？巴洛克这个词不是把错误表演的概念扩张到所有偶然的表演了吗？它包含了自我超越之专断的厚颜无耻和粗鲁无理，能跃升成喜剧，但也能成为残忍的或忧郁的东西，就像我们在不同国家诸多惩罚中发现的那样，往往既残酷又怪样——不幸的是，它仍然存在。有位叙利亚（Syrian）巴夏甚至发明出了一种非常巴洛克的愉悦，他单用刀子艺术化地改造罪犯的脸，以便给鼻子、耳朵和嘴唇一个他自己喜欢的形式。尤金·苏有段时间十分擅长富于精神地表现巴洛克风格，但最后的作品总是伴随着阴森的一面。在其最完美的小说《玛蒂尔德》中，他运用怪异的情绪和巴洛克式的语句，非常个性化地刻画出坏透了的马兰小姐（Mademoiselle de Maran）。这位撒旦式人物的专断与生俱来，也就是说源自那些她创造出来的、只有在她的词典中才有的语词，例如，当她发现非常独特的事物时，会说：实在难以置信（c'est pharamineux）！

　　同巴洛克相关，近于怪异，却又因一种个体化的矛盾而与它们相区别的是怪诞。在所有的幽默中潜伏了很长时间后，怪诞在意大利于切利尼时期，从一种特殊的金器和银器——将不同的材料放置一起构成一种奇怪的混合物——中获得了它的名字，随后，这个词被用来指方格纹样，即用彩石、珊瑚、贻贝、分层矿石等装饰洞穴、花园大厅、水碗之类。基于这种混杂，怪诞又被用来指代所有奇怪的混合形式——不可预料的华丽和出其不意的跳跃，既吸引又分散我们注意力，甚至那做出神奇扭曲、让我们忘记他们和我们一样有骨头的跳舞的人，也被称为怪诞舞者。他们用一双双不规则的腿，跟跄、摇摆、旋转、蛙跳、腹行，真的一点都不美，也不好笑；但是，作为一种专断，它却似乎在嘲讽所有法则，这就是怪诞。C.F.弗洛格尔（C.F.Flögel）的戏剧文学史续作，为后人留下了一部文集，于1788年出版，名为《怪诞喜剧史》（*Geschichte des Grotteskkomischen*）。在这部文学史中，弗洛格尔的研究追溯到古希腊的萨提尔剧（satyr-play），主要内容涉及《小丑》（*Hanswurst*）、愚人节和花花公子社会，他弄清楚了包含在怪诞喜剧名下的主要是低级的喜剧，特别是当这些低级喜剧沦为极度感性、下流和粗鲁的表演时。尤斯图斯·莫塞尔（Justus Möser）早在1761年就写了《丑角，或捍卫怪诞喜剧表演》（*Harlekin: oder Vertheidigung des Groteskkomischen*），并解释说，怪诞主要源自路易吉·里科博尼（Luigi Riccoboni）的意大利面具。他也把怪诞等同于低级喜剧、插科打诨、下流双关。他创作的《舞台丑角的婚礼或德行》则更温和。总之，不管怎么说，怪诞就是小孩子的趣味。

　　怪异、巴洛克和怪诞都可以转变成滑稽。嘲弄（Burla）在意大利语和西班牙语中的意思为嘲笑。滑稽从意大利传到法国，进而通过《埃涅阿斯》中斯卡隆的滑稽模仿传播开来，《埃涅阿斯》中的短句被简单地称为滑稽诗，甚至基督故事也被非常严肃地用滑稽诗改写，一如题目所表明的。[46]滑稽是富于戏仿的专断，特别适合用来创作轻松愉快的漫画。这就是为什么它成了意大利面具戏和所有与幽默相关的形式的灵魂。默剧，我们称之为戏谑（lazzi）或被败坏了的埃泽奥尼（Aezioni），就属于滑稽，是其真正的古典表现形式。创造性的设定及相伴的疯狂妄想精神，必定会做出些无法形容的手势、弯曲、蹦跳、恶作剧和鬼脸，它们只有在动作瞬间以及同它们周围环境形成对照时才有些趣味。在今天的喜剧杂耍中，滑稽为自己争得一席之地。法国人在随意处理英国的戏仿时，发现了滑稽发明的无尽宝藏，例如，歌舞杂耍中的角色斯宝特（Sport）和托尔夫（Turff）。但是，准确地说，他们喜欢的是滑稽的戏仿特性，人们可以看到他们的演员能够从一个角色中发现并发展不少这种特性。不妨以歌舞杂耍为例，厨师瓦特尔（Vatel）在厨房里雄心勃勃，对于这样一个角色，塞德尔曼（Seydelmann）的表演是如此经典，演员如果不能在滑稽的面孔和手势上有创造性的奇思妙想，就只能实现这个角色应有的一半效果。因为做失败了一个布丁，瓦特尔想用厨房的菜刀自杀。他穿着白色的围裙，戴着白色的厨师帽，身体肥大，挥舞着菜刀，喋喋不休地说着一段动人的独白——当天才的演员在他的力量中融入滑稽时，这模样简直让我们笑得喘不过气来，任凭谁都不能对此吹毛求疵。在歌舞杂耍《古老的罪恶》（*Les vieux péchés*）中，我们看到一个前巴黎舞蹈大师改名换姓成了一个省城里有钱的退休人员，他获得了市民们的尊重和信任，最后被任命为市长。这位杰出人士一旦被深沉的情感打动，就如预料中的那样进入象征性的舞者的状态，于是权威尊贵的悲情同芭蕾的轻浮狂欢相冲突，便显得滑稽极了。只有演员的突发奇想，只有他的滑稽的魅力，才能阻止这个冲突发展成无法忍受的丑陋。我们不妨回想下，舞台杂耍中一个年迈的退休人员，跟随女舞蹈家埃尔斯勒（Fanny Elssler）旅行。在旅馆房间里，他早起去盥洗室，一想到她近在咫尺，便激动得不能自已，迷失在幸福的记忆中；他将擦脸毛巾围在脖子上，手拿剃刀，以最可怖且滑稽可笑的方式模仿和蔼的舞蹈家跳起优雅、诱人的西班牙舞。

这就是滑稽。如果我们因为这些例子而迷失在戏剧领域，那我们得注意，之所以如此只是因为戏剧领域能够将滑稽的能量最大化，但绝不是因为其他艺术领域没有滑稽。诗歌甚至有程式化的生成滑稽的方法，如强行押韵、语言混合、俚语行话，这些我们在另一相关之处已经讨论过了。[47]这里有什么人在审美上可以接受的呢？虽然，在我们不得不对丑本身做出判断的地方，自由自称是一种欢快的游戏，通过有意识地过度化专断，把丑转化成了荒谬。例如，谁也不能从错误的韵文中发现美。强行押韵，扭曲一个词语让它押韵，这属于语言处理不当，也不会是美的，但因为它源自一种已经创造了语言自身的自由，据此这个词语也可以是这种形式，所以我们必然会发笑。约翰·菲沙特（Johann Fischart）等人的词语怪物也是如此。有一首著名的戏仿米娘曲（Mignon-song）如是唱道："去意大利，去意大利，哥们儿，我喜欢去一次（to gonce）！"这句歌词中的动词"去一次"前所未闻，很难听到。但滑稽的情绪油然而生，并博得了我们的笑声。由于怪异、巴洛克、怪诞和滑稽相关联，闹剧、喜歌剧和漫画小说就以可想象的最大限度的多方转换形式呈现在我们面前。我们德国的克拉默（Cramer）、让·保尔和蒂克，英国的斯莫莱特（Smollet）、斯特恩（Stern），法国的斯卡隆和保罗·德·考克（Paul de Kock），就带给了我们这样的融合体验。顺便提一下，在这方面，蒂克右细节处理上比整体更成功。小说《乡村聚会》（*Die Gesellschaft auf dem Lande*）把谴责者表现为一个优雅、和气、亲善的年轻人，把受责者表现为一个坐着的、胡子拉碴的、阴郁地盯着自己膝盖的老人，这是多么巴洛克式的构思。然而，随之而来的是以一种同情的语气为滑稽的辩护，即这个发明在古代、北欧、基督教神话已经被耗尽后，为美的艺术开辟了一个全新的领域。多么美好的未来，王子的意愿、君王的命令也能得到雕塑家和画家的尊重！这篇演讲是最精彩滑稽的杰作。考克因轻浮著称。他也因喜剧，尤其是怪诞和滑稽闻名，只是他远没有那些宽容的作家们危险。例如，在他的一部小说中，他让一个年轻人梦想着和情人最终在一座花园亭子里约会。这个年轻人的确去了凉亭，但迷路了，最后进了另一个房间，畏手畏脚地缩在沙发下面，不得不忍受一对已婚夫妇的耳鬓厮磨，在这对夫妻睡着了之后，他爬出了屋子，找到了楼梯，找到正确的房间，终于见到了他的情人。但他刚爬上她的床就着火了。喊声四起，他必须逃走，慌乱中他抓起情人的衣服从窗户跑了，并成功地越过了花园的篱笆。他想穿上衣服，却惊恐地发现是女性服装，绝望中他不得不强迫自己穿上，穿着这身怪诞的衣服，在去巴黎的街道上经历千百次人群的审阅。

（三）粗鲁

以上，诸如此类的卑贱是一种非自身的必然条件下对自由的贬低。至于粗鲁，它热衷于依赖自然，是对自由的取消，或是对自由的武力反抗，或是对所有自由赖以存在的绝对基础的嘲弄，这个绝对基础就是对上帝的信仰。威严也会成为苦难的牺牲品，但只在其有限和凡俗的一面，它不得不屈服于外在的暴力，与此同时，它宣称自己是自由的，因而能够在其不受苦难干扰的行动中更有活力地保存一种无限性，正如鲁切特如此优美地言说：

　　　　　　脏脏的破浪不能污染纯洁的珍珠，

　　　　　　就算狂暴的泡沫撞开了它的外壳。

　　如导论中所说过的，自由就算一开始没能完美地表达自己，也不会自相矛盾。持续对抗可能会发展到较高的、最后的一步；最初的、未成熟的形态可能表现得不美，而且只要成长的力量激烈地往前推进，它们甚至可能形成一种粗糙的形式。就其现实性来说，这样一种存在还不能同它的概念完美相符，只是这种"还不相符"绝非一种冲突，而是本质和外观实现真正一致过程中的一步。我们因而证明粗糙不是同美相反的丑，它必须成功地经过有些低级的、不可避免的阶段，以完整地实现自身的概念。粗糙的结构是初始状态，它并不完全排斥美，我们可以用粗糙结构来反对光滑、柔顺、精致的状态。在这个意义上，只要勃发的生产力量一直驱动着它，粗糙甚至会成为未来能力的保证。概念的主要内容能够从简练的草图中显现，粗糙的草图闪耀着它们可能的、内在的美。雕塑家和画家的手绘草图、建筑计划，戏剧纲要，在它们的初始状态，就已经向我们揭示了真正的艺术全部的无限性。在民族艺术运动初期的作品，我们往往发现难以避免粗糙的表现，已经蜕变成一种真正的美，它同外观的不完美的斗争实在扣人心弦。人们甚至可以毫无保留地说出粗糙的威严，因为它的巨大和力量可能仍缺乏精细的雕琢，但从整体设计的自由、独立、大胆就早已可窥见它的威严。

　　提到这种类型的粗糙，必然会涉及形式的精细和个体化细节的处理。我们必须学会区分出包含自由和自身矛盾的粗糙，的确，它事实上首先让自己依赖感性，而感性作为一种手段应从属于它。精神应该享受感性，但没有完全沉迷于这种享乐，也没有为此而牺牲自由支配感性的权利。暴饮暴食、酒精中毒和放荡淫逸之丑就在于对自由的束缚违背了它的概念；作为纯粹的自然必然性，不论是营养还是生殖，都是不美的。只要它们压制了精神的自由，立刻就变得丑陋。因此，在动物世界，这种需要通过道德概念来调节丑的形态是不可能存在的。动物缺乏反省的自由，缺乏把它的状态同它本应有的概念进行对比的自由。但是，如果把我们自由的形象强加给动物，像寓言故事中发生的那样，那么动物就会因这虚构的力量而表现出丑陋。例如，鬣狗，它的贪婪连坟墓都不放过，永不餍足的胃口连尸体都吞食，因而会因贪食而显得可怖。在这里，伦理的契机出现了，并决定了我们的判断。但由于营养和生殖在自身而言是自然必要行为，幽默恰恰在它们这儿独辟蹊径，即人类在抛弃严格的自由的类规则性，让自己舒服地享受感官愉悦时，将罪恶感推给自然，而对于自然则只有小人（homuncio）的敬意，轻浮的法国人对此曾发明了一个短语：它比我强大（c'est plus fort, que moi）！但若无突发奇想，这是不可能的。若无奇思妙想容身之息，所有餐桌和饮酒歌曲都是丑陋的。讽刺的是，喜剧也可以按自然本能来表演。它可以开玩笑地夸大对感官愉悦的激情，就好像对于人类，甚至对于诸神来说没什么更高级、更重要的了。因而古代的喜剧家把赫拉克勒斯（Heracles）表现为一个按捺不住食欲的游手好闲之徒。阿里斯托芬嘲笑过这些恶

安德烈亚·德尔·韦罗基奥，《圣母与子》

作剧，但保留了丑角们的行为方式，如《蛙》。至于萨提洛斯剧，只有欧里庇得斯的《塞克洛普斯》保留了，它向我们表现了巨人普吕斐姆斯（Polyphemus）的粗鲁。在《卡冈都亚》（*Gargantua*）和《庞大固埃》（*Pantagruel*）中，学识渊博的、世故的拉伯雷博士为巴黎人呈现了一幅他们伤风败俗的镜像，小说把吃、喝表现成严肃的研究，为此英雄们都以严谨的研究员的热情待在大学里。在伊默曼的《穆克豪森》中，我们遇到了服务周到的卡尔·巴特沃格尔（Karl Buttervogel），他只是假装对和蔼的波塞默克尔（Posemuckel）小姐有着炽热的爱，因为他希望得到她大黄油面包和其他食物的款待。就喜剧化处理性本能而言，这种境况是最合情合理的；在这里，自然的必然性被粗暴地否定，在虚假的骄傲中反对一个想象的无自然性，最终只会被自然的力量所震惊，并被迫半自愿地承认自然性。古印度那些忏悔国王的故事不乏这种喜剧精神，国王们用武力威胁诸神，于是诸神派出最有魅力的云雨神（Apsaras）在国王们圣洁独居时引诱他们。同样的精神让许多中世纪传说故事焕发了新的活力，这些故事细腻地想象着其中所蕴含的对比，如亚历山大送给亚里士多德一名妓女，哲学家于是四肢着地，让自己享受背负沉重的她的乐趣，俨然开启一份优雅的职业，亚历山大的大笑让他大吃一惊。众所周知，薄伽丘和维兰德（Wieland）基于这个要素创作的故事有多么动人。

尽管自我保护的本能，例如生殖，只有经过道德的附加或是幽默化才能实现审美上的可能性，然而，有趣的是，作为自我满足的自然结果，生殖的条件在我们看来于审美上甚至更粗糙。例如，自然迫使我们像动物一样去除多余的东西，且的确比起同样性质的吃、喝，用的是更急迫的方式，这就是为什么在我们德国会用一个特殊的词——生活必需（Notdurft）来称呼这种共同的必要性。生物体把自己从生活里不能使用的东西中解放出来，生物体把那不能使用的东西当作相对意义上死了的东西、生物体无机产出的东西、被生命扼杀了的东西，同自己分离开来。然而，这种外在化虽可能是必要的，却是丑陋的，因为它使人类对自然的依赖程度降到最低。正因如此，人就试图掩饰自然的呼唤。对于本能行为，动物天生无所顾忌，只有爱干净的猫，总是舔舐自己，把自己弄干净，在空置的地方排泄，并把排泄物掩埋起来。孩子一开始也像动物那样做，可爱的小不点的不当行为，违背了自成一体的传统规矩，造成诸多喜忧参半的对比。因此，在任何情况下对自然召唤的再现都不是美的，只有幽默才能让它变得可以忍受。波特（Potter）曾经画了一头撒尿的奶牛，最后在匹茨堡卖了一大笔钱，但是如果波特不是如此优秀的动物画家，而只是最精确地复制那种状态下的动物，将无助于提高这件艺术品的价值。我们承认，没有奶牛撒尿，我们能画得很好，从奶牛撒尿中我们得不到审美上的满足。但是，我们不应该把人的尺度运用于动物，而这就是为什么一头撒尿奶牛不会冒犯我们。在这里，我们得说句相反的话：公牛所做的，朱庇特可不会干（quod licet bovi, non licet Jovi）。布鲁塞尔有座著名的喷泉，往来的都是蜂拥而至的名流，喷泉名叫"撒尿男孩"（mannekenpiss），就因为那是一个粗俗男孩的尿水铜像。但是这个尼德兰式（Netherlandish）的喜剧，一点都不好笑，因为水本应是纯净的，这里用的的确是水，显然某种令人反感的东西混进了喝尿水的这种想法里。与此相反的是，伦勃朗（Rembrandt）的《绑架伽倪墨德斯》，美少年被神鹰抓上天空，惊惧中像孩子那样吓尿了——这真的很有趣。胖嘟嘟的男孩左手仍抓着一串刚刚正在享用的葡萄，雷神宙斯之鸟从上面用爪子抓住他，拽起了他的衬衫，男孩露出了圆鼓鼓的屁股。阿里斯托芬甚至把自然的呼唤在舞台上表演出来，至于他是怎样做到的，前文已在不同的相关场合提到过。《卡伦伯格的牧师》（*Parson of Kalenberge*）、《阿米斯牧师》（*Parson Amis*）、《恶作剧者》（*Eulenspiegel*）满是这种粗俗的玩笑。丑陋、厌世的《莫罗尔夫》（*Morolf*）和他整个的意大利亲族也都属此类。

进食本能的过度满足，后果就是身体肥胖、大腹便便，并因此变得丑陋，这是一种被幽默一再利用，效果屡试不爽的畸形。对此，就算是阿里斯托芬都忍不住抱怨，喜剧作家们为了获得笑声，运用大肚子对他们来说是家常便饭。大腹便便会带来许多不便，大肚汉因此不再能看到自己的脚，它是如此恶毒地剥夺了诗人的灵感，剥夺了牧师的灵性；胖肚子还总得挺在前面，且在街角更显眼，一直是低级幽默最喜欢的素材，就像恶作剧中潘趣（Punch）凸起的肚子。然而，倘若不用动脑，无需智慧，无须反讽，胖肚子的荒谬性极其单薄，但福斯塔夫（Falstaff）却是不可穷尽的幽默机智的宝库。

醉酒能增强人的自由，且只会消除限制他的顾虑，因此喝醉了酒的人会显得和蔼可亲。酩酊大醉甚至能改变人的容貌，像凝视天空的酒神女祭司的节日发狂。西勒诺斯（Silenus）的确被酒神之火夺去了他的脚，人们只得扶他上驴，但他若有所思的微笑表明，这个神样的醉汉精神更集中，而非被毁灭。从醉酒者的头脑清醒到无意识的过程，我们见证了粗俗下流的发生，艺术家甚至为了更高的幽默，把人

波特，《撒尿的奶牛》

伦勃朗，《绑架伽倪墨德斯》

表现为"醉醺醺"的样子。但是，醉酒到了一定程度，人的自我意识全失，必定会沦为丑陋。许多美学著作的确谈到了醉酒，但没有深入探讨，就好像那只是纯粹的滑稽可笑。实际上，情况绝非如此，因为个人自由的下降，导致近乎动物，只会显得丑陋。只有在表现自由徒劳地同自然做斗争，只有在我们这些观众对所有的道德指责睁一眼闭一只眼时，这种状态才可能是滑稽可笑的。只要醉酒者仍能表现出一定的自我控制能力，那么含混不清、结结巴巴地说话，摇摇晃晃地走路，毫无防备地乱说秘密，独自长篇大论滔滔不绝，同不在现场的人对话，毫无逻辑地从A跳到Z，就都是有趣的。此时，醉酒者对自己的行为无能为力，但比起成为偶然和专断的牺牲品，他仍然希望发生点什么别的，这种自由的显现沉入无意识的迷雾之中，对我们而言是有趣的。只有哑剧演员和戏剧家能够真正成功地运用这种不可避免的模仿和绘声的状态，他们也的确非常频繁地运用这种状态，因此我们在此就不举例了。

　　胀气在任何情况下都是丑陋的。但是，因为它们违背人的自由突然爆发必然意味着某种非专断的东西，它们让人沮丧，往往在错误的地方令人震惊，又在快速运动中不被注意地逃逸，所以它们具有淘气小鬼的特质，未经宣布，便随随便便使人难堪。因此，喜剧家总是把它运用于怪诞和怪异，至少也是间接应用。运用这种"明显的不当行为"能够营造最荒唐可笑的场景，而在那些著名的场景中，守林人和他的狗的轶事无疑是最欢乐的。卡尔·沃特（Karl Vogt）在他的《动物生活图片》（*Bilder aus dem Thierleben*）[48]中也讲述了这则轶事。因为，我们人类，不管我们的年龄、受教育程度、财富和阶级有多么不同，一

　　且遇到我们天性中这种非专断的谦卑，对它的影射很难不引发大众的笑声，低级的幽默尤其钟爱所有相关的土里土气、粗俗下流和呆傻痴愣。就算是最优雅的马戏团，小丑都会一再表演它。这种故事如若没了幽默机智，或者说没有了反复无常，它们就会变得异常肤浅、微不足道、令人反感，甚至可憎。但孟加拉的智慧之火能够赋予这些冷嘲热讽之人以大脑。巴黎的一位狗狗化妆师，让两条狗互相嗅屁股，并把这画在他的招牌上。但在下面他写下了这样的话：一个美好的狗狗日！（Au bon jour des chiens!）全世界都笑了。

　　通常，这些自然事件多可能发生在最谨慎的人身上，且不分时间、地点（ἄτοπος καὶ ἀκαὶρως），但淫荡下流的共性不同于卑鄙无耻。羞愧是神圣而美丽的，因为它表达了精神情感，而这精神情感的本质是超越且高于自然的，它不可能是无自然的，但应不为自然所困。自然无所谓羞愧，正如德语有言，亲爱的野兽可不知道廉耻，但是认识到自己和自然不同的人知道廉耻。淫荡下流包含有意冒犯羞愧。一次偶然的和无意的暴露已能引起尴尬，那或许会是一个令人苦恼的窘迫时刻，但并不淫荡下流。一个成人无意识地和孩子一起洗澡，再现了完整裸体的美丽雕像或图画，没有人会说它们淫荡下流，因为自然也是神样的，而生殖器本身就像鼻子或嘴巴一样，都是如此自然的、上帝创造的器官。但当无花果叶子粘在雕像私处时就已经有点淫秽的味道了，因为这叶子把注意力引向私处，同时又把它们隔离开来。对此，请诸位不要误解，以为我的意思是说艺术不纯洁，我只是想弄清楚纯洁和假正经不是一回事。淫荡下流一开始就同性捆绑在一起，性让男人兴奋，并使其呈现出一个丑陋的形态，在此状态下，这一形态同身体其他部位构成了错误的比例。女性对于性关系的处理要含蓄许多，但周期性的月经迫使她掩藏起自身的羞愧。所有羞愧的表现、图画或言语中与性相关的内容，如不符合科学或伦理精神，而只是出于奢侈享乐的需要，就是淫荡的和丑陋的，因为它是对神圣自然秘密的亵渎。所有那些都是阳具崇拜，尽管在宗教是神圣的，从审美的角度来看却是丑陋的。所有阳具崇拜的神灵都是丑陋的，肢体线条僵硬的生殖神普里阿普斯（Priapus）是丑陋的。古老的面具以及《莫哈巴津》（*Mohabazzin*）或现代埃及的街头演员，用扭曲的性器官表演着淫秽的节目；带着巨大阳具的古罗马侏儒，像桑尼奥（Sannio）、莫利翁（Morion）、蒂洛普斯（Drillops），都是丑陋的，因为其阳具几乎同它的所有者一样大了。[49]——如果说炫耀生殖器本已是丑陋的，此时还表现性关系，那么丑必然会被放大。例如，印度男性生殖器林加姆（lingam），它代表阳具卡在女性生殖器雅尼（Yoni）中，尽管在印度语境中这的确是宗教意义的。欧洲有多少人认同印度人的这种观点，大众的想象又是怎样被阳具图像极大地败坏了呢？人们可以看到每座城市，只要有城墙、大门，总是需要粉刷，一天之内就会被涂上这种形象。中世纪的某段时间，人们甚至常食用阳具样的餐后甜点。所有生殖器崇拜的图画、诗歌和小说都是丑陋的，不论所花费想象多么巨大，所运用智慧和技艺多么精湛。O.L.B.沃尔夫（Oskar Ludwig Berhard Wolff）《小说史》（*Allgemeine Geschichte des Romans von dessen Ursprung bis zur neuesten Zeit*）对小说文学进行了全面、中肯的综述，感兴趣的读者可以一看。[50]在绘画领域，色情画家——表现各种各样的阿佛洛狄忒主题——始出现于亚历山大时代；在现代，皮特洛·阿雷蒂诺（Pietro de Arezzo）著名的绘画和由朱利奥·罗曼诺（Giulio Romano）绘画、雷蒙蒂（Raimondi）雕刻的人物形象，为诸如此类的表现形式奠定了基调。在小说领域，佩特洛尼乌斯（Petronius）以其《萨蒂利孔》（*Satyricon*）为这种淫荡好色的描述定下了规则，佩特洛尼乌斯境界高远，而他的追随者则把它丢失了。事实是，有囚奴之王之称的萨德（Sade）已经成为他们当中最尊贵的经典；就这个臭名昭著的类型来说，的确没有谁的描写比他的更典型。那些放浪形骸的浪荡子们，神经已疲惫不堪，或多或少都通过进一步的精细化来刺激想象。然而，当前一种悲哀的现象是，这种淫秽作品和图画找到了前所未有的更多的受众，甚至如旅行家科尔（Kohl）所说的，它们在伦敦街头已经找到进入年轻人之手的方法。我们现代的芭蕾也被这种东西污染了，审美如此贫乏以至于它的目的不再是表现爱的激情，而是表现强烈性欲的惊颤。皮鲁埃特旋转和风车式的旋转，无耻、逆天地伸出的腿和男女舞者令人恶心的结合，竟被视为艺术的胜利；那里已不再有理想的美和优雅，有的只是搔首弄姿。骚动舞（chahut）和坎坎舞（cancan）就是当今社会的舞蹈，是这种审美观念的必然后果，恐怕只有奎利努斯·缪勒（Quirinus Müller）生动图画中的裸体和半裸体才能超越。法国人奇卡德（Chicard）直到不久前还是这种淫秽风格的翘楚。阿道夫·施塔尔（Adolf Stahr）在《巴黎两个月》（*Zwei Monate in Paris*）中对他的描述如下："这里没有沉溺于感官和血液的骚动的醉态，因为激情的醉酒本身就是正当理由；年轻人在狂野的身体节奏中狂欢，耗尽过度的精力，神情委顿。不，这里只有冷酷、清醒，还反映出丑陋和卑贱的精致。这个奇卡德是警察道德自我讽刺下的天才。站在他身边的警察只是陪衬，让他的胜利更显辉煌。人们就是想看看他会在多大程度上试图推动可憎和不道德的表现，直到这些道德捍卫者认为自己可以合法地中断他的艺术创作，从肉体上把他赶出他胜利的舞台。这一切是对身穿制服的道德，一身制服、配着军刀的体面，按小时出租的美德卫士的嘲弄，这些构成了这场舞蹈全部的趣味。奇卡德胆大包天，他以胜利者的身份公告天下。"然而，这份尖刻的报告还是非常片面的，我们应该把它同塔克西勒·德洛德（*Taxile Delord*）在《法国人民自画像》（*Français peints par eux mêmes*）中对奇卡德的详尽描述对比阅读。[51]古希腊人有着深厚的、伦理的、真正的艺术感觉，把淫荡在很大程度上归因于半人生物，例如萨提洛斯、羊人（fauns），来缓和淫荡。这样的生物，下半身长着羊的脚，也像羊一样行动，几乎不会让我们感到惊讶。庞贝的图画向我们展示了，萨提洛斯在森林里鬼鬼祟祟地爬到山林水泽仙女宁芙（nymph）的身上，而后者刚刚在长满青苔的垫子上舒展开雪白的四肢。美女通常把自己置于后半视图，一般身上会盖条纱巾，而专事寻欢作乐的萨提洛斯则揭开了纱巾。四肢因欲望而颤抖，迷失于感官陶醉的僵硬，丑陋的动物站在半梦半醒的美女面前。这些华丽、淫靡而又优雅的图画同庞贝人房屋中维纳斯小房间（cubiculis Veneris）里的情欲场景是何等不同！在后者，情人们以各种姿势进行本能的活动，通常还会有一个奴隶站在边上，递送爱神饮料，一杯下肚，果真就激起了活泼的淫荡感觉。真是恶心！

　　为缓和淫荡之感，就需运用暧昧的狡猾，即或多或少地掩盖或隐藏了对不可避免的出格活动或性关系的暗示。模棱两可的表述是一

朱利奥·罗曼诺，《珀耳塞福涅与嫉妒女神》

种能够激起我们羞耻感的间接观点。毫无疑问，它源于这样一种羞耻，即它通过进入性关系与自身相矛盾，但同时通过一些包含另一种意义的形式掩饰了这种无耻，然而它又很容易被翻译成另一种版本。因此，幻想剧可以凭幽默的类比真正地卷土重来。人们如果思考过叔本华针对两性关系所说的话，[52]就能够理解，为什么能够贯穿所有时代、所有文化和阶级，成为人类最喜欢的活动之一。随着文明的发展，只要能形成更高、更纯粹的理想的教育，享受同样事物的快乐也会提升。淫乱中的宗教根本就不会遮掩性关系，阳具、林加姆、普里阿普斯都是什么？一开始，连个象征性的解释都没有。宗教认识到自然神圣的力量，通过公布同它玩乐的意图来缓减压力。在古代的图画、浮雕和宝石上，[53]绘有年轻女性献给普里阿普斯的祭品，非但没什么情色，反而严格守规。然而，雕塑和绘画可能含有色欲和淫秽的意味，只是因为比起模仿的作品或诗歌，它们不易因暧昧的表达而败坏。音乐根本就不可能有色情。暧昧利用我们的幻想，同时也利用我们的常识，通过暗示发挥作用，和猥亵话语并不完全相同；猥亵也可以是暧昧的，暧昧则不必是猥亵的。猥亵的表现是粗暴、无礼、粗鲁，而暧昧则在智慧的加持下同它保持了距离。猥亵，所谓低级幽默的主要元素，优先表达自然的呼唤。它嘲笑人类，嘲笑享有如此特权的存在所能做的不过是清空膀胱、排出粪便。拉伯雷是如何满口脏话，又是如何少有暧昧的语言！莎士比亚如何富于暧昧的语言，又是如何少用猥亵的语言！拉伯雷的作品充斥着猥亵，例如，他的英雄忙于深入研究哪种厕纸最好，为此目的设置了一长串的实验，且煞有介事地列出一个目录，最后的结果是那些刚爬出蛋壳的小鸡的屁股对我们的臀部来说营养最丰富。拉伯雷显然是想通过这种主题顺便讽刺下一事无成的科学，后者一本正经地什么也不干。出于讽刺，猥亵一般更有可能转变成对假正经的纠正，由其天然的粗暴——天使般的本性不过是谎言——想到精美。如果北美无趣的清教式严格主义禁止在描述女人时用衬衫或内裤之类的词语，那么无法形容（inexpressibles）就是最好的表述，人们都会知道什么是裤子。小说的题目像W.阿历克斯（W.Alexis）的《布雷德先生的裤子》（*Die Hosen des Herrn von Bredow*）就足以让作者永远都无从适应北美的上流社会。如何处理猥亵的话语格外重要，海涅就擅长此类艺术。回想他在《旅行相册》（*Reisebilder*），或《纪念冯毕克沃普斯基》（*Memoirs of Mr.von Beakowopski*），或《冬天的童话》（*Winter's Tale*）的结尾中对普拉藤的论战，就像他那脾气暴躁的汉莫尼娅（Hammonia）下令掩盖起查理曼大帝（Charlemagne）的夜王座。另一方面，暧昧主要应用于或多或少隐含着暗示的领域。17世纪和18世纪时这种表达方式盛行一时。龙萨（Ronsard）、伏尔泰、克雷比伦（Crébillon）、格雷塞特（Gresset）及其他一些作家皆在此列。狄德罗《轻率的珠宝》（*The Indiscreet Jewels*）一直被认为是法国含蓄文学的巅峰之作。但如果人们把这部著作归于索塔迪斯式（Sotadic）的粗俗讽刺，可能会犯下巨大的错误。文学史家们弄不清他们的目标，作出了许多绝望的判断。一句平平无奇的短语作为程式化的论断总是出现在书中。客观地说，《八卦珠宝》（*Bijoux indiscrets*）是孟德斯鸠《波斯人信札》（*Persian letters*）的续篇，是对那个时代无节制淫乱和政治腐败的讽刺，是完全按照狄德罗的精神执行的、对那个社会秘密罪恶进行审判的道德法庭，但不可否认的是，这部作品并非没有一点轻浮的特征，并非没有表现出一定程度上对情欲场景的喜爱。狄德罗巧妙地在苏丹·蒙高古尔（Sultan Mongogul）和他最喜欢的米尔左扎（Mirzoza）身上并置了最温柔的感情和最奢华的玩世不恭，并由智慧的库库法（Cucufa）的魔法指环揭示出来。库库法把爱、温和同好色、普通严格区别开来，他从不越雷池一步，而当作者致力于表现感官刺激的兴奋之情时，库库法却陷入深度的崩溃了。整本书中，库库法都感受到了实质性的痛苦，苏丹用自己的话总结道："多么恐怖！配偶不忠，国家背叛，公民牺牲，这些错误被无视，甚至被当作美德嘉奖：所有这一切就为了一颗珠宝。"这本书还是给人一种不愉快的印象，因为它用最直白的虚构揭露人类激情深处是彻底的丑陋。这一卑贱的前提在全部系列故事中都得到了类似的体现，就像本·琼森（Ben Jonson）的《史诗》或《沉默的妇人》（Epicoene）的作品基础，即由于性冷淡（porter fregiditatem）婚姻契约应被撤销。

　　一组奇怪、丑陋的东西被形象地表现出来，虽非荒淫无耻或无甚暧昧之语，却深深地损害了羞耻感，因为它们想诗化一种内容——这种内容来自历史的沉思，而我们将毫无偏见、严肃地接受它。在这里，一种公开的腐败反转成了清白。人们没法反对某些形象，它们通过罩于其上的面纱让淫欲更撩人，或者相反，它们做出特别的努力，足以败坏感官。它们忠实于描绘身体和道德上的卑劣，它们令人尴尬地精确剖析平凡，却不允许我们提出反对意见，即我们为半泄露的刺激所引诱，或者被风骚的色彩所折服，正是因为没有这个借口。这种作品的效果才更加令人恶心。当苏埃托尼乌斯（Suetonius）或塔西陀

（Tacitus）怀着对真相客观公正的热爱报道了这类事情时，我们对可能误导人性的暴行不寒而栗；但是，当我们发现同样的恐怖被以从中发现诗歌的理由提供给我们时，我们觉得自己在伦理和审美上都被摧毁了。博蒙特（Beaumont）和弗莱彻（Fletcher）动辄犯这样的错误；罗恩斯坦（Lohenstein）在他的话剧中常犯这样的错误；这也是那么多新的法国积极浪漫主义作品的错误，就像小仲马的近作《卡米利亚斯夫人》（Dame aux Camélias）那样；苏的《巴黎的秘密》的诸多内容都犯有这样的错误，例如，从医学角度精准描写爱的烦恼（amor furens）那段。所有的想象都不足以净化此等材料可怕的乏味。就连狄德罗也在他的《修女》（Réligieuse）中创造了一个能把人吓跑的例子。从文化历史的视角来看，这本书无疑是18世纪伟大遗产之一，因为它对修道院的可怕秘密了如指掌，甚至超过了加拿大蒙特利尔黑修女的故事。多么简洁、引人入胜的叙述！然而，从审美的角度来看，这个故事令人极度反感，因为一个肥胖、好色的女修道院院长，强迫修女们犯下女同性恋的罪恶，是一个毫无诗意的恐怖故事。诚然，狄德罗可能会解释为什么自负会驱使他创作了这样一部小说、一件艺术品；的确，如内根（Naigeon）所言，[54]他自己的确也独自信服了这种美学主张，即他塑造的形象是危险的，他甚至想对它们提出严厉的批评，只是被那夺去他生命的疾病耽搁了。同样，我们发现《宿命论者雅克和他的主人》隐含了一种为其粗鲁辩护的理由。浪漫主义文学痴迷于色情、淫秽、隐晦、淫乱，这些主题自中世纪以来都已经进入小故事（contes）和短故事诗（fabliaux），再到亚瑟王骑士英勇的冒险故事，直至进入贝朗瑞的《歌谣集》（Chansons）——这位作者，当人们想到他塑造的弗雷蒂隆（Frétillon）形象时，就很难理解法国人轻浮的感官享乐，无论他能怎样富于气质地、优雅地处理丑陋的材料。那种爱情宿命论的故事，我们已经在特里斯坦传奇（Tristan saga）中找到，爱在歌德的《择邻记》里被转化成了悲剧，从而变成了道德，却被法国人变成了用来表达暧昧的一个不充分的借口。流亡者普雷沃特（Prévôt d'Exiles）的《曼侬·莱斯科》仍然是法国人最喜欢的小说之一。两个情人不知怎么被神奇地束缚在一起，始终忠于对方，动辄命运多舛，直到死去。但为什么？当她外在的需要变得非常强烈时，美丽、和气的曼侬总是习惯性地采取一个权宜之计，即在得到情人同意的情况下，献身一个有钱人，适当地压榨他的钱财，然后用卖淫挣来的钱，再和情人过一种挥霍无度的生活。曼侬仍然忠诚于她的情人，她是如此忠诚，以至于为了他去卖淫。而他，奈特·德斯格里厄爵士（Sir Knight Desgrieux），他竟然靠打牌作弊谋生！这些情景设计当然刺激，它们非常法国，就像许多其他同类作品，《曼侬·莱斯科》仍在出新的版本。但它们在伦理和道德上同样也是卑贱、低俗的。情人最终去了美国，在那里变得品行高尚，得到了一个感人的结局。夏多布里昂（Chateaubriand）的《阿塔拉》（Atala）也是采取这种模式，因为没有正当的理由，就沦为一个纯粹的伦理和审美的错误；至于这个曼侬和德斯格里厄，在美国的土地上就不再是同样的人了——乔治·桑就曾被误导，以至于她想在《莱昂内·莱奥尼》（Leone Leoni）中塑造一个同曼侬相对应的人物，不同的是朱莉是纯洁的，且不知道莱奥尼的职业——也是个打牌的骗子。但她已经完全陷入了丑陋之中，因为在流亡者普雷沃特那里通过情侣间公开协议维持的忠诚，于此变成了——如我们在上文所述——一种引人堕落的天真，成了通过莱奥尼的恶毒和暴力迫害朱莉的东西，莱奥尼用最残忍的方式把她卖给了一个英国人，真可谓是可忍孰不可忍！曼侬的忠诚没什么不自然的，但是朱莉满怀激情地依赖一个道德上的怪物，后者甚至想用商业手段贬低她，还用最卑劣的手段欺骗她，真是可恶！[55]

　　唯有幽默才能在审美上解放性卑贱。在这种情况下，伦理方面只能被忽略，唯有存在于此境况中的现实矛盾必须被抓住。幽默只得转向这种已发生的东西，因为更深层次的感觉会干扰它。拜伦在《唐璜》中的一个非常刺激的场景运用过这种幽默，它让我们发笑而不是让我们生气。西班牙富婆朱莉娅，当她的丈夫把警察带到她卧室里的时候，她把唐璜塞在床罩下面，并发表了一通严厉的说教：怎么能如此无耻地打扰床上的她。警察把整个卧室都搜了一遍，没有发现任何可疑的东西，而有罪的人正在床上汗流浃背。或如唐璜在康斯坦丁堡被苏丹的女眷当作奴隶买来，他伪装成一个女孩，挤在妻妾之中，而且他的床还不见了，第一个晚上他被临时安排和一个小妾住一起，于是这个小妾就做了一个如此奇怪、生动的梦，以至于她的喊叫引得整个宿舍都兴奋不已。在这些情况中，如我所说的，幽默必须抽象自所有的道德评判，且这种抽象的可能性必须源自其他条件综合而成的整体，就像此处所列举的，挤在妻妾之中，伪装成女孩以及不费吹灰之力就被安排与一个女奴同床，我们并不觉得忘记伦理的设定令人惊讶。在《唐璜》中，拜伦从未像维兰德所做的那样描写情色，而只是享受感官的趣味。在当代作家中，保罗·德·考克在这种类型中还保持着少有的漫不经心的态度，倘若没有这一点，那他就是彻头彻尾的恶心了。尽管如此，人们觉得在他这里，情境中的可笑才是重点，而感官感觉的确可能被色情地处理，但没有隐秘的动机。他让一个老女人相信这样一种观念：所有淫乱都源自一个事实，即那么多女人不穿裤子。于是，她无法忍受在她房子里的女人腿上不穿裤子。如果她雇用一个女仆，女仆就得发誓她会穿裤子。只要她出现在房子里，这个女仆就必须近前，拽起裙子，表明她穿着得体的长裤。女仆带着侄女进入她的房子，这个年轻女孩在做任何事情之前必须立即穿上裤子，因为对于这位可敬的女士来说，穿裤子已经等同于体面和美德；她对年轻女孩发表长篇大论，强调这个伦理原则的重要性。后来的某一天，侄女和她的表哥坐在公园的凳子上。凳子翻倒了，两人摔在地上，表哥偶然间发现他的表妹穿着最诱人的裤子。真是个不幸的发现，因为提前看到可能会产生同聪明的老学究高尚意愿完全相反的后果。我们已经说过，保罗·德·考克的幽默因为总体上倾向于怪诞和怪异，所以远不及其他一些作家危险。他在小说《白房子》（*La maison blanche*）中曾非常成功地展现了这种天然的快乐情绪。在许多真正有趣的情境中，我们只介绍一个来阐释我们的主题。暴发户罗比诺（Robineau）在省城买了一座城堡，在那里举行了一场乡村宴会。在众多娱乐节目中，有一项叫爬杆取物（Mât de Cocagne）。所有狂热争抢的孩子都从光滑的杆子上滑落，看来似乎没有人能获得这个奖品。这时，来了一个脏兮兮的厨子，拉起裙子，既优雅又迅速地爬了上去，抓住奖品，开始下滑。只是，这时她的衣服被挂住了，意外掀起盖住了她的头，于是人们就看到了获奖者难看的没穿裤子的屁股。这个高度荒谬的情境被考克非常轻松地表现出来。

　　迄今为止，我们所考察的作为粗鲁形式的概念有一个共同特征，即自由依赖可感知到的东西。由此，残暴以通过武力剥夺他人自由获得的快乐著称。威严的行为也会让他人受苦，只是只有在正义要求它时，它才会这样做；当威严的仁慈足以宽恕时，它就更显崇高。相反，卑贱通过这样一个事实来实现它的粗鲁，这个事实就是它通过带给他人苦难来满足自我中心主义。"残忍的"已在词源上表明了自己的特征——野兽正因为是野兽，才不可能是残忍的，只有人类才会变得残忍，因为失去自由后，人可能会在表现出野兽特征的暴力中迷失。一只公猫或一头公猪吃它的幼崽，这是不自然的，只是无所谓残忍，因为动物不可能具有家庭感情。带有这种动物冲动的鲁莽行为的确是残忍的本质，动物毫不在意地遵循它；但人类应该让它服从于自己的意志。残忍是粗鲁的，因为它的行为残暴专断，还因为它同时从这种行为中感受到了愉悦。在残忍中，残酷成了淫欲，淫欲成了残酷。残酷中的暴力越有计划，淫欲中的放荡就越精致，也就变得越残忍——而在审美上就更丑，因为那时过于匆忙地运用情感这一借口更是无稽之谈，残忍就更清晰地表现为一种自我意识、自由意志的作品。残忍滥用了强者对弱者、男人对女人、成人对孩子、健康的人对生病的人、自由人对囚徒、武装的人对无助的人、主人对奴仆、有罪之人对无辜者的暴力。那些占上风的人，以自我中心主义胁迫弱者，正是残忍之骇人听闻之处。

　　然而，至于形式，残忍可能有时更粗暴，有时更细微。当它带来的苦难表现为直接理智的表达时就是更粗暴的，像诱捕动物、斗牛、执法、折磨之类；当所带来的苦难包含了更多精神上的压迫时就是更细微的。前一种形式在犯罪剧、骑士和盗匪小说、无产阶级故事、奴隶叙事中盛极一时。在尤金·苏写出《巴黎的秘密》之后，他的模仿者铺天盖地创作了多少粗暴型的残忍哪！苏在刻画残忍方面天赋异禀，他的描述是可怕的，但时不时也表现出真正的可塑性。他的《巴黎的秘密》中的格林盖莱特（Gringalet）和双门跑车（Coupe-en-deux）的故事都是杰作。双门跑车紧随蓝胡子（Bluebeard）的作风，是一个内心阴暗的封建世家疯子。他组织起了一群无助的小孩——白天，他把他们派出去，有的和乌龟待在一起，有的和猴子待在一起；晚上，他们回来时如果没有足够的收获，就会倒大霉，等待他们的将是猥亵、粗暴对待、狠揍一顿、饥饿等最可怕的折磨。关于更为精微的残忍形式——心理压迫，可能没有比卡尔德隆的戏剧更深入的了。在卡尔德隆的作品中，信念、爱和荣誉的辩证法甚至在他人身上也带来了骇人听闻的折磨。人们加在自己身上的痛苦不能叫残忍，哪怕它包括像奥利金（Origen）那样的自我阉割，像苏索（Suso）那样穿着带尖刺的腰带，睡在木头十字架上，等等。这位西班牙诗人的伟大想象和天主教趣味，极力压制人们承认残忍，就算在接受他的作品时注意到了残忍的因素也不行。也就是说，我们也拥有一部煞费苦心记录下来的作品，卡尔德隆的戏剧非常彻底地展现了令人憎恶的非人暴行，这之中，信念、荣誉和爱均可能堕落。这里的作品指的是朱利安·施密特（Julian Schmidt）的《革命和改革时代的浪漫主义史》（*Geschichte der Romantik im Zeitalter der Reformation und der Revolution*）。我们只想从具有深刻洞察力的结论中摘录同我们的主题相关的一段文字，在原书的290-291页。朱利安·施密特[56]说：

　　"荣誉、信念和爱的神话背后，这些盛开的幻想之梦隐藏着冷酷的算计、抽象的自我中心主义。对上帝的侍奉只是表面功夫，这让所有的自然力得以解放，迷信隐晦的吸引力把生活颠倒成了任恶灵践踏的不毛之地。任谁敬佩卡尔德隆丰富的创造性幻想，就不应忘记在这幻想中神秘一词隐藏了自身，其腐败已席卷西班牙。这种丰富多彩的语言与宗教裁判夸张的信仰行为一起欢庆，用悦耳的低语掩盖燃烧着的异教徒的哀号，像阿拉伯香料的气味一样扩散开来，遮蔽了无甚名誉的狂热祭坛。狂热的本质就是于一种抽象中实现自身，这种抽象作为绝对的否定对抗所有具体的东西。于是，生活在这个词最充分的意义上不过是一场梦，一场抽象的存在所做的梦。现实只能任由当下支配，因为它不被绝对认可。现实也不受绝对约束，不知什么是自我控制。自然爆发出激情的火焰，不假思索，信马由缰，从不洁心灵的黑暗之源呼啸而出，于今摧毁了昨日所爱。除了往世生活，没有什么是确定的。激情演遍所有形式，这种主观性集中自身，不为抽象的圣洁所动；个体充满无边的恨意一如在爱中拥有无尽的爱，于慷慨而言如恶毒；生命之火不为任何实在所滋养，却任由人们内在无穷无尽的暴力所燃烧。人的公正抽象自他自身和现实：他一旦在糟粕上倾空了人世的愉悦，就通过一个神迹摆向抽象之翼，进入天国的极乐。这种盲目力量的救赎作用通过一种外在的途径涌入，没有发生内在的破裂，赤裸裸的、自然狂野之人无所顾忌不假思索地追求着不名一文的命运。一边，老虎嗜血，莽撞的怒火肆虐；另一边，圣洁已经完成了对世界的所有抽象，走向纯粹的超自然。所有这些形象都是抽象的，因为他们没有断裂，没有发展；它们让我们惊骇不已，因为动物或神宣称自己是凌驾心灵之上的自然。如果人要了解绝对，就求诸魔法；如有重生，必由神迹。"

　　施密特在论述卡尔德隆时所说的抽象，我们称之为心理强迫，因为不管生活是否被排在爱之后，或爱在荣誉之后，或荣誉在信仰之后，行为的动机总是来自算计。在《戈麦斯·阿里亚斯的女儿》（*La niña de Gomez Arias*）中，那位妻子，在被丈夫令人惊悚地粗暴对待，甚至被他卖给摩尔人为奴之后，仍然原谅了他，这是爱的力量，纯粹的女性激情，让她把荣誉放在了从属的地位。在《荣誉的医生》（*El medico de su honora*）中，有出家喻户晓的戏，唐·古铁雷（Don Gutierre）只是怀疑妻子同王子发生关系、对他不忠，就残忍地杀害了她，而在发现他的怀疑毫无道理后仍平静如常，事实上还同另一个女人结了婚，这就是男人对荣誉的激情，令他为荣誉牺牲爱。在《坚贞不渝的王子》中，囚牢中的小费尔南多（Infant Fernado），尽管为摩洛哥国王之女所爱，尽管只要献出休塔城（Ceuta）就能获得自由，可他却宁可遭受最极端的恶名，甚至不惜为此而死，这是因为作为一个基督徒，同宗教的辉煌相比，他的信仰要求他视爱、自由和生命为无物。根据这样的辩证法，耻辱、谋杀、处理不当、殉道的残忍怍都找到了它的方法。——在最新的悲剧中，有些也受到这种精致的心理压迫的残忍性影响。例如弗里德里希·哈姆（Friedirich Halm）的《格里塞尔蒂斯》，[57]不妨把这部悲剧与莎士比亚同类主题的《辛白林》（*Cymbeline*）加以比较，能够帮助我们理解：不论在帕西法尔还是格里塞尔蒂斯，真爱都不可能导致如此悲惨的情感，因为当此之时，帕西法尔绝不可能在折磨妻子的过程中变得如此残忍，格里塞尔蒂斯在献身于他时也不可能陷入如此卑贱的羞辱。最优雅语言的刺激，傲慢的帕西法尔检查妻子是否忠诚的试验的增加，令我们着迷，但没有让我们获得提升。

当残酷的暴力践踏无辜，被践踏者越无辜，暴力的残忍就越丑陋。像孩童的无辜，他尚未适应罪恶无处不在的历史的混乱，还没有因自己任何的行为致罪，而有极高道德觉悟者的无辜就更能衬托残忍的丑陋，因他已摆脱了普遍的败坏。例如，《滥杀无辜》（*Bethlemitischer kindermord*，字面意思是伯利恒杀婴）就属此类，这是画家们钟爱的主题，马里尼（Marini）也歌唱过。类似的主题能够以更细微的野蛮的形式表现出来，像苏在他的《马蒂尔德》中就呈现了邪恶的折磨，马兰小姐折磨殉道者小马蒂尔德，一切都在认真、细心抚养的假象下进行。小马蒂尔德躺在床上，马兰剪掉小家伙漂亮的头发，这是多么残暴的怪物场景！苏在《巴黎的秘密》中塑造的臭名昭著的乔埃特（Chouette）不过是对这种恶魔般自我漫画化的、粗略的复制。——残忍同自觉自由之威严相对照，已经成了艺术的对象，首先出现在耶稣的"受难故事"（Passion story）中。古代艺术中还没有出现过这种对立。尼俄伯（Niobe）、狄耳刻（Dirce）、拉奥孔都犯了傲慢之罪；俄狄浦斯和俄瑞斯特斯都是无意间犯了罪；玛息阿（Marsyas）也是因傲慢冒犯了一位神，他可以因受惩罚的方式而激起我们的怜悯，因为这种惩罚方式伤害了我们当代人的情感，即一个神——就算他是正确的——怎么能亲自执行用刀把打败的对手剥皮这样的惩罚。古代的图画为了减轻效果，只是表现阿波罗手里拿着刀开始走向玛息阿，后者被绑在树干上。但是在耶稣受难故事中，我们凝视无辜和残忍截然对立，以更细微也更粗暴的形式面对它。绘画早就掌握了这种对照，较早的德国学派对赋予法利赛人（Pharisees）、学士和士兵以真正残忍、恶魔般的相貌尤其感兴趣。[58]从耶稣受难故事开始，这种对照就进入了殉道者和圣徒叙事，并在各个方向上都得到了进一步的发展。在数以千计的明暗绘画中，他们重复着士兵对耶稣的嘲笑，士兵们用鞭子抽打他，以荆棘冠为他加冕，还强迫他背负起自己的十字架。用闪亮的钳子箍紧，钉上十字架，彼得甚至是头朝下倒立，在炉架上烘烤，剥皮，扯出内脏，斩首，肢解，下油锅，活活烧死，等等，都是残忍的，应是受到美学以及道德诅咒的暴行。虽然，艺术家的天分多用在努力调和这种材料和美的要求上，真正成功的则少之又少。人们不应辩解说，一幅战争画不也就是应多方位为我们提供谋杀和致死折磨的场景吗？在战争中，暴力遇到暴力，勇士和勇士厮杀，攻击者也是被攻击者。尽管画家在描画战争的可怖时会节省笔墨，他会画出受伤的人们和各式各样的死亡，但他也会毫不犹豫地让我们看到残损的肢体。古代的绘画在表现恐怖时也是毫无保留的，但只是出于必要才这么做，对此，歌德在他关于斐洛斯特拉图斯式（Philostratian）绘画的评论中认为这种行为是合适的。第39卷第65页关于阿布德洛斯（Abderos）身体被扯碎，他有过这样的评说："在这些图画中，我们从未发现任何重要的东西被回避，恰恰相反，被强力地展现在观众面前。于是，我们看到那些脑袋和头盖骨被拦路劫匪当作战利品挂在一棵老树上，希波达米娅追求者的脑袋也是一颗不少地嵌在他父亲宫殿的廊柱上；我们该怎样看待一些图画中的流血成河，混杂着尘灰，流动又凝结。我们也许会说古人的最高原则就是展

保罗·委罗内塞，《阿波罗与玛息阿》

示最有意义的东西，另一方面愉快地处理最好的结果就是美。对于我们现代人来说不是一样吗？无论在什么地方，只要我们看向教堂、画廊、未完成的杰作，都会被迫充满感激地观看一些着实令人恶心的殉道，且还得是心满意足的样子。"只有当表象能够彰显内在自由战胜外在暴力时，那为手无寸铁的圣人准备的、精心挑选的苦难的残忍，才可能成为审美的对象。因此，刽子手必须肌肉发达、面无表情、线条僵硬、模样狰狞，同他们所从事的该死的职业相称；而圣人的形象、容貌则必须要通过尊严和美吸引我们。通过容貌的变换，通过殉道者高贵的行为举止，必须把残忍对自由的无力感明白无误地表现出来。信仰自信满满的威严必须不能只是嘲笑强盗团伙和死亡的痛苦，不能只是讥讽对方手段有限，——因为这样的行为在某种程度上意味着胆怯，而必须全面压制它，彻底战胜苦难和疼痛。面对如此崇高的平静，残忍行为的恐怖必然消失于无形。神性的伟大和力量没有可怕地衰落，仅仅是看一眼刽子手的工作就会令人无法忍受。恐怖场景在前，我们也会被那群画家和雕塑家折磨，他们把耶稣、使徒、圣徒表现成了喜欢对抗痛苦的易洛魁人（Iroquois）——他们以反对敌人以抽象的麻木不仁的反抗而使他们遭受痛苦为乐，由此，他们就会感到痛苦。乐于为绝对真理献身的不朽的精神必须在自身中消解残酷。然而，通过效果强烈的对照形成的这种场景，相较应用于诗歌，显然更适合视觉艺术，因为图画或雕塑群会一次性让我们感知全部，而被拖着读完一次冗长的描述，甚至可能更令人反感。这似乎违反了莱辛的经典论述，但只要了解中世纪那些以协议式的精确描写圣徒殉道的传奇故事，就不得不同意我们的观点——再没有比这更令人厌烦的丑陋了。这一领域的素材总是为画家们钟爱有加，因为它们能提供强烈对比的机会，但他们是站在危险的边缘，并往往会在处理的时候堕落成丑陋。一些画家是怎样把无辜者的屠杀扭曲成了令人厌恶的肉铺啊！看看有些画家是怎样画希罗底（Herodias）的，就好像她盘子里放的不是殉教者血淋淋的脑袋，而是一束鲜花，甚者一道美味菜肴！青春、美丽、对世界的热爱、轻松愉快持续无情地对抗尊严、压抑、献身上帝，中世纪的人们感到这有些不对劲，于是他们虚构了一个美丽的舞者和先知的爱情故事，他抛弃了她，而她则希望通过他的死亡来复仇。

为了降低残忍现象的粗暴感，把暴力和正义联系起来总是有用的，因为这会让人不再去联想纯粹的专断与偶然。我们已经指出，在这些情况下，古代的艺术是如何牢牢把握住那根黑色的罪责之线的。刚在那不勒斯（Naples）发现的著名的《法尔内塞公牛》（*Farnese Bull*）群像，雕塑家阿波罗尼奥斯（Apollonios）和陶里斯科斯（Tauriskos）是这样表现狄耳刻的：她被安菲翁（Amphion）和泽托斯（Zethos）绑在一头公牛的角上，公牛则正准备进行一次粉身碎骨的冲撞。这个女人多么美啊！但是她的美还是打动不了强悍的年轻人。这些人从他们残忍的工作中也得不到快感，他们也只不过是按照古代的观念履行为他们母亲报仇的义务。他们所做的同阿波罗和阿尔特弥斯（Artemis）杀死尼俄柏的孩子没什么两样。于是，缺少所谓应得的惩罚就被我们视作一种不负责任的残忍。现代法国悲剧，按照其原则，丑的就是美的（le laid c'est le beau），在这方面同样如是。例如，在悲剧《自娱自乐的国王》（*Le Roi s'amuse*）中，维克多·雨果就犯了

胡安·德·弗兰德斯，《希罗底的复仇》

《法尔内塞公牛》（复制品）

这样的错误。雨果让一个丑陋、罗圈腿的傻瓜特里布莱（Triboulet）反对一个俊美、骑士般的国王弗朗西斯一世（François I）的威严。然而，他把国王贬低为一个真正的恶棍，喜爱裙子并擅于伪装，在最肮脏的小酒馆里追求最普通的女服务员。这样的国王不能算国王，因为从狂欢会上初次遇到他开始，到最恶心的酒窖冒险并在那儿被谋杀，我们在他身上没有发现丝毫高贵人性。但是这个特里布莱，随时向人口出恶言，给人恶毒的建议，嘲笑不幸的圣·瓦里尔（St. Vallier），就因为国王让他女儿丢脸。他应该自始至终都是一个慈爱的父亲，只有在职场中才表现出他的愚蠢，亦应该拥有真正的仁慈，甚至虔诚的信仰。不幸的是，他有一个美丽的女儿且被国王看中。国王在教堂看到她，并不知道这个布兰奇（Blanche）就是他的弄臣的女儿。他伪装起来，蹑手蹑脚地跟在她后面。被特里布莱的讽刺冒犯了的侍臣伏击了她，捂住她的嘴，劫持了她，把她带给了国王。这个女人哭喊哀求，国王把她抓进自己的包厢，关上门兴奋地强奸了她，与此同时，侍臣们守卫在门外，不让起疑的特里布莱进去。谁能想象比这更残忍的情境吗？这个弄臣后来想让吉普赛人萨尔塔巴蒂尔（Saltabadil）杀死国王，报酬是二十个金币，但事出偶然，他在混乱中杀死了特里布莱的女儿——她爱国王，尽管他让她蒙羞。萨尔塔巴蒂尔把尸体塞进一个麻袋，特里布莱以为死尸是国王，想把它扔进塞纳河。然而，为了确信已复仇，他想再看眼被杀死了的国王。在漆黑的夜里，根本就不可能看清袋子里是什么，好在善心的诗人让风暴刮起，电闪雷鸣，提供了闪烁的光亮。特里布莱用匕首划破麻袋，认出了他的女儿，她一息尚存，半个身子在麻袋里，仍坚持说着动人的话，言语中充满了对国王的深情。国王为了同吉普赛人的妹妹马格隆（Magelone）共度良宵偷偷溜进了酒馆，而他本应被谋杀在那儿。布兰奇就这样死了，一位匆忙赶来的外科医生以坚定的职业态度向那位父亲解释说，他的女儿最终确实是死了，闻此，特里布莱甚至没有自杀，而是晕了过去。与此同时，那位被马格隆从死亡中救回的国王，对身边发生的事情一无所知，竟用已休养好的嗓子发了一通欢快的颤音！这部戏剧堪称恶行指南，缺少惩罚无疑就是最彻头彻尾的残忍。人们对这部戏剧入戏太深以至于无法欣赏这位诗人的其他戏剧，因此我们满意于这样的结论，即自维克多·雨果之后法国人对应得惩罚的损害就越来越少了。雷切尔（Rachel）最出色的角色之一就是阿德里安娜·勒库夫勒（Adrienne Lecouvreur），那是斯克里布为她量身定做的角色。阿德里安娜，一个女演员，被萨克森人马绍尔（Marshall of Saxony）追求，收到了马绍尔妒忌的情人、一位已婚公爵夫人寄来的有毒花束，香消玉殒，而公爵夫人却逍遥法外。然而，这幕剧真正的弊病并不是这种不和谐，而是以病理学的精确再现不幸之人的死亡。毒药发生效果的所有阶段，它们可怕的转变过程，都被表现出来——不能再精确了，直至阿德里安娜咽下最后一口气。同样，在小仲马的《茶花女》（*Lady of the Camelias*）中，洛丽塔忠诚地死去，对于大众来说不过是一种有趣的残忍。

尽管本书的任务就是发展出丑的概念，但我仍须承认不必深究残忍的形式，因为残忍源自残暴和欲望的结合，源于欲望的非自然性。不幸的是，艺术史上此类作品过于丰富。在德国文学中，只要想下罗恩斯坦的《阿格丽品娜》就足够了[59]，各式各样粗暴的和优雅的强奸自然是这个领域所热衷的残忍。

　　残忍也可以转变成幽默。这种转变通常最有可能采取戏仿的形式，就像新近慕尼黑的讽刺杂志《飞页》（*Fliegende Blätter*），是如此热衷于在小的悲喜剧行为中戏仿残忍，还有就是巴黎和伦敦木偶剧场的戏仿，[60] 刻意营造非自然的情境和书本气的无病呻吟——长此以往，悲剧便在好几个时代里没落了。但是，没有戏仿，也可能实现喜剧转向。《劫持萨宾人》（*Abduction of the Sabines*）本是暴力行为，突然伏击年轻女性是残忍的，然而，由于两性之间根本关系的介入，害怕和恐怖得以缓解！雕塑家和画家因而很喜欢表现这种事件，因为通过这种事件他们有机会美丽地表现惊恐的脸，这些脸带着或甜美惊恐，或不情愿的谦卑，或不自觉的奉献的表情。被无所畏惧的罗马人绑架最终来看并非很不愉快。同样的主题也出现在《劫持珀耳塞福涅》（*Abduction of Proserpine*）、《劫持欧罗巴》（*Abduction of Europa*）等作品中。当雷纳克（Reinecke）当着伊森格里姆（Isengrim）的面在冰上强奸他妻子时，这当然是残忍的，但在此情况下就变成了一种幽默。[61] 也有一些的暴力行为，但人们并不会说它们残忍，它们只有作为幽默行为才能成为艺术的对象，荷兰画派所有作品都属此类——荷兰画派擅长表现牙医逗弄头脑简单的年轻人，弄得他们放声大哭，或是逗弄农民——他们排成一队，像等待行刑的罪人。

　　至此，我们已经考察了作为粗鲁之形式的淫荡和残忍，只剩下一种形式：轻佻，它同崇高——因其纯粹的任意性而神圣——相矛盾，质疑世界内在的掌控力。自然和历史最终也只是一种对预设的德性和

卢卡斯·范·莱顿，《牙医》

神性真理的意识。有人否定此真理的存在不算轻挑，因为他只是说服不了自己，但出于无端的傲慢嘲笑神圣的信仰则是轻佻。成为无神论者的怀疑论者不必非是轻佻之人，至于自我中心主义者，对他来说，神圣之所以成为闹剧，是因为神圣存在的现实令他不适，那他就是轻佻之人。轻佻以嘲弄的方式激怒了作为所有自由和必然性之基础的存在，而科学的无神论——可能是诚实努力的结果，尽管是悲哀的——可能被打上宗教绝望的印记。轻佻是丑陋的，因为它是对神圣威严的模仿，而后者赋予自然和历史它们所能展示的所有威严，它把自身设定为绝对。因而，对于自然来说，不可能有这种丑的形式，因为既然是自然，就没有意识，它不可能嘲笑自身的必然性。在艺术中，诗歌最适合表现轻佻，因为通过语言，它能够深入我们的思想。轻佻者让神圣屈从于笑声，视其为本质上空洞无物的虚妄；婚姻、友谊、爱国、宗教中的虔诚于他而言不过盲从和懦弱——唯有强有力的头脑才能超越大众的偏见。然而，这种精神的力量不过是专断，出于其主观上的便利而轻视神性，当它是无效的纯粹想象，因而事实上就意味着民众中发表了客观声明的人将被尊为至高无上者。

在此，非常有必要把绝对存在的人类信仰同一些错误区别开来，那些错误可能是由同样的信仰造成的，因为它们是自由的，会违背神性的本质自外部强加给人类以信仰。具体来说，人们并不总能以绝对真理为信仰的内容，他们会把真理和错觉混淆，甚至把后者神化为虚假的宗教。各个宗教内容各不相同，但在宗教之为宗教以及让人同绝对建立联系上都是相同的，真正的佛教徒、犹太教徒、穆斯林会很高兴为他的宗教真理而死，真正的天主教徒、路德宗教徒、卫理公会教徒同样如此。同理，具体来说，不同民族的人风俗习惯也各不相同，而对各自民族来说风俗习惯都是神圣的。蛮族从他们的道德立场出发，竭力让他们的女儿或妻子同客人睡觉，而换个立场可能会坚持认为这是一种羞辱。同一个民族的风俗习惯在不同时代也是不同的，迟至18世纪，在德国如果孩子胆敢直呼他们的父母"你"，就会被视为轻佻地冒犯权威，而在今天，哪怕是贵族家庭的成员之间都会这么叫。风俗习惯是一个民族在适应生活过程中凭意愿采用的形式，不同民族互相尊重风俗习惯——尽管可能各不相同，嘲笑别人在某种普遍必然环境中的出生和成长，理所当然被视为轻佻——与习俗、与一个国家的信仰发生冲突也很好理解，这绝非轻佻，相反，甚至是由最深刻的道德和宗教引起的，就像所有伟大的改革者那样。轻佻只是缺少严肃性，后者表明乐于向风俗习惯、神圣信仰表示尊重，正如荒唐之于欺诈、错觉之于自欺。轻佻的行为并非崇高怀疑精神的神圣斗争，后者源自最深层次的精神真实；智力堕落的肮脏愉悦，作为一个愚蠢的幽灵从绝对中自我解脱，于当世得到了真正的满足，因为偶然和专断作为对事情发生起根本性作用的独一无二的因素，所能给予人的不过是一种短暂的享乐人生。通过残忍的欲望，轻佻的举止让自己表现出审美的特征，它满足于把信仰当作一种限制、把风俗习惯当作一种怪癖摧毁。

然而，一旦涉及具体现象，往往很难判断什么是轻佻，因为在精神的历史上，对真理的认识同公认的错误的冲突、践行美德同特权恶习的冲突，都可能会表现为轻佻。永恒的真和善对抗琐碎和悲惨，就事论事，这是正当的论争，而那些坚持认同前者的人，却会经常被斥责为轻佻。这种论争自然并非总能对着人类道德和精神的不幸表现出无限忧伤的神情；但凡是个人，对于对手的自命不凡都不可能不失声大笑，或报之以嘲讽，而这些行为则不可避免地被斥责为轻佻。在这里，在具体情况下，会产生些新的精细的界限：就本身来说，通过那些本就已带有轻佻意味的话语所表现出来的机智的愉悦，真诚的论争很容易被平息。阿里斯托芬式愤怒的突然爆发，同时也是一种满足，它源自对手的嘲讽，喜剧因素令他捉摸不定，从古希腊的观点来看，就是流露出一种刻薄的轻佻。[62]嘲笑对手不道德和无信仰，不经意间打击了道德和信仰本身。同样的错误，让海涅变得如此刻薄，他难以抗拒那种热切的冲动，即为了机智而以不负责任的粗鲁牺牲神圣自身，从而变成了真正的轻佻。他的诗歌若无这些轻佻的赘物将会更有诗意。[63]轻佻的真相具有某种残酷性，对于一个人或一个国家来说神圣的东西就被摧毁了，它乐于看到神圣的东西退化为一个可笑的鬼脸。轻佻的概念在一般情况下的确是完全确定的，然而在特定情况下，它也可以是相对的，正如我们通过立法的多样性可以看到这点——这是非常肯定的，法律法规会惩罚它的运用者。那仍被当作轻佻、从有限的立场可被公正起诉的，从一种更高、更自由的立场来看就不再具有同样的意义。在这里，我们只需要考虑这一问题的审美方面，即真正美的事物只有在同真正的善的统一中才能实现自身的完美，因此一件审美作品若同此公理相悖也就不可能是真正美的事物，且多少还有点丑。一种习俗或信仰，从别的立场看似乎滑稽可笑，这还不算轻佻，首先，当有人嘲笑那些坚守习俗或献身信仰的人时，他自己就会成为轻佻之人。我们在前文提到过，在达荷美和贝宁，不论谁从国王处接受礼物，哪怕是大臣或将军，都要当着国王的面公开跳舞。这在法国大使布埃看来足够滑稽可笑，但他很好地控制住了自己，没有发笑。当俄国妓女献身于人时，她们会小心翼翼地用纱巾盖住圣尼古拉斯（St.Nicholas）像，因为她们为这样出现在他面前感到羞愧。这对我们来说不能再滑稽可笑了，但当这事真的发生在我们面前，谁又敢嘲笑这种神圣的羞愧之情？在这样敏感的事情上，人们再小心也不为过。当然，如果有人不想幽默地对待外国习俗，或过去时代其他人的宗教观念，或过时的文化形式，不再视它们为真理和精神自由之可笑的冲突，那么他就必须明白，不仅是艺术，包括科学，都将不得不为自己准备一种特拉普派（Trappist）的生活方式。这个笑话说明，顽固的资产阶级带来的痛苦同愚蠢、偏执的虔信者带来的痛苦不相上下，因为他们行为上的短视加诸道德的善和正确的信仰以危险的暗杀企图。如果全部交由他们来决定，那么我们将不得不窒息于自作的散文之中。由此看来，没有什么比孤立地看待单个段落、肯定单个语词对诗歌作品的无偏见欣赏更有害的了。在诗歌史上，涉及诸如此类的冲突，留下了些极其奇怪的审判文件，这之中，就有贝朗瑞在复辟时期所受的审判。其中马尚吉（Marchangy）和香潘海特（Champanhet）机智地提出指控，而杜宾（Dupin）、巴特（Barthe）、贝维尔（Berville）则引证法国香颂史对他们做出风趣的回应。如果我们在此只探讨轻佻的概念，那么将没什么能阻止我们更加深入研究这个问题；然而，于我们而言，轻佻不过是一个更大的总体中的一瞬。[64]到目前为止的讨论，我们仅限于通过几个案例实证。海涅在他的诗歌"论争"中让僧侣回击拉比，以捍卫基督教信仰：

　　　　　我可以无视你的存在，

　　　　　你这黑暗地狱的小丑，

　　　　　因为耶稣基督在我心中，

　　　　　我已尝过他的肉身。

　　在中世纪西班牙，在特定的情况下，这么写无可厚非。但他让僧侣继续说道：

　　　　　基督是我最爱的菜，

　　　　　味道比利维坦要好得多，

　　　　　配上白色蒜蓉酱汁，

　　　　　可能还是撒旦掌的勺。

　　"最爱的菜"的表述就是纯粹的轻佻，不能以狂热主义者的卑贱为理由，而后者本应在这里被描述出来。——人们无权要求海涅把最后的晚餐的圣礼变成他自己信仰的一个契机，只有诗歌可以禁止他疯狂嘲笑那些对他成千上万的听众来说是神圣的东西。他在表达自我时的冷谈、教条式的简单，加重了冒犯的意味。《菲兹利普兹利》（*Romances of Vitzliputzli*）是如此富于诗歌的美，然而海涅对基督教、最后晚餐的痛恨，在以下诗句中爆发了：

　　　　　"人类的献祭"，在古代被如此称呼

是物质的，是寓言传说；

经基督徒的改编

已不那么阴森可怖，

　　因为血已变成了红酒，

而那尸身在这里出现，

已然是一摊无害的、薄薄的

变了质的麦片粥——

　　在这里，我们摘录的立场完全是宗教性的，但在衡量的时候只运用审美的尺度，而按照审美的标准，我们把这些诗句斥为坏的诗句，——它们哪儿有应有的诗意？听起来难道不像是面无表情地照抄自道默尔（Daumer）臭名昭著的基督徒噬人论？海涅没有说嫌恶、反对的话，他像个一丝不苟的历史学家那样演讲，但不可估量的轻佻就在这些冷漠的话语中，无视宗教奥秘，就好像那不过只是烹饪的对象！

　　正如我们注意到的，诗人如果不被置于语境中，而把他放在一种看似存在的轻佻之中，他可能就会受到非常不公正的对待。所引诗句中的第二句完全可以去掉，而诗歌不会失去任何东西，甚至会得到更多。当然，我们也希望用例子证明，海涅可能受到了怎样不公正的对待。他的诗《造物主》（Der Schöpfer）讲述上帝如何创造太阳、星星、公牛、狮子、猫的故事，他写道：

为了让人类在荒野繁衍生息

他最终创造了人；

按照人类吉祥的形象

他立刻创造了猿猴。

撒旦看到他的工作就嘲笑：

嘿！主复制了他自己！

按照他的公牛的图片

他最终创造小牛犊！

任何人都能一眼从这些诗句中读出对那些崇拜动物的宗教的讽刺——讽刺金牛犊崇拜，甚至以色列人都会围着金牛犊跳舞。人们确实会发现撒旦对上帝的嘲笑是轻佻的，但这首诗由四首小诗组成，在第二首小诗中，上帝做出了回应：

上帝对魔鬼说

我上主复制我自己，

在创造了太阳之后创造了星辰，

在创造了公牛之后创造了牛犊，

在创造了狮子之后给了它利爪

我创造了可爱的小猫咪，

我创造了人之后创造了猿猴

而你创造不了任何东西。

对于这种回击，撒旦罪有应得，必须视作对他的嘲笑的神圣否定。现在，要想真正理解海涅式的恶毒，就必须看全诗的总结。在这个小循环的第四首中，他继续从大到小的叙事模式，他让上帝最后说道：

> 创造自身不过是徒劳的运动，
> 且很快就完全搞砸。
> 但是这计划、这思考，
> 真正显示了谁才是艺术家。
>
> 我用了不下三百年
> 日日思考此事，
> 人们如何最好地培养法学博士
> 甚至最小的跳蚤。

此处疑似针对的是歌德，他曾写了篇关于跳蚤的法律文章，于1839年在柏林发表。〔此处有误，实为奥托·菲利普·曹恩施利弗的《论女性作家养精灵（即跳蚤）相关正义问题的法律专论》，其德文版书名为《歌德关于跳蚤的法律专论》〕

轻佻同宗教、伦理虚无主义能够很自然地结合，以便相互支持。大多数淫秽文学作品都同时是唯物论的和无神论的。某种迟钝、晦暗的冷漠——同高贵的犹豫截然相反，置于其上，往往撩起他们绝望的想法以至近乎疯狂。臭名昭著的《哲学家特蕾莎》（*Thérèse philosophe*）正是这样一部小说。法国文学把淫乱和无神论的结合推向极端，必须受到谴责。伏尔泰的《奥尔良少女》肇其始，埃瓦里斯特·帕尔尼（Évariste Parny）的《诸神之战》（Guerre des dieux）登峰造极。人们能够容忍两位作者嘲笑道貌岸然者、沉闷的修道院生活以及迷信和牧师狂热的变态，但反对他们把对上帝的信仰和基督教根本观念撕成碎片的方式——世人总是能够因此指责他们轻佻。他们语言优雅，技艺娴熟，精明机智，荒谬的地狱式创新天衣无缝，描画准确，但这都不能抵消其中卑贱的情感，他们以这卑贱羞辱了众人。帕尔尼让古希腊诸神同基督三位一体的信徒大战，基督徒差点还被残忍巨大的斯堪的纳维亚诸神打败。他拿异教神灵开玩笑，嘲弄起基督教神话有过之而无不及。他把基督表现为一只羊羔，挂着一条蓝色的缎带；把圣灵表现为一只精致的鸽子；把玛利亚表现为一个甜美的女士玛丽，就像中世纪所称呼的那样；所有这些都在意料之中，因为感性因素同上帝概念之间的冲突给予他的抽象推论足够的支撑。圣父被他塑造成了一个心胸狭窄的犹太神，偶尔还老眼昏花。为了看清地球，他不得不戴上一副眼镜，他的雷电也差不多耗完了，手臂也不再有力。他的儿子有次看到一个强盗正要杀死一个牧师，就要求他用雷电干预，他扔出致命的光束，但击中的不是强盗而是牧师，诸如此类。基督教神灵，作为新神越来越引起老神的注意，为了解新神，老神就邀请他们到奥林匹斯山聚餐。当此之时，好奇的玛丽凝视着奥林匹斯山上的宫殿，阿波罗潜随其后，强奸了她。强奸是帕尔尼的激情所在，在最多样化的情境中他乐此不疲——在诸神的战斗中，他让天使加伯列强奸了阿尔特弥斯。这种龌龊的想法使他不可避免地着迷于伪经虚构的故事，即基督是玛丽（Mary）同罗马士兵潘德拉斯

（Pantheras）的私生子，这激发了他的灵感，开始胡编乱造，普里阿普斯和萨提洛斯自愿接受洗礼，以便能像僧侣那样过着终日淫乱的生活，等等。如果淫荡的半羊人能写诗的话，他就会像帕尔尼那样写，因为通过普里阿普斯，帕尔尼最终实现了诸神之间的和平，在康斯坦丁（Constantine）治下，众人一度抛弃奥林匹斯神，转投基督教神灵：

> 这里有人申诉，那边就有人评判；
> 人们自有论断：好或坏，都无所谓。

然而，帕尔尼仍不满足于此。为了让他轻佻的嘲讽真正做到有条不紊和酣畅淋漓，在"尾声"中，他表现出了一个神圣歌者的特征，心灵纯洁，声音洪亮，宣告了世界的终结，让主的审判具有了最生动活泼的色彩，最后把自己置于天堂：

> 至于我，作为智者，想都没想就相信，
> 光辉灿烂的天堂，我来了：
> 我进入，紧随圣·吉纳维夫
> 我被安置于天上的伊甸园，
> 地狱接收了我们粗鲁的士兵，
> 那些斥责耶稣的牧师的人，
> 我们父亲祭仪的嘲讽者，
> 我们母亲、女儿的情人，

以及我真诚诗歌韵律的反对者，

直到世世代代，阿门！

　　人们将不得不满足于这一个真正轻佻的例子，因为我们不愿看见机智在最沉闷的玩笑话中枯竭，美丽萎缩在真正妓院幻想的刻板裸体的领域走得更远，哪怕一步。我们德国人有时当然也轻佻，但同法国人相比，我们仍是个笨学生，甚至当我们展现出最贫乏的理想主义和最教条的无神论时，在单纯的不一致中，我们仍不禁肯定精神的存在，就像高山湖泊——清澈的水面似乎停滞，而水面之下、高山深处的水流却维持着神秘的生命。一位年轻诗人鲁道夫·高特夏尔（Rudolph Gottschall）就曾吟出了《女神》（*Goddess*），那是法国大革命的《理性女神》（*Deésse de la raison*）。但是，诗人如何清高、如何浪漫、如何悲情地处理这种材料，他又是如何通过漫长、痛苦地体验煞费苦心地沉浸于塑造理性女神，最终她不只是作为一个精美的理智幻影出现，更是热切渴望着女神之名，然而对这种错觉的失望不可避免；当罗伯斯庇尔（Robespierre）规定信仰的上帝为最高存在时，她在极度绝望中崩溃了；诗人让她出于对丈夫的爱而把自己展示给全体民众，这种表现是真正德国式的，而她原本是希望阻止丈夫的死亡。众所周知，此诗人于哲学上站在费尔巴哈的立场，只是他的人类革命激情被中断了，部分迷失于最轻柔的挽歌音调，部分迷失于疯狂怀疑的狂暴。他的理性女神玛丽集圣母玛利亚的高贵内在品性与泡沫中出生的阿佛洛狄忒的美于一身：

　　她那高贵的容颜，

　　带有赫拉的印记，

　　梦幻般的谨慎

　　披上一件黑色斗篷——

　　圣母玛利亚般的光辉

　　化作她头上的光环，

　　预示着思想的折磨，

　　生命的绝望和心灵的痛苦。

　　当有事实支撑时，即只是表面上亵渎神圣，轻佻也能转变成幽默。它因而解释了本质和感性形式之间表现出来的矛盾冲突。如此创作出来的作品，对那些颇有争议地被它们打动的人们来说，就可能显得轻佻，但事实并非如此。人们的确会攻击神性形象的不一致，但他们不会违背道德。琉善的一大长处就是在欢快中无情地揭露奥林匹斯山诸神的内在矛盾。对于我们来说，他讽刺神灵的滑稽诗文是瓦解异教信仰必要的契机，而对于当时的古希腊人来说，它们也可能显得轻佻。在他的《宙斯的悲剧》（*Tragic Zeus*）中，他让斯多葛派哲学家提莫克勒斯（Timocles）同伊壁鸠鲁派哲学家达米斯（Damis）就神灵的存在及其神意公开辩论。斯多葛派哲学家不出所料提出了目的论，强烈控诉对手的恶毒，但最终，他在把世界比作一艘由领航员掌舵的船时，遭到了辩证的达米斯的迎头痛击，他只能退而求其次，说只要有祭坛在，就必定有神灵。宙斯对这场辩论产生了极大的兴趣，因为随着人们日益开化，献给他的祭品就减少了。赫耳墨斯不得不邀请所有的神灵——甚至邀请了蛮族神灵——开会。他们来了，按照其祭坛雕像材料的价值安排就座，于是，由金、银铸造的蛮族神灵就坐在了虽漂亮但只用大理石或铜铁铸造的希腊神灵之前。会上，诸神对各种各样的建议进行讨论；在辩驳中，有些神灵神性上的弱点被嘲讽，像阿波罗神谕的含混不清、晦涩难懂，赫拉克勒斯身体力量的粗暴，等等。当争论不休的雅典哲学家们重新开始他们的论战时，人类和众神之父对结果感到恐惧，但如何对抗恐惧，他所能想到的也不过是请众神和他一起为捍卫他们存在的提莫克勒斯祈祷，而后者似乎已经失去了冷静。"我们至少得按我们天性行事，得——为他祈祷，但是只能在我们中间沉默地祈祷，这样达米斯就不会听到！"

第二节　恶心

在阐释卑贱概念最终的规定性时，我们已经顺带提到了恶心这个概念，旨在同导致审美上更丑形式的卑贱相比较。崇高美肯定的对立面即优美。崇高追求无限，优美却让自己舒适地待在有限的界限之内。前者是伟大的、强力的、威严的，后者是可爱的、喜乐的、迷人的。崇高否定的对立面是卑贱，以猥琐对伟大，以虚弱对强力，用低俗对威严。优美否定的对立面是恶心，它以笨拙对可爱，以空洞和死亡对喜乐，以丑恶对迷人。优美让我们感到愉悦，因为它预先且并非无意地向我们展现了其所有感性上的宜人。崇高的不可触及性让我们打破一般界限，让我们心中充满敬畏和赞赏。优美的快感吸引我们走近它以便享受它，它会讨好我们所有的感官。相反，恶心拒斥我

们，以笨拙激起我们的厌恶，以死亡引起我们的恐怖，以丑恶引发我
们的恶心。缺少统一的形式、明晰的对称、和谐的韵律是丑的，但并
非恶心。例如，一座雕像可能会被损坏，后又被修复。若是修复得不
恰当，给形式带来怪异的特征，它的体量同原雕像不成比例，修复部
分同原雕像剩余部分的差异太过明显，那么产生的结果肯定不美，只
是还远远谈不上恶心。若是这修复全面消除了原雕像的理念，那么会
首先变成恶心。一种形式也可能不正确，且或多或少同它本应表现的
常态相冲突，只是这还不足以让它被自身拒斥。巨大的错误甚至可能
因巨大的美而被平衡，以至于被忽略，这巨大的美会在作品的别的方
面同它相协调。当不正确把形式的整一性砍得粉碎，当它暴露了彻底
的不恰当，其自以为是冒犯我们之时，它将先变成恶心；在这种情况
下它不会变成可笑的。卑贱是丑的，因为通过它的猥琐、虚弱和卑鄙
体现的是不自由，而自由本该超越它的界限，现在却仍被困在偶然和
专断的平庸中，被困在无力的困乏中，被困在感性和粗鲁的卑下中。
卑贱是不美的，但并不会因此就是恶心的，轻佻甚至会努力通过感性
的魔力俘获我们，通过其形式的亲和性让神圣的东西真正变得滑稽
可笑。

恶心产生于作为其否定对立面的优美。作为数量上崇高的肯定的
对立面，优美的事物因而是小的实体，它很容易被看作一个整体，每
个部分都被精确制作而成，在德国我们称之为秀美（niedlich）［在
英国我们称之为精致（cute）］。所谓小，就其自身来说，像一座小
房子，一棵小树，一首小诗，等等，还不能称为精致，只有在小的事
物展示出各部分的精美和概念的明晰时才能称得上精致。大自然创造

的某些蜗牛的房子和贻贝的壳是多么精致啊！许多植物的花朵和叶子都极其精美，因为在它们的"小"中，它们独特的关系也显示出来，精致又多彩。亚历山大鹦鹉、金丝雀、金鱼、波伦亚狗、猴缦、狨猴，诸如此类，是多么可爱呀，因为这些小动物在细节上看丰富明晰且珍贵。作为力量上崇高的肯定的对立面，优美是喜乐的。作为力量的崇高表现出了无穷的创造力和巨大的破坏力，人们可以客观地说，在其行为的绝对自由中，它以某种方式发挥着自身的力量，就像神学家和诗人所描述的创世，本是神圣之爱的力量的游戏。崇高本身是严肃的，"游戏"二字只为表明神圣创造绝对轻松的特征。为游戏而游戏属于那种被剥夺了目的严肃性的运动，像风和云嬉戏，波浪戏弄花朵。在游戏中，从形式到形式不停变化，但只是为变化而变化。游戏只是偶然性的行动，实质上则没有发生任何变化；存在物的外在保持着甜蜜的、半梦半醒的快乐，而内在同样如此。因此，在游戏的过程中必须排除危险：风暴极其强横地吹弯压折森林里的巨树，只看起来像同它们游戏，而温柔的西风环绕着花朵则真的是在游戏；海里汹涌的波浪把船只抛上云霄就是为了把它们扔进张开大口的深渊，只貌似在同它们游戏，而海滨温柔的浪花轻拍海滩则真的是在同沙子游戏。所有的游戏，因无目的和危险，都是快乐的，变化多端、逗弄不已，它发生变化又立刻欢快地收回，就像什么都没发生一样。甚至在惊吓时也是如此，因为游戏只会引起快乐，还有欢笑，就像那些怪诞的木乃伊，野蛮人特别喜欢，文明人也不遑多让。喜乐的东西是美的，因为它以外观的变化向我们展示了存在的各个方面，而变来变去并没有改变同样事物的统一性。

　　最后，在优美的范围之内，威严崇高肯定的对立面是迷人。精致的、喜乐的，当然也可以是迷人的，然而，这样的迷人是精致形式和欢快游戏活动的统一。奇怪的是，有些美学家对迷人抱有偏见。他们总是对它不屑一顾，因为它通过感性在审美中混合了实用的要求。我认为这种指责是不公平的，因为在愤世嫉俗的意义上，对于不纯洁的心灵来说，甚至最理想的美，哪怕是圣母玛利亚，都可能是迷人的。在任何情况下，崇高都会在其效果的无限性中消除掉感性的东西，甚至在自然中也是如此，而迷人呈现给我们的是有着诱人的优雅的美之现象感性的一面。但是，这种迷人就不能是纯净的吗？感性就必须直接等同于邪恶吗？难道就没有对感性美无害的享受吗？许多人似乎只能按照德拉克洛瓦（Delacroix）的方式来理解迷人，后者曾画了一个裸体美女，她在镜前梳着柔顺的头发，而在她后面，魔鬼戴着一副猥琐男人的面具，头上生着两只优雅的角，正在偷窥，并堆起一座金币的塔。画家如此败坏了整幅画，如此令人反感！如果他能不带偏见地展示美女肉身的迷人之处，人们肯定会喜欢其纯粹、高贵的形式。那张退缩在黑暗中的鬼脸，无疑是一个粗俗的隐喻，只有按照法国人败坏了的品味，才坚持认为自己是有道德的，他强迫我们思考欲望是何等强烈，强迫我们思考这样一个事实，即纯洁是可以买到的。伟大的画家和雕塑家不着一字（sans phrase）就表现出了裸体美女的迷人，且表现得如此贞洁，与此同时，他们也知道如何将感性带入一种承认理智优越性的情境。例如，提香（Titian）曾画过菲利普二世（Philp Ⅱ）和他的情妇全裸地躺在沙发上，而他自己则坐在沙发上，画面在自由、美丽的景观中展开。但他是怎样画这对情人的呢？他们在摆弄音乐，他弹着吉他，温柔地看着她，正给她开始的信号，而她拿起笛子，旁边的枕头上放着一张乐谱。这幅画极其迷人，但它是自由的，表现了迷人的兴奋却无欲望，因为美之感性的方面，就像它强有力的出场，仍是无条件地从属于爱人的心灵和精神。如果感性有倾向性地只是努力通过感官来俘获我们，那么迷人之素朴特征就会被干扰，一些作品就以这种方式大幅走偏，当代巴黎画派的绘画首当其冲。安格尔（Ingre）著名的《大宫女》（Odalisque）就是这样的画作。

　　这幅画的形式就像它的画技一样令人难忘，但整个的情境弥漫着的唯有感性。一个封闭、狭长的卧室；厚重的丝绸枕头和窗帘，不见自由的自然；丰满修长的，有着天鹅绒般肤色的美女无所事事地躺在床垫上，靠近床垫的地毯上是果酱、水果、眼镜；在她的前面，一杆鸦片烟斗斜靠在墙上。后宫的维纳斯刚吸完大烟！安格尔会说，他按照东方风俗非常精确地画出了一切；可以肯定的是，它展示给我们的只是一个奴隶而非一个自由的美女，而仅凭这一点还无法抹去这幅画带给人的幽闭印象。这个大宫女只是一个被捕获、被豢养的野人；通常情况下她什么都不做，当她想做点什么的时候，唯有吃、喝、抽大烟。哦，菲利普情人手中的长笛同这鸦片烟斗相比，是多么富于智慧，又是多么美丽啊！——迷人，作为美之必要形式之一，自然同所有其他形式都绑定在一起，且在不同的程度上展开，因此我们大胆地拓展了"迷人"这个词的用法，想都没想就称精致和喜乐为迷人。然而，出于更高的准确性，只有在美的感性因素占主导地位的情况下我们才承认迷人，就像在相反的情况下，崇高的威严增加得越多，它越是退回到精神的深处，退回到绝对的自由，因此我们发现春天、青

提香，《维纳斯与管风琴师和小爱神》

安格尔，《大宫女》

春、女人比秋天、衰老、男人更迷人。迷人钟爱艳丽的色彩，它会因色彩而放大感性能量，无论如何至少会形成对照，例如，一座白色大理石雕像置于绿色公园背景中就会更迷人。遮盖也能增加迷人，只要能通过掩藏给我们造成一定的暗示，正如古罗马诗人们所发现的：美人逃跑时更加迷人。

优美否定的对立面就是恶心，也即是说：1.作为精致的否定，是笨拙；2.作为喜乐的否定，是空洞和死亡；3.作为迷人的否定，是丑恶。笨拙是缺乏清晰度，各部分缺乏成熟的美；死亡是活力的缺场、无差别的存在；丑恶是通过丑陋形式中出现的否定性对生命积极的破坏。就崇高而言，与沉重相对的是巨大，与死亡相对的是强力，与丑恶相对的是威严。崇高的高贵不允许有任何卑贱，恶心则纳卑贱于自身；崇高以其无限性之理想改变有限的东西，恶心则沉浸于有限性之污垢中；崇高以神的力量把我们推向英雄主义的边缘，恶心则以其无形、无力让我们浑身绵软以至于无骨。

一、笨拙

精致适用于那种我们会因其精细而喜欢的小的对象；笨拙则适用于那种我们会因其形体上的无形式或运动的不灵活而不高兴的对象。由于精致东西的各部分都是精心创作出来的，我们也称之为精美，就像因缺少差别，我们会称笨拙为粗糙。笨拙因而不是无形式，它有形式，只不过不适配，为团块状。它自身也可以运动，只是它的运动不适当、粗心大意、磕磕绊绊。粗大的柳树干因修剪枝条、失去形式后看上去是笨拙的。鳄鱼、河马、树懒、海狮之类动物的行动是笨拙的，因为它们的身体缺少明晰度和弹性。不论是形体的巨大还是形式的简单，都不是笨拙的原因，其原因在比例和无形式。埃及金字塔巨大、简单，但不笨拙；相反，亚洲的浮屠塔——人们想用它的圆顶来模仿世界气泡——因其巨大、粗短的比例，看着就笨拙。卡比利安（Kabiran）神灵，大腹便便，脚短而宽，没脖子，弓身蹲伏的样子是笨拙的；在表达活力时，力量总有落入笨拙的危险，就像视觉艺术在赫拉克勒斯和西勒诺斯身上发现的那样。粗犷也会达到它的极限，就像我们在鲁本斯的画作中所能看到的。的确，与他那强有力的英雄形象一起的女性形象也不得不呈现出弗兰德式的风格，阔背、丰乳、大屁股、圆鼓鼓的腰身和胳膊，但是这满溢的丰润中也有内在的生命，有一种明确的、指向性的、紧致的张力，仍能抵御明显的笨拙。我们只要把他同马丁·福沃斯（Martin de Vos）相比较就能明白这一点，后者的形式，大腹便便、过度生长的肉模糊了关节，以至于看起来不成比例且笨拙。

动作的笨拙首先自然同形式自身的笨拙联系在一起。对于河马、鳄鱼、企鹅、北极熊，对于一个笨头笨脑的家伙，我们所能期待的只会是笨拙的动作。但是笨拙的动作也可能出自本质上美的甚至是精细的对象，而由于同美的冲突必定显得更加丑陋；与之相反，就像天生笨拙的事物之精细的运动，例如一头大象在一根钢丝上跳舞——就像罗马人训练的那样，必然会减少形式上笨拙的印象。我们越是有理由期待看到更多形式的精美、动作的轻盈甚至优雅的因素，当相反的生硬和粗糙遍布开来时，我们就会越是感到被排斥。幽默和滑稽的因素根本上也是这样。一个笨拙的笑话、笨拙的幽默，是丑陋的，因为轻松作为一种基本的设定已内在于笑话的概念以及作为游戏之幽默的概念中。例如，卑贱的莫罗尔夫笨拙地表达自己。

　　笨拙通常被称为老土。然而，如果人们把它同乡土的混为一谈，那就大错特错了。乡土的可以是粗糙的、强力的，但并不必然是别扭的。在一个按阶层分级的社会，贵族阶级会认为比他们低的阶层的所有形式都是笨拙且不妥当的。但是，农民生来就具有乡土的高贵；在那儿，他作为一个自由的土地拥有者出现，作为自然的统治者，他的确是强力的，但是在他的道德和理性中，他可是一点都不笨拙，而毋宁说在他对自己力量、能力的意识中充满自然的尊严，就像挪威、德国北部低地、威斯特伐利亚、瑞士的自由民所展示出来的那样；弗博（VoB）曾经在他的田园诗中表现了荷尔施太因（Holstein）农民，伊默曼在他的《穆克豪森》中表现了威斯特伐利亚人。在伊梅尔曼的乡村里，舒尔兹（Schulze）拿着查理曼之剑坐在法庭上，向我们展示了男人全部的尊严，他的女儿丽莎白斯（Lisbeth）则向我们展示了一个农家女孩全部的优雅和道德的高尚，她深知如何耙地、挤奶、缝纫、旋拧、做饭，诸如此类的活动既无损于她举止的高贵，也无损于她行为的和善。作者在舒尔兹身上非常正确地强调了他希望如其所是（con maniera）地做任何事，这是按照道德的尺度，按照礼性的节奏，为物质的本性所要求的。乔治·桑也在她的《默尼耶·丹吉博尔蒂》（Meunier d'Angibault）、《珍妮》、《安托万的罪》（Péché de M.Antoine）等作品中塑造了很多农夫形象，非常准确地把握住了以独特的方式在他们的本质中传统化了的东西。所谓不妥当，不过是举止上的粗心大意。农民可被称为农牧民、土老冒、粗俗的人、乡下人，

鲁本斯，《一个女人的头和右手》

鲁本斯，《海吉亚，健康女神》

相对应的是城里人，拥有城市生活方式上的精细和能说会道。但是，当封建贵族让他过度操劳并使他屈服，通过夸大的封建职责榨干他的活力时，当封建贵族强硬、粗暴地对待他，让他变得强硬、粗暴，一如通过他的骄傲让他自我异化时，农民的形式和外观在审美上首先会变得令人恶心。他们变得呆板，变得老土，被当作笨拙的人和失败者嘲笑；这个高尚的名称农民[德语中农民（Bauer）一词的本意是建造者]，用双手开垦了上帝的土地，由此建立了全部文明社会的根基，就这样变成了一个贬义词，始作俑者就是轻佻的官僚和贵族。由于老土的这个概念同低俗的概念密切相关，因此我们必须探讨下低俗这个概念。

在这样的语境中，我们也探讨了怪诞和滑稽无礼如何变得荒谬可笑。笨拙是低俗幽默主要的驱动力之一；但群体形态的无规则性和运动的笨拙必须被控制在一定的界限之内，否则可能沦为粗暴。孩子在街上的熊和猴子身上发现了笨拙和灵活幽默的对立。野兽像孩子那样直立行走，在一根棍子上骑车；当需要像女仆那样取水时，就把一个木头天平套在脖子上，这在一个孩子看来是多么搞笑啊！相比之下，孩子发现穿着红夹克的猴子又是多么聪明和细致啊，它坐在熊的背上撞击铙钹，咀嚼坚果，还会用小步枪射击！喜剧总是能在笨拙和优雅的对比中获得巨大的成功。特别是在转换阶段，他们总是把乡绅小市民同朝臣大都市人、小资产者同大资本家、新兵蛋子同有经验的老兵、低级小官同大官，诸如此类，相比较。由于法国人的教育集中在巴黎，因此外省人（L'homme de province）无论有多少种形象都属程式化的喜剧角色。阿里斯托芬在他的喜剧中放大了斯巴达人、原始部落人等的笨拙，他的方法就是让这些人说他们的方言，好同雅典语言的优美形成对照。对于所有模仿的艺术来说，笨拙都是达到效果的万无一失的方法。格鲁克（Gluck）的《伊菲革涅亚在陶里斯》（*Iphigenie auf Tauris*）中的塞西亚人的舞蹈，在效果上同古希腊人的舞蹈相比简直无与伦比。格鲁克在音乐中以最适宜的方式用旋律和乐器描述了同样的场景：大人物的手足无措、不合群，野蛮人天生的强大力量。杂技演员和骑术大师常常用一个鼓胀的东西作为怪诞的外形，通过与破洞而出的轻盈动作形成对比，给观众带来最大的惊喜。于是，打猎的骑手一开始通常把自己装扮成愚蠢、笨拙根本骑不了马的魔鬼。但是，他们一旦坐上马背，认真玩起来可要胜过所有要命的嬉戏。

二、死亡和空洞

生命与死亡相对立，生命中游戏的欢快与工作的严肃相对立。从审美上来看，相对于游戏的无目的性、不停息，死亡和空洞是它的对立面，是生命和自由运动的缺失。

这样的死亡并非对丑陋毫无助力。的确，死亡甚至能够增加人类容貌的美。苦难留下的皱纹，斗争留下的疤痕，死者初生般孩童式的脸再次向我们微笑。临终也是如此，尽管它是走向死亡，但本身并不必然是丑的。莱辛在他的文章《古人怎样画死亡》（*Wie die Alten den Tod gebildet*）中非常正确地指出：死亡本身没什么可怕的；临终不过是走向死亡，就此而言也没什么可怕的。只有背负诅咒和殉难，即刻处于这样的精神状态下，在这样、那样的行为意志之后，死亡才会是可怕的，且会变得可怕。但是，临终、死亡是惧怕的原因吗？绝无

此事，死亡恰是结束所有这种恐惧的希望，如果只能用一个词来命名
所有这些情况，命名不可避免导致死亡的情况和死亡本身，那么此时
该责怪的只是语言的贫乏。如莱辛进一步指出的，古希腊人把不得不
死的悲哀的必然性同死亡本身区别开来，他们称之为克勒（Kere）。
他们把前者画成长着贪婪的牙齿和利爪的恐怖的女人，而把后者画成
一个优雅的天才，睡眠的兄弟，熄灭了已放下的火炬。但他们也在被
砍下的美杜莎的脑袋上表现不容抗拒、摄人心魄的死亡凝视。另外，
从行将死去的脑袋里还飞出了帕加索斯（Pegasus），雅典娜把长满
蛇的脑袋固定在自己的神盾上，因为正是她，战斗的智慧女神，事实
上杀死了唯一的凡人戈尔工的女儿（Gorgon-daughter）。我们在上
文很多不同的地方都提到过，在那些形式中，古希腊人如此幸运地选
择了美杜莎，得以把可怕确立成最高贵的美。这个强大的头颅，有着
痛苦扭曲而坚韧的嘴唇，威严的下巴，那额头让人想到宙斯，只是略
微低了一点，巨大乱转的眼睛，黑色蜷蛇的头发：就算被杀死了，
仍发出死亡和毁灭之光。后来的美杜莎理想（Medusa-ideal）把一种
独特的忧伤同容貌的力量感完美地融合在一起。威尔海姆·特尔奈
（Wilhelm Ternite）在他的《壁画》（Wandgemälden）里用水彩忠实
地复制下来一幅美杜莎绘画，以灰色、绿色和浅黄的色调，表现将死
的容颜，效果扣人心弦，就所有最完善的心理真实，就整个概念所有
崇高的伟大性而言，可怖已经被减弱，以至于成了喜乐。——基督教
艺术走得更远，因为其整个世界观即主张真实的生命是由正确的死亡
来调节的。上帝之子，死亡又复活永生，是它的中心。无视一切死亡
之真理，基督死了的肉身必须让不朽的精神入驻其中，且将一再入驻

直至通过它闪耀光辉。这些闭上了的眼睛将再次睁开，惨白松弛的嘴唇将再次绷紧，僵硬了手将再次祝福并掰开生命的面包。这种可能性不可能被雕塑家或画家表现为生命仍在的尸身，因为那样只会是一种显而易见的死亡，而是必须以神迹的形式出现且这神迹只存在尸身，这无疑是所有视觉艺术中最难的工作，只有最伟大的天才才能胜任。信仰同这些审美设定真的没有直接关系，在受教育层次较低的信众，涉及基督之死，甚至一种真正粗鲁的表达才是合适的。正是由于尸身的可怖以及看到救世主以这种形式表现出来后的强烈反差，对于大众来说，一具瘦弱疲乏、伤痕累累、痛苦不堪的尸体将更有说服力。众所周知，审美上完美的艺术作品并不是那些表演得令人叹为观止的作品，而是那些奇怪的、往往明显丑陋的角色，他们那可怕的形式对于信众来说具有魔法般的吸引力。临终的和死亡的基督这种类型自然会被延伸到玛丽，进而是圣徒。在这儿，生命自死亡而出，这一观点无可厚非，就像好几幅庞贝壁画所表现的，美杜莎脑袋的死亡凝视，能精确地石化生命，珀修斯也只敢向安德洛墨达（Andromeda）的水中倒影展示。——人格化的死亡是带着残忍大镰刀的骷髅，旧神克洛诺斯（Kronos）的希腊化变形，实际上也不丑。只不过，诸如不得不死、坟墓的黑暗、腐烂、审判之类的侧面想象，以其熟悉的恐怖包围着它。只有同旺盛的生命相比，它才是一袋骨头，人们才会用一个嘲笑的词语——丑陋来说它。因此，在《死亡之舞》中，绘画也能够个性化死亡，即作为终结生命的力量，达至生命的最高状态。毁灭的痛苦以不可抗拒的力量绷紧无肉之骨，征服了所有阶层、年龄和条件下的生命，强迫它进入坟墓。[65]这种理念没有让死亡本真显现，但同生命的多样化相对照，其同毁灭之力的斗争让它变成了极致的美。

　　这儿，涉及我们鲜活的生命，只要死亡和空洞是对生命抽象的否定，那么所有这些例子，没有一个我们能真正用来谈论死亡和空洞，因其在肆虐的巅峰超越了自然必然性。所有的生成、变化、斗争已然魅力无穷。但是一旦无目的游戏状态下的生命因愉悦刺激的自我感觉快乐兴奋起来，那么它首先就会作为生命而享受。当水潺潺流过鹅卵石，当花朵静静地散布着它们的香气、蝴蝶轻拍多姿多彩的翅膀，当燕子在屋脊上叽叽喳喳地问候，当鸽子在蔚蓝的天空不停地画出闪亮的圆圈，当小狗在草坪上淘气地翻滚，当女孩扔出球，当男孩在摔跤中锻炼他们强健的四肢，当男孩女孩让溢出的快乐在歌声中响起或在舞蹈中爆发——此时，生命就在欢快的游戏中享受自身。相比之下，干涸的小溪，污浊的沼泽，焦黑、肮脏的草坪，灰色的天空，无声的荒原，机器工厂里机械化的工作，军事医院里无数叹息打破的寂静，显得多么悲惨、多么丑陋！

　　丑陋的死亡在于自我规定性的缺失，自我规定性在差异的多样性中展现。死亡自身因而或多或少包含了生命的预设，并因缺少差异而同生命相矛盾。而这的确可以不同的方式发生。有时计划可能很高明，但执行起来枯燥乏味；——情况往往就是这样，伟大的天才开始创作一件作品，但没有最终完成，一个不太出色的人接手完成了它。在这儿，整个计划无可指摘，但是表现没有达到预期的高度，从而让我们心灰意冷，就像席勒的《狄米特里斯》（Demetrius）之马尔蒂兹（Maltitz）版以及其他版本等。——或是计划毫无创造性，希望通过执行过程中外在的丰富性来掩盖内在的贫乏。原初的死气沉沉，

佚名，《死亡之舞》，此图为庞贝城壁画，珀修斯拿着蛇发女怪美杜莎的头颅，和安德洛墨达一同在看那头颅在水面的倒影

佚名，《死亡之舞》

同外在奢华装饰之间的不一致，只会助长空洞的意味，就像伯尔尼尼（Bernini）扭曲了巴拉迪奥（Palladio）开创的建筑风格，在真正的建筑面前，华丽的装饰根本无法掩盖灵魂的缺失。再如，人们常想起那些数不清的史诗，它们采用六音步格、诗段或《尼伯龙根》诗节的形式，让最空洞的内容得以在不可抗拒的广袤中肆意蔓延，例如昆泽（Kunze）的《狮王亨利》，[66]或伯德莫尔（Bodmer）的《诺阿奇迪》（Noachide），其中在神灵的召唤下，彗星是如此接近地球，以至于导致洪水上涨。多么盛大的洪水，各种灾难是多么深重，糟糕的六音步格都烂了大街——另外，诗歌的空洞又是多么过度！人们可能还记得那些轻率的颂诗，通过装饰性地堆砌传统辞藻来冒充激情；那些最温和的歌曲，总是一再向我们重复这样的要求，即我们应该喝酒又唱歌，唱歌又喝酒；那些微不足道的悲剧，如果允许乐队从乐池向台上的可悲演员扔十美元，那么人们宁可结束其不洁的愚蠢和乞来的悲情；那些新的喜剧，一项本身无可指摘的创意被利用，直到观众绝望。它们是多么死气沉沉，多么空洞！——然而，死亡既可源于缺乏形式，亦可源于缺乏内容。确切地说，概念上的死和执行的死竟可以形成一种可怕的和谐。这就是许多隐喻性作品的状况，它们试图通过恶习和美德、艺术和科学的人格化，以及通过苦思冥想的象征主义，来代替真正的诗学洞见的缺乏，在中世纪法国深受喜爱的《玫瑰传奇》，通篇除了几个段落外，就属此类。[67]——许多把艺术只是作为表现某种倾向的手段的作品也是如此。我们绝不属于那些毫无抗拒倾向的人们，因为艺术家不可能逃脱他生活于其中的时代潮流；倾向自身也包含理念，但绝不能把它们同封闭团体的教条相混淆。例如，我们时代的趋势是通过教育从里到外全面调和贵族制和民主制所有形式间的对立，这已经孕育出了我们最好的两部小说：普鲁兹（Prutz）的《小天使》和古兹柯的《精神骑士》。然而，这些作者只是从倾向升华到理想就获得了巨大的成功。另一方面，如果这种倾向下沉只表现排他性的党派观点，那么此等无聊的意图就必然会扼杀诗意。这种有限意义上的倾向同寓言化有类似的结果。已内在于概念的诸形式在概念所涉及的成功或失败中成了概念的牺牲品。进而，僵死的内容和形式，通过学院派，通过被迫依赖典型形式和虚幻的综合，进入许多绘画和雕塑作品。它们只是做作的作品，而非艺术品。诸如此类学院派形式的表达给人这样一种感觉，即它们只是为这形式的缘故而扭曲了自身。但是，当只会模仿、根本上没有创造力的平庸之辈在无效、空洞、刻板重复伟大先辈的理念的过程中展现他的无能之时，我们就会在音乐和诗歌中看到某些类似的东西。原创中多么鲜活的生命表演在模仿者的复制品中成了僵死做作之语，一种枯燥乏味、折衷主义的无意义的集合。有活力的虚构爆发自神秘的源头，像山间流水一样倾泻而下，发出欢快的声音；模仿者就像封闭运河改道之水默默爬走。发明者为理念的显现而兴奋；模仿者不过是因这发明的激情而兴奋。模仿者应该同时是个业余爱好者吗？所有这一切，在论述正确性的部分，我们都曾提请注意。创造性天才为理念的力量所充满，他是自由的，那是一种感觉自己同事物的必然性合二为一的自由，他创作的新颖、伟大和大胆将有可能内在地超越经验常规和技巧规则。而在模仿者，只是激活对已经完成了的作品的趣味，作品对他而言不过是一个经验的理想，一个理念的替代品，他不可能有真正的创作激情，甚至都不愿意哄骗自己去触摸它。模仿品附属于原创，不仅夸大了错误，还惯常地夸大了原创作品的德性，通过这种不均衡，德性被滥用直至成了错误。至此，他仍能从原创作品中获取的仅剩的原初活力全部被扼杀了。

　　就像我们会按照"生"的不同方面对它进行不同的命名，我们也是这样命名"死"的，我们称它为空洞、空虚、光秃、干枯、贫瘠、荒凉、冰冷、寒冷、刻板、粗糙、迟钝、冷漠等，把这些同义词与各种各样恶心之定性特征绑定在一起，就像海涅在《阿塔·特罗尔》（*Atta Troll*）中所唱的：

　　　　嗡嗡作响的大鼓，
　　　　调如敲打铜壶，
　　　　空虚伴随空洞
　　　　如此快乐相连。

　　通往死亡的幽默之途，贯穿着无聊乏味。死亡空洞冰冷，因缺乏自由的区别特征、无功利的自发发展，而变得无聊乏味。无聊乏味是丑陋的，或不如说死亡、空洞及此类同义反复的丑陋，让我们产生了厌烦的感觉。美让我们忘掉时间，因为永恒的事物也会把我们提升至永恒，让我们心中充满喜乐。一段经历的空洞会变得如此美妙以至于我们注意到时间就是时间？我们感受到的是纯粹时间的无内容，而这种感觉很无聊。这就是它自身，一点都不幽默，而是幽默的转折点，当同义反复和无聊作为自我戏仿或讽刺而产生时，一种真正糟糕的歌谣就只有这样一些词语了：

> 爱德华和库尼贡德，
> 库尼贡德，爱德华；
> 爱德华和库尼贡德，
> 库尼贡德，爱德华！

三、丑恶

当美把精致形式的亲和性同运动的优雅统一起来时，它就变得迷人了。游戏不一定非得激动人心，最大的平静可能内在于其中，然而它必须呈现自由生命充满感情的表达。如果我们记起那些沉睡仙女中的一个，就像古人，就像提香、内舍尔，或鲁本斯画的那样，那么这儿的睡着就绝不是死了。在深度睡眠中，饱满的生命也会舒展柔软的皮肤，乳房起伏，微微张开的嘴巴起落有致，眼睑收缩。在这样的生命状态里，精致的形式变得迷人。如果我们把所有这些都拿走，死人的形式也仍然是精致的，因为毕竟比例相同，一切都不会改变，只是不能再称之为迷人。亚历山大-加里布埃尔·德坎普斯（Alexandre-Gabriel Décamps）曾把一个年轻美丽的女孩画成了死尸，躺在空阁楼的栈桥上，盖着一层薄纱巾，高贵的五官若隐若现。此时，没有人会说她迷人，因为迷人只存在于活着的事物。或假设形式并不美，那么我们也不会觉得它迷人。一个老妇人，像贺拉斯说的，一个肛门冲动者（anus libidinosa），在睡眠时也呼吸，她萎缩的乳房也会起伏，等等，但只会让我们觉得更加丑陋。然而，迷人也要求形式的精致，因为如果我们想象一种崇高美，那么她四肢的力量和形式的强健与其说吸引人不如说让人反感，古希腊人在神话中对此已有所表达，即赫拉为了唤起宙斯的爱，首先向阿佛洛狄忒借了根感恩腰带。

　　同迷人相对的是作为非形式的丑恶，其丑陋的活动总是会造成新错误形式、不和谐（字面意思即错误声音）以及错误语词。丑恶并不像崇高那样让我们保持在一个值得尊重的距离，而是把我们从它自身推开。它不是诱惑我们走近它，就像愉悦那样，而是让我们在它面前战栗。它不会通过我们人类心灵最深处绝对的柔软来满足我们，就像完美的事物所做的那样，而是宁可在同样的深度挖掘以导致最外在的断裂。丑恶首先是那种艺术离不开的丑陋，因为它不能离开邪恶的表象，在一个浅薄而有限的世界中流行，而持有这种世界观的人们只想着舒适娱乐。丑恶因而是：1.在理想的形式，是无趣，是对理念纯粹无意义的否定；2.在现实的形式，是嫌恶，是对理念感性外观所有美的否定；3.在理想现实的形式，是邪恶，既是对真、善概念之理念的否定，也是对外观美之中的这个概念的现实性的否定。邪恶作为肯定、纯粹的非理念，是丑恶的顶点。艺术不仅要让自己利用所有这些丑的形式，在特定条件下还必须这么做。在导论中我们给出了一般条件，没有这些条件，丑的表象根本就不允许出现。丑恶自身因而可能永远都不会是一个终点，它不可能被隔绝，它必须由总体性中促成自由的必然性展示出来，最终，它必须像任何外观那样被理想化。那么，就让我们看看在特定的条件下它有哪些审美可能性。

亚历山大–加布里埃尔·德坎普斯，《阁楼上的女孩》

（一）无趣

丑恶一般同理性和自由相冲突。作为无趣，它在一种形式中表现冲突，这种形式首先通过无动机的否定因果法则来侮辱理性，又通过导致缺乏一致性来侮辱想象力。无趣，荒唐、不连贯、无意义、呆笨、干枯、疯狂、疯癫，或无论什么别的人们愿意用来称呼它的名字，是丑恶理想的一面，是其内在审美断裂理论的、抽象的基础。这样的矛盾冲突并不荒谬，因为它能得到合理的证明，就像我们在阐释对照概念时所看到的。善同邪恶直接对立，真理对谎言，美对丑陋。但是，所谓形容性的矛盾（contradiction in adjecto）也的确是一种自我摧毁的矛盾，由无趣的内容组成。逻辑区分矛盾与对立［因而：矛盾只是一种对言说者的谓词简单的、非决定性的否定，是矛盾的对立面（ἀντιφατικός ἀντικείμενον），而对立则是通过内在反对它的东西对谓词进行积极的否定，是排他的对立面（ἐναντιός ἀντικείμενον）］，这种矛盾和对立都不荒谬，而只是那种通过谓词否定主词自身的矛盾，例如就像我想说"白是黑""善即恶"，等等。不管怎么说，这种自身完全正确的常识判断并非最终决定，因为在极端状态下可以转化，就像每个家庭主妇都会不由得说变黑了的白色床单；就像正义，自身是善，由于抽象的固执，也能变成残酷，乃至邪恶；就像丑，在一种审美总体性中通过正确的操作能呈现出美的意义，还不是那种丑陋的美，而是那种美的丑，等等。单纯的常识认为以上很多都是荒谬的，而这事实上正是理性的缩影。我们必须牢记这种存在于有限性之中的辩证法，以便准确地认识无趣的边界，理解它同荒唐可笑之间的密切关系。

　　我们应该已经说得很清楚了，没有深层动机，完全无感知，一种纯粹的偶然性矛盾的混乱，在艺术中是令人反感的。谁会对它感兴趣呢？充其量也就心理学家会，例如，卡尔霍恩鲍姆（Karl Hohenbaum）在他精彩的论著《心理健康和精神错乱》（*Psychische Gesundheit und Irresein in ihren Vebergängen*）中就列举了一个心不在焉的教师的荒唐事。这个人经常胡言乱语，例如，他会说："耶路撒冷此时是土耳其的敌人。"——看吧，这句话显然很复杂，与此同时也没说出什么复杂的东西。——"汉尼拔（Hannibal）把河绑定在左岸，并倒上沙子，以便大象更容易横过。——皇帝死了，留下了一个未出生的孩子。——原住民此时在他们的帽子上戴上一种菌盖。——埃阿斯举起一块石头狠狠地扔在埃阿斯的头上，然后他就死了，等等。"正如我所言，对这样的事情感兴趣的不是美学而是精神病学。不可否认，事实上，我们这个世纪相当一部分诗歌文学只属于这一类。保守的一方变得偏执、迷信，革命的一方变成了无神论者和浪荡子，在英国、法国和德国出现了足够多的作品，即小说，只适合从政治学和心理学的角度把它们当作时代情绪的症状而非艺术作品来关注。被辱没的精神的败落已经到了痴呆糊涂的地步，卡尔·梅杰（Karl Mager）在他的《现当代法国文学史》（*Versuch einer Geschichte der Französischen National-Literatur neuerer und neuster Zeit*）中毫不犹豫地准确地提出了疯狂小说（crazy novels）这个概念。

　　因此，我们绝不能把这种胡言乱语之荒谬的绝对不可理解性，同奇思异想的世界景象与理性相对的这种矛盾混为一谈，因为后者在有限之边界游戏，确实试图让人记起理念的本质。它精妙绝伦，否定了客观的因果法则，以便用幻想的形式表现更高的理念，即自然精神的自由。通过其伦理宗教内容的无限性，可以把真正的精妙同糟糕的怪事区别开来，如此这般纯粹瞎说的怪事只会让自己变得荒唐可笑。我们通过两个神话可以看出这种区别，一个是古希腊的，一个是印度的。古希腊神话中的奇迹时刻总是同最深刻的理念相联系，因此对于受过教育的人们来说它们就成了同一理念最美和最普遍的象征；而印度神话被荒诞不经的东西彻底遮蔽，以至于概念的深层内涵难以表现出来，当然人们也看不到。人们可以用同样的方式把经典福音书（Gospel）的精彩讲述同伪经（Apocrypha）的讲述区别开来，后者多少有些荒谬。在英雄传说中，我们也发现了同样的双重倾向。精彩的《童话诗》（*fairy tale poetry*）的确在奇怪之事和冒险中迷失了自身，并堕入完全荒谬的深渊，但是只要它还拥有真正的诗歌内容，就算是在奇迹时刻它也将获得那种象征性的真理，对于后者我们在论述不正确性部分已经作了论证。这种象征，在温和的儿童想象中表现理念，将会被真正的童话故事本能地同伟大的自然力以及道德生命融合为一个统一体，而那些常被我们的教育工作者编造或镶金—小书—沙龙—茶桌—诗人炮制的童话故事却背离了这种能力，只是在孩子气中汲取能量。这些青少年的败坏者似乎认为越荒谬就越诗意。因为在这种不受约束的幻想中，卡洛特-霍夫曼（Callot-Hoffman）式倾向被推向了极端，所有真正的因果关系最后都消失不见，不留一丝痕迹，甚至连普通的家具都起来思考和说话，《蓬头彼得》（*Struwwelpeter*）的方式——霍夫曼给人留下了极其独特的印象，因为不知怎么，它又知

弗里德里希·克雷德尔为《蓬头彼得》绘制的插图

道如何用一种语言华丽的诗歌和壁画天真地表现令人毛骨悚然的胡言乱语，以此讽刺童话诗人优雅、空洞的哀怨；这解释了为什么成人阅读《蓬头彼得》三部曲就像孩子一样快乐，直到那群模仿者转而自然而然地把这种方式贬低为孩子气的。——但让我们回到这个偏离了主题的荒谬概念：童话和神话中蕴含着矛盾的根源，这种魔力作为幻想的绝对任意性之内在无概念的现实化，本身就是一种无趣的行为，因为它通过与他们无关的原因产生影响。魔法师转动戒指——一个顺从的精灵就出现了；他用权杖触了下暴怒的老虎——它就石化成了一尊雕塑；他发出一种自己都不理解的无意义的指令——一座宫殿便拔地而起。因为在魔法中现实的因果关系被取消了，所以它虽足够连贯，但所有的程序、公式、阴谋、探索都没有意义。然而，人们此时将会发现同样的双重倾向，我们早先把它界定为真正的神奇与奇事、真正的童话与神经衰弱的疯狂幻想之病态的赝品之间的差异。如果魔法具有将人类置于一个更高精神境界的倾向，希望打开一个未知世界的大门，那么在同样的门口它将发现一种可怕的严肃态度是必不可少的，因为在此等场合中萦绕着某种崇高的勇气。但魔法的目标若只是无效、邪恶、谨小慎微的自私自利，甚至是不道德，那么其手段注定会变得愚蠢、疯癫和可怖。当歌德的浮士德唤起大地精灵时，那是个崇高的时刻，也与所引证的崇高现象相应。但是，当浮士德让一个女巫给他酿酒喝，并由此在每一个女人身上都看到海伦时，我们立刻就在女巫厨房里感到了荒谬，而哲学家很快就得面对这个问题。

在疯狂中，思想的不连贯，意象的无趣，行为的无意义，成了可悲的现实。绘画和音乐只能相对地表现这种情况。杜尼泽蒂

（Donizetti）在他的歌剧《安娜·博莱娜》（*Anna Bolena*）中，试图用紧张、呜咽、突然尖叫转而在低音中终止的音调来表现女英雄最初的疯狂。只有诗歌才能做得彻底疯狂。但也只能把荒谬如其所是地作为一种象征性地表现精神崩溃的手段。倾泻而出的狂乱信息中，杂乱的结合、跳跃、不可能的综合本身就是可怕的。我们胆怯颤抖着从悬崖绝壁转过身来，荒诞感随即向我们袭来。诗歌必须向我们展示疯狂是可怕命运的结果，这样我们就能在精神错乱之人不连贯的嘟囔中看到强力矛盾冲突下的狂怒，人类正是后者的牺牲品。我们害怕，不仅仅是因为向我们扑面而来的毫无意义的破烂货，还在于那能够导致这种残酷断裂的力量。莱辛有句名言——凡是在某些事物上保持清醒认知的人，必定没什么可失去的。但他没说理由，而只是暗示，人们失去对某些事物的理解可能更为合理——这种事物超越了理性所能触及的世界，具体的案例中理性根本不存在，以至于理性作为非理性使认知陷入病狂。那些特定的事——莱辛能用它们来意指什么？如果不是那似乎要摧毁理念自身现实性之矛盾的存在又能是什么？只是表面上，艺术必须紧紧抓住理念的真理，仍能在疯子的喋喋不休中显示其肯定的背景，莎士比亚称之为疯狂的计划。艺术必须在同天才的本质的关联中来把握这点，对此叔本华概述得非常恰当。[68]因而，审美上我们能够要求在疯人无所顾忌的表达——破碎的语句、反直觉的混乱、莫名其妙的叹词和同样奇怪的手势中，仍然闪烁着理念的微光，就像面对一个哈哈镜，理性仍然能照见自身，并仍可能处于不快乐状态。一种疯狂中的荒谬只能通过肉体的原因，例如脑震荡、脑炎等引发，因此不可能成为审美的对象，因为它缺少理性的成分。正像由不起眼的原因和普通的热情产生的疯癫狂喜不可能成为审美对象一样。两种状态都是纯粹丑陋的。但是，如果强大命运的冲突，或源自黑暗行为的报应，把一个人推向精神错乱，其颠倒的行为和混乱的语言仍会允许理性通过它们闪现。如果理性在人间，上帝活着：可怕的、不自然的、恶魔般的东西会存在吗？会允许无辜被嘲笑为有罪，正义被嘲笑为不正义，邪恶被崇拜吗？真正的诗人让不幸的、被如此可怖事物的现实经历所摧残的人对人类和神灵喊出最可怕的亵渎。那些为虔诚、道德、律法、信仰所驱使而潜藏心底的事物，那些在世俗秩序中被视为愚昧荒谬的神性亵渎，所以这些被自我意识撕裂的混乱之物，都以狂想而粗鲁的姿态，向这个破碎的智性世界大声宣告着。悲剧性的疯狂转身离开了世界秩序，因为在经历了这一切之后，荒谬必定登上王座。朋友背叛朋友并引诱走他的妻子；情人不忠；妻子毒杀丈夫；即将成为主人和国王的客人被本该用其鲜血捍卫他的人所杀害；父亲为孩子牺牲了一切，却被孩子拒之门外；等等。诸如此类的行为，暗如黑夜，它们难道不会动摇世界的永恒法则吗？然而，他们立于那尖刻、空无、挑衅的现实，似是在嘲笑，无论谁软弱到仍然相信善的神圣和理性的力量都被视作傻子。艺术可能不会让疯癫成为最后的归宿。它必须在疯癫中表现在黑暗里大步前行之复仇女神的诅咒，或必须在更高的总体性中消解疯癫。较近的浪漫主义迫使他们的对手反抗启蒙和常识，这是一种危险的偏离，他们的讽刺——如他们所称呼的——走得如此之远，以至于疯狂、梦幻、愚蠢被视为这个世界真正的真理；本身疯狂的观点，结果可能只会产生丑陋的作品。疯人有信马由缰随便说话的特权，然而只有哲学上的怀疑论能够忍受，或只会作为革命宣言在最高贵聪明之灵魂的梦中闪过。但是，要想成为美的对象，这种让所有的事物都处于混乱状态的疯癫必须有一个个体化中心，不让怪异思想的压力弥漫在一个绝对的真空中，而是让它们被吸引向这个中心。诗人必须赋予疯人荒诞不经、漫无边际的变化一个普遍有趣的主题。甘泪卿（Gretchen）在狱中的疯癫就有一个中心点，即想到由于对一个男人的爱而违背了对母亲和孩子的义务；《梅斯特》（Meister）中的奥古斯丁（Augustino）想到宿命论；李尔王（Lear）想到被损害了的国王和父亲的权威；等等。表现疯癫困难重重，只有最伟大的艺术家能够成功，例如莎士比亚、歌德、乔治·桑，画家中有《疯人院》（Madhouse）的作者考尔巴赫（Kaulbach），等等。至于法国近来的戏剧，可是没有放过不和谐，斯克里布和迈尔斯维尔（Melesville）的《她疯了！》（Elle est folle!）值得一提，不只是因为它在心理上最准确，还因为它最终再次消解了疯癫。一个男人想到他的妻子疯了，深受打击，但他自己也是个精神病，因为他幻想自己把一些人推入大海而杀死了他们。如果一个无能者着手表现疯癫这项艰巨的任务，那么就会见到最可怕的愚蠢，他大呼小叫、长吁短叹，如此悲惨，以至于人们甚至都笑不出来，而只能忍受同愚蠢者令人不安的亲密接触。

我们可以说，悲剧同理性的幻灭有关，喜剧则同常识中的矛盾有关。后者因而可以积极地、非常快乐地利用无趣。对于喜剧来说，愚蠢、疯癫、疯狂、不协调无论多荒唐都不为过，就像卡尔德隆在他的滑稽剧《塞菲亚洛伊·普洛克利斯》（Cefialoy Procris）中用如此之多搞笑的愚蠢拙劣地模仿自己的戏剧《妒忌，哪怕是对空气，都会杀人》（Zelos aun del ayre matan）。然而，纯粹的荒谬尚不可笑，当它在某种让它自身存在成为不可能而表面上一如既往真实的关系中取消了自身时，才开始变得可笑。疯癫本身往往是崇高的，就像堂吉诃德的疯癫，而若刻意为之也可变得幽默，但愚蠢就像喋喋不休、三心二意以及稀奇古怪的想象，也可能非常幽默。傻瓜是幽默的宠儿，智力的过度自信也可同荒谬并行不悖。那些异质的关联事物也属此类，老德国人称之为说谎故事（Lügenmärchen）或奇迹故事（Wundermärchen），在今天则被称为连篇废话，在法国被称为《公鸡和驴子》（Coq â l'âne）。同属此类的还有《乌鸦利雅得》（Krähwinkliaden）、犹太笑话以及小丑的糊涂事，即小丑以特洛宾之名和神奇医生一起干的那些事。特洛宾是巴黎博览会上的主角。[69]在一本老版的《公鸡和驴子》中，这种无趣、不断发生的形容语的冲突，被称为近乎漫无边际（almost rambling）[法语颠三倒四（radoter）]，如沃尔夫《古老的法国民歌》（Altfranzösische Volkslieder）：

　　　　我去了巴尼奥莱，

　　　　在那儿发现一头了不起的大骡子，

　　　　它当时正在种一些胡萝卜。

　　　　我的马德龙，我是如此爱你，

　　　　我毫无目的地漫游，

　　　　如此持续了一段时间，

　　　　找到了一堆鹅卵石，

　　　　它们正在跳加沃特舞，

威廉·冯·考尔巴赫，《疯人院》

　　我的马德龙，我等。

　　不管怎么说，法国人连吹牛都是如此快乐荒谬，就像松散地收集在一起的移植到我们文化中的那些古老而又令人喜爱的滑稽戏中所能发现的，如同样来自法国的《骗子和他的儿子》（*Lügner und sein Sohn*）。父亲和儿子在愚蠢的发明上激烈竞争。冯·厄拉特（von Erat）先生种了一棵击打树，这样他就能把柠檬草注入一颗米粒，还用朗姆酒浇灌它；儿子则说拥有一杆猎枪，可以在拐角处交叉射击；等等。在我们国家，这样的描述事例早先主要集中在《恶作剧者》中，稍后主要集中于布格尔（Bürger）和里希滕斯坦的作品中。穆克豪森想从豆茎爬上月球，拽着头发把自己从沼泽里拖出来。他的马被一扇正在关闭的门切成两段，马的前半段平静地站在那儿，无休止地从一口泉里喝水，因为水不停地从后半段流出来。一只猎狗往下跑，由猎狗变成了一只活泼的小狗。他用樱桃核射中了一只鹿的头。第二年他遇见了这头鹿，两个鹿角之间长着一棵樱桃树，等等。听到猎人这样的话，我们就说这是谎言，无聊，但我们很是享受这样的自娱自乐。伊默曼在他的穆克豪森身上没想着要胜人一筹地戏仿猎人，但为了弥补这一点，他给了男爵我们时代精神或不如说非精神中的一个诱人的普遍性谎言，而我们这个时代的精神就是在虚张声势、坑蒙拐骗中投机钻营，无所不用其极，比如，穆克豪森说服年老的波塞默克尔男爵建造一座空气石头房子，因为按照他的推理，所有的物质都由四种化学元素组成，既然空气中也发现了这四种元素，那么人们就能用空气中最好的、最可用的、有史以来最常用的材料来制造砖头！——低俗的幽默自然会把荒谬利用到极致，像口吃，语言错误，听觉错误，在马车上蹦出几句外语，特别是嘲笑魔法的荒谬。由此观之，浮士德木偶戏中的卡斯帕（Caspar）是最令人愉快的家伙之一。他戏仿了完整的巫术、魔法研究；他不让魔鬼们强迫他，相反却用他的佩利普（perlippe）、佩拉普（perlappe）以其残忍滑稽的方式骚扰它们。

（二）嫌恶

无趣是丑恶理想的一面，是对常识的否定。嫌恶是现实的一面，通过产生于身体或道德沦丧的非形式否定美的外观形式。按照老规矩，名称遵循规范（a potiori fit denominatio），我们也称之为厌恶的较低层次和卑贱的嫌恶，因为所有那些让我们嫌恶的东西，都会通过形式的消解损害我们的美感。然而，狭义上的嫌恶概念必须加上腐烂的定义，因为它包含了那种死亡的变化，它并非枯萎，也不是死亡，而是已死之物的分解。已死之物生命外观本身就是嫌恶中无比排斥的东西。荒谬就其毫无道理的混乱而言，只要它没有被转变成幽默，也会激起反感，只是因其理智要素效果不如嫌恶强烈，它敢于挑战我们的感官，从敌对者处获得欢乐，人们可以称之为感官上的荒谬。荒谬，就算只是一堆智力的碎片，人们仍然可以对它产生一种批判的兴趣，而嫌恶侮辱我们的感官，只会让我们远离它。作为自然、汗液、黏液、粪便、脓疮之类产物的嫌恶，是某种死了的东西，即有机体从自身分离，从而任其腐烂。无机的自然也能变成相对的嫌恶，但也只是相对的，即同有机物类似或关联。然而，就其自身而言，腐烂的概念并不适用，因此人们无论如何都不能说石头、金属、泥土、盐、水、云、气或色彩是嫌恶的；只有在相对的情况下，同我们的嗅觉和味觉器官相关联，人们才能如此说它们。一座泥火山，同喷发火山的宏伟场景正相反，对我们来说是令人厌恶的，因为喷发出来的浑浊的液体，让我们通过类比想到水，只不过它不只是一种液体、不透明的泥土溶液，有可能还混杂着已死掉的、正在腐烂的鱼，从某些方面看，一种正在腐烂的泥土似乎在展示自身。人们可以查阅下亚历山大·冯·洪堡（Alexzander von Humboldt）在《科迪勒拉山的景致》（*Vues des Cordillères*）中是怎么描述这种泥土喷发的。城市河道的积水处也是如此，那是排水沟聚集之地，动植物肢体与破布碎片以及其他人工制品腐烂后的残留物，可怕的混合，恶心至极。如果人们能够把像巴黎这样的大城市直接翻转过来，让最底层朝上，那么不只是下水道的烂泥，连同不敢见光的动物也都暴露在光天化日之下，以腐殖质为生的小老鼠、大老鼠、癞蛤蟆、蠕虫都会出现了，那将是一个极其恶心的画面。在这样的关联中，嗅觉肯定具有超高的敏锐度。自然状态的排泄物，比起单纯的形状，糟糕的气味令它更让人感到恶心。例如，粪石，石化了的大洪水之前动物的粪便，已没什么可恶心的，我们平静地把它放在矿物收藏品中其他石化物品的旁边。在描绘比萨（Pisa）圣坎普公墓（Campo Santo）的诸多精彩图画中，我们也能够看到一支骄傲的狩猎小队策马而过一个有可能看见尸体的露天坟墓，他们都用手捂住鼻子，我们对此看得很清楚，但闻不到。劳动的汗水从额头流下，像珍珠一样从胸前掉落，的确非常光荣，但并不美。就算是在快乐中混合的汗水，也都是令人恶心的，就像海涅的《沙龙》（*Der Salon*）在歌颂一对年轻人的婚礼时所说：

　　上帝保佑你们免于潺热，

　　太过剧烈的心跳，

　　过于汗流浃背，

　　以及避免吃得过饱。

　　在审美中，污垢和排泄物令人恶心。当将死的皇帝克劳狄斯（Claudius）大喊：噢，我想我拉身上了！（Vae! Puto concacavi mé！）当此之时，他摧毁了他所有的帝王的威严。威廉·乔丹（Wilhelm Jordan）在他的《半神》（Demiurgos）中，为促使海因里希和海伦分离，直接让他看到他的妻子坐在马桶上，这是如此肆无忌惮的恶心、普通、无耻，以至于人们禁不住会想，一个公认多才多艺的诗人怎么会变得如此无聊，尽管他让路西法（Lucifer）对这道过于精致的熟食（delicatesse）嘲笑了许久。这种神话被饰以最耸人听闻的嘲讽形式，但我们还是抵抗住了从中列举更多嫌恶例子的诱惑。粗俗的流行话语，就像被诅咒的《最后的手段》（Ultima ratio），的确喜欢排泄物，以表达某物纯粹的无用，以及人们最大的反感。同样的方式，歌德在他的讽刺短诗集《箴言集》中为忽视他的对手开脱：

　　告诉我你的对手，你为什么不想知道他们？

　　告诉我，如果你曾踏足街上，那里有s……

　　然而，诗歌只能利用它来表现怪诞的幽默，正如我们所提到的阿里斯托芬《妇女大会》中的布莱皮洛斯，或者像一部阿里斯托芬式喜剧《月光下的杂耍者》（*Die Heinrich Mondzügler*）中的霍夫曼博士，他利用给争论中的哲学家定义基本的污垢概念这个任务，来嘲笑现代哲学的辩证法。例如，一个人要证明另一个人从未理解污垢的意思，因为他从未正确地把握它所属的类：

> 主体和客体，两者完全同一，
>
> A就同B一样，不可区分，
>
> B，这个客体，是污垢。但这就是纯粹的事实吗？
>
> 就像我是A，这个主体，再清楚不过。
>
> 据此，我自己是污垢，我和我自己同一。
>
> 这是个证明了的事实，尽管反直觉！
>
> 如果有人只是假定为你提供了污垢，
>
> 随之而来的就是此人刚刚生产了他自己。
>
> 现在我称这样一种再生产模式为真正的非性别模式，
>
> 而如果我说"他"，以及如果我说"她"，都是不正确的。
>
> 进而，要用一个词来把握这整个的推理，
>
> 那么，从现在开始，我可能只认可它（污垢）的有效性。

人们可能会说，纵览整个基督教的历史，腐烂都已经成了积极的艺术对象，像绘画《复活的拉撒路》（*Raising of Lazarus*）就有过尝试，关于这幅画，上面的文字就说过拉撒路已经发出恶臭。重要的

博纳米科·布法尔马科，《死亡的胜利》（局部），比萨圣坎普公墓壁画

杜乔，《复活的拉撒路》

是，人们没有忘记绘画没法表现气味，因此人们只能浅显地想象下刚开始的腐烂。这个主题真正积极的一面，仍然是这样一种前所未有的体验，即死亡如何被自基督散发出的神性生命所克服。拉撒路裹着寿衣从打开的坟墓里出来，同站在坟墓周围的一群活人形成了最鲜明的对比。然而，拉撒路必须以骨瘦如柴、脸色惨白的样子出现，因为他毕竟已经是死亡的牺牲品，但同时他又必须表现出生命力是如何在他身上消除了死亡。

我们已经在导论中谈论过疾病。疾病自身并不必然令人反感或恶心。只有当它以腐烂的形式毁坏有机体，特别是当疾病是由恶习导致时，才会令人反感或恶心。用于科学目的的解剖学和病理学图画，最可怕的也自然都是合理的；另一方面，对于艺术来说，令人嫌恶的疾病只有在特定条件下才可表现，即要给它设定相应的伦理或宗教的理念以作制衡。满身是脓疮的约伯（Job）走到神圣公正的光下。哈特曼·冯·奥埃（Hartmann von der Aue）的《可怜的亨利》（*Arme Heinrich*）真可谓残忍，以至于很难理解德国人这样的做法：以原版和最多样化的改编形式如此频繁地再版并把它千百次地推荐给青少年；据说，书中内容尽管有令人十分反感的一面，但仍然肯定了自由牺牲的理念。《奥斯塔城的麻风病人》（*Le lépreux de la ville d'Aosta*），作者是萨米耶·德梅斯特（Xavler de Maistre），非常准确地描绘了人类的孤独，就是基于绝对顺从的理念。古代的菲罗克忒忒斯（Philoctetes）遭受脚痛之苦，因为他被伊阿宋在楞诺斯岛（Lemnos）的克里斯建造的祭坛里的蛇咬了，作为他向希腊人泄露秘密的惩罚，诸如此类。因不道德导致的令人恶心的疾病必定会被艺术所拒斥。诗歌表现这样的东西就是自甘堕落，就像苏在他的《巴黎的秘密》中对圣·拉扎尔（St. Lazare）作了医学上的精确描述，而一位德国女作家朱丽叶·巴罗（Julie Burow）在小说《女人的命运》（*Frauen-Loos*）中精确地描述了一座麻风病院的梅毒站。这些都属于一个时代的错误，即把对腐化堕落的病态兴趣和道德败坏的苦难强加给诗歌。这些疾病确实并非臭名昭著，而只有出奇的特征——它们因奇怪的畸形和生长发育而知名，因而疾病也不是审美的对象，例如，象皮肿，让人的手臂或腿鼓胀如轮胎，以至于完全丧失了自身的形式。

　　然而，疾病是一种折磨着成千上万人的基本力量，艺术完全有理由表现它。对于艺术，疾病可以表现为纯粹的自然力，也可以表现为神圣的审判。在这种情况下，就算自身包含了令人恶心的形式，疾病也能表现出一种极其崇高的特征。广大的病人直接给人非同一般的印象，随之而来的就是在性别、年龄和阶层上形成了直观的对照。然而，就审美而言，拉撒路的复活为所有此类景象树立了典型，而生命作为战胜死亡之永恒的力量，在死亡的过程中必须表现为胜利的样子。大规模死亡的场景，就像拉菲特（Raffet）关于驻美因茨（Mainz）的法兰西共和国军队中爆发伤寒的画作，只会让我们感到压抑，但发自神圣精神的自由的生命之光让战胜瘟疫和死亡的痛苦成为可能。

　　于是，画家们表现了旷野中的犹太人，病入膏肓的他们抬头看着一条铜蛇，那是摩西为给他们治病按照耶和华的指令而造的。在这儿，疾病是对他们抱怨上帝和摩西的惩罚，正如被毒蛇咬一口得到治愈是对他们悔过的回报。在鲁本斯展示的圣罗库斯治愈瘟疫的图画中，从生命到死亡的过程就是一首诗，自嫌恶中释放了对丑恶疾病的恐惧。安托万·让·格罗斯（Jean-Antoine Gros）的《拿破仑到访雅法的瘟疫之地》（*Napoleon among the pestiferous at Jaffa*）在这个领域是幅出色的绘画。这些病人长着疖子，一身青灰，皮肤呈青绿和紫罗兰色，干涩灼热地凝视着，五官在绝望中扭曲，这是多么可怖的景象！但他们是男人、勇士、法国人：他们是波拿巴的士兵。他，他们的灵魂，出现在他们之中，无惧最邪恶、恐怖之死亡的危险；他和大家一起面对，就像在战场上和他们一起面对枪林弹雨。这种想法让善良的人们高兴。迟钝的、被蒙住的脑袋抬了起来，半熄灭的或狂热闪光的眼睛转向他，无力的手臂热情地伸向他，这之后，垂死者的嘴唇上出现了幸福的微笑——就在这些可怕的士兵中间，笔直地站着巨人波拿巴，满怀怜悯，把手放在一个病人的疖子上，后者在他面前半裸着站起身。格罗斯画得多么美啊，透过麻风病院穹顶的拱门，可以看到一片风景，人们可以用城市、山峦和天空来缓解看到潮湿病床的不适。同样，在《哈姆雷特》的结尾，房间里中毒的尸体开始腐烂，扭曲着，躺得到处都是，这时莎士比亚让强有力的号角响起，年轻、欢快、纯真的福丁布拉斯（Fortinbras）出场，象征着一个新的生命的开始。麻风病院只有伤者躺在那儿，没有此类场景的嫌恶感，因而被画得没有任何冒犯的意味。

　　之前我们也提到过呕吐。不管是无辜的病理层面的状况，还是暴食导致的后果，呕吐都是最令人恶心的现象。绘画可以单纯通过位置暗示它，就像荷尔拜因在他的《死亡之舞》中毫无顾忌地让美食家在宴席前小解。在他们的露天游乐场和小酒馆场景中，荷兰人也没有犯

安托万·让·格罗斯，《拿破仑到访雅法的瘟疫之地》

亨利·万豪·佩吉特为《哈姆雷特》最后一幕绘制的插图

霍加斯，《潘趣酒会》

下愚蠢的错误。对这种厌烦特征的可接受性很大程度上取决于对象物的其他方面以及它的表现方式，毕竟这里存在着转变成幽默的可能，就像霍加斯的《潘趣酒会》（*Punch Party*）那样，又或古希腊花瓶上的绘画——荷马直挺挺地躺在一张铺着软垫的床上，往地板上的一个容器里呕吐。一个女性形象，象征诗歌，抱着他神灵样的头。一大群侏儒样的形象围在容器四周，急切地吞食着呕吐出来的东西。他们是晚期希腊诗人，靠伟大诗人不经意间丢弃的多余之物活着。然而，这是又一次对荷马的神化！[70]但是，如果诗歌走得如此之远，不仅讲述呕吐的故事，还把它搬上舞台，那么就超出了审美的界限，它甚至都不能发挥搞笑的功能。赫布尔在他的《钻石》（*Diamant*）中就忽视了这一点。那个犹太人在舞台上吞下钻石又吐出来，为此目的甚至用手抠喉咙，而不只是简单地把它呕吐出来。这太恶心了！分娩作为必要的自然行为并没有这种冒犯的意味，而像汉斯·萨克（Hans Sach）的《傻瓜切割》（*Narrenschneiden*）和普鲁兹的《政治托儿所》（*Politische Wochenstube*），甚至会发生喜剧性的转折。

　　当恶心的东西同非自然的东西混淆在一起时，也就没了被审美的可能。在一个举国无聊的时代，个体用最强烈、因而并非少见且也是最恶心的手段刺激软弱的神经。伦敦有闲阶级最新流行的娱乐是多么丑恶啊——逗鼠游戏！一群老鼠为保护自己带着死亡的恐惧对抗一只凶猛的狗，谁能想象得出更恶心的游戏吗？有些人会说，肯定是那些手里拿着表、站在砖砌地窖旁的赌徒干的。只有普克勒·莫斯考（Pückler Muskau）在他第一部、不朽的《死者的信》（*Briefe eines Verstorbenen*）中说出了更恶心的事，即他怎么看到在巴黎蒙特帕纳斯大道（Boulevard Montparnasse）市井小资产者朝一只老鼠开枪，这只老鼠被他们绑在弯曲木板上，只能在狭小的空间里绝望地来回跑。向一只老鼠开枪取乐！真是恶心得要命。佩特洛尼乌斯擅长创作一种夸张的裸体，大体近似朱文纳尔（Juvenal）的粗犷，这给予他所绘的无聊堕落的意象以阴郁的魅力。他的"特立马乔的筵席"（*Feast of Trimalchio*）［《萨蒂利孔》中间部分］中的一个场景，在某种程度上展示了这个世界最深层次的虚伪。一头活猪首先给客人看，过了一会儿就被端上了桌子，却没有被清理内脏。主人大怒，把厨师叫来，要求他为如此健忘、为此等侮辱在客人脚边磕头赔罪。随着主人的一个手势，厨师开始清理内脏，且慢：这些恶心的肠子都是什么？人们发现都是精细的香肠，而且还保持了自然大肠的形式。所有人都兴奋不已。人们恭维主人拥有这样一位厨师，厨师则不仅保住了性命，还被赠予一顶银冠和一坨柯林斯（Corinthian）生铁。在这样恶心的时代，你只要能把猪肠变成美味，就能成为伟大的人。帕伊图斯（Paetus），将被处决，而你将戴上桂冠！[71]——性关系上的玩世不恭，在自然和明确的不自然之间为恶心的贪欲打开了一个可深入把玩的领域，在这儿我们不打算对此作进一步的研究。[72]幽默本身，尽管通过运用粗俗下流的语言，可能会把同类现象推向滑稽，却不能消除内在的丑。例如，我们可以举出阿里斯托芬《吕希斯特拉塔》（*Lysistrata*）中一个本身就非常可笑的场景：蜜里涅（Myrrhine）把凯尼阿斯的欲望提高到最大程度，然后就把他吊死了。[73]这种情况和感受，若加上年龄，就难免令人反感。贺拉斯的《抒情诗集》（*Epodes*）中第八首诵诗描写了这些情况。[74]反自然，作为通过人类意志的独立或者说更大的傲慢对自然规则的颠覆，是彻底的恶心。兽奸、鸡奸、滥交［例如，在古代人们称之为"ἄρμα"（连结、爱）、"φιλότης"（爱神之谊、性爱）］等，都是丑恶的。色情文学作者也表现所谓性欲（libidines）或三欲（spinthria）的肉欲场景，这方面可以去读读拉乌尔–罗切特（Raoul–Rochette）对《图书馆秘密》（*Musée secret*）的博学文雅的解释，《图书馆秘密》由艾妮（Ainé）和巴雷（Barré）合著，写的是赫尔库兰姆和庞贝的图书馆。例如，按照普林尼（Pliny）的说法，提比留（Tiberius）花了一大笔钱买了一幅帕拉修斯（Parrhasius）的画挂在卧室。在这幅画中，阿塔兰塔嘴巴做着恶心、淫荡的动作围着墨勒阿格洛斯（Meleager）转。在潘诺夫卡的作品中看到这种戏仿，[75]在我们看来着实尴尬。

（三）邪恶

无趣是理论上的丑恶；嫌恶是感知上的丑恶，而就嫌恶的非自然的极端形态来说，已然同实践上的丑恶即邪恶密不可分。邪恶的意志是道德上的丑陋。就像意志指向自身一样，邪恶也是纯粹内在的。要想在审美上成为可能，它一方面必须由内而外象征性地把自身映现在形式的丑陋上，另一方面必须在一种出于自身的行为中做实罪行。荷马已经塑造了特瑞斯特斯，赋予他一个与其好吵的性格相称的外形。《伊利亚特》（*Iliad*）卷二，第214行：

> 他心里有许多混乱的词汇，
>
> 拿来同国王们争吵，鲁莽、杂乱，

只要可以引起阿尔戈斯人发笑。
他在所有来到伊利昂的阿尔戈斯人中
最可耻不过：腿向外弯曲，一只脚跛瘸，
两边肩膀是驼的，在胸前向下弯曲，
肩上的脑袋是尖的，长着稀疏的软头发。

　　就我们的研究来说，我们必须把审美置于伦理之前。因而人们不用期待一篇关于邪恶概念的专论，那属于伦理学的范畴，而专注于现象之形式的美学则必须做这件事，只要同样的对象能以适当的方式在表达道德上丑陋内容的同时又符合美的规律。在这里，相关概念是罪恶、可怖和残暴。罪恶即经验上邪恶意志的客观现实。但是，与作为某种善之意志的理念相比较，这种现实同时也是其概念的非现实。现实作为一种现象，其本质就是一种非本质的虚无。对这种无效性的确切感知正是行动着的人的罪恶感。从邪恶的犯罪感中，人们无法去除伤害已然造成的意识，这种伤害指的是对自身空乏的善良事物之理念实实在在的损害，而这种邪恶之外观本身是可怖的。罪犯的想象力从他的犯罪感中创造出了一种离奇、超然、黑暗、报复性存在的意象。最后，如果他的意志原则上知道自己是邪恶，以一个虚无世界的创造者行事，并由之获得一种令人厌恶的愉悦，那么就变成了残暴。这样一种意志就其否定性而言是恶魔般的，而这种恶魔的特性在外观上则是可怖的。

1.罪恶

就其最深层的基础来说，把美和善联系在一起的，并非辞藻华丽的柏拉图的一时兴起，而是完满的真理。同样，只要邪恶是激进的、绝对的，在道德和宗教上丑陋的，那么丑本身就等同于邪恶。然而，人们如果把这种同一性扩大到如此之远，以至于认为丑陋的一般原因就在邪恶之中，那么就是让它的概念承载过度了，而这必然会导致不真实和粗暴的抽象，因为就像在导论中指出的，丑一般能够以许多其他方式因存在的自由而产生。人们会把这样的丑同其最大化的外观相混淆，这在不管什么情况下都首先会因邪恶而发生，毕竟这是理念同自身最深层的矛盾冲突。邪恶作为原初的精神谎言对于想象力和常识来说可能会很有趣，但就算以这种形式也必将导致最深度的反感。邪恶会通过恶的行为给予自身一个客观的存在，这种恶行无来由的任意性突破了自由绝对的必然性，因此之故得以面对整个世界。罪恶无法抹去它本身同必然的自由之间的联系，因为它只有有意识地反抗这必然的自由方才成为罪恶。通过这种关联，它才有可能成为一个审美的对象，因为由于这种关联，罪恶内在的对立——真正的自由也必定被带出，从而揭示出罪恶虚无和撒谎的本性。这种关联也证明了这样一种要求的合理性，自席勒以来，这种要求被如此频繁地重复，即为了审美上的可能性，罪恶必须足够大，因为这样就需要远甚于一般情况下的勇气、狡猾、聪明、力量、人性，由此至少就包含了自由之形式的一面。

这里简述的一些概念自亚里士多德的《诗学》以来就经常被研究，近来维舍尔的研究是如此详尽，以至我们关于这个主题的观点可能达不到同样的深度，且为一般读者非常熟悉。因此，我们将把研究限定于少数几个方面。

　　谈及内容，所有这些罪行都不可能成为审美的对象，由于这些罪行的日常性和琐碎性，也由于不需要太多的智慧，因此要想成为审美的对象就要求它们能转变成一般的卑贱范畴，驱动它们的精致的利己主义只是填充了警察的卷宗，惩教法庭太过从属以至于配不上用艺术来表现。诸多罪行通常难称正常行为，它们往往产生于粗鲁和缺乏教育的循环，产生于懒散和贫穷，产生于局限和流氓成性。

　　附带说下，普通罪行有时涉及更高的动机，作为一个更大的事件链条中的一段，一个次要部分，有成为审美对象的可能，因为那样它就作为道德历史上的一个时刻在更宽泛的背景上出现。憎恨、复仇、妒忌、赌瘾、野心已然比盗窃、伪造、欺诈、粗俗放纵，甚至为了占有和享受的谋杀，都更具审美的可能性。因此它们在史诗和戏剧娱乐中占有巨大的比例。罪恶本身自然应被憎恶，只是由于它在文化和历史、精神和伦理交织中出现，引起了我们更高的兴致。英国人自古以来就是这一类型的大师。我们在他们古老的民谣中就能读到罪行侦断方面的内容。莎士比亚时代之前后充斥着这样的戏剧，其中有些作者的名字甚至不为人所知，像悲剧《费弗山姆的阿登》。[76]后来，他们的小说承担起了这个使命，一流的作家们并不认为这种我们的古典作品几乎没有触及的类型贬低了他们。爱德华·布尔沃-利顿（Edward Bulwer-Lytton）的《保罗·克利福德》（*Paul Clifford*）、《尤金·阿拉姆》（*Eugene Aram*）、《夜晚和早晨》（*Night and Morning*）等，或狄更斯的《雾都孤儿》（*Oliver Twist*），都是这样的内容。在《佩勒姆》（*Pelham*）中，布尔沃塑

造了最时尚的贵族，但也广泛地表现了小偷和强盗最极端的、系统的
腐化堕落。紧随英国，法国在七月革命之后也有了这样的主题。极端
暴政和宫廷阴谋、作为美好的勇敢以及狂欢的爱与放荡，直到那时都
是法国人钟爱的主题。首先，他们意识到无产阶级世界历史的到来，
诗意化处理罪恶的趋势也得到发展，随着步伐的加快，且的确也是由
于他们社会的性质，先在戏剧，接着是小说。卡西米尔·德拉维涅
（Casimir Delavigne）、阿尔弗雷·德·维尼（Alfred de Vigny）、大
仲马（Alexandre Dumas）、维克多·雨果和尤金·苏成了这方面的经
典作家，然而，还有大量二流和三流戏剧家也属于此，他们为巴黎的
剧院，特别是位于圣马丁港（Porte St.Martin）的剧院写作剧本，创作
滑稽角色：杜马诺尔（Dumanoir）、皮亚（Pyat）、迈尔斯维尔等。
《阿灵顿》（*D'Arlington*）、《黑医生》（*Le docteur noir*）、《饥饿
协议》（*Le pacte de Famine*）、《玛丽珍妮》（*Marie Jeanne*）、《伦
敦市场》（*Le marché de Londres*）、《捡破烂者》（*Le chiffonier*）、
《圣奥尔德隆磨坊上的两名罪犯》（*Les deux forçats on le Mouin de
St. Alderon*）、《玛丽拉法格》（*Marie Lafarge*）、《燃烧室》（*La
chambre ardente*）、《铁面人》（*L' homme en masque de fer*）等，都
是这种恐怖作品。这之中，有的作品甚至在最可怕的对照中考验大众
的神经长达数小时。艰难时光在于饥饿、即兴犯罪，但也出于最冷酷
的算计、欺诈、出卖，投毒和自杀在内的所有形式的谋杀、放荡、儿
童拐卖、乱伦、通奸、背叛、最残忍的暴行，所有这些在戏剧中都有
出现，大部分也被吸收进了德国的戏剧。只是，德国人还不想抛弃全
是法国式裸体的恐怖作恶者。改编后产生了大为有害的作品，因为罪

恶计划的阴暗动机，在德国本来不说被完全压制至少已被淡化，现在则给予人们更多心理上的理由，而人们初次关注恶行的极致，就因其真正悲惨、原始的方式。法国今天所谓的社会小说，在七月王朝（July Monarchlle）的治下，开出了那么多有毒之花：我们已经被迫从众多方面如此频繁地触及它，因此在这儿我们可以只是提一下。这个领域最吓人的作品是奥古斯都·卢谢（Auguste Luchet）的《家族之名》（*Le nom de Famille*），幸运的是，据我所知，这部作品尚未翻译成德文。德国人在翻译英法小说方面有着孩子气的贪婪（这在过去的十年里已经堕落成那种一个大国必须视其为耻辱的竞争力），但它们仍要接受伦理的评判，审美价值有可能得到保证，这或许可以解释我们在此领域为什么薄弱。只有在骑士和强盗小说中，我们对这种最令人不快的罪行才有一定的朴素的原创性，而它们又太过无趣以至于激不起法国人和英国人的兴趣，不足以让他们翻译我们的这类作品。[77]

　　如果我们撇开资本主义不谈，通过源自更高的宗教和政治层面的动机，罪行可能会变得更有可能成为审美的对象，因为基于这样的逻辑，个体就能够打破精致利己主义驱动的、服从于偶然性的孤立的圈子。所谓罪行，实质上同资产阶级圈子里所干的那些事是一样的：背叛、通奸、暴力、谋杀。只是，就它们起源于更普遍的条件而言，它们为自己赢得了一定的必要权利，而只要政府和社会所发生的大变化同杰出的、特别是贵族人物的生活直接相关，我们的参与度（也就是兴趣）就会增加。强权的卷入，使冲突成为可能，个人因此有罪，而与此同时，在普通罪恶的意义上他又是无罪的。这儿有三种可能的情况。首先，罪行犯下时可能没有认识到那是一种罪行，即有罪只是在犯了罪的意义上，而非作为罪行实施的意义上；其次，罪行可能是在充分意识到它的恶毒时犯下的；第三，所谓有罪可能包括无辜而被残忍行为所牺牲。第一种情况的一个非常有名的例子就是索福克勒斯的《俄狄浦斯王》；第二种情况，是莎士比亚的《理查三世》；第三种情况，是莱辛的《艾米莉亚·加洛蒂》（*Emilia Galotti*）。此处涉及悲剧，其本质在这儿无须特别解释。在第一种情况中，罪行在审美上成为可能是因为它并非真正意义的一种行为，尽管它的确是个体自由的产物；它确实因实际的因果关联而实现，且正因此罪行才显现了个人的丑陋。在第二种情况中，罪行恰恰是因为对立面，即其完全有意识的自由而具有了审美的可能。当然，邪恶只通过它所做之事的内容就能唤起我们的反感，但是通过其行为的形式，我们从其形式的一面看到的是在其精湛技艺巅峰之时作为自我规定性的自由。这样一个恶棍，在一整个复杂的环境下，甚至可能通过其本质上不公正的行为而成为神圣正义的执行者，这并不能让他在审美上更收获人们的认可。但其超凡的智慧和强大的意志力给人留下了强烈的印象，主观自由的精湛技艺同其否定性内容形成对照，让我们在这儿作出判断：其本身还是值得模仿的，正如基督的确肯定了不公正的管家。在第三和情况中，罪行中的丑被有效消解基于这样的事实，即它的牺牲品是纯洁、德行和无辜。在这儿，罪行中的丑表现得越恐怖就越无力动摇无辜的自由。后者对胜利的自信，就算最终难逃死亡的命运，也会让我们在面对罪行时可以自由呼吸。这种情况下的悲剧在它的界限内排除了某些在史诗中允许的东西，因为后者可以呈现整个调解过程，而戏剧只能用概括简练的方式进行。让我们也用个例子把这点解释清楚。雪莱

（Shelley）在他的《钦切》（*Cenci*）中展示了一种罕见的艺术，即用诗意的语气表现极其卑鄙的对象，只是它仍然不适合戏剧。老钦切，自己的暴君，在一个宴席上听到自己两个儿子的死讯，却公开感谢上帝。所有人都惊掉了下巴。他决定侵犯他的女儿贝阿特里斯（Beatrice），以便败坏她的肉体和灵魂。贝阿特里斯和她的兄弟吉亚寇墨（Giacomo），联合她们的继母鲁克莱西亚（Lucretia），买通强盗杀了他。谋杀被发现，罪犯被处决。简而言之，这就是那个广为人知的恐怖故事的主要内容。这种材料不适合戏剧，不只是因为它的反自然性——恶魔般的父亲想要侵犯女儿，还因为只有详细叙述才能说明所有可怕的细小的情况，而这些小细节让这些不幸的人的整个处境变得万分异常，像那些折磨——老弗朗西斯科让他自己的人殉难，把他们关进独一无二的地狱；像那些导致凶手被发现的细节，这些细节也导致教皇不顾那么多杰出罗马人的呼吁而确认了对贝阿特里斯、鲁克莱西亚和吉亚寇墨的死刑判决。雪莱不得不让自己在所有这些点上满足于细微的迹象，从而让第三种行为变成了非常尴尬的事情，而正是这第三种行为激发贝阿特里斯决定谋杀她的父亲。出于同样的理由，绘画可能没办法让我们看到某些罪行，而它们在史诗中则仍然存在表达的可能。古人赞扬画家蒂莫马科斯（Timomachos），因为他画下了发疯中血腥暴怒之后的埃阿斯和谋杀自己孩子之前的美狄亚，就像赫尔库兰姆绘画中的一幅画那样也表现的是她。孩子们在老师照看下坐在桌边玩骰子，而她阴郁地注视着，同自己做着斗争，站在旁边，手痉挛地握着那致命的剑。如果画家可以表现一系列能互相解释的场景，那么他可能就写了一部史诗，就像科内利乌斯在老柏林博物馆（Berliner Museum）前厅完成的辛克尔壁画，或霍加斯对懒散和勤奋学徒的描绘。这是一种类型——图画小说，我们通过它们的上下文理解个人的时刻。霍加斯在用他的方式把特征表现到极致后，在懒惰的学徒方面没有删除任何东西，以最朴素的色彩画出了罪犯的苦难。例如，像这样的场景：懒惰的男孩和一个妓女躺在一个肮脏的阁楼房间的床上，一把便壶放在残羹冷炙中间，一只老鼠从床边窜过，一只猫从烟囱上扑了下来，懒惰的男孩受到惊吓，而妓女则只是慵懒地看了一眼偷来的耳环。

　　严格来说，当美学著作开始深入探讨悲剧概念时，被讨论的也只是悲剧，但悲剧在史诗中的表象——在民谣和小说中占有很大的比重，也应该得到重视。即便如此，人们还是会习惯性地在悲剧中发现某种可怕的循环，而这种可怕无比巨大且更多面化。关于罪恶，我们首先把卑贱和明显的平淡无奇同那种就算运用最细心的心理学也几乎没有任何兴趣从中发掘出什么的东西区别开来，后者就像贝托德·奥尔巴赫（Bertold Auerbach）在他新的《乡村故事》（Dorfgeschichten）中所尝试的那样。其次，我们把摆脱资产阶级社会过程中出现的罪行形式同自我中心主义的激情区别开来。最后，悲剧性罪行的存在，即在社会公共条件下，政府和教会获得了一定的正当性，因此我们不能单纯地否定理查三世或麦克白。罪行同社会、政府、教会的巨大利益缠夹得越深，它产生的后果也的确越可怕。罪行会影响千千万万的人。而由于这种悲情的共鸣，人们竟会觉得它不那么丑陋了。与其说是有限利己主义的刻意图谋，不如说这是英雄们身处特殊环境时，因错误认知而被迫做出的选择，就像菲耶斯科

蒂莫马科斯，《美狄亚计划谋杀她的孩子》，庞贝壁画

霍加斯，《勤奋的"宠儿"》

（Fiesco）、华伦斯坦、麦克白、普加乔夫（Pugachev）等。高等悲剧的罪行同普通资产阶级悲剧的罪行本质上是一样的，也有抢劫、谋杀、背叛。那么他们为什么显得高贵呢？或者说，如果这个表述太过夸张，至少与众不同呢？为什么偷王冠和偷一对银汤匙不一样呢？显然，理由就是对象的本质让他者的悲情成为必然，同时，生死争斗把我们带入了日常小家子气的个体激情所未曾涉足过的关系。

　　罪行中不道德的东西不可能转化成幽默，除非人们能够从它的伦理意义中抽身而出，且它的发生是从其他视角表现出来的。唯有智力的因素必须得到强调，就比如，作为不受控制的、幻想的、夸大的谎言，作为善意的谎言，作为逗乐和玩笑的谎言，因为在这类情况下伦理因素的严肃性被预先去除了，我们只是从认知的方面感到高兴。那懒散的自吹自擂的家伙，当他在普劳图斯（Plautus）和特伦斯（Terence）被发现的时候，并未犯任何罪，当他作为一个本质上无害的主体以自我吹嘘的笨拙发明把我们逗乐的时候，这些发明通过它们的矛盾的确成功了。谎言仍然是反道德的，但作为一种无害的玩笑，就像在福斯塔夫、穆克豪森以及类似形象上表现出来的那样，已经变成了滑稽搞笑。罗德里希·本尼迪克斯（Roderich Benedix）有一部非常成功的喜剧《说谎》（*Lying*），写的是一个非常热爱真相的男人，戳破了妻子几个小谎言，这些谎言在当时的女性中很普遍。后来出于纯粹的任性他欺骗了自己一次，撒了一个看似无关紧要的谎言，即有天晚上骑着一匹白色的马进了小树林，但这种无中生有的谎言带来了最严重的后果，有人甚至试图把他关进监狱。最后，他坚持说骑行是虚构出来的，只是，由于所有人都知道他是真相最忠实的朋友，所以最初没有人愿意相信他这次真的撒了谎。如果有人因粗心大意而撒谎，且不希望伤害到其他人，就像弗里德里希·施密特（Friedrich Schmidt）的喜剧《粗心大意的撒谎者》（*Der leichtsinninge Lügner*）中表现的那样，谎言与其说是一种道德上的冒犯，不如说是一种自然而然的产物。它变成了我们口中的性情上的瑕疵。——背叛，要想转变成幽默，就必须像处理谎言那样，只有作为一种逗乐的不忠才行。密谋设计一场骗局为的是在他们自己的网中抓住弱点和虚荣、虚假的自我确定性和伪善。奥尔贡（Orgon）夫人把她的丈夫藏在桌子下面，假装接受了伪善的答丢夫（Tartuffe）死乞赖白的表白，为的是让她的配偶相信虚伪的虔诚者的恶行，这种揭发在伦理和审美上都让我们感到满意。年老的监护人，为了遗产强迫他们年轻漂亮的侄女结婚，就像《赛维勒的理发师》（*Barber of Seville*）中的巴托洛医生（Doctor Bartolo），活该被骗，我们不会有丝毫同情，与贪婪年老的角色不同，他用尽所有的狡诈，而其卑鄙的谋划带来的只是悲伤。——通奸，作为真实的通奸，只能是一个悲剧，没有喜剧发挥的余地。[78]在无数中世纪故事、法国小故事、意大利中短篇故事和德国滑稽笑话中，[79]通奸只是作为常识的一个方面被表现，即情人们为克服面临的障碍而做出的行为。道德的一面完全被忽略，在任何情况下这种抽象都可能产生一定的喜剧效果。科兹布在他的戏剧《厌世与悔恨》（*Menschenhaß und Reue*）中的确以既非悲剧也非喜剧的方式表现了通奸，也即是说，就像这个世界里现实中人们常做的那样，它被原谅了——因为孩子。四年后，梅瑙（Meinau）和尤拉里（Eulalie）再次相见，他们走到一起的结局就是一个最终会重新分开的痛苦决定。科兹布的这些真正的英雄们啊，那就让孩子快点成长吧——让母亲和父亲在一起。而科兹布只是表达了一个非常悲哀但非常普通的事实，即许多婚姻，内里空虚，外在也将破裂，只是考虑到公开认罪会毒化孩子的孝心，才让父母忍受表面的和谐生活在一起。这种动机打破了悲剧性退场的尖刻，解释了为什么这部戏剧在整个欧洲获得了前所未有的成功——在女士中间，尤拉里帽子甚至成了一种时尚。

谋杀最终只能在戏仿中显得滑稽可笑。它被夸张成了闹剧，就像我们近来听到的在慕尼黑讽刺杂志《飞页》《德国七弦琴盒中的谬斯之声》（*Musenklängen aus Deutschlands Leierkasten*）、《杜塞多尔夫月报》（*Düsseldorf Monatshefte*）等上面刊载的阴森、可怖的谋杀民谣所唱的。如果这个词对他们来说不太友好，那么人们可以称之为悲喜剧。

2.可怖

生命惧怕它死后的自然。前文已经探讨过死亡。当死者违背生命的本性，再次以活物出现，就变成了可怖的东西。这种矛盾，即死者无论如何都不应该活着，构成了人们对鬼魂的恐惧。这种死亡的生命并不可怖。我们可以持续看一具尸体而不受任何影响。然而，若是一阵风掠过床单，或者，火光闪烁让尸体忽隐忽现，那么仅仅是想到死者的生命——以往甚至会让我们感到非常温馨，就会出现某种非常可怖的感觉。所谓死亡，就是这个世界已经对我们关闭，由一个已经死亡的存在打开超越的世界具有异常可怕的特征。逝者，属于超越的世界，似乎遵循着我们所不知的规则。对死者作为已经腐烂的存在的厌恶，对死者作为一个神圣存在的崇敬，与未来的绝对神秘交织在一起。出于审美的目的，我们必须把阴魂（shade）的理念同鬼魂（ghost）的理念分开，就像罗马人区分狐猴和它的幼崽那样。鬼魂的形象最初属于另一种存在的秩序，自身的确有些不一般甚至是令人畏惧之处，但还谈不上可怖。魔鬼、天使、精灵都是天生的，并非由死亡转变而来。他们站在阴魂之中。在鬼魂和活物之间的是奇怪的吸血鬼理念。吸血鬼被想象为一个死人，它在某些时间会以充满生命力的样子离开坟墓，夺取年轻、温暖的生命并吸食它的血液。吸血鬼已经死了，却违背死亡的本质，渴望营养，事实上是渴望充满活力的生命本身。通过歌德的《柯林斯的新娘》（*Braut von Korinth*），拜伦的故事和马施纳（Marwchner）的歌剧《吸血鬼》（*The Vampire*），这种坟墓幻想也在我们中间广为流传。作为传说，它在希腊和塞尔维亚人中同浪漫故事中的狼人相对应。在《一千零一夜》（*Thousand and One Nights*）中也出现了以吃尸体为乐的人的理念，也就是以腐烂的死者饱腹，即所谓的盗墓食尸鬼（ghouls）。这些东方拉弥亚（Lamia）甚至比吸血鬼更令人恶心，因为它们更不自然。

　　死者就像简单的阴魂，其外表会给人一个奇怪的印象，但完全没有必要是丑陋的。它可以保持与活着的时候基本相同的形式，只是有点惨白且没有血色。在《波斯人》（*Persians*）中，埃斯库罗斯让歌队的哀悼声把大流士（Darius）的阴魂从地下唤了出来，当他出现在它和王后阿托萨（Atossa）面前时，诗人只让歌队唱道：

　　　　看到这一幕我感到恐惧，

我被这声致意吓了一跳，

哦，你尊敬的老国王！

然而，歌队并没有用任何词语来表明这样一种特异景象有任何令人反感的地方。《奥德赛》（*Odyssey*）中的阴魂同样如此，它们从阴间而来，群集在奥德修斯献祭的坑洞周围。撒母耳（Samuel）的阴魂亦是如此，恩多尔（Endor）的巫婆［字面意思是亡灵召唤师（Todtenbeschwörerin）］把它召唤到扫罗（Saul）面前。在评论《舞者之墓》（*Der Tänzerin Grab*）时，歌德对阴影和狐猴的特质进行了如此精彩的分析，以至于我们忍不住要作如下引用。坟墓中有三幅图画，一个循环的三部曲。"灵巧的女孩出现在所有这三幅画中，在第一幅画中，她的确激发了富有的男客人享受生命；第二幅表现是她怎样在塔尔塔罗斯（Tartarus）腐烂和半毁之地可怜地继续着自己的艺术；第三幅画中的她给我们的感觉显然是已经复活，已经得到了那永恒的阴影——祝福。"第一块画板描绘舞者以酒神巴库斯女祭司的角色出现在宴会上，激起了各年龄段群体的赞赏。第二幅画面捕获了从地上到地下世界通道中的她。如果说艺术家在第一幅画中展现给我们的是富有活力、奢华、机动、优雅、波状流畅，那么在这儿我们看到她在悲伤的狐猴国度，同之前的一幕刚好相反。她的确单脚站立，但把另一只脚压在这只脚的大腿上，似乎在寻找支撑；左手放在腰上，暗示她自身没有足够的力量，人们在这儿能发现无美感的交叉形式，四肢呈"之"字形，甚至向上抬起的右臂也被迫参与这种奇怪的表达，而右臂本来是在完成一个优雅的动作。支撑的腿，摆出姿势的脚膊，并拢的膝盖，无不给出了静止的、一动不动的表达：一幅真正的濒死狐猴的图画——她仍有足够的肌肉和肌腱，还能够可怜地移动，还不至于随时沦为垮塌的骨架最终走向死亡。但哪怕是在这种令人反感的环境下，艺术家还是必须继续以一种充满活力、有吸引力的、天才的方式把她呈现在公众面前。匆匆而过的人群的欲望，那些静静观看的人给她的掌声，由两个半是鬼魂的人巧妙地象征出来。每个形象自身，以及三幅图画，一起形成了精彩的构图，在某种意义上表达了一个意思。——但这是什么意思？又是怎样的表达呢？神圣的艺术，知道如何变得高贵，如何提升一切，却不能拒绝哪怕是令人反感和憎恶的东西。准确地说，它试图强力践行其国王的权力，但实现这一目标的方法只有一种：除非它能够喜剧化地处理，否则就不可能熟练掌控丑的材料；的确，就像宙克西斯（Zeuxis）被认为是因为他画了丑陋的赫卡柏（Hecuba）而笑死。——如果人们给当时这个狐猴般的庞然大物配上女性的、年轻人的肌体——人们将会看到一种喜剧姿势，小丑（Harlequin）和高隆比娜（Columbine）总是能够以这样的姿势把我们逗乐。如果有人用同样的方法处理双面形象——在这儿人们将会发现所谓乌合之众指的是什么，也就会发现哪种表演最受欢迎。

　　此处可能有些不必要的啰嗦，我希望能得到谅解，但起初，不是所有人都同意我的观点，这种古老的幽默天才在人类戏剧和精灵悲剧之间创建了狐猴式闹剧，在美和崇高之间确立了怪诞。尽管如此，我还是欣然承认，我并不容易地找到比这三种状态审美地并置更值得赞赏的东西，它们包含了人类对自身的现在、未来所能认识、感知、想象和相信的一切。

　　最后的图画就像第一张一样为自己说话。卡戎把艺术家引到阴魂之地，他已经回头看谁会站在那儿等待下一个被接走。一位偏袒死者的神，因而也在那忘却之地保护他们，愉快地看着一卷展开的羊皮纸，在那上面列举着一些艺术家有生之年赞赏的角色。在她出现的时候，刻尔帕洛斯（Cerberus）安静地待着，她已经发现了新的崇拜者，甚至可能是先于她来到这些隐藏区域的前任。就像她从不缺仆人，这儿也有一个人跟着她，继续着她的前任的职能，为她的女主人拿着披肩。周围的事物被分了组，处理得精美绝伦且意义非凡，就像在之前的画板上那样，他们把构图变成了真正的图画，画中形体就像在任何地方一样决定性地实现了自身。在一次狂欢运动中，酒神女祭司强力出场，这很可能是她最后一次出现，代表着酒神狂欢的结束，因为在它之外只有变形扭曲。艺术家似乎仍停留在她自己艺术的激情之中——这种激情在这儿也激发了她，感受着她当下的状态和那种她已经离开的状态之间的差异。立场和表达都是悲剧性的，这里的她与其被表现为深受上帝鼓舞的样子，还不如被表现为一个绝望的存在。如果说在第一幅画中她似乎在通过刻意地转身而去挑逗观众，那么在这儿她是真的缺场了，她的崇拜者站在她面前，鼓掌欢迎她，但她毫不在意，完全从外在世界中缩回，深深地沉浸于自己的思绪之中。于是，她以一个真正的异教悲剧信念结束了她的表演，尽管沉默着，但就像哑剧一般，再明白不过了。她同《奥德修斯》中的阿喀琉斯有着同样的想法，那就是在活人中做一个帮艺术家拿披肩的仆人也要好过作为死者中最辉煌的那个。"[80]

　　阴魂，如其名字已经告诉我们的，捉摸不定。它的确可见、可

阿尔特·德·吉尔德，《模仿宙克西斯的自画像》

听，只是不可触摸，因而不受物质界限的制约。它来了又走了——四处飘荡——且就时间来说，几乎不限于它喜爱的黑夜。想象中的阴魂被画得阴郁沉闷，看着坟墓般的镜像，就像民谣钟爱骨架和裹尸布，但有段时间，如在布格尔的《丽诺尔》（Lenore）中，阴魂也被允许以完全实质的形式出现。在所有人中，非颜色的黑、白、灰都属于阴影世界，因为所有真正的颜色都属于生命、白天和此世。当一种伦理语境让阴魂羁绊于此世时，它就转变成鬼魂，一种雏形，进而出于历史兴趣，它被从那彼岸世界——它在这儿找到了平静——召回我们喧闹的尘世。绝对、自由的栖息、祝福，只能被那克服了历史局限的精神所发现。如果一个人的阳寿未尽，那么幻想会让他从坟墓归来，继续完成此世戏剧人生的结局。这并不能在不确定时间的最后审判中拯救他的余生，但在这里已经以诗意正义的形式解决了这个问题。逝者其时做了什么，或对他做了什么，不管什么开始了就得结束，否则必须赎罪。从外在来看，死亡已经把他扯出了一种历史语境，但内在必然性的统一则不让他走，于是他得以重现，寻求他的权利，他的救赎。夜晚来临，当睡眠降临此世，他从大地的怀抱爬出——大地不能永久留住没有得到公正审判的人，他走近半梦半醒的做梦人的床边。他向他的配偶或儿子展示流血的伤口，那是恶毒的手在远离他们的地方砍伤的，他用痛苦的注视让凶手惊魂不定，他要求亲自复仇，让凶手为自己犯下的罪行受到惩罚，他挥手离去，希望被跟随至某处，在那儿，他为活人留下了重要的证据或宝藏，或者他揭露他自己秘密犯下的罪恶，并恳请赦免，或是帮他赎罪。因为逝者已经没了肉身和力量，且恐惧着光亮，再也不能在白天干预现实，他只能站在那儿，恳请，指引，使生者对他的公正与爱不会消逝。完全沉默的逝者的灵魂能够向活人显示他的罪行，就像班柯（Banquo）的阴魂坐在麦克白的桌边，或者能用低沉不清的悲叹诉说，就像哈姆雷特的父亲所做的那样，等等。那么，鬼魂又能做什么？它是内疚意识的反射，因自身的破裂而失去平静，把自己投射在被压制的灵魂形象上，就像一位画家曾经天才地把逮捕令画成谋杀者本人的双面肖像——那正是逮捕令迫害的对象。凶手在昏暗的夜晚逃走，巨大的逮捕令紧追其后，人们若是更近地观看，就会发现这个逮捕令就是凶手本人，是他犯罪感无尽的回响，他于自身逃离，为自己写了份逮捕令。这个道德的时刻给予可怖者一个理想的献祭仪式，在他的阴暗面中，必然性的分量必须被感受到，这必然性基于道德力量的永恒基础。而鬼魂必定会表现出一个有意思的方面，那就是无视活人所有的言论、嘲弄和攻击，作为那战败指挥官的灵魂，始终如此之高地立于那轻率、亵渎的唐璜之上。

因而，可怖极难表现。莱辛在《汉堡剧评》（*Hamburger Dramaturgy*）第十至十二篇，给出了关于可怖的美学理论。"相信灵魂存在的种子内在于我们每一个人，而在他（戏剧诗人）为之创作的作品中最为丰富。重要的是他让这些种子生根发芽的艺术，那需要一定的巧计，通过快速传达出的热情，给予他们相信现实的理由。如果他能够掌控这些，我们就可以相信日常生活中我们将会做什么，而在剧院里我们必须相信他将会做什么。"莱辛比较了伏尔泰和莎士比亚，前者是那种不懂鬼魂本质的人，后者是那种能够正确理解鬼魂本质并能熟练表现出来的人，按照莱辛的说法，在这方面莎士比亚几乎是独一无二的。伏尔泰在他的《塞米拉米斯》（*Semiramis*）中，让尼努斯（Ninus）的阴魂在光天化日之下从坟墓中走出来站到帝国遗产大会之中，还伴随着一声霹雳。"伏尔泰从哪儿听来的鬼魂如此狂妄自大？每个老妇人都可以告诉他鬼魂躲避阳光，且真的不喜欢参加大的集会。但是伏尔泰显然也知道这点，只是他太胆怯，太反感这些常识，所以不用：他的确想给我们看一个鬼魂，但它必须是有着高贵出身的鬼魂，而正是因这出身的高贵性，他把一切都搞砸了。鬼魂被认为会做这样一些事情，即反对所有的传统，反对鬼魂中所有良好的行为，这对我来说根本就不是个像样的鬼魂，所有不能促进这个幻象的东西都会损害它。"莱辛仅限于把尼努斯同哈姆雷特的父亲加以比较。他作出了精彩的评论，即后者的鬼魂本身并没有产生真正的效果，而真正的效果是通过哈姆雷特表述幽灵对自己影响的方式产生的。尼努斯鬼魂的目的是阻止乱伦，以及对他的凶手实施报复。他在那儿只是作为一个诗歌机器，以处理好这个结局；另一方面，哈姆雷特的父亲则是一个真正意义上行动着的人，我们参与了他的命运，他让人颤栗，也激发怜悯。按照莱辛的说法，伏尔泰的主要错误在于这样一个事实，即他在鬼魂外观上看到了一个世界秩序法则之下的例外，一个奇迹，而莎士比亚在它身上看到的则是一个完善的自然事件，"他不需要这些极端的手段，这对于最聪明的人来说的确更体面，而当我们被卷入事物的秩序链时所考虑的是善的回报和恶的惩罚"。这就是我们在上面所说的语词效果，也就是说首先需要永恒的道德力量给予可怖一个理想的献祭仪式。灵魂自身的驱动力必须从内而外突破通常的坟墓界限。——但是我有个小小的看法，同莱辛相反。他在这儿没有关注阴魂和鬼魂之间的差异。他忘了班柯的灵魂是坐在亮光下的桌边，另外，他称为大师的这个诗人以全部的恐惧塑造了可怖的形象。他批评伏尔泰让一个鬼魂出现在一大群人面前是拙劣的表演。"所有人在那一瞬间，都看到了同样的东西，这个场景如果没有芭蕾舞那种冷漠的对称的话，那么所有这些人都必定会以不同的方式表达惧怕和惊骇。好吧，还是训练出一群愚蠢的临时演员来完成这一壮举吧，而当人们尽可能地做到这一点时，就会发现这种同一影响的多样化表达会在多大程度上分散注意力并把注意力从主角身上吸引走。"莱辛如果想到埃斯库罗斯《波斯人》中大流士的灵魂又会怎样？他难道不是出现在整个歌队面前、阿托萨的旁边吗？但是大流士事实上并不是作为鬼魂出现的，在他和阿托萨之间无所谓内疚，他只是想向他——伟大的国王，哭喊出无尽的悲伤。鬼魂只能联系一个或几个人，在这里，莱辛是正确的，因为他同他们有着确定的关系。莎士比亚总是能够把握住这种带有深刻心理特征的独特关系。哈姆雷特能够看到父亲的灵魂，他的母亲却不能。班柯被麦克白看到，却不被客人看见。人们从布鲁图斯的帐篷里相继离去，只剩下一个男孩，还在沉睡之中；布鲁图斯独自一人，就在此时，在决战前夕，恺撒的灵魂出现在他——这个凶手面前。

可怖形象伦理的、轻盈的属性应该由拙劣的手来处理吗？它会下降到一个较低的层次，鬼魅（spooky），正如那些为德国骑士和强盗小说所喜爱的：潘托利诺（Pantolino）或午夜可怕的鬼魂；唐·阿罗伊索（Don Aloyso）或十字路口不期而遇的幽灵；等等。鬼魅在内容和形式上一般都是荒谬的。它通过离奇的、毫无意义的事物模仿活人，这些事物逗弄着那从未真正属于它的超越世界的严肃性。我们的浪漫派让可怖朝此方向跌落。最稀奇古怪的愚蠢举动、最怪诞的疯狂被视为天才。人们要是稍加思考，就能将那些始终如一的伦理道德，视为宿命论一般，且这种宿命论只附着于一种可怕的形式，就像亨里希·冯·克莱斯特（Heinrich von Kleist）《施洛芬斯泰因一家》（*Familie Schroffenstein*）中被砍掉手指的孩童。在《俄瑞斯特亚》中，当被儿子刺伤的克吕泰墨涅斯特拉（Clytemnestra）握着匕首出现时，幽灵本真地感到震惊，然而，像维尔纳（Werner）《二月》（*Februar*）所述，因为人们已经用匕首犯下了罪行，就必须用它来继续谋杀，那就是不合理的吓人事件了。出于同样的理由，鬼魅更喜欢玩偶、胡桃夹、自动控制、蜡像之类。霍夫曼的《胡桃夹子》（*Nutcracker*）设计了一大堆类似的吓人形象，以至于伊默曼仍能在《穆克豪森》中伟大的、趾高气扬的拉斯伯里（Ruspoli）形象上夹杂了对他的讽刺。这种虚构内容越是空洞贫乏，就越是被认为异乎寻常。幸运的是，通过流行的幻想，人们发现一些因素事先就已经起了作用，至少鬼魅可怕的一面被更准确地把握住了，且带着理念的回声。于是，有段时间随着阿尼姆泥偶的流行，黏土形象——前额贴着写有精灵王子萨洛蒙（Salomon）咒语的字条——被赋予了显而易见的生命。在这个领域，最好的形象可能是雪莱的妻子［玛丽·沃尔斯通克拉夫特·雪莱（Mary Wollstonecraft Shelley）］在一部长篇小说《弗兰肯斯坦或现代普罗米修斯》（*Frankenstein or the modern Prometheus*）中塑造的角色。这部小说在这儿更加值得一提，因为它已经以一种有趣的方式提出了丑的概念。一位自然科学家经过坚持不懈的努力完成了一个人类机器。伟大的时刻来临，这个机器即将进入

《弗兰肯斯坦》插图

自动状态，可以看、听、说以及自我活动。它的创造者无法忍受这种戏剧性的变化，尽管极度狂热，但还是跌跌撞撞地上了床，筋疲力尽地倒头就睡。当他终于醒来并回到工作室时，发现里面空空如也。也就是说，自动机获得了真正的生命，且作为形体完善的人类，拥有了完整的感知觉，已经走了，就像孔迪拉克（Condillac）在他著名的雕像获得知觉故事中所描述的那样。在月光中，身着一件弗兰肯斯坦的工作服，它走出房间，来到开阔的地带，迷失在群山的孤寂之中，迷失在森林的灌木丛中，人们躲避它，甚至动物也把它当作纯粹异质的存在而避之唯恐不及。尽管按照他创造者的想法，它不仅强壮，而且身材俊美，然而被赋予了生命的它却是个令人厌恶的怪物。

　　生命运动让这个怪物所有的形式和特征都发生了可怖的扭曲。最终，它对一个传教士与世隔绝的家庭产生了兴趣，偷偷地观察这一家人。为了表示同情，它在夜晚为这家人搬来木柴。只是通过偷听，它就不仅学会了说话，还学会了阅读。冬天来临，善良的怪物被人发现了，他们被它吓坏了，烧掉了房子，连夜搬走。因为尽管雪莱夫人在心理方面特别用心，但一部从头到尾都基于虚构的作品，更多的是象征意义，对因果关系的严肃思考不应属于这部作品。因此，对于设计及其他审美方面的不足我们同样也会保持沉默，下面继续我们的分析。它穿着一件弗兰肯斯坦的衣服逃跑了，在这件衣服里有一封信，这个怪物从中发现了——为什么它还要学会阅读？——自己出生的秘密。创造者把它创造得如此悲惨，向他复仇的冲动驱使它杀死了弗兰肯斯坦的儿子。在深山老林里，它遇到了弗兰肯斯坦本人，就把他拖进一个山洞，强迫他承诺创造出一个同它一样丑陋且适配它的女性，不然就杀死他所有的亲人。现代普罗米修斯继续工作，且再次接近完成时，一个可怕的想法出现在他的脑海：这个女性可能会诞生一个可怕的种族。由于他知道自己的工作被秘密、潜行、窥探的怪物之眼所监视，于是他怒火中烧，再次毁掉了自己的创造，并把他的自动机器碎片包起来扔进篮子，搬上一艘小船，划到湖水中央，沉入了湖底——尽管那还只是一个机械女人，然而他还是有种犯罪感。在后续非常奇幻的情节发展中——不属于此处要说明的内容，这怪物杀死了弗兰肯斯坦的爱人，随即消失在北极茫茫大雾之中。这种混乱的、过于女性化的构思颇有胆识和深度，使其具有吸引力。人类技术最成熟的产品，当它妄想同造物主神奇的创造相对抗时，就变成了一个怪物，且恰恰是通过人造生命实现的，在绝对孤立、自然也同任何存在没有关联的状态中，它陷入了深深的悲哀。就在此时，弗兰肯斯坦已然接近他乏味工作的胜利，他被自己的创造所震撼，逃离了一会儿，又摧毁了另一个。在这次摧毁中，他害怕的不只是这种后果对他美好生活的破坏，更因一桩谋杀而吓得魂不附体。在这样的感觉中，恐怖氛围的营造达到了高潮，因为恐怖的场景不仅包括死者像活物一样活动这一事实，主要还在于已死之物、扫帚棍、匕首、钟表、图画、玩偶获得了生命且还变得更强大，在于怪异的音调，隐藏着前所未闻的奇怪秘密，因为当某种伦理语境仍然存在时，就像在海因里希·冯·克莱斯特的《罗卡诺的丐妇》（*Bettelweib von Locarno*）中那样，在某个时候听到从一个房间的角落传出刺耳的呻吟声，因为一个可怜的丐妇被允许在这儿悲惨地死去，她垂死的叹息被听到、与此同时也是一种可怕、庄严的警告：要怜悯！这时仍然有足够的理性。

完全空洞的声音回荡在空中，对像霍夫曼这样的浪漫主义者来说，只有当花朵不是玫瑰和紫罗兰，而是"蓝色花朵"本身时，方才是浪漫的。越抽象，越神秘。雪莱的妻子具有更深度的幻想。出现在她脑海中的这个想法，这位弗兰肯斯坦是多么伟大啊，由于他所创造的种族，人类将会出现不可逆转的、永久性的分裂，即在上帝创造的自然人和通过计算制造出来的人造人之间出现分裂。必然性要受到怎样深度的激发，才会准许丑陋男人（也包括丑陋女人）存在，进而把丑设定为规范，设定为种族的理想！

　　强调鬼魅很容易变成幽默，纯属多此一举，因为涉及鬼魂的讽刺，先知们在这个主题上往往乐此不疲，足以说明问题。[81]但是，就算在讽刺之外，艺术也经常运用可怖和惊吓，营造最可笑的复杂状况，为此，可看拜伦《唐璜》最后一章，那确实包含了最优雅的、在场景和心理上最一致的表现。唐璜决定去看看那个在城堡里出没的修道士。一个装饰复古的哥特式房间，月光，桌上摆着两把手枪，午夜，走廊里有奇怪的窸窣声响，近了，他就在那儿，这修道士！黑色套头帽下两只凶狠的眼睛怒目而视。唐璜一跃而起，修道士跑回黑暗的走廊，这骑士跟在后面，抓住幽灵，扭打在一起——再看：

　　　　这鬼魂，如果它就是鬼魂，似乎有一个美好的灵魂

　　　　始终潜藏在圣洁的套头帽下面；

　　　　凹凸有致的下巴，荣耀之杖的脖子

　　　　合在一起更像血肉之躯；

　　　　黑色僧袍和死气沉沉的斗篷从身后落下，

于是，他们发现——天哪！他们应曾常见！

性感十足，又不过于肥大，

她嬉闹优雅的幽灵——菲兹－福尔克！

3.残暴

我们首先考虑的是犯罪形式的邪恶。作为纯然否定的态度，没有在一种畸形的形态中表达自己，或没有能在一种行动中对象化，它就不能成为审美的对象。但我们选择罪行的标签也是出于这个原因，因为我们想指出，由于一种混合的情感或激情，由于环境的冲突，人们可能被裹挟着犯下一种并非罪大恶极的邪恶行为，或是犯下原则性的恶，但并不残暴。俄狄浦斯、俄瑞斯特斯、美狄亚、奥赛罗、卡尔·摩尔（Karl Moor）等，都犯下了罪行，如果没有这一种可能，人们就可以把恶意或邪恶的快乐归因于他们。我们把可怖附着于罪行，因为它主要在一些充满内疚感的语境表现出来。我们已经把它同魔鬼区别开来，我们也把它同一般的阴魂区别开来。一个精灵的出现，像歌德《浮士德》中的大地精灵，一个阴魂的出现，像埃斯库罗斯《波斯人》中的大流士，能够唤醒死者，同时又具有一种崇高的美。当已死者还没活完他的历史的时候，阴魂首先变成鬼魂，因而仍然免不了为正在发生事情的实用主义所困扰。出于谨慎，在这儿我们也会用一个较宽泛的定义，以免把非邪恶直接引发的现象排除在外。也即是说，不是通过把邪恶当作他们与生俱来的品行来表现，例如对于班柯本人来说，绝非邪恶，也没有犯罪，然而他表现出了恶行。我们强调逝者的不得安生，他们仍被这个世界一些重要的利益拉回来。就可怖转变成惊吓而言，它仍未完全进入如此这般的邪恶领域，而是在荒谬的范围之内，之前我们已经研究过荒谬。可怖作为内在断裂的回响，甚至能成为审美上美的东西，于此，正如莱辛所正确地说的，它唤起了恐惧，也唤起了怜悯。当同死亡、腐烂、罪责、邪恶的观念相关联的时候，它在我们心中激起厌恶感，是嫌恶的。但是，当同伦理的意旨相关联时，作为正义之荣耀的形象——甚至能超越死亡，摆脱丑陋，就像莫扎特《唐·乔万尼》（*Don Giovanni*）中指挥官的影子，表现无与伦比。在失忆中，疯狂本身无疑具有某种可怖的方面。然而，不同于死者，精神错乱者被意象疏远，也即是说，鬼魂从彼世返回此世，完成了巨大的跳跃，即由这个变成了另一个，而精神错乱者仍然活着，只不过被疯狂剥夺了现实感，因此，就对单纯现实的鲜活兴趣而言，他已然是病理上死亡。莎士比亚的伟大不可估量，他对人性了如指掌，在这儿也为我们留下了最恰当的案例。他的麦克白夫人，夜里从床上爬起来，梦游中，试图洗掉小手上的血迹，此时的她就是无限接近可怖的幽灵，让我们感到彻骨的寒意。内疚意识、梦游以及精神开始崩溃在这儿交织在一起，产生了可怕的效果。莎士比亚的李尔王，带着稻草的王冠，坐在一根树杈上，冲着空旷的荒野疯言疯语，创造了一个可怖的印象。但是，在这些场景中，贯穿他们所在的强有力的语境，始终还有理性存在；另一方面，吓人的鬼魅变成了痴傻和离奇的东西。尽管如此，否定它的审美可能性将是非常片面的。幻想也知道从它获得奇妙的美，部分见于民间童话故事，部分见于杰出大师的文学诗篇，这之中，蒂克关于金发碧眼埃克伯特（Eckbert）、吕嫩伯格以及高脚杯的"幻影"故事尤为精彩。

　　这种发展会让那种概念定义所犯片面性错误一目了然，此定义把丑陋的等同于可怖的，进而又等同于邪恶的。怀斯在他的理论中，就被各民族宗教想象中的地狱观念带偏了，错误地把鬼魂等同于地狱居住民成群的魔鬼，这在美学上是站不住脚的。《美学》（*Ästhetik*）第一卷第188页："此深渊中的诸多形式都是鬼魂，它们自给自足，或者说是脱离幻想主体的客观存在，它们出现在有限的精灵［也即活着的人］面前，由此威胁他们，而在这同样堕落的深渊，每个人都展现了无尽的独特性。"第196页："因而，作为所有丑的普遍属性，它有点可怖和离奇，这是人们可能会作为同美之神秘或隐秘本质相对立的表达。作为这种可怖的本性，丑侵扰了美的所有构型，进而取代了它们真正的意义，赋予每个构型独特辩证的位置，它强迫散漫无物的幻想把自己置于最高位置。而且，因为这种从它的存在——它的空无领域走出的可怖幻想，进入更高审美现实领域的只是一种形式的碎片，而在这些形式中则包含了美的理念，因此发生这种情况最终的、充分的原因被发现不是内在的，而是外在于，或者说超越了这种理念，即在邪恶的本质和概念。"我们没什么好反驳的，事实上我们完全同意这种观点，即在邪恶中能看到绝对的谎言以及邪恶之中也有一个可怖的时刻，只是，把可怖只是作为一个谎言，把丑陋只是作为可怖，在我们看来是美学家的一个混淆，其错误性在他的追随者鲁格的作品中可以看得一清二楚，在库诺·费舍尔那里再次展露无遗，费舍尔曾把怀斯的彩色版著作通俗化。[82]

　　现在，当我们可以继续研究残暴时，我们还必须面对一个哲学家黑格尔，因为按照他的《美学》第一卷第284页中的一段详尽且一

以贯之的话，这样的邪恶是不可能唤起审美兴趣的。考虑到这个问题
本身的重要性以及我们对黑格尔观点重视的程度，希望这儿能引用他
自己的话并附上一些评论。黑格尔说："否定之现实性的确能同否定
及其本质、属性相对应，但如果内在的概念和目的本身已经空洞无
效，那么已经内化的丑就不允许它的外在现实有一种真正的美。"否
定的东西不能拥有肯定的形式，这是自然。那么，若它的内在本质是
丑陋的，就必须外在地反映在相应的形式上吗？但就审美而言，差异
便显现出来。也即是说，如果艺术是按照内部来建构外部，那么在对
象是坏的的情况下，在为了善和真的意义上，此外部可能不美，也不
可能真的美。但是，把否定按其本质完美呈现出来的艺术家，做得如
此漂亮，我们难道就不应该给予肯定吗？这不是由崇高或愉悦而来的
美，而是由卑贱和嫌恶的形式而来的美，当然，艺术家若只知如此发
现、组合和设计，那么他们的确只是把内在的否定准确无误地再现为
某种丑陋的东西。然而，画邪恶就这么容易吗？每个笨手笨脚的家伙
都能成功？——黑格尔继续写道："诡辩者的确试图通过角色的巧
妙、力量和能量把肯定的方面带入否定，但我们留下的永远只是一座
洗白的坟墓的印象。因为在任何情况下，唯一的否定本身都是黯淡无
光和平板单调的，因此不论是被用作一种行为的动机或仅仅是作为得
到某人回应的手段，带给我们的都只是空虚，或把我们推回原处。暴
力的残忍、不幸、野蛮，以及极权的冷酷，如果自身为一个内容丰富
的重要角色和目的所维系与支持的话，或许可以在一个理念下始终如
一地结合在一起，但是这样的邪恶、嫉妒、懦弱和背信弃义只会令人
反感，魔鬼自身因而是一个坏的、审美上无用的人物，因为他本身就

是谎言，因而是一个极其乏味的人。"让我们在这儿稍作停留。邪恶
在伦理和宗教上都是可悲的，这没什么好说的。毕竟，新柏拉图主义
者甚至曾无视它的经验存在，视其为非存在。邪恶在审美上是令人反
感的，对此我们太确信了，以至到了这种程度，即我们关于嫌恶的整
个讨论在邪恶和残暴的概念上达到高潮。但是，邪恶因此在审美上就
是无用的吗？在现象的世界，一物的本质总是通过另一物的外观显示
出来，否定和肯定、邪恶和良善难道不是以这样的方式连接在一起？
黑格尔的确说过（颇为谨慎）：魔鬼本身是一个坏的、审美上无用
的人物。然而，"魔鬼本身"似乎意味着只有魔鬼，从整个世界背景
中挣脱出来，作为孤立的艺术对象。对此没什么好反驳的。我们在
"导论"中已经指出，邪恶和丑被认为只是伟大神圣世界秩序中微不
足道的契机。只是，在此要求范围之内，魔鬼般的对象也是如此毫无
美感？任何人如此断言，就必须要求艺术只能是道德的展览，他不能
要求艺术作品如此这般地反映我们透过争斗的现象才能发现的世界图
景，也不能要求通过艺术品从另外一面看到的纯然肯定理念之永恒、
同一的基础。确实，邪恶让我们感到冰冷，将我们推开；激情的诡辩
也的确无法掩盖坏人内在的空虚。但是对坏人的表现，可以使我们产
生一种作为结果的判断，它难道就不能有审美的兴趣吗？形式化的心
灵，虚伪地孕育出邪恶；形式化的能量，追求着它的目标；专横的伟
大，无所顾忌地累积着罪行，所有这些在审美上都是无用的吗？整个
中世纪戏剧艺术都是靠着平淡无奇的要素发展起来的，这怎么可能？
英国的经典时期只能从神秘剧到道德剧，以及通过魔鬼和小丑（"恶
人"）变形的方式发展出真正的喜剧和悲剧，这又是怎么发生的？尽

管如此，我们还是暂缓追问，因为或许答案就在眼前。黑格尔继续写道："同样的对象，憎恨的复仇女神以及那么多后来的同类隐喻形象的确都是强有力的，但是它们没有自身肯定的充足性和持续性，不能保证理想的表现，尽管在这方面也适用于个别艺术，适用于把对象置于直觉之前与否的方法手段，但还是可以观察到在被允许的和被禁止的之间有着巨大的差异。"如果"憎恨的复仇女神"指的就是欧门尼德斯，那么黑格尔肯定犯了一个错误，因为同样的复仇女神，作为血亲罪恶感的捍卫者，根本上就是肯定的力量，她报复的是正义和神圣职责的践踏者。它们令人恐惧的形象被描绘成了崇高的美，哪怕是光亮之神也称它们为夜魔。与此同时，黑格尔在这儿想到的可能更多的是罗马的和法国的神灵，例如伏尔泰的《亨利亚特》，充斥着此类隐喻形象，编造了一种神话。然而，如果此类隐喻在审美上看似枯燥而贫乏，难道不更应该在这种隐喻的本性中找寻原因吗？孤立的隐喻表达出来的德行就比恶行好吗？难道不是像阿尔布雷希特·丢勒（Albrecht Dürer）或鲁本斯那样最富成效、最富于形式的天才都很难处理好乏味的隐喻吗？黑格尔的确承认，各门类艺术在这方面的表现差别很大。这是自然，但正因此诗歌能以完全有趣的方式表现邪恶，因为它能表现于终极起源上引发的独特的精神错乱。不像视觉艺术，诗歌无须借助隐喻和象征的手段，便可以让邪恶自我意识的阴暗面自行发声。歌德塑造的梅菲斯特（Mephisto），这个游手好闲的家伙总是以一种极具讽刺意味的明晰话语否定地表达自己，不正是在这样的话语中发现了梅菲斯特的伟大吗？我们的哲学家继续道："然而，邪恶本身一般是贫瘠和空洞的，因为这同等的空无中能有的不过是否

定、毁灭和不幸，而真正的艺术应该为我们提供和谐的景象。"我们
再次认同对邪恶空洞性的普遍确证，但不赞同就其后果所作的解释。
不幸和毁灭不是也可以作为善的后果以多样化的方式表现出来吗？一
件艺术品的和谐会因不幸和毁灭而锦上添花吗？每个悲剧不都包含了
无尽的悲苦，这损害了其审美和谐吗？黑格尔的观点是："首先，恶
行是可鄙的，因为它源自对高贵的妒忌和憎恨，且肆无忌惮地滥用它
自身中甚至是正当的力量去追求坏的或可耻的目标。古代伟大的诗人
和艺术家因此不会给我们描绘恶意和堕落的景象；莎士比亚则与此相
反，例如在李尔王身上，向我们展现了邪恶所有的恐怖。"黑格尔继
续斥责老李尔王，因他愚蠢地分割了自己的王国以及错误地评判考狄
丽亚（Cordelia），他还发现其中的一贯性，即这种疯狂行为应该以
疯狂本身作为最后的结果。伟大的荷马在特瑞斯特斯身上是不是已经
给我们表现了源自对高贵的妒忌和憎恨的恶行的景象？我们姑且把这
个问题先放在一边。但是我们应该真诚地相信黑格尔希望以这和方式
把莎士比亚同伟大的古代诗人对照吗？即莎士比亚"展现了邪恶所有
的恐怖"，让自己因犯了一个审美的错误而内疚？这种观点同他《美
学》中无数的段落相冲突，在这本著作中，他对莎士比亚的钦佩之情
溢于言表，至于李尔王的情况，确切的表达在第三卷第571页。我们
必须承认，黑格尔在那些道德上完全合理的正面力量发生冲突的情节
中，比在那些只将否定力量用作平衡杠杆的情节中，敏锐地发现了更
多的诗意。他对《安提戈涅》赞赏有加，称其为所有喜剧中"最优
美、更能令人满意的艺术品"（《美学》第三卷第556页）。我们必
须进而承认，他是所有假慈悲即像伊夫兰或科兹布那样软弱无力喋喋

不休的渴望宽恕式道德的公开的敌人，但正是基于这种立场，他也是
最看重伦理道德的人之一，对他来说不道德是令人愤慨不能容忍的，
故而缺少幽默地处理邪恶的意识，后者是在基督教时期发展起来的。
有"无聊玩笑"之名的浪漫派讽刺基本上也同他无关。荷兰画派的绘
画独享可以放弃高贵内容的特权，否则他也必然会提出要求。黑格尔
在这儿也强调，古人也不能因命运观念就用自由的主观形式来表现邪
恶，就像黑格尔在其他地方很好地解释的那样，现代人，因自由的理
念，通过基督教的中介形成世界观，出于必然性的要求，在表象的循
环往复中不得不采用邪恶，因为自由的主观方面在邪恶中恰恰表现为
排他性，而邪恶的否定性借助善本身肯定的力量预备了消亡的命运。
黑格尔如此反感的嫉妒的恶毒，对于古人来说属于诸神自身的"妒
忌"（$\phi\theta o\nu\epsilon\rho\acute{o}\nu$），在基督徒则属于魔鬼。不然，为什么恰恰是伟
大的艺术家——奥尔卡纳、但丁、拉斐尔、米开朗琪罗、高乃依、莱
辛（Racine）、马洛（Marlowe）、莎士比亚、歌德、席勒、科内利乌
斯、考尔巴赫、莫扎特——如此勤于表现邪恶？且不仅仅是以罪行和
可怖的形式，更以魔鬼的形式！[83]

　　来自单一激情、特殊恶意、短暂情感的邪恶，作为残暴的存在，
在原则上憎恨善，以否定作为绝对的目标，以制造病态和邪恶为乐，
由此把自身区别出来。这种有意识地反对善，同它的概念不可分，
也使它成为通向滑稽的过渡。当然，只有当直面自我意识扭曲的镜
子——里面原本应该是神圣的意象时，邪恶才有可能过渡成滑稽。它
即刻就提醒我们它的快乐就在于摧毁善，它嘲笑善为其荒唐的对立
面，它冲善露出了獠牙——但它又离不开善，因为如果没有善，它就

什么都不是，到这种程度的邪恶就是疯癫。人为邪恶魔鬼控制，被迫干些可怕的事，残暴的存在以此等人的理念重复着罪行。着魔者抑制不住地愤怒，玩耍、喝酒、诅咒并彻底堕落成人畜。理念于是离去，真正主导他的只能是那魔鬼或事实上是多个占有了他的魔鬼。但尚存的真相是，人自己干了所有的事，因为这种理念的确把其处境中的不自由回溯到它的自由本身，即它犯了一些错误，准许接近一些魔鬼，也不论是专横的、淫荡的还是其他的。诚如众所周知的，在他们之中恶习就像德性一样社会化，其他人很快就有样学样。人们本应通过他的自由且为自由故拒绝邪恶，但却没有这么做，因此被邪恶掌控仍可说是人自己的责任。在《巫术》（*Witchcraft*）中，残暴重复着可怖之要素。所谓黑魔术，其目的就是通过献祭真正的自由和福愿迫使地狱恶魔的力量为自己服务，以满足一个可怕的利己主义者所有浅薄的欲望。在魔术中，一个人不会失去主体自由，而在着魔的状态下主体自由则会消亡。他想要邪恶，头脑清醒，同魔鬼签下了协议。——我们可以称残暴为本真的存在，正如它毫不掩饰地认知、欲求、肯定自身，它在嘲笑声中让神圣的世界秩序分崩离析，并以此为乐：真正撒旦式的方式。

　　别忘了，我们不是从心理上和伦理上，甚或不是从宗教哲学的立场上来讨论这些条件，而是从审美上来探讨。在着魔者这个理念中仍然存在着人类和恶魔的二元论。着魔者被想象为这样一种人，即魔鬼占有了他，任意地控制着他。同一个有机体中，这种截然不同个性的双重性，自然不可能是美的，一方面，表现出了着魔者特殊的消极形式，另一方面又表现了由附身恶魔的暴力产生的异乎寻常的机动性。

绘画或诗歌应该呈现这种割裂吗？它们必须以某种方式刻意区分自然形式和由魔鬼制造的形式。然而，如果人没有打开通向恶魔的道路，恶魔就不可能占有他，因此这种区分原则上是无效的。所有的宗教都赞同这个态度。甚至印度宗教在这种情况下也预设内疚感，前提就是人是自由的。那拉（Nala），泥沙达（Nishada）之主，达马衍帝（Damayanti）出色的丈夫，因财富激起众神的妒忌，由于这财富，大美女宁可选择他而非诸神。为了伤害他，众神早早埋伏，毕竟印度神灵的妒忌心和报复心一点都不比古希腊神灵弱。然而，这个高贵的人严格履行了所有的种姓义务。最终，十二年后，他有次小便，忘了洁净的规定，站上了被尿湿的草地——这就给了魔鬼可乘之机。一直隐匿地跟踪他的卡莉占有了他，并首先引诱他赌博。好辩者或许想就此宗教设置的荒唐规则辩论一番。《那拉和达马衍帝》（*Nala and Damayanti*）德文版翻译者也是毫无道理地略去了印度原作中灾难情节。博普（Bopp）在他1838年版的注释里温和地提到过，但就算如此，一位女士的眼睛也可能会不小心错过，他用的是拉丁文："尿完后，站了上去，黄昏时分那拉没有清洁他的脚就坐下，卡莉乘机进入。"（Qui fecerat urinam et earn calcaverat, crepusculo, sedebat Naishadus, non facta pedum purificatione; hac occasione Calis cum ingressus est.）然而清洁身体事绝非毫无意义，那些意在培养完整人格的宗教本应对此赋予重大意义。而履行义务要求实现所有的职责。在这一点上，印度诗人事实上让那拉违法的程度之低几乎可以忽略不计，他想传达给我们的不过是英雄的圣洁，因为他什么都不在乎，哪怕是最低程度的遵从，与此同时他想让那拉说出这样一个事实，即他所犯的不过是最轻的罪，一个真正的替罪羊。——生命的破碎、眼神的涣散、卷曲的四肢、暗淡的心灵，随着救赎力量的介入，精神上温和的曙光、爱的意识开始闪耀，于此之时，人从魔鬼中解放出来，而艺术则可以传达出最好的效果——眼睛仍半睁半闭，嘴巴已经张开接纳逃逸的魔鬼。在他身上，扭曲之丑陋消失了。鲁本斯和拉斐尔就是如此处理这个主题的。在拉斐尔的《变容》（*Transfiguriation*）中，人们在山的高处可以看到漂浮着的光芒四射的救世主，下方山脚处一群人围着一个着魔的男孩，他的亲戚和母亲把他带来，在前景处跪在使徒们前面，他们把他指引向上方，指向唯一真正有能力解救男孩的那位。

残暴也有可怖的特征，因为它在原则上反对肯定的世界秩序。这个特征在巫术中表现为一种特殊的形式——人们必须把巫术同一般的魔法区别开来。如我们之前看到的，魔法带来的是荒谬，因此它甚至同魔法表演者的美、有益的意图、善良的目的融合无间、毫无违和，可以被想象成聪明的魔法、高级科学，魔术艺术使得跳过人生链条的中间环节成为可能，而人的日常行为总为这链条所羁绊。于是就有了罗伯特·格林（Robert Greene）的佩特·巴科（Pater Baco）、莎士比亚《暴风雨》（*Tempest*）中的普洛斯彼罗、亚瑟王（Arthur）传奇里的梅林（Merlin）、加洛林王朝传奇（Carolingian saga）中的马拉吉斯（Malagis）、奥特尼特（Otnit）的埃尔伯里希（Elberich）、罗马-意大利传说中的维吉尔等。这种魔法也可以作为精彩的故事快乐地展开，就像《一千零一夜》中一些女人所做的那样，琉善故事中同名主人公的女主人，为了飞向她的情人，非常迷人地把自己变成了一

拉斐尔，《变容》

只鸟，而他却因用错了药膏变成了一头驴。巫术则完全不同。在一种宽泛的意义上，我们必须把所谓的黑魔法归于巫术，因为它是在为罪恶的行动寻求邪恶的地狱精灵的帮助。这种魔法有意识地寻求邪恶，在它的黑暗行径中呼唤魔鬼出来合作。软弱于无意间或半清醒状态为魔鬼打开了通道，尽管一开始他不想如此，但是献身巫术的人在半清醒状态把自己从人类的圈子里扯出来，进而与深渊的力量结盟。我们发现古人中已经有此观念，但经由基督教中世纪的二元论才得以形成了一种最可怕幻想之形式化体系。在古代东方，恶毒的老妇人作为可敬贵妇的阴险对等物，已经成为女巫的典型，她邪恶的眼睛，她的药水，以及她的符咒，给人们带来灾祸。妖术（hex）一词据说源自赫卡特（Hecate），一个年老的夜之女神。这个邪恶的老妇，就像阿里斯托芬在《立法者的节日》（*Thesmophoria*）、《妇女大会》、《吕希斯特拉塔》如此频繁地描绘的那样，极其丑陋，不只是因为她脸颊凹陷，前额爬满皱纹，铅灰色的头发，更因为她外貌像年轻、貌美、幸福的阴毒的妒忌者，因为作为淫媒，她以撒旦式的快乐败坏美丽的处女，因为她无视年老，仍然被肮脏的欲望所折磨并寻求满足。这邪恶的老妖婆通过诱发对自然新鲜气息可怕的报复来锻炼自己，后者被她视为天然的对手，她试图通过魔法胁迫，获得自然已不再情愿给予她的快乐。这个声名狼藉的家伙构成了女巫的基本类型。在此基础上，后来又加上了这样的观念，即她开始同魔鬼、事实上是魔鬼本身交往。无论是天主教还是新教的正统思想，均视巫术为一种魔鬼的仪式。维尔多教派信徒（Waldensians）在孤独山峰上的集会，第一次激发了女巫安息日的想法，这在法国又称杂耍（Vauderie），德国北方

威廉·布莱克，《埃尼塔蒙欢乐之夜》

神话则把地点放在布罗肯山（Brocken）。在这儿，在恶魔般的犹太教会堂里，以最令人反感的讥讽的态度戏仿了整个基督教礼拜仪式。撒旦，虽是人的身形，但有着公羊脑袋，长爪子的手，鹅或马的脚，受到隆重崇拜。他的生殖器和臀部被亲吻。蟾蜍、刺猬、老鼠等都受了洗，以此讽刺洗礼和圣餐，而魔鬼所提供的不是圣洁的类似物而是一片鞋底，黑色、粗糙、坚硬，他给人喝的也是黑色、苦涩、令人作呕的东西。在一定程度上，为了戏仿基督献祭，撒旦也献祭了自身，他把自己当作一头公山羊烧死，散发出巨大的恶臭。群魔乱舞的教会则在狂欢中，在淫荡的舞蹈和拥抱中，庆祝它的奉献，然而这种献祭有它的特殊性，即魔鬼们的精子是冷的，因为作为上帝诅咒了的巨民，它们没有生产能力，因而首先必须同有着女性身体的、作为一个女妖的男巫睡觉才能受精，这是为了以女妖的男性身体满足它们女性情人的兽性欲望。乱糟糟的宴席、暴饮暴食以及所有种类的通奸乱伦，系统地颠覆神圣的秩序，清醒地否认上帝，于是艺术就试图以女巫的形式和相貌来表达这些，就像丹尼尔斯的女巫，当然，首先是阿尔布雷希特·丢勒画了它们。在维也纳，卡尔大公（Archduke Karl）收藏的绘画作品中，有些珍贵的丢勒版画，这些画上的女巫，有着旋转的头发、血红的眼睛，她们牛羊般动物化了乳房，她们皱巴巴、残齿样的嘴巴以及半是恶毒半是肆无忌惮的好色的表情，激发了我们的恐惧。

　　诗歌已经成功地采用了巫术，尤其是较早的英国戏剧，米德尔顿（Middleton）的《女巫》（Witch），罗莱（Rowley）、德克尔（Decker）、福特（Ford）共同编撰的《埃德蒙顿的女巫》（Witch of Edmonton），莎士比亚的《麦克白》，以及海伍德（Heywood）的

《兰卡郡的女巫们》（*Witches of Lancashire*），[84]这些戏剧中都采用巫术因素。最后一部作品在画廊展览的意义上包含了所有形式的恶作剧，女巫们就通过这些恶作剧扰乱社会。例如，她们确保一个家庭整个的道德秩序都被颠倒。母亲和父亲害怕儿子和女儿，儿子害怕男仆，女儿害怕女仆，等等。海涅在他的舞蹈诗《浮士德》中运用了对女巫安息日必不可少的要素。真实女巫设定的无根据性，特别是女巫审判的恐怖性，在一部出色的德国故事《维特·弗雷泽》（*Veit Fraser*）中得到了最为生动的表现，这个故事可见于《社会黑暗面：惊人罪行和法庭案例实录》（*Nachtseiten der Gesellschaft, eine Galerie merkwürdiger verbrechen und Rechtsfälle*），我们可以不用在女巫之类现象上多费唇舌，因为在过去几十年里，歌德《浮士德》的众多评论者没有丝毫懈怠，收集了大量关于魔法、女巫的厨房以及布罗肯山的瓦普吉斯之夜的观察评论，在这方面爱德华·梅耶斯（Eduard Meyer）的《歌德〈浮士德〉研究》（*Studien zu Goethe's Faust*）最为全面。

事实上，尽管从审美的角度来看，人们想象不出有什么比女巫的安息日更恶心的了，但作为撒旦式的东西，恶魔类形象的设计，在智力上仍有更深的含义。巫术及其滑稽可笑的用具，主要在粗俗的感官欲望的循环中，在淫荡、恶毒的女人领域，在一个幻想的外观世界，发挥作用。撒旦式的东西确是其仪式的中心，但更多是对教会礼拜仪式的戏仿，智力含量不高。作为对比，真正撒旦式的东西强调其愤怒的意识——不是出于软弱、被魔者附身，受制于外力；不是因恶意的快乐被驱使着献身邪恶，就像女巫那样，而是在自我意识中、在自由制造邪恶中，找到最大的快乐。话虽如此，按照它的概念，绝对的邪恶也是绝对的不自由，因为它只包含否定的真自由，只包含善之非意愿的意愿，这就是为什么我们称它的意志为一种非意志，成为意志则意味着空无。如果人们可以这样想的话，那么就可以说，在这无物的深渊里唯有意愿让他感到自由，因为他感受到的只有他自己，只有十分排外的自我主义。善作为所有事物的基础，只会让他想到打碎所有上帝设定的界限，连根拔起所有自然秩序，鄙夷地摧毁所有精神上的礼貌和谦逊。于是，我们在此有理由期待最大限度的丑陋，只是此观点中形而上的抽象反过来又弱化了它的丑，这听起来矛盾，却也是事实。撒旦式的主体有某种堕落的激情，无视所有的可怖性给予它的外观以某种形式上的自由，让它能够成为比人们一开始可能想到的更美的对象。魔鬼，尽管尽其所能地让自己处于上帝的位置，但除了他的是否之惑、他的绝对的矛盾，却不能创造任何东西。他试图成为原初的存在，这种努力却先天无效，因此他最终也只是一个鬼相，傲慢的威严随即就反转成了关于可怜、愚蠢的魔鬼的幽默。幻想因而把魔鬼表现为：1.超人，2.类人，3.人类。

超人作为一个更高精神世界中的一员，属于真正的上帝，因妒忌和骄傲而堕落。宗教幻想把这种撒旦式的主体想象成巨大的形式。在较低层次的自然宗教，魔鬼的力量仍归于最高的神灵，偶像的形式因而被设计进它的形象，体现为巨大的畏惧和恐怖。蒙古的甘戈尔（Ghangor）和墨西哥（Mexican）的惠齐洛波切利（Huitzilopochtli）瞪着我们的样子是多么可怕！这些盯着我们看的血红的眼睛是多么恐怖，这些从深喉里伸出来喘息的残忍的舌头是多么嗜血，这些向我们龇着的尖利的牙齿是多么吓人，这些向我们展示出不可抗拒盲目性的桀骜不驯的爪子是多么残暴，作为一个变动不居的人类和动物形式集合体的肉身是多么蛊惑人，用人类头骨和破碎尸体做的装饰又是让人多么不寒而栗！在更高级的宗教，这种掠食者的相貌消失了。撒旦的基本特征是撒谎、妒忌和傲慢，由此而来的首先就是谋杀。形象的精神化让形式不那么明显，更多的是通过邪恶的行为表现出来，就像印度卡莉（Kali）、帕西伊什汗（Eschem）、埃及塞特（Set），塞特的形象是大腹便便，顶着个河马脑袋，被古希腊人称为泰丰（Typhon）。古希腊人把邪恶理解为自然和道德尺度的否定，但并未集中于一个特定的个体。否定性之丑被按照截然不同的契机分给了截然不同的主体。[85]百臂巨人赫卡同克瑞斯（Hekatoncheira），让人想起印度神灵，作为泰坦力量，同新神战斗，但他们并不邪恶。独眼巨人塞克洛普斯与其说是邪恶不如说是粗鲁。格莱埃（Graiai，字面意思即灰色的姐妹）则是有着灰色头发、美颊的女孩们，福尔库斯一颗牙齿，哈尔皮斯令人反感，塞妊（Sirens）是有着鱼尾的美胸处女，拉米亚斯（Lamias）和恩普萨斯贪恋她们所引诱的俊美少年的血，萨提洛斯嗜酒、淫荡，长着公羊脚——但所有这些神奇的家伙在我们看来上都不是邪恶的。赫西俄德的《神谱》（*Theogony*）在描述了卡俄斯（Chaos）后逐一列举了夜之子，它们是可怕的但并不邪恶。在普罗米修斯神话中，疾病的起源被表现出来，但并非真正的邪恶。这一切已足够说明：就我们在古希腊人身上看到的所有深层道德而言，我们必须承认撒旦式邪恶的观念对他们来说是陌生的。他们的渎神（άοέβεια）还远不足以达到这种邪恶性。另一方面，在斯堪的纳维亚神话中，邪恶的观念在洛基（Loki）身上已集中得不能再集中了。洛

阿尔布雷希特·丢勒绘制的插画，画中一个女巫骑在一只山羊上，普
提拿着一个炼金术士的花盆和一株带刺的苹果

瓦茨拉夫·霍拉尔，《泰丰》

约翰·弗拉克斯曼，《赫卡同克瑞斯》

佚名，《洛基》

基以正宗撒旦的方式憎恨着善良、友好的巴尔杜（Baldur）。在一场欢乐的游戏中，众神决定射杀巴尔杜。但万物最初都被要求发誓不能伤害他，唯有一个槲寄生鞭子因洛基的诡计除外，它因此就成了致命的死亡飞镖。洛基把它给了瞎眼的神霍德尔（Hödor），让他射向巴尔杜。众神的确只惩罚了洛基，他们用铁链把他锁在一块大石头上，让蛇往他身上滴下痛苦的毒液。随着善之神巴尔杜的死亡，世界的灾难就开始了，并在同阿森（Asen）民族的伟大战争中迅速衰落。这种思想，即善之神因恶意而牺牲，之后世界无法维持存在，有着非同寻常的美与深度。——希伯来一神教中，从耶和华那儿接受了诱惑约伯的任务的撒旦还只是一个天使，远非同上帝撕破脸的恶魔般的存在。直到后来犹太人从帕尔希教（琐罗亚斯德教）吸取了飞神伊什汗的观念。在伊斯兰教中，魔王埃波利斯（Eblis）同安拉（Allah）的关系也很好。他向安拉发誓，要引诱所有不皈依伊斯兰教的人走向邪恶，这样安拉就可以让所有这些人都下地狱。土耳其和整个北非的卡拉古兹，甚至中国皮影戏（Ombres Chinoises）主角，的确是魔鬼，但只是一个厚颜无耻、滑稽可笑的家伙。[86]——只有在具有绝对自由的基督教中，魔鬼才会以一种绝对否定的自我意识的形式，自我完善，孤独成长。面对以人的形式出现的上帝，绝对的邪恶也只能从人类学的角度出场，就算一开始是强大的有翼天使，也只能通过灰色、阴暗的颜色同其他天使区别开来。撒旦由此出现在避邪玉石（Abraxas）和旧时的微型画上。恶魔也曾以邪恶之三位一体的形式出现，即三个完全相同，拴着绳索，戴着王冠，拿着权杖，甩着舌头，令人恶心的人，就像狄德隆在他的《基督教图像》（*Iconographie chrétienne*）中描绘的那样。[87]

　　后来，画家们顺手就把这双翅膀画成了蝙蝠的翅膀，就像皮萨诺圣墓内画的那样，直到对充满活力对照的追求让艺术也采用了其他动物的形式。但丁的《地狱篇》利用了很多奇妙的概念。人类学构形，就算在超人概念领域都是主导倾向，也给了中世纪梅林神话一个契机，即魔鬼模仿上帝也想生个儿子。他在威尔士的卡玛森（Carmarthen）在对方不知情的情况下同一位虔诚的修女偷情，因而就实现了善的力量和邪恶力量的统一。这次结合的结果就是圣洁的处女怀孕并生下了梅林；作为魔鬼的儿子，梅林被认为将摧毁上帝之子的王国。情况自然正好相反。古老的法国梅林故事由施莱格尔以众所周知的形式翻译成了德语。[88]莎士比亚和罗莱[89]的《梅林的诞生》（*Birth of Merlin*）是部精美的戏剧，魔鬼被渲染得光彩照人，也不缺少地狱般威严，然而，这并不能阻止儿子在和父亲见面时表现得很粗鲁，这同斯克里布的《魔鬼罗伯特》中父亲感伤地对待儿子形成了真正的反衬，对后者我们已经批评好几次了。伊默曼的《梅林》对魔鬼观念的把握缺少足够的深度，诗人没有充分深入基督教神话意识，仍过于依赖诺斯替派（Gnostics）的宇宙想象。

　　撒旦的非人化概念主要源自古代的萨提洛斯面具，其中最简单的公山羊形象可能就是其最初形态。斐迪南·皮伯（Ferdinand Piper）的《从远古到十六世纪基督教艺术的神话和象征》（*Mytholoigie und Symbolik der christlichen Kunst von den ältesten Zeiten bis in's sechzehnte Jahrhundert*）1847年版第一卷第404–406页可以为证。尼克拉·皮萨诺（Nicola Pisano）在皮萨洗礼堂（Pisa Baptistery）的布道

爱德华·伯恩-琼斯，《梅林的诱惑》

台上就把最后审判中的魔王别西卜（Beelzebub）画成了萨提洛斯。在那之前，这种形式未曾出现过。接下来，在14世纪，我们在圣拉尼尔（San Ranieri）故事中的皮萨诺圣墓里又发现了它，此后它的应用范围迅速扩大。狮子和龙也成了撒旦式东西的象征。进而，艺术家们不仅把动物形式，还把无生命的东西像桶、啤酒杯以及带有人的脑袋和形式的蒸罐，以最奇怪的方式混合在一起。他们想用这种拼贴的作品紧凑地表现无尽的荒谬和邪恶的断裂。在这个领域，希罗尼穆斯·博斯（Hieronymus Bosch）、勃鲁盖尔父子（Bruegels）、丹尼尔斯以及卡洛创造了多么数量庞大稀奇古怪的形象啊！这种幻想的无定形性也被用于表现恶魔对圣徒的诱惑——这些恶魔想占有圣徒，再现地狱时为让被诅咒者的折磨形象可见，无定形幻想用的也不少。世人不可能穷尽恶人和他们所受惩罚的象征意象。但丁的地狱仍然用了很多古代的意象，在约翰·弗莱克斯曼（John Flaxman）为《地狱篇》所作的画中，地狱像一个瞪着眼的人脸。这儿遵循的仍然是看视和分组的造型艺术的规则。相反，勃鲁盖尔则把基督教地狱的因素转移到了他的《珀耳塞福涅的到来》（*Arrival of Proserpine*）中古代的塔耳塔罗斯（Tartarus）上。在备受喜爱的圣安东尼（Saint Anthony）诱惑故事中，家鬼、小妖、魔鬼以及女魔鬼群集，被认为是为我们客观化地表现圣徒内心的挣扎，魔鬼形象被安排在中心，它试图以一个美丽女人的形象引诱这个隐士产生淫欲。然而，这个诱人的美女被认为在一些细节上泄露她真正的身份：一堆鬈发中升出的角，天鹅绒连衣裙裙裾下露出的尾巴，裙子上隐现的马蹄轮廓。但事实上远不止这些象征特性，身形、手势、五官以及这个女人递给隐士杯子时的表情，都让人

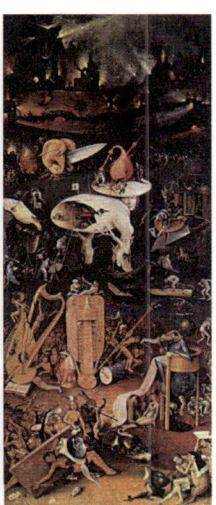

博斯，《人间乐园》

老彼得·勃鲁盖尔，《大鱼吃小鱼》

小大卫·丹尼尔斯，《小酒馆里的猴子》

雅克·卡洛，《驼背矮人与小提琴》

雅克·卡洛，《圣安东尼的诱惑》

们认识到她是一个地狱美女骗子，本身就隐藏着死亡和痛苦。卡洛[90]
在处理这个主题时有很多疯狂的发明创造。

他勾画出了一道巨大的石缝，远处的景象仿佛被水火肆虐过的
世界。在右前方，我们看到被逼近角落的圣安东尼为保护自己正在同
恶鬼对抗，那些恶鬼要用铁链把他捆起来带走。他似乎即将战胜欲望
之魔。在这岩壁的一个黑暗角落，一只鼠类的动物昂起了头，鼻子上
架着眼镜，正竖起一杆枪蓄势待发，从藏身之处怀着恶意射击。隐士
洞穴上方的石头坡上聚集了一个奇怪的社群。一个裸体的鸟形生物，
大腹便便、长脖子，长着张非人的却又是人的脸，大声朗读着祈祷
书。人们无法想象还有什么比这更虚伪的了。这个肥胖牧师周围聚集
了各种各样的魔鬼，没有两个是一样的，却又都一样，都有着最普通
的感性和伪善之令人恶心的特征。一个双手合十，另一个跪在旅行者
的驴背上，似在公告什么，有人用它们的长鼻子演竖笛，另一些人把
肛门当作脸，在上面敲击节凑。在图画左边的远处，我们看到一面峭
壁，向外隆起，上面有几处凹凸。在一个突出的部分，站着一个完全
怪异、穿着军装的家伙，他向上看着，张开食管，让大量粪便落入其
中。这种屈尊俯就的传送让它感到自己被美化了。就在前景里站着一
头相当巨大的四足动物，完全由盔甲和武器碎片组成，自它张开的嘴
中，枪、矛、箭，以及各种各样的投射物都纷纷射出，就因为一个粗
心的家伙用引信点燃了这个生物的尾部。在它前面，一只昏头昏脑的
螃蟹带着一个冒烟的灯笼向前跑去。但在整个场景中间出现了一支可
怖的凯旋队伍。一副动物骨架的脖子和头上，坐着一个赤身裸体的镜
像人形。难道是代表维纳斯？两个非常显眼的生物拉着一驾骷髅马

车，一个身子弯曲、干瘦，是真正的野兽，另一个有着大象般的脚，爪子抓住一根拐杖。在所有这些由放荡不羁的幻想引发的生物之上，悬浮着一头地狱龙，喷出恶魔般的生物，它们在空中直接进行繁殖，就像一种邪念生发了无数其他事物。

　　撒旦式超人概念从根本上来说是简单的，就像亚人类概念是多重的。尽管后者可能散漫得不可思议，但它离不开同人类的某种联系，因为它的主题始终是人类的自由，在自由从其神圣必然性堕落时获得它的主题。绘画因此甚至给天堂里的蛇一个人的脑袋，一副谄媚、聪明、故作友善的面相，这条蛇曾于它所在的知识树上向人类第一对夫妻传授它的诡辩。因为对于我们来说，只有在人类的形式中能看到精神的个性特征，对于艺术来说，用简单的人类形式表现恶魔只是不可避免的结果。毕竟，作为邪恶天使的魔鬼的形式也不可能是其他。在我们的想象中，魔鬼可以呈现为任何形式，因而也包括人类形式，这种观念是通向人性化的另一个途径。在艺术中，最初似乎有两个不同的起点，一是把撒旦式的存在表现为僧侣的形象，二是表现为猎人的形象，前者是神职人员的形象，后者是世俗、民族的形象。例如，前者我们可以在博伊塞勒（Boisserée）藏画里一幅出自约阿希姆·帕蒂尼尔（Joachim Patinir）之手的《基督的诱惑》（*Temptation of Christ*）中看到，穿着僧袍的魔鬼只留出有爪的手作为象征，剩余恶魔表达出来的能量已经进入个性化的身体和相貌，比起表现明晰的特征，这自然更难实现。荷兰画家克里斯托弗·范·希切姆（Christoph van Sichem）画的浮士德也是如此，其中魔鬼被画成了方济各会修士——一种跨蹲的姿势；长着一张有力的圆脸，满是肉感和恶意；一

约阿希姆·帕蒂尼尔，《基督的诱惑》

克里斯托弗·范·希切姆为《浮士德》绘制的插图

只小手，肥胖、肉感的手指头很短，看上去很不舒服。[91]

　　古老的浮士德传说中的梅菲斯特同博士一起推演了许多关于世界起源、圣灵秩序、罪恶本质以及彼岸世界秘密的思辨神学，考虑到所有这些的深奥性，修士形象非常适合。海涅在他的歌舞剧《浮士德》第87页注释中提到过古老传说的这个方面，在英国人马洛1604年的悲剧《浮士德博士》中仍然可见，但歌德肯定不知道，歌德的《浮士德》借鉴的肯定是木偶戏而非《大众读本》（Volksbuch）："否则他就不会让梅菲斯特表现得像一个馋嘴、滑稽、愤世嫉俗、人畜无害的面具。他可不是普通的地狱浑蛋，他是狡猾的精灵，正如他自称的，非常优雅和高贵，且在地下世界的等级中地位很高，在地狱政府中，他是那些能够成为普鲁士首相的政客之一。"这种批评当然是错的，因为梅菲斯特的确缺乏教条神学的色彩，但也绝非形而上的倾向。——魔鬼形象另一个世俗起点似乎在荒野猎人的观念，在德国高中学校的图画中可以看到，穿着紧身狩猎装，戴着尖帽子，上面插一根松鸡羽毛，萨提洛斯样的脸惨白、粗糙、瘦削、修剪整齐、向前突出，再加上又长又硬的手和瘦削、像骷髅似的四肢，在莫里兹·雷茨施（Moritz Retzsch）、阿里·谢福尔（Ary Scheffer）及其后续戏剧作品中，于我们德国人中已然成为成了一种程式化的面具，故有"假牛犊伯爵"之称，恩格尔伯特·塞伯兹（Engelbert Seibertz）为歌德的《浮士德》所作插图也没有克服这一点。因为关于魔鬼的流行观念都相信荒野魔鬼就是奥丁（Odin），所以这种拟人化形式就非常自然了。在卡尔德隆的《天才魔术师》中，那个想拐骗圣西普里安（Saint Cyprian）的魔鬼就是一个完善的人的形式。在宗教史诗中，撒旦自然被表现为超人的形式，在米尔顿的笔下，他是一个好战的地狱之主，在克洛卜施托克的《阿巴登纳》（*Abbadonnah*）中是一个忧郁的造物主。

从拟人化魔鬼化身中，我们必须再次区别它所呈现的形式，因为人类本身也可能成为魔鬼，而按照肤浅的道德和愚蠢、好性情的神学这一切根本不可能发生，但事实上屡见不鲜。诚然，这可怕却真实：人类竟会反抗自身的神圣本源，不知餍足地追求我性（I-ness）。在这儿，并非淫欲、暴政之类单一邪恶因素在起作用，而是绝对的、自我中心意识的深渊。从这种形式来看，一个发展方向更多地集中于行动，另一方向则更多集中于撒旦式艺术。在前一个方向的发展脉络中，艺术创造了犹大（Judas）、理查三世、马里内里（Marinelli）、弗兰茨·摩尔（Franz Moor）、乌尔姆干事（Secretary Wurm）、弗兰西斯科·钦切（Francesco Cenci）、魏特琳（Vautrin）、卢迦托（Lugarto）等角色。在后者的范畴里，有洛迦罗尔（Roquairol）、曼弗雷德（Manfred）等这样灵魂撕裂的形象。在现有的恶棍形象上，仍有某种素朴的否定原则的健康色彩，但在这些冥想的魔鬼身上，邪恶通过一种拙劣又空洞讽刺的诡辩表演转化为可怕的衰败。一个在当今社会焦躁不安、精疲力竭、贪婪无能、浮夸无聊、优雅愤世、无谓受过教育、轻率腐败的人，他顺应每一个弱点，玩味着痛苦，一种撒旦式倦怠疲惫的理想已然形成，在英国、法国和德国的小说中走向台前，他们按要求被视为贵族，特别是因为这些英雄倾向长期旅行，吃得喝得都很好，所以都精心打扮，闻起来像广藿香，有着优雅的世界公民的行止。但这种高贵性不过是撒旦原则之人类本质的最新形式。这种恶魔风格所谓"美丽的恶心"，有意投身罪恶就为了享受悔恨之甜蜜的战栗，对人性的蔑视；献身邪恶，只是为了沉浸于普遍堕落的乏味感；这个把道德留给市井小民的傲慢的天才，恐惧着一个可能真实的故事，不信那自我显现于自然和历史的永在的上帝，这个被撕裂的、模糊不清的厌世者的全部丑陋，已经被朱利安·施密特在他1848年版《浪漫主义的历史》第2385卷第9页精彩地描述出来。他在拉芙莱斯（Lovelace）那儿找到了这种撒旦美学的开端。

残暴的因素消解于幽默之中有赖于一个原初的矛盾。试图在宇宙中建立一种例外状态的计划看上去越愚蠢，在其中起作用的形式理由和意愿就越大。反对神圣智慧和全能者的崇高，魔鬼的智慧和力量把自己描述为一个十二开本的全知者和缩微型的全能者。它为达到目的而采用的手段最终有助于实现相反的结果。这就是基督教艺术从根本上把握魔鬼形象的角度。中世纪基本上也是这样发展出了幽默。恶行被归于魔鬼就像被归于傻瓜一样，由他进而发展出了后来的小丑和笨伯。魔鬼尽管很努力，但在他为别人准备好窘境之后，却总是功亏一篑，并终成笑柄。其传说故事中的人们说它是一个可怜、愚蠢而又滑稽搞笑的魔鬼。在本·琼森的《愚蠢的魔鬼》（*Dumme Teufel*）中，魔鬼被所有人欺骗，最终被送进了监狱，撒旦不得不把它从监狱释放出来。在英国木偶戏中，潘趣打败了魔鬼并唱道：

　　吆嚯！绝望不在
　　因为就算是魔鬼都死了！

中世纪魔鬼形象，基督教知道它的力量是可以战胜的，被授予了批评的许可证，否则就不受欢迎。后来，这种幽默不得不表现在具体的人类个性特征之中，就像与此同时，邪恶的黑暗面表现于真实的人类。于是，在艺术中魔鬼逐渐变得多余。他开始缩成了一个寓言式的人物，就算是在幽默中也是如此，只被允许在某种巴洛克诗歌和怪异作品中出现，就比如格莱博（Grabbe）在一部戏剧中让魔鬼的祖母想出了一个聪明的主意——把地狱擦洗干净。这期间，殿下的儿子被送到了上层世界。但由于碰巧天气很冷，习惯了地狱里的温暖的魔鬼，立马冻结并以这种状态躺在路边。一个早就把自己从魔鬼信仰中解救出来的、非常有见识的乡村教师发现了他，认为他是天生奇人，就把他带回了家，并为此稀世珍品欢呼不已。在家中，魔鬼开始融化，引发了非常滑稽可笑的情境。巴黎人也知道如何把魔鬼因素制作成非常迷人和优雅的素描，即所谓的魔法（diableries），是按照中国皮影戏方法创作出的幻想性的阴影画。他们还创作了一种勃鲁盖尔–卡洛–霍夫曼式风格扭曲形象的变体，法国人曾任性地决定视其为真正的浪漫主义。在这个简短的魔鬼美学现象学的结尾，我们想用尼克莱特的作品来描述这种魔法，多亏奥古斯特·勒瓦尔德（August Lewald）于1836年出版的《欧罗巴》第一卷补编传入德国，我们德国人也可以引用尼克莱特的作品了。我们发现自己仿佛置身于一个精彩的舞会，只见成双成对倾心相爱的人们摆出各种姿态。突然，三个恐怖的魔鬼在五颜六色的舞者簇拥下出现了，它们一个叠坐在另一个上，用管风琴、法国圆号、土耳其鼓和三角铁开启了一场可怕的音乐会。在它们之后走出来一个手拿大钟的搞笑家伙。随后出来一个魔鬼，用餐叉和锁链打节奏，其他魔鬼也加入了管弦乐队，把厨房瓦罐当鼓捶，用炖

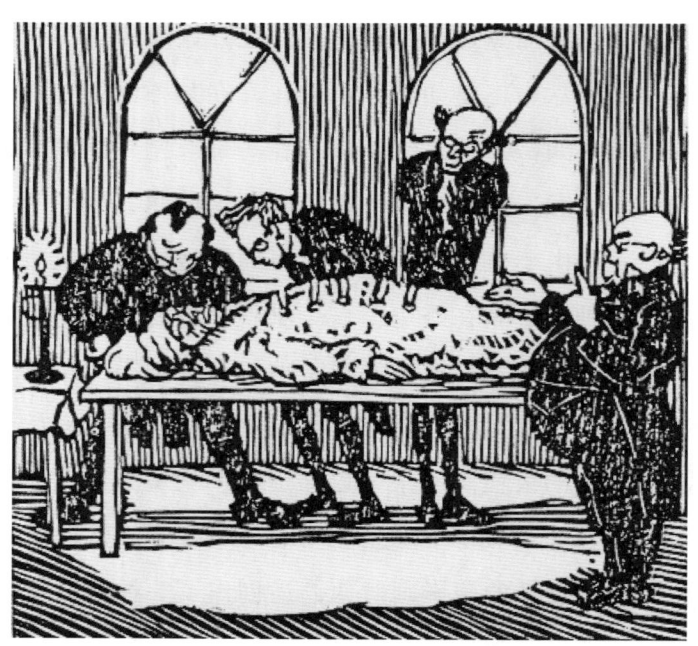

格莱博的戏剧《笑话、讽刺、讽刺和更深层次的含义》的插图

阿道夫·吉拉尔登为《我父亲的皮影戏》绘制的插图

锅代替定音鼓，对着漏斗吹喇叭。三个疯癫、狂野的女巫，看上去且事实上也不是一无是处，大笑着拖着一个肮脏、愤怒、吼叫着的魔鬼走向大厅。她们用一个绳子绕着他的身体，把他结结实实地捆了起来。他好不容易来到了大厅中央，所有的女人都挤上前祈求他对她们实施仁慈的返老还童仪式。魔鬼抓起女人们，把她们锁在一个大篮子里，再在大厅的中央放上一个巨大的石臼，引出一条管道就近传送至一个接收盘。一个魔鬼着手把女人们扔进石臼，吓人的魔鬼首领带着嘲弄的表情狂笑着把她们捣碎。——面具游行紧随其后，这怕是最不羁的想象力才能想得出来。首先是一个魔鬼踩着高跷；接着是一个吸着烟草的人骑在一个侏儒骷髅上；亚马孙女战士骑在踩高跷鸵鸟的背上；娇小的妓女背着一个魔鬼；一位老绅士，带着雨伞（Paraplui）和匕首，骑在戴胜鸟上，非常优雅地小跑进来；最后是一长列鸟类、猿类、狗魔鬼、骷髅、喷雾魔鬼、虚幻的形象。在这疯狂的鬼魅队伍中间，出现了魁梧的别西卜，手拿一辆香槟双门小跑车；一个穿着骑士靴子的巨大骷髅站在他对面的柱子上挑衅地挥舞着香槟瓶子；瓶塞飞到空中，苍蝇、蝎子、蛇、小魔鬼们、臭虫、跳蚤从瓶口窜出，落在递来的玻璃杯中。最后，一个小精灵进来，跳起了欢快独舞。但是突然一个魔鬼带着猎鞭跳上前来。精灵失去了她的翅膀，转而获得了手臂。辫子啪啪作响，舞者现在必须站起来，行走，用手臂跳舞。类似的精灵飘浮在空中，到处都是，被讨厌的风箱和喷气魔鬼驱使，这些魔鬼上一秒站在刀尖上，下一刻就跳过铁环，直到最后魔鬼们扑到有鳞的龙鬼身上，这些龙鬼又用它们的爪子抓起舞者向前飞去：

　　那就是美在这片土地上的命运。

第三节　漫画

　　美要么表现为崇高，要么表现为愉悦，要么表现为绝对美，后者把对立的崇高和愉悦融合于一身而成完美的和谐。没有崇高那么超然，没有愉悦那么舒适亲切，在绝对之中，前者的无限性变成了尊严，而后者的有限性则变成了优雅。然而，尊严与此同时也可以是优雅的，优雅也可以是有尊严的。丑作为次生的存在，其概念有赖于美。丑让崇高堕落成了卑贱，让愉悦堕落成了嫌恶，把绝对之美变成了漫画，在漫画中尊严成了夸夸其谈，魅力成了媚俗。至此，漫画是丑之概念的顶峰，但也正是出于这个理由，通过与为其所扭曲的肯定性对立形象之确定的反射关系，丑构成了向滑稽的过渡。我们已知，每种丑的形式中都有一个点，能够转变成荒谬。无形式和不正确、卑贱和嫌恶能通过自我毁灭创造，创造出一种看似不可能的现实及随之而来的滑稽。所有这些规定性都促成了漫画。而通过这些概念的所有层次，漫画也可变成无形式和不正确、卑贱和嫌恶。变色龙般的转变和同样的关联，次数之多不可穷尽。猥琐的重大、虚弱的强力、残忍的威严、崇高的无效、笨拙的优雅、精美的粗糙、明智的胡说、空虚的充实以及数不胜数其他矛盾的表述都是可能的。

　　至此，我们已经简要地讨论了漫画的概念。然而，更确切地说，就是从形式到无形式性过程中一个契机的夸大。但这个定义还是太狭隘了，尽管大体正确。夸大意味着有个限度。在它自身，是作为一种定量之质的量的变化，不管是增加还是减少，这是一种同品性自身本质相关联的变化。无尺度性变化，作为无休止的增加和减少，最终以宣告定量之质的毁坏而结束，因为质与量之间有一个内在的联系。质本身就是量的界限。于是，我们发现一个荒谬的现象，即简单的质应该具有可比性。的确，相对而言，质自身可含诸多层级，但绝对来说，它只能是整一的。以此类推，金子不可能是更金，大理石不可能是更大理石，全能不可能全能得多，一个三角形也不可能更三角形，等等。一个星期天，猎人去杂货铺买子弹。店主会给他各种类型的子弹，有的要贵得多，但也更高级。这种层级差异在这儿是可能的。然而，要是店主以更加致命为理由推荐一种子弹，那么这种可比性就是荒谬的，因为没有已死事物比死更死。也即是说，基于更准确的条件，可以让这荒谬的可比性从一个完全不同的角度出现。俄国人废除了死刑，如果一个人被判几千次抽打，执刑士兵们到最后不过是在鞭打一具尸体，这具尸体被放在囚车里，经过士兵队列，这种对一个死人的致命击打，不过是为了完成惩罚，那么当然不是什么荒谬之事。夸大作为诸如此类的增大和放大、缩小和减少，因而并非漫画。体力的运动增强几乎谈不上扭曲，正如病弱者的体力衰减。罗斯柴尔德家族（Rothschildian）财富同巨大的债务一样不是漫画。斯威夫特（Swift）的大人国的巨人们和小人国的侏儒们都是幻想的人物，并非漫画人物。患病的肌体夸大了受罪器官的活力，激情夸大了他对情感对象的感觉，放荡夸大了他对恶习的依赖。但没人会说肺结核是苗条的扭曲，爱国者的自我牺牲是故土之爱的扭曲，或挥霍是慷慨大方的扭曲。夸大本身是一个不确定的、相对的概念。若止于此，那么洪

托马斯·莫滕为《格列佛游记》绘制的插图

水、飓风、大火、瘟疫等就也必须都是漫画。因此，为了把夸大这个概念作为漫画的基础就必须增加另外一个概念，即形式在某个瞬间同其总体性之间的不协调性（incongruity），由此就取消了按照形式概念本应存在的统一性。例如，整个形式的所有部分都正常地增大或缩小，它们的比例就会仍保持原样，如此，就像斯威夫特的那些人物形象，并没有导致真正的丑。但是，如果一个部分以取消正常比例的方式出离统一体，而整体其余部分的比例保持不变，那么整体就会出现位移和倾斜，这就是丑陋的了。比例失调一再迫使我们下意识地感知合乎比例的形式。例如，一个强有力的鼻子可能会格外美。然而，要是它太大，就会挡住脸的其他部分。我们会本能地把它的尺寸同脸上其他部分的尺寸相比较，并得出判断：它不应该这么大。鼻子过大，不仅使它，还使它所属的整张脸都变成了漫画，就像格兰德维尔在《人类生命之小苦恼》（Petites misères de la vie humaine）中欢快地描绘得这样，一个巨型鼻子的社交尴尬。——夸大因而必将导致扭曲。只是，这儿也必须有另一个限定条件。单纯的误解也可能导致简单的丑陋，却是无论如何也不能被称为漫画。否则，任何卑贱或恶劣的东西都能够坐拥这一称号，因为总体上都是美的事物的扭曲。若在日常生活中我们如此谈论，且单纯丑陋的事物也被斥责为漫画，那么在科学中就没有理由不更严谨地处理这个概念。在这儿，只有那种错误形式能被称为漫画，它反射了一个决定性的、肯定的对立面，使它的组成部分畸变成了丑。但是，一个孤立的反常、无序或失败的关系是不够的，更确切地说，扭曲形式的夸大必须动态地发挥作用，并对形式的总体性产生否定的影响。它的无关联性必须变成有机性。

　　这就是生成漫画的秘密。在形式的不和谐中，由于错误地附着于整体的某个时刻，却生成了某种和谐。比如说，某个点上的疯狂趋势也延伸进了其他部分。一个错误的重心形成了，形式中的一切都开始被它吸引，于是就导致整体出现或多或少彻底的扭曲。在一个不正当的方向上活动，这个畸形的灵魂产生的不只是一个单一、特别醒目的丑，还以其反常的丑陋面容进入整体。总之，我们将在这儿看到畸变的双重手段：篡夺（usurpation）和退化（degradation）。前者把一个现象推向一个比按其本质所能赋予的更高的形式，后者把一个现象拉到比按其本质所能赋予的更低的形式。篡夺把一个存在者扭曲成矛盾，即表面上比其真正的存在所能应许的要更多。它影响了一种原本不属于它的本质。退化把一种存在者扔进矛盾，即进入了一个按照其原初观点它已经超越了的领域。篡夺和退化因而并不等同于增强和弱化。增强是正常的放大。例如，中世纪英雄传说《石头上的格里高利》（*Gregorius auf dem Steine*），哈特曼·冯·奥埃把它改编成了德文，一直畅销流行，就是古代俄狄浦斯传说之基督教增强版，但绝非它的漫画化。同理，欧里庇得斯处理俄瑞斯特亚和俄低普迪（Oedipody）素材的方式同埃斯库罗斯处理前者以及索福克勒斯处理后者的方式相比就是一种诗歌上的增强，但绝不是对他们之中任何一个的漫画化。因此，要想让畸变之或高或低的目标变成漫画就必须有另一个规定性，这正是扭曲必然引发的明确对比。所有丑的判定概念，作为反向思维，自身就包含了与之相对立的美的正向概念的否定性比较。猥琐在伟大中找到其尺度，就像虚弱之于强壮，低俗之于威严，笨拙之于伶俐，死亡和空洞之于活力，以及丑恶之于迷人。另一

erdu entre le souvenir fantastique des visions de la nuit et le pressentiment indéfini des réalités au sein desquelles j'allais rentrer, je sommeillais encore l'autre jour, quand une pluie de petits papiers me réveilla.

格兰德维尔为《人类生命之小苦恼》绘制的插图

格兰德维尔为《人类生命之小苦恼》绘制的插图

方面，漫画不再仅限于一个普遍的概念中拥有自己的尺度，而是要求同一个已经个体化的概念之间建立决定性关系；个体化概念可以有非常普遍的概念和很大的适用范围，但必须脱离纯粹概念的领域。家庭、国家、舞蹈、绘画、贪婪等概念不能被如此这般地漫画化。为在扭曲的形象中看到原型，在其概念和扭曲之间至少必须介入个体化——康德在《纯粹理性批判》（*Critique of Pure Reason*）中称之为图式（schema）。原型不可能仍只是抽象的概念，它必须呈现为在某种程度上已个体化的形式。但是，我们这儿提到的扭曲图片的原型，并非完全理想意义上的，而是作为一般真实背景上的，因为它自身可能就是一个完全经验性的现象。阿里斯托芬在《云》中嘲弄非哲学、诡辩、不正义的逻各斯（Logos）。他将苏格拉底作为扭曲的哲学家形象的原型。这个苏格拉底，他偷角斗场的斗篷，计算跳蚤跳跃的次数，教人们如何把弯的弄直，为更接近以太他在空气中飘浮，悬停在其书房上，而所谓的书房不过是一个奶酪篮子，他还欺骗学生，这同那个曾与作者一起激情会饮的苏格拉底的确不是同一个人。但从某种观点来看，他们又是同一个苏格拉底，因为前者的形体、光脚、拐杖和胡子、论辩的方式，所有这些都借自现实中的苏格拉底，由此创造了一个真正的漫画。一般来说，哲学通常不可被漫画化，而哲学家却恰恰相反。最普遍、最突出，对于大众来说最熟悉的哲学形象，是哲学家，是他的教条，他的方法，他的生活方式，就像帕利索（Palissot）在他的《哲学》（*Philosophe*）中把卢梭漫画化为自然真理，就像奥托·格鲁伯（Otto Gruppe）在他的《风》（*Die Winde*）中漫画化了黑格尔的讲台风格。对于阿里斯托芬来说，苏格拉底就是那图式，可以过渡到诗意的个体。苏格拉底拥有足够的哲学和城市化，足以参加《云》的首映式，甚至站上剧院的舞台，这就让公众很容易进行对比。要是阿里斯托芬只是创造了一个抽象的诡辩论者，那么他的形象就会缺少个体化的深度。

尽管如此，我们必定会立刻认识到属于真实现象世界的漫画同属于艺术世界的漫画之间的区别。真实的漫画也会为我们表现现象同其本质之间的矛盾，无论是通过篡夺还是退化。然而，这是一个很不自觉的漫画。所有那些工业骑士，老气的孩子，学究，伪哲学家，教会和国家的伪改革者，伪天才，强颜欢笑的美人，永远十八岁的少女，被过度教育的知识分子，等等，当他们源源不断地从每一种文化的腐败中出现的时候，只包含他们概念中矛盾之实现的所有作品，所有这些存在无疑都是漫画。只是作为经验的存在，它们在各个方向上都同现实交织在一起，因此它们自身也包含了许多非常不同、受到高度尊重的关系。因此，人们必须把作为艺术产物的审美漫画同它们区别开来，艺术产物净化了经验存在的偶然性，后者有力地强调了一切皆有可能的片面性。因此，艺术创作漫画的立场是具有讽刺意味的。所有属于讽刺的概念都属于漫画。对可能适用于讽刺的语调的改变也都可能适用于漫画。它可以既欢快又凄凉、既崇高又低俗、既尖锐又温和、既粗鲁又礼貌、既笨拙又机智。但只在绘画作品中寻找漫画将会是一个错误的限定，就像保兰·帕里斯（Paulin Paris）在他《法国漫画博物馆》（*Musée de la Caricature en France*）导论中的观点，他在第1页写道："就其最宽泛的解释来说，漫画是模仿自然、表达情感和习性的艺术，特征是讽刺。这门艺术的出现不可能比绘画晚太多。

人们一旦把握了理想同美的关系，就会感受到一种把理想同身体和道德的丑陋联系起来的需求。漫画这个词尽管源自意大利语，却是一个很新的法语词。虽自16世纪就进入了艺术语言，但直到我们的时代才成为学术词汇，才在日常交流中有一席之地。"这种限定很快就被帕里斯自己证实是错误的，因为他把小说《福韦尔》（*Fauvel*）、《人类朝圣之旅》（*Le pélérinage de la vie humaine*）和《死亡之舞》视作讽刺作品加以讨论，纽密画正是从这些小说中汲取装饰手稿的素材，而很多手抄本都是用这些素材来装饰的。诗歌和绘画一样可以是漫画，事实上，由于诗歌的表现方法更知性，因而能够在远为宽泛的范围内、以更敏锐的深度实现这一点。C.F.弗洛格尔于1784年出版的四卷本《喜剧文学史》（*Die Geschichte der komischen Literatur*）专门写了讽刺文学史，其中就包括诗歌漫画史。之于漫画这个词，我们德国人是在法国的小道上从意大利人那儿听来的。在意大利语中，它源自夸张、过度的意思；法语中有同漫画这个词相似的流行语负荷（charge）。我们德国人早些时候用图画后（Afterbildniβ）来表示漫画。在画家中，早在霍加斯之前，莱昂纳多·达芬奇特别倾向于把表现丑的事物作为漫画的一种方法，他在这方面的绘画——主要是头部研究——自凯吕斯（Caylus）以来不断出版。

关于自然，人们只能形象地说它创造了漫画。当它的现实赶不上它的概念，丑甚至在特殊条件下可以产生幽默，就像我们早些时候确信的，但一幅真正的漫画必须基于一个前提，即畸形可能是自由意志导致的。只有当我们非常清楚我们只是开玩笑时，才会称猿猴是扭曲的人形。猿猴不是丑陋、堕落的人类，不可能讽刺猿猴，一则因为

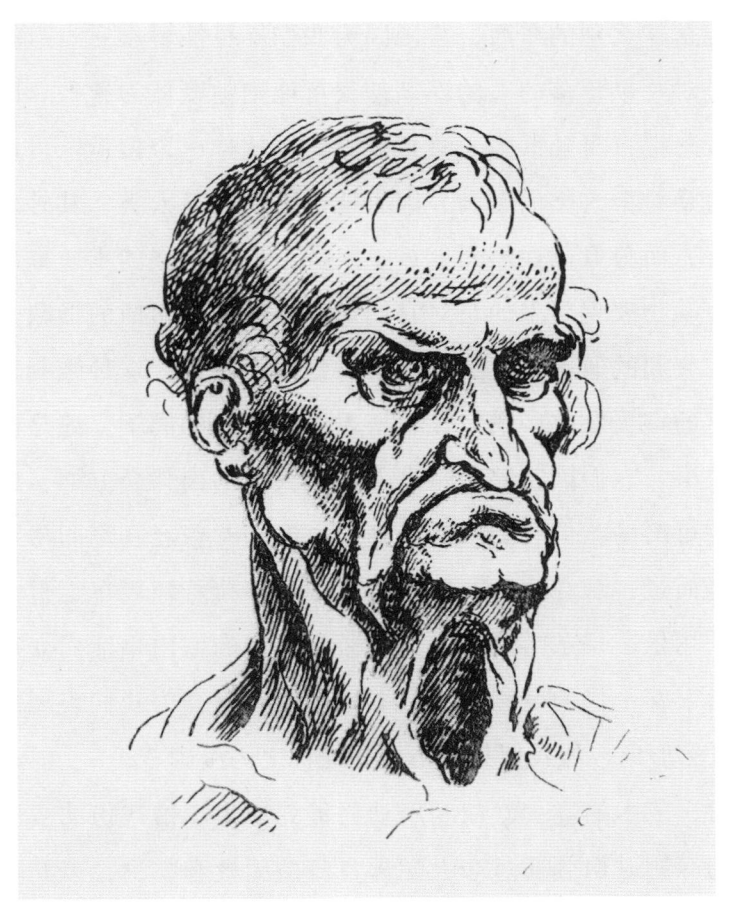

达·芬奇，《凯吕斯》

它不可能是什么别的东西，再则因为我们不可能要求它少点猿多一点人。但是对一个堕落的人的讽刺却很可能把他贬低为猿猴，因为他违反人的概念把自身贬低为一只猿猴。对于这样一个傻瓜，可以更公正地说，他是一个人类的漫画，因为他按本质已是人类，其外表却淹没于动物性，而猿猴虽在形式上近乎人类，但其猿猴的本质准确无误。如果一些动物表现出来的是对它们那种类型完全扭曲的形象，那么与此掺杂在一起的通常是人类施加于它们的强制性，这种强制性再次取消了所有的审美自由。我们在牲畜表演上看到的鸽子，或是巴黎狂欢节上的公牛，它们因肥胖而窒息，这种大堆的肉只会丑陋，或者也可能是滑稽可笑的，但它们不是漫画。一匹马，曾经在军团号手的号角声中嘶鸣而过，现在作为一匹老马，不得不拉着垃圾车走过街道：多么悲伤的场景。一条哈巴狗，由于骄奢淫逸的室内生活而变得肥胖且无耻，由于女士们的宠溺，狗的本性失常，将会为我们表现出一种可怕的非自然形象，但我们只会不恰当地称之为漫画。

然而，艺术的确会专门利用动物世界通过滑稽戏仿的漫画来表达对人类的讽刺。讽刺通过夸大嘲弄自身的无效和空洞，以此掩盖它的无能，进而转变成滑稽可笑。很明显，动物非常适合表现某种失衡和恶习。比起激发有限、自私的个人主义，动物类比一点都不适合表达更高级、高贵的人类特征。但是，动物世界足够庞大和多样，能够表现良好的特性以及德行，能够提供相当完整的人类活动的对应图像。东方、古代、中世纪和现代人们都同样喜欢戴着动物面具。荷马里德斯（Homerides）的《蛙鼠之战》是最古老、最伟大的此类作品之一。古老的喜剧在合唱队中利用了这种动物面具，阿里斯托芬的《蜂》

（*Wasps*）和《蛙》仍可作见证。庞贝壁画中的小型风格画里也有许多流于讽刺的怪诞动物场景。一只戴胜鸟趾高气昂地驾驶着一辆双轮双马战车，拉车的则是成群的金翅雀、蝴蝶和狮鹫怪兽。一只鸭子急冲向木桶，着急喝水，但钟罩挡住了它，只好满怀失望地站在那儿，等等。一幅精美的画作嘲笑了虔诚的埃涅阿斯，后者肩背父亲安吉塞斯（Anchises），手牵小阿斯卡尼斯（Ascanius），离开了燃烧的特洛伊废墟。埃涅阿斯和阿斯卡尼斯都被表现为狗头猿猴，安吉塞斯则是一头老熊。后者与爱国的家庭守护神（Penates），只是从大火中挽救了一场骰子游戏。把这张画解释成针对帝国家庭的讽刺漫画，顺便讽刺下维吉尔，就像拉乌尔–罗切特在《庞贝秘密博物馆》（*Musée secret de Pompéi*）第223–226页所阐释的，这对我们来说似乎太牵强附会了点。因为既然古人连诸神都不放过，为什么这样的庞乌斯·埃涅阿斯（Pius Aenieas）没有受到公开的嘲笑呢？中世纪教堂里的雕塑大量采用类似的怪诞手法来讽刺犹太人和牧师。在狼和狐狸的寓言中，诗歌通过动物形象将对世界的戏仿以及运作形式概括成一幅普世图景；在我们的时代，由于天才的考尔巴赫，这幅图景不仅在绘画中得到证明，更是被进一步深入创作。他把动物画得真实自然，且在同等程度上又是真实的人类，在这过程中发展出了一种令人钦佩的幽默，后者是在自觉发明中出现的。多么美味的盛宴，大象把一瓶香槟倒进嘴里！皇家生活静物画多么精美，母狮躺在床上，高贵的国王鼻子上架着眼镜，焦急地踱步，而小王储此刻正坐在便壶上。

在法国作家中，格兰德维尔的《政治动物》（*Political Animals*）以及他为拉封丹（Lafontaine）的《寓言》（*Fables*）所作插图，取得了突出的成就。他把人类形体、着装同动物相融合的技艺无与伦比。例如，他把两只公鸡画成农民，他们拳脚相加，然而这农民仍然是公鸡，因为他把公鸡头放在头部，在它们的脚部绑上马刺。

另一个同样有效的戏仿漫画的方法见于古老的《木偶家族》（*marionnettes*），人们可以在查尔斯·马格宁（Charles Magnin）的《古今木偶史》中找到确证。圣日尔曼和圣劳伦集市上的提线木偶——马格宁在《古今木偶史》第152–169页摘录了它们的编年史——不仅戏仿了高水平的悲剧，像俄瑞斯特亚、梅洛普（Merope）等人的悲剧，还戏仿了高水平的喜剧，像莫里哀的《忘我的医生》（*Médécin malgré lui*）。

戏仿不同于滑稽模仿，戏仿只是一般意义上的贬低，滑稽模仿还包括具体意义上的贬低。滑稽模仿因而都是戏仿，但戏仿却不是滑稽模仿。莎士比亚的《特洛伊罗斯和克瑞西达》（*Troilus and Cressida*）戏仿了《伊利亚特》中的英雄，但并非滑稽模仿。高贵的王子们以性感、残忍的舞台斗士形象出现，海伦和克瑞西达的形象则是放荡暧昧的妓女。卑贱、爱唠叨的特尔希特斯对著名英雄们智力贫乏的、见不得人的勾当作出了讽刺性的观察，并通过歌队唱了出来。莎士比亚夸大了由荷马设定的性格特征，使得荷马的悲情英雄变得滑稽可笑。埃阿斯对力量的骄傲，阿伽门农的统治力，墨涅拉俄斯的自大，阿喀琉斯对帕特罗克罗斯的友情，狄俄墨德斯骑士般的冒险成瘾，都在浮夸的措辞中消解掉了，而在所有这些情况下的不道德行为则得到了无情的揭露。这种漫画就是戏仿。另一方面，滑稽模仿漫画看重具体内容和细节，以便贬低它，就像斯卡隆和布拉默尔对维吉尔的《埃涅阿

阿德里安·施莱希根据威廉·冯·考尔巴赫所作插图雕刻的版画《狐狸雷纳德》

格兰德维尔为《政治动物》绘制的插图

斯记》所做的那样，以及菲力朋（Philipon）和华特（Huart）对苏的
《流浪的犹太人》所做的那样。他们用九本小书概述了这部复杂的小
说，逐步重述了小说中的重大事件，与此同时，揭露了小说结构中的
每一个错误，揭露了所有的矛盾和不可能性，并用夸张的方式非常愉
快地强调了其人物的丑陋。驯兽师莫罗克，老兵达戈贝特，空灵的阿
德里安德卡德维尔，罗圈腿马约尔，印度王子贾尔马，尤其是比所有
人都聪明残忍的精力充沛的耶稣会士罗丹，在菲力朋的画中成了最可
怖的滑稽鬼脸。这也是戏仿，但更是滑稽模仿。[92]

　　涉及怪相（grimace）的概念，康德在《论美感与崇高感》（*Beo-
bachtungen über das Gefühl des Schönen und Erhabenen*）中似乎延
伸得太过宽泛了，他说："可怕的崇高，当它变得完全不自然时，其
性质就是惊奇。不自然的事物，就其意味着崇高来说，不论是很少实
现还是根本没有实现，都是鬼脸。"我想举几个例子让这一点更容易
理解，因为对于错过霍加斯雕刻风格的读者来说，必须通过描述来弥
补他在图形表达方面的不足。勇于为我们的权利、祖国和朋友大胆冒
险，是崇高；十字军，古老的骑士精神，是冒险；决斗，作为冒险精
神在扭曲的荣誉观念基础上的可悲的遗留，是怪相。出于情有可原的
过度饮食而忧郁地退出喧嚣的世界是高贵的；老修道士执着于遗世独
立，是冒险；用以囚禁圣徒的禁地和类似的坟墓，是怪相。原则性地
压制激情，是崇高；自我惩罚、宣誓以及其他苦行僧般的德行，是怪
相。圣骨、圣木和类似的旧物，伟大的西藏喇嘛神圣的大便也不例
外，都是怪相。在智慧和情感细腻的作品中，维吉尔和克洛卜施托克
的史诗属于高尚之作，荷马和米尔顿的史诗属于冒险之作，奥维德

（Ovid）的《变形记》〔*Metamorphoses*）是怪相，法国疯癫的童话故事则是有史以来最悲惨的怪相。安纳克里昂风格的诗歌通常近乎愚蠢。将怪相式的东西视作某种不自然的事物，特别是从道德的角度来看，明显又是崇高的，这种看法显然远远超出了此概念审美规定性的范围。按照康德的观点，没有什么能阻止我们称所有这些奇思妙想的东西为怪相。我们只会把这个名称在某种程度上用于那些过度扭曲的事物，用于在某种程度上把正常的或高尚的形式变形为恶心的丑陋的事物。在第一种形式中，怪相可以非常幽默，如托弗〔Töpffer〕精彩画作中的形象和让·保尔绘制的相当多的人物画像；在第二种形式中，它可以引我们放声大笑，或至少由于其他关系而让我们点头微笑，然而此刻一种不舒服的回味油然而生，不让我们与这些形式愉快地继续同处下去，而是匆忙由它们转向其他形式。在一篇小型对话小说《善良的妇人》（*Die guten Weiber*）中，歌德谈到了这一点。他在这儿收集了社会上赞同与反对丑的观点。幻想和机智忙于生成丑陋比生成美更有道理。丑可以做到很多，美什么都做不到。后者能让我们有所作为，前者则能摧毁我们，漫画会留下不可磨灭的可悲印象。其中一个对话者问道："但为什么画像比我们自己更好？我们的精神似乎有两面，没有另一面这一面也无法存在。光明和黑暗、善良和邪恶、高贵和低俗以及如此之多其他对立，构成了人性的组成部分，只是所在部分不同而已，一个画家把天使画得洁白、闪亮和美丽，一时兴起又画了个黑色、阴暗和丑陋的魔鬼，这怎么能怪他呢？

　　阿马莉：如果主张丑化的朋友没能把属于更好领域的东西

拉进他们自己的地盘，那就没什么好说的了。

　　西顿：在我看来，他们的所作所为是非常正确的。因为主张美化的朋友叫停了那几乎不属于他们的东西。

　　阿马莉：然而，我永远不会原谅那些扭曲事实的画家，在他们的画中，被如此挖空心思丑化的主要是人类。无论我怎样努力，我都别无选择，只能把伟大的皮特（Pitt）想象成一把断把的扫帚，只能把福克斯（Fox）想象成一头肚皮舒服地松弛下垂的猪，而福克斯在某些方面是很有价值的。

　　亨丽耶特：这正是我所说的。所有此类怪相图画产生了不可磨灭的印象，我并不否认，我有时通过唤起脑海中这些鬼魂形象自娱，甚至把它们扭曲得更糟糕。

　　如果漫画是通过累积发展而来的，那么我们可以把怪相看作漫画的极端形式，通过怪相夸张被夸大，并转变成了不当的或模糊的东西，刚引用的歌德文字的最后几段恰当地界定了这种转变。这样的怪相在任何情况下都是丑陋的，但是通过其奇异和怪诞的设计，可以成为幽默最好的工具。莎士比亚笔下此类怪相是多么丰富啊！《亨利四世》（*Henry IV*）和《温莎的风流娘们》（*The Merry Wives of Windsor*）中的下士尼姆、巴道尔夫、主妇提尔希特、［正义的］沙罗以及那些新兵蛋子，《维洛那二绅士》（*The Two Gentlemen of Verona*）中的用人兰斯，《爱的徒劳》（*Love's Labour's Lost*）中的纳撒尼尔、霍洛芬尼斯、达尔和考斯塔德，《无事生非》（*Much Ado About Nothing*）中的治安官和警察，等等，无不是怪相，然而它们让我们开怀大笑。拉伯雷以及菲沙特笔下的卡冈都亚和庞大固埃都是怪相。蒂克和狄更斯笔下的怪相过于夸张。绘画中同样涌现了数不清有趣的怪相。对此，我们只需回想下勃鲁盖尔和丹尼尔斯的作品。甚至那种优美的艺术，似乎完全可以忍受怪相，事实上也在以各种形式发展它。我们如此频繁地提到的巨大怪物形象，在中世纪石匠们放纵讽刺的语境中，不过就是最奇怪、最可怕的怪相！让-皮埃尔唐丹（Jean-Pierre Dantan）的尼撒、彭查、利兹、布洛汉姆小雕像等，都是怪相。哑剧中的幽默离不开它们。长着饥饿大嘴的、摇摇晃晃的、笨手笨脚的、单纯聪明的、满身伤痕的皮耶罗的角色——是巴黎意大利歌剧院的多米尼克用驼背丑角波利奇内尔的服装和愚蠢仆人阿蕾奇诺的性格特征拼凑而成的——本质上是一个怪相。

　　我们把漫画分成不自觉的和艺术有意表现出来的两种。然而，如果认为这种区分意味着艺术作品中不可能存在真正的漫画，即本能地不想成为漫画，那么将会是一种误解。事实远非如此，恰恰相反，大量艺术作品在违背它们意图的漫画中迷失了自己。出现这种现象的理由在于绝对美的本质，绝对美本身平衡了崇高和愉悦的极端状态。要想创造出真正美的作品，需要有概念的深度和非常罕见的创造力。平庸之辈有足够的情感来表现美，但不足以独立原创；平庸之辈会在伪理想主义中自我享受，幻想通过空洞高贵的语调和完美的形式技巧让自己沉浸于理想之中。这种理想主义催生的形式只具有隐喻式的普遍性，却妄称能代表真正生活现实的价值。它们若只是些隐喻倒好，因为那样就不会与自身冲突，就只是抽象的存在。与此相反，它们要求我们承认它们是充满自身活力的自然形式，它们由此落入丑陋，因为它们以真正理想的外观欺骗我们。所有肯定的不正确性的缺场，已知高贵形式的全面应用，对所有铺张浪费的抑制，所选表达的家庭化，用以打磨细节的否定的情节，遮蔽了内在的空洞无物，由此欺骗了我们，也不能引导艺术家去质疑他所揭露的只是理想的漫画。我刚强调过，平庸之辈会犯这样的错误，即在这种干瘪的阴影中实现真正的理想。然而，就连天才也绝不可能确保不走弯路，因为绝对美确实从自身排除了所有的极端，绝对和谐的必然性能够产生平衡的动力，可以消解掉虚假精致、单调形式游戏、病态的高贵设计中所有新鲜的力量和独特性。

　　精致的扭曲模态，造成那么多无果的美，它如此频繁地伪装成一种阉割的理想（eunuch-ideal），将生产力引入歧途，且通常在把生产力耗尽和削弱之后，过了一段时间，在它觉醒时唤起一种狂野、原始、粗糙、经验的"狂飙"（Storm and Stress）期反应——这需要一种特别的、批判性的关注，因为它看似提供了最高的成就。各门类艺术自然会按照它用以表现的媒介来具体化这种理想性。至于具体到细节就必须留给更专门的艺术理论研究了。但出于说明之故，我想举几个例子。正如古代艺术年久失修，就会破败，成了"雌雄同体结构"（construction of hermaphrodites），最终不过是漫画。只有在性别的差异中，美的独特性才能达到理想状态，就像威尔海姆·冯·洪堡（Wihelm von Humboldt）在他那篇论男性和女性形式的精彩论文详细论证的，这篇文章于1795年发表于席勒主编的《季节女神》（*Horen*）上，现收录于他的《作品集》（*Gesammelte Werke. Vol.I, 1841, 215ff.*）。只有男人才能达到绝对纯粹的荣耀，只有女人才能达到绝对纯粹的优雅。男性形式在其青少年时期，如男青年，可以表现出某种女性的柔和，而女性形式在其老年时期，如妇女，可以表现出某种男性的严苛，无论如何都不会损害性别类型的个体真实。但是把男性理想和女性理想放在一起，从中生成第三种理想，假定它既不是男性也不是女性，而是她男性（shemale），这是一种错误反思的诱导，必定会导致扭曲。这仍然是一种不自然的开始，只会迎合沉迷于娈童的种族。雕塑和绘画作出了巨大的努力向这种伪理想致敬，但就算是最精湛的作品也仍是漫画。恰恰是因为它必须具有绝对的、彻底的美，这些混合形式的美自身有一种近乎幽灵般的恐怖，的确是引发嫌恶的丑。一个亚马孙女战士为方便拉弓而割掉了一个乳房，但她仍是妇女，实际上就像彭忒西莉亚（Penthesilea）一样，她仍然具有爱的能力。如果一个男人被暴力阉割，他就会很不幸地被女性化。但是雌雄同体，同时既是男性又是女性，就是一个怪物。在庞贝壁画中，我们发现了一些雌雄同体的表达，但是健康天性面对这样一种模棱两可的理想时的嫌恶之情也被恰如其分地表现出来：《秘密博物馆》第68页第13幅插图，一位有着女性头饰，戴着耳环，胸部像女性乳房一样隆起，臀部宽大的双性人，在一处风景中仰躺在一堆枕头上。一个萨提洛斯，为这人的女性外表所骗，扯开一张毛毯。双性人抬头色眯眯地看着他，萨提洛斯没有像他期望的那样发现一个仙女，惊恐逃窜，不敢转身，防备性向后伸出双臂。艺术若不想放弃真正的诗歌，就不可丢掉个性化。它应该表现本质，但应作为一个具体的现象来表现。一般之所以为一般，是一个科学的主题，不是艺术的主题。因此必须警惕这种一般化，它会吞没个体化。例如，在《孔苏埃洛》（*Consuelo*）

弗朗茨·克萨弗·西姆，《彭忒西莉亚，亚马孙女战士》（版画）

的续篇《鲁道尔施塔特伯爵夫人》（*Countess of Rudolstadt*）中，乔治·桑就陷入了这种高贵但非艺术的扭曲。孔苏埃洛作为吉普赛女郎（Zingara），她的丈夫作为特里斯梅吉斯托斯（Trismegistus）最后都是纯粹的人类，是人类本身（human as such）。特里斯梅吉斯托斯喊道："我不是男人吗？为什么我就不应说出人类天性的要求进而也得到实现？是的，我是一个男人，因此我可以说出男人想要的以及他将要实现的东西。无论谁看到乌云升涌都能预见闪电和飓风。我知道我心中的能量，以及它将带来什么。我是人，同我们时代的人性息息相关。我已经看到了欧洲……"纯粹的、毫无想象力的抽象！这样的作品可以是高贵的，可以是美丽的，只是，它们的高贵性就像它们的美，都行走在扭曲的弯路上，终走向抽象。在这儿，我想起雕塑家奥古斯特·克莱辛格（Auguste Clésinger）在1847年巴黎沙龙上展出的一尊雕像所获得的巨大声誉，由于缺乏神话或其他内涵，它几乎不被允许展览，这引起了极大的轰动。雕像是一位风骚的女人，在洒满玫瑰的床上做着色情的梦。这就是事实，但人们不大情愿承认。评论家们又是怎么说的呢？他们声称克莱辛格开创了一条全新的道路。朋友们建议雕塑家在交叉的两条腿中的一条上加一条环绕的蛇，这样至少保持目录上的体面，因为那样人们想到的就会是克丽奥佩特拉（Cleopatra）或欧律狄刻（Eurydice），这个雕像因此获得了一个名字：《被毒蛇咬了的女人》（*La femme piquée par un serpent*）。评论家们解释这个杰作为什么并非女神、仙女、林精、山岳女神、草地女神、海洋女神，"而只是一个普通的女人。他发现，这个胆大妄为的人，这个傻瓜，这个疯子，在这儿足够成为主题"。"你会被这种既不是古希腊也不是古罗马的类型所打动，进而心醉神迷，它是迷人的，那半张的嘴，微眯的眼睛，激情的鼻孔，为莫名的情感所触动的紧绷而甜美的面容，药酒导致的性感的眩晕——具有副作用的毒液，从脚后跟上行到心脏，在燃烧血脉的同时也冻结了它们。"就算在虚构的毒药的帮助下，人们还是足以公开地说那是一种情欲的狂喜。

"一个严谨的人当然可能会问：她表达了什么——在添加毒蛇之前？我们完全不知道如何作答。好吧，也许吧！她的胸部正中了一支由抖抖索索的厄洛斯（Eros）射出的金箭。"最后，这里所追随的新颖方向虽得到阐明，但仅停留在一般性层面，清楚地揭示了将女性单纯视为"纯真天性"的危险。"克莱辛格通过这尊雕像已经证明了一种无可争议的原创性。雅典或罗马的老古董与他的作品无关：文艺复兴同样无关。与其说他由菲迪亚斯（Phidias）开始，不如说由让·古戎（Jean Goujon）开始；他和大卫（David）没有一点相似之处，也不像那晚出的异教徒普拉迪耶：怀着最好的意愿，人们可能会发现他同库斯托（Coustou）或克劳迪翁（Clodion）有些联系，但其作品中的优雅更为男性化，更有生机，更暴力，也更迷恋自然和真实。没有一个雕塑家能比他更紧密地拥抱现实、把握现实！他已经解决了这样一个问题，即用我们时代的头和身体，创造不可爱、不造作、无风格的美，而在我们的时代，如果情妇是个美人，那么每个男人都能认出他的情妇！"

　　抽象理想主义的扭曲以天才及其同世界的斗争为对象，这是合理的。天才自身就是一种理想的力量。那么，理想在哪里能比天才自己的表现更精彩地展开呢？这个论断显得如此有效，以至于我们

克莱辛格，《被毒蛇咬了的女人》

亏欠它大量的诗歌、短篇故事、小说和戏剧，艺术创作的故事构成
了它的内容。但由于这种创造本身是沉默的、神秘的、不可见的，
是某种条件，除了把艺术家置于环境之中，给予他们通过语言表达
情感、努力、强力意志的机会之外，别无选择。对一个人来说，有
什么比不利条件、缺乏认可、困苦、贫穷、社会排挤之类能更好地
实现这一点呢。于是，就有了一个又一个可悲的机会，提醒这不懂
感恩的世界——事实上不配拥有如此的天才、真理，从而满足愤怒
精神的骄傲，而愤怒精神还不至于骄傲到放弃它如此深切鄙视的世
界的掌声。自从歌德的《塔索》和奥伦施莱格尔（Oelenschläger）的
《克雷乔》发表以来，很难找到一位有点名气的艺术家不被诗意化
为有着这样、那样厌世理想的人，这种厌世理想与漫画只有一步之
遥，应该说是没有适当地变成漫画。这种高贵扭曲的图画中，阿尔
弗雷德·德·维尼的《查特顿》（Chatterton）是被讨论最多的作品
之一，它在法兰西大剧院首演之后，朱勒斯·亚南（Jules Janin）写
了下面这样一段话，见奥古斯特·莱瓦尔德1836年版《剧院综述》
（Allgemeine Theaterrevue）第二卷第218页："这个查特顿是个有才
华的傻瓜，虚荣心毁了他。查特顿没有像看到自己未来的人那样，带
着自知之明和勇气去工作，而是开始抱怨别人和世界。在一个晴朗的
日子，他自杀了，因为他不想再等待。这无论如何都令人唏嘘，但同
时也是一个可悲的案例，永远不应成为同情式挽歌的素材。只对年轻
人说这些还不够：对于那些尚未为社会做出任何贡献的人，社会不欠
他们任何东西。当他们感到脑子里有几首诗或是一些散文的时候，他
们相信世界会张开双臂打开钱袋走进他们，但应该是他们走向世界。

本性上来说，天才是有耐心的，越是不朽越是知道如何等待。这世上到哪儿找这么一个天才，像老贺拉斯那样不坚定地等待成为下一位？你难道能避免使得这些年轻的、没有耐心的精灵免于愤怒吗？他们看不到年轻本身就已经是伟大的善，他们不感恩于天，就是因为不为年轻而感到幸福吗？不要通过你无节制的哀悼和心怀鬼胎的抱怨来宣扬自杀的企图。吉尔伯特、马尔菲拉特、查特顿之死已经造成了很大的危害。——按照这种看法，阿尔弗雷德·德·维尼（Alfred de Vigny）的《查特顿》（Chatterton）是一部可悲的和凶杀的作品。想象一下，一个诗人苦心孤诣创作五幕剧以反社会，就因为他没有绳索和面包。但他有工作，为什么不去工作？他有什么特权？能让人们在没有通过他的作品了解他之前就来找他？一个无情的债权人要把查特顿投入监牢。他为什么不进监狱？在监狱，有饭吃有房住，还能随心所欲地创作诗歌。比查特顿更伟大的诗人生活在枷锁中，更不舒服。谢立丹（Sheridan）本人不就是《外星人骸骨》（Os alienum）的囚徒吗？他因此就不是谢立丹了吗？市长大人为查特顿提供了首席秘书的职位，查特顿拒绝了。卢梭没那么骄傲，他穿上了制服，依然是让–雅克，他如果要自杀，会在写完《爱洛伊斯》（Heloïse）、《爱弥儿》（Emile）和《社会契约论》（Contrat social）之后，他会躲藏起来，秘密地做这件事。"

　　艺术家们相信美的理想是由他们实现的，在此信念下他们带来的扭曲不再多说。那些更隐蔽的漫画形式及其可能引发的令人头疼的误解，即便是批评家在处理时也难以避免。材料本身所强加的近乎必然的漫画亦是如此。然而，基于这些理由，我们认为：有意的漫画的生产同样可能实现。既然作为艺术品，漫画遵从美的一般规则，尽管它的形式否定地关联这些同样的规则，那么自然就能得出结论，也会有糟糕的漫画。它们陷入带有倾向性的恶意和形式的丑陋，没能把自己提升到玩笑恶作剧之上。它们为了毫无想象力的嘲讽，没有脱离一种有限意向的界限，目的只是干扰或伤害。但是，它们在呈现出来的对应的形象中也没有足够清晰地反映它们的特征，也就是说，不够有趣，且它们的迟钝造成了论断的不确定性或阐释的困难。此外，有些画家，为了弥补他们绘画的弱点，就在周围加上浅薄的象征性衬料，而这种过度修饰同样面临着失去正确目标的风险。最后，那些漫画之所以是糟糕的，是因为它们不能抓住，甚或根本就不知道如何找到形式扭曲的起点，不知道如何由内而外地发展成真正的概念讽刺，而事实上，概念讽刺就在那儿。人们谈及漫画就好像它是一种非常次要的艺术成就，就好像只有天分不高的人才忙于它，就好像以它为消遣就必定会败坏趣味。这种陈词滥调只适用于糟糕的漫画，事实上好的漫画和所有那些好的和美的东西一样困难。我们必须考虑这一点，正如柏拉图在《会饮篇》中已经说过的，最好的悲剧诗人也是最好的喜剧诗人，也就是说，喜剧和悲剧都出自同样的精神深度，需要同等的力量。古代的悲剧家们创作了他们习惯了的萨提洛斯剧，结束了他们的三部曲形式。这些三部曲形式的戏剧大多丢失了。我们只剩下了一部，就是欧里庇得斯的《塞克洛普斯》，它足以向我们证明，漫画是这种类型戏剧的灵魂。因此，无论是谁，如果看轻的不是糟糕的漫画而是如此这般的漫画本身，那么就让他听听古代悲剧家的名字，听听阿里斯托芬和米南德（Menander）的名字，听听贺拉斯和琉善、卡尔德隆和莎士比亚、阿利奥斯托（Ariosto）和塞万提斯、拉伯雷和菲沙特、斯威夫特和狄更斯、蒂克和让·保尔、莫里哀和贝朗瑞、伏尔泰和古兹柯的名字，听听勃鲁盖尔和丹尼尔斯、卡洛和格兰德维尔、霍加斯和加瓦尔尼（Gavarni）的名字，再让他扪心自问是否还有勇气视真正的漫画创作为次要的艺术成就？的确，没有理想的内容，没有智慧，没有自由，没有大胆或精细，没有诙谐的张力，那么漫画的确只是一种令人恶心、痛苦的怪相，就像任何其他糟糕的艺术作品一样令人讨厌和难以忍受。

　　漫画必须以非理念的形式表现理念，以颠倒的外观表现它的本质，但必须用实在的媒介来反映这种非理念、颠倒，换言之，就是必须明白，艺术的个体化。漫画就是真正的美的对立面，在自身形式的和谐中自我满足、自我厌腻。漫画始终指向自身之外，因为它自身同时也表现了别的什么东西。它是一种自身断裂的形式，但在这种断裂之中它与自身又处于相对和谐的状态。其起点的经验性中介存在无限多的可能性。每一种模式的诸多条件、行为、文化倾向都可以激发它。我们看到，邻国人民用扭曲的图画来总结他们的特征。法国人以漫画讽刺英国人，英国人讽刺法国人，等等。出色的城市用自身做素材创作扭曲的图画，在那里，他们讽刺嘲笑他们自己的特征。例如，罗马阿特兰斯（Roman Attelans）类型已经被更近的意大利面具继承，而意大利各大主要城市都为其做出了自己的贡献。阿莱奇奥是古罗马的萨尼奥人；潘塔龙就是威尼斯的商人；多托雷来自博洛尼亚；贝尔特拉姆来自米兰；斯卡皮诺是贝加莫的淘气侍从；西班牙的卡皮塔诺及其后裔斯卡拉穆奇亚来自那不勒斯；阿普亚小丑普里辛埃拉来自阿切拉，古代的马库斯；结巴塔塔利亚来自那不勒斯；骗子和皮条客布里埃拉来自费拉拉；爱唠叨的花花公子帕斯卡·里埃罗来自那不勒斯；盖尔索·米诺则是甜美的罗马和佛罗伦萨小领主，等等。巴黎意大利剧院的梅泽蒂诺和皮埃罗都改造自意大利面具。这些面具在许多方面都是最完美的漫画。它们包含了丑陋的所有细微之处，并使之消解于幽默。它们戏仿一切，但它们以有历史基础的实实在在的个体来戏仿。伟大的城市，像伦敦、巴黎、柏林，用它们的伦敦腔（cockneys）、闲人（badauds）和小丑（Buffeys）戏仿自己。这些文化中心永远的腐败为扭曲提供了取之不尽的材料。梅休在他那部关于伦敦穷人的永不过时的重要作品中，提出了拍摄伦敦街头和码头特征性人物的想法，那样人们就能在他的著作中惊恐地发现对幽灵般伦敦文明之地狱的忠实再现，这座城市的无产者几乎囊括了全部的漫画形象，而这些漫画又包含了几乎全部的怪相，这些怪相所具有的正是克鲁辛格一世（Cruikshank）和菲兹（Phiz）扭曲图画中那种令我们反感的独特感性特征。无人照管的孩子给人一种可怕的印象，因为被贫困、痛苦、犯罪、酗酒和偶尔的放荡持续摧残而早熟，呈现出完全衰老的印象。有些形式高贵些，但也只是更吸引人而已，就像在角落里卖基督教宣传册的印度教乞丐。这副黑色、细长的身体，生着弱不禁风的骨架，有着寂静主义者的限制，长着一张动人的忧郁的脸，尽管如此，这副身体里一个更高的心灵仍然警惕着什么，似是源自尚未被伦敦大雾完全抹除的记忆！——法国出现了一部著作，似是用忠实的笔复制现实，没有掩盖讽刺因素，这些讽刺的东西在当今许多国度都无处不在。我们指的是《法国人的自画像：十九世纪的道德百科全书》（*Les Français peints par eux-mêmes: Encyclopédie moral du dix-neuvième siècle*）。这部作品配有法兰西最顶尖艺术家画的精彩的插图，由法兰西经典作家撰写，从1841年开始出版了八卷四开本，理应比现在更广为认知——内容值得心理学家、卫道士、诗人、神职人员和政治家们深入研读。其中三卷收录了地方性题材。关于军队、锁链帮劳工的文章，由像圣·拉扎尔这样的作家以最严谨的科学精神撰写。1845年出版的《巴黎的魔鬼》（*The Diable à Paris*）或《巴黎和巴黎人》（*Paris et les Parisiens*），分为四开本的两卷，可以看作是续集，然而已更近于娱乐创作了，几乎完全聚焦于描绘从上流社会到底层民众的讽刺漫画，蕴盖乞丐和妓女等。

就像民众和城市一样，我们也能看到社会各阶层相互把对方漫画化。农夫、士兵、老师、理发师、鞋匠、裁缝、杂货商、作家、街角诗人、门卫、侍者等，都是扭曲漫画中固定的主题，它们虽一代又一代地变形，但总是在相同的方向上更新。

最后，性别和年龄的变化也为漫画提供了素材。人们还可以再加上激情，就像泰奥夫拉斯托斯（Theophrastus）在他的《人物》（*Characters*）中所说的那样，在他之后首先是拉布吕耶尔，接着是拉贝纳（Rabener）都描绘了激情，这些又构成了由米南德和迪菲罗斯（Diphilos）开创的喜剧的内容。

我们必须把这种事件同诸如此类的情节或行动区别开来。它们构成了真正历史漫画的内容，这种历史漫画讽刺民众和行政部门公共行为上表现出来的矛盾。划时代的作品，像伦敦的《潘奇》

克鲁辛格一世绘制的漫画

菲兹绘制的漫画

（*Punchy*）、巴黎的《查理瓦利》（*Charivari*）、柏林的《克拉达拉达奇》（*Kladderadatsch*），都成了政治和神职人员颠倒是非的编年史。

教育趋势给诸多非常有趣的漫画提供了素材，且实际上是双线进行，一个是戏仿这样一种趋势，另一个是戏仿文化和非文化、文化和超文化之间发展起来的冲突。这样一种趋势只要它的新奇之处被讽刺限定于片面性，且在这种固化的进程中被夸大，就可以被漫画化。然而，这取决于事情的本质，即教育不完美的开始或最后阶段的过热为扭曲提供了最适当的素材。这类漫画在文化水平高的人同发展水平低的人相遇时通常都会随时随地生成。换个角度看，它们往往能为我们呈现一个令人非常痛苦的景象，因为我们看到一个强大的、相对美好的存在被一个外国培养者抓住，然后被摧毁和误导成一个可怕、可笑的怪相。乔治·卡特林在他的《北美洲印第安人》中讲述了一位阿西尼博恩（Assineboine）人酋长韦君乔恩（Wi-jun-jon）的画像和故事，他穿着一身华丽的民族服装来到华盛顿。但是，在联邦城市待了一段时间后，他是怎样回到自己的部落的呢？"当他出现在轮船的前甲板上时，穿着一件镶着金穗的时下最精致的蓝色外套，双肩上是两个硕大的肩章，脖子上围着闪亮的黑色围巾，他的脚被强行穿进一双高跟防水靴里，这让他的步态颤颤巍巍；头上戴着高高的海狸帽，上面有宽宽的银色蕾丝带，插着一根两英尺高的红羽毛；他那扎着丝带的衣领僵硬无比，比他的耳朵还要高，长长的发辫饰着红漆从他的背上垂下；脖子上用蓝色丝带挂着一枚大大的银色奖章，一条宽皮带横

乔治·卡特林，《从华盛顿归来——北美洲印第安人》

过右肩，身体一侧挂着把军刀；他的手上戴着一双白色的儿童手套，右手拿着一个大风扇，左手还拿着一把蓝色的雨伞。可怜的韦君乔恩从华盛顿回来时就这身打扮！"卡特林以此形象为原型画了幅漫画。

军刀垂挂在这位英雄的两腿之间，他抽了口雪茄，威士忌从两个外套口袋的开口处露出。但是真正的漫画化发生在他回家的时候，由于他对洋基队的报道，他都自认为是个骗子。在他抵达后的某一天，他的妻子用外套后摆，即外套上多余的部分，做了一副绑腿，用银色的帽带做了一对吊袜带。从那以后，这件缩短了的外套就给他弟弟穿了，而他自己则带着弓和箭袋出场，只是没穿外套，这样一来他那些被震惊了的朋友们就能够羡慕他那身带有珍贵装饰纽扣的衬衫了。军刀继续保持着它的位置，但时已近中午，他把靴子换成了软皮平底鞋，他穿着这身衣服坐下，向他的朋友们讲故事，边上放着一小桶白兰地。……他的一个情人双眼盯着他那美丽的银丝绸硬领，第二天人们就看到他胳膊下夹着威士忌小酒桶，用口哨吹着洋基歌和华盛顿大游行歌曲，大摇大摆地去了老相好的小屋。他的白色衬衫，或是白衬衫的一部分，在风中飘摇，已经不正常地缩短了；他那镶着金边的蓝色裤子已经变成了一副舒服的绑腿，尽管如此，他的弓和箭袋还在，他的阔背军刀自两腿之间拖在地上，某种程度上充当了舵的作用，自信地指引他越过"地球麻烦的表面"。——如此这般过了两天，小酒桶空了，所有漂亮的装备就只剩下了雨伞，他在这雨伞上寄托了心中最强烈的情感，在各种各样的天气里都带着，不带雨伞的日子他就穿皮衣！

如果说艺术应该处理这样的冲突，那么它就必须拥有嘲弄文化

自身缺陷的讽刺功能。例如，法国人在占领了马克萨斯群岛后就本着
这种精神出版了一套漫画。在他们的漫画中，文身的野蛮人穿上了欧
洲的正装，就像那个印度酋长，同时却把自己扭曲成最粗野的漫画形
象；或者，令他们非常震惊的是，他们是怎样受到窗口税的青睐的；
法国文明的进步又是怎么向白人儿童中那些惊呆了的父亲们揭示出来
的，等等。在前2页的图画上，我们的确看到一位穿着靴子的高贵的马
克萨斯人，但除此之外他也就穿着一件衬衫，拿着一根棍子，正准备
从小屋里出来，透过小屋的门，他看到他的妻子穿着轻柔的衣服同一
个法国花花公子肩并肩偎依在一起。但另一个法国人阻止了他，并试
图夺走他的棍棒。"不幸的人！他能做什么？

　　——哎呀！得把我妻子的情人暴揍一顿。
　　——那样会毁掉你的名声。按照欧洲人时兴的方式，给你
的竞争对手送张卡片，明天早上在草地上决斗，那位绅士会打
爆你的脑袋——至少你会完全满意！

　　在另外一幅图画上，我们看到了一位时髦装扮的牺牲者，被迫穿
上白色紧身裤、黄色背心、硬领和紧身连衣裙。"但是，裁缝师傅，
你把这套衣服穿在我的身上，我的胳膊和腿都动不了啦。"

　　——这就是它所要的效果。这正是它所要的效果。在巴
黎，富人们的穿着大同小异；人们穿得越不舒服，越要散步，
这样会自在些！

爱德华·德·博蒙特，《马克萨斯群岛的文明——一个烦恼的丈夫》

　　当然，更广泛的是，漫画将导致错误教育的材料视为多元化，包括虚假的感伤情绪，虚假的礼貌，虚假的学识，疯狂的政治推论，发疯的宗教狂热，奢侈品的低俗，时行医学治疗的竞争，以及艺术的混乱。这些漫画往往本身就是精神努力克服此类弊病时产生的反作用表现。于是，蓝袜子就成了对从事写作的女士的讽刺；普律德姆先生是对那些总是知道更好作品的批评家的讽刺；马约克先生，穿着制服，头戴巨大的轻骑兵帽子，鼻子上架着护目镜，是对国民警卫队的讽刺；《杰罗姆·帕图罗特寻找最好共和国》（*Jean Patûrot à la recherche de la meilleure des républiques*）是对社会主义者和共产主义者的讽刺；等等。诸如此类的漫画有时非常个人化，例如，A.W.施莱格尔嘲讽科兹布诗歌的漫画，或哈恩-哈恩伯爵夫人努力在她的小说中寻找真命天子的笨拙努力在芳妮·莱瓦尔德（Fanny Lewald）的《狄奥根娜》（*Diogena*）中已被如此天才地戏仿了。在徒劳地尝试过一系列男人甚至一个北美印第安酋长之后，她终于找到如意郎君——一个中国人。

　　在处理上，漫画必须遵循艺术的一般规律。它可以描画、象征、理想化。

　　肖像画法通常用于个人化的漫画，它源自对特定个人的讽刺。但由于这种趋势通常与国家、教会、艺术界各派别之间的斗争密切相关，憎恨将在其中发挥重要的作用。结果就是对扭曲图画的审美操作会服从于其质料的趣味，即向它的反对者加速射出毒箭。出于这个原因，人们对体形和面貌的某种相似性感到满意。它必须刚好够隐藏起讽刺性的攻击。所有这种类型漫画的艺术价值都是极其有限的。人们从大批此类漫画中都可以看出来，像《法国漫画博物馆》，其中扭曲的图片，从佛朗德、胡格诺战争、约翰·劳金钱诈骗等的时代，直到第一次法国大革命，都是照着原件画的；人们应该看到，奥古斯丁·查拉莫尔（Augustin Challamel）于1842年出版的两卷本《法兰西共和国历史博物馆：从名人大会到帝国》（*Histoire-musée de la république Française depuis lássemblée des Notables jusçu'à lémpire*）中取自大革命自身历史的漫画，也是照着原件画的；人们应该看看博第各（Böttiger）在上世纪末本世纪初于魏玛编辑的杂志《伦敦和巴黎》（*London und Paris*）中的漫画；人们应该把类似的讽刺作品、讽刺诗、歌曲同这种图画进行比较——看看是不是随处可见一种粗糙、尖锐、乏味的语调，全神贯注于利用公众舆论抨击对手。出于这种原因，某些把敌人都逗乐了的技巧在这些圈子里被一再运用。

　　方法的贫乏正是个人化讽刺自我中心立场的后果，这种立场很少能上升到令人愉快和无害的高度。第二种审美处理方法同肖像画法的区别在于它已经把扭曲视为一种普遍的现象，视为一种类型，能够代表一个种类并能向个体传达属于它的象征价值。在这里，直接引用的苦味消失了，诗歌因而获得了巨大的发挥空间。这种象征的表现遵循历史的曲折，以使其更重要的形式在诸多矛盾中衰落，这些矛盾是由它们经验上不可避免的局限逐渐发展而来的。例如，德国流行的小画册《糊涂虫》（*Schildbürger*）就是这类漫画，在没有指向任何具体个人的情况下，以真正的幽默抨击了顽固小资产阶级的荒谬。维尔纳（Wernher）的中古高地德语诗歌《黑尔姆布莱希特》

托弗，《阿尔伯特的故事》

Der deutsche Michel.

理查德·西尔，《德国人米歇尔》

阿莫斯·杜利特尔，《乔纳森弟兄向约翰·布尔致以敬意》

佚名，《法国哑剧大师德布劳》

（*Helmbrecht*），在一种乏味、大大咧咧的盗贼生活中，精彩地描绘
了农夫和骑士阶层的瓦解。再有就是七月王朝时期出现的罗伯特·麦
克奎尔（Robert Macaire）类型，即普遍有组织的欺诈形象。麦克奎尔
和他的同伙伯特兰（Bertrand）无处不在，讲坛上、股票交易所、沙
龙、赌桌旁、医务咨询室、敞篷车等，都有他们的身影，麦克奎尔身
材高大，身着道袍，戴着铮亮的帽子，围着阔大的丝绸领带，饰以别
针，尽其所能地讨好逢迎。他的同伙伯特兰戴着一个便帽，穿着破旧的
衣服，挂着一个松松垮垮的长口袋，用以装各种偷来的东西，他步态蹒
跚，露着僵硬的脖子，一副伪装出来的天真无邪的样子。每个时代，各
民族国家互相描绘的图画也都属此列，就像我们说美国的乔纳森兄弟
（Brother Jonathan），英国的约翰·布尔（John Bull），德国人米歇尔
（Michel）等。在中国，政府甚至利用象征性漫画来规训吸食鸦片者，
方法就是形象地表现不幸吸食者衰老的每一个阶段，从享受鸦片到最终
疏离了人类的情感、责任感、现实认知，消瘦成了令人厌恶的骷髅。

处理漫画理想的风格也可称为梦幻式的。无节制的夸张让扭曲的
图画自身就达到了目的，有时把丑陋的东西表现为无害的偶然存在，
有时又表现为至高的必然。这种扭曲摧毁了自身，因为它超出了一般
现实的界限，在童话故事的自由中耗尽了自身。唯有伟大的艺术家拥
有足够的天赋呈现出这种精彩的丑的变形——它通过其幽默作品让我
们享受到如此狂喜，而这一般只有绝对美能够做到。这种处理手法的
自由和伟大之处在于以其喜剧本性克服了形式和内容的否定性。这种
立场的虚幻性证明了第一种处理方式的合理性，就像年轻的德布劳
（Deburau）对他的哥哥所做的那样，他在康斯坦丁堡把后者暴露在

最致命的危险中。德布劳的父亲应在苏丹面前完成他的体育表演和杂技艺术。于是，有一天他被领进了一个大厅，然而大厅里空无一人，在一个帷幕前，他和他的家人表演了最危险的杂技。其中有一项就是哥哥用嘴咬起一架梯子，然后弟弟爬上去。弟弟快乐地爬到梯子的顶端，却忘了下来，因为站在梯子最高的横木上时他突然看到了苏丹后宫的全部女眷，她们正坐在幕布的后面。哥哥一再做手势，整个人都快被压垮了，弟弟才从震惊中清醒过来，爬了下来。这是朱尔斯·贾宁（Jules Janin）在他的《德布劳，四便士剧院的历史》（*Deburau, histoire du théâtre à quatre sous*）第三章中讲述的一个故事，其本身就是一个象征——在下方是计算，平衡的理性，以光溜溜、难看的梯子作为工具；而在上方却是出离狂喜的幻象，在对美的沉思中忘我。

　　作为绘画的产物，漫画经常乐于借助语词把自己的意图表达清楚。出于这种联系，逐渐出现的不只是孤立的图画笑话，还有整套的漫画，甚至是一整套连贯的图片文字或文字图片故事。加瓦尔尼在这种双重艺术方面是一位非凡的天才，但托弗在幽默方面超过了他。1842年出版的《加瓦尔尼作品选，当代礼仪研究》（*Œuvres choisies de Gavarni, etudes de moeurs contemporaines*）第四卷，为我们呈现了可怕的孩子、轻佻的女人、学生、狂欢节、女扮男装、女演员、克里希工业区、夜巴黎等，总之很有趣，但也够尖刻。与此同时，托弗精美的《版画史》（*Histoires en estampes*）则充满了欢快的放荡，正是这种情绪让莎士比亚创作出了福斯塔夫，让·保尔创作出了卡赞伯格医生（Dr. Katzenberger），或是让蒂克创作出了稻草人莱德布琳娜（Ledebrinna）。西奥多·菲舍尔（Theodor Visher）曾在一篇论述加瓦尔尼和托菲的文章中非常精彩地总结了这一整个类型的特征，这篇文章见于施韦格勒（Schwegler）主编的《当代年鉴》（*Jahrbücher der Geganwart*）1846年版第554–566页，我们不得不参考它，因为我们只能重复它。[93]

　　幻想性漫画从扭曲中摆脱了所有伦理束缚。它从一开始就认可了超越普通合理性的优势并能戏仿自身。乍一看，这种活力要么会完全抵消特征的夸大，要么把特征放大到一种极端，即必然会导致外在的丑陋，因为丑否定所有的尺度，就像柏拉图在《智者篇》（*Sophist*, 228a）中所说，"到处都是丑陋的种族"（τό [της] ἀμετρίας πανταχοῦ δυσειδές [ἐν] όν γένος）。但这可能是个错误。实际上，无节制的幻想于自身又生成了一种新的尺度，因为在它的夸张中，诸形式之间必须形成一定的比例关系。由此产生的一种非凡的自由、大胆，以及优雅的处理，使漫画不仅在介质的有限性中反映自身，更在理念自身的无限性，在自为的美、真、善中反映自身。希腊人古老的喜剧在这种理想化幻想方面取得了令人如此钦佩的成就，考虑到我们德国人的才能，如果我们能更多些国家的支持，更多些统一合作，且不致将最好的创作沦为边缘化的存在或局部的昙花一现，那么我们也可以在这个方向上做出不朽的贡献。毋庸置疑，除了此领域公认的大师，让·保尔和蒂克等人，斯特兰尼茨基（Stranitzky）创办的维也纳利奥波德施塔特剧院（Leopoldstädter Theatre）同样功不可没——这座剧院最出色地完成了一种使命，即将漫画带入了最纯粹的幽默殿堂，把它从所有常识片面的尖酸刻薄中解放出来，让整个无尺度的丑陋种族成了最纯粹的快乐笑声的源泉。阿道夫·鲍尔勒（Adolf Bäuerle）

已经表现了它走向衰落的倾向，随着费迪南德·雷姆德的（Ferdinand
Raimund）出现，它再次华丽转身，走向了最高荣耀，而约翰内斯·内
波姆克·内斯特洛伊（Johannes Nepomuk Nestroy）则又使它迅速走
向命定的失败。这个主题很值得一篇专论，但在这儿我做不了，只能
同漫画说再见，并建议它进一步发展成荒谬可笑。因此，我们决定省
却进一步的阐述，只作简单的勾勒。在《林丹》（*Lindane*）中，一
位胆小如鼠的鞋匠被认为在精灵世界里实现了一次伟大的使命。命运
选择了他扮演一位英雄，尽管对他来说似乎很不舒服，也令人厌恶。
他必须穿过一片树林。他的恐惧被漫画化，但怎么做到的呢？以一种
完全幻想的方式。他带了一把猎枪，他的老伙计跟着他。当他们进入
树林后，他感到非常害怕。事实上，这时还没有出现什么明确的危
险，但这已无关紧要。如此树林，如此恐怖，有足够的理由采取措施
以抵御可能的危险。于是，身旁的老伙计似乎必须射击。但朝哪儿射
呢？因为没有出现什么可疑的东西。他向空中乱射一气，而鞋匠则没
完没了地吓唬自己。看这里——这真是一通幻想性的操作——某样东
西从空中掉下来了。但这鸟看上去真的不像一只鸟，它有四条腿；它
的羽毛也不对，是鬃毛；不说了，这只鸟是一头猪！简直不可能，但
它真的就躺在那儿。我们很自然地笑了，但鞋匠只是更害怕。或者，
在雷姆德（Raimund）的《阿尔卑斯之王和厌世者》（*Der Alpenkönig
und der Menschenfeind*）中，冯·拉佩尔科普夫先生（Herr Von
Rappelkopf），通过和他交换了身体的阿尔卑斯之王，看到自己说话、
行动、埋怨、喊叫。但现在他发现这个替身被夸大了。他认为，阿尔
卑斯之王把他过于漫画化了！而我们想说，这种幽默是多么真实，多

么深刻，多么富有哲理！如果我们都能如此真实客观地看待我们自己，我们难道不也会这么认为，我们的确呈现在我们自己面前，但并不完全是我们真实的样子，而是有点夸张吗？

结　语

　　奥林匹斯诸神是人类所能想象的最美的形象。然而，他们中仍有跛脚的赫菲斯托斯，且这位跛足的神不仅娶了最美的女神——泡沫中诞生的阿佛洛狄忒，还是敏锐的优美艺术之神，知道如何创造最美之物。尽管诸神是如此美丽且永恒不朽，但他们并不认为偶尔爆发出荷马所谓的不可抑制的笑声有失身份，当赫菲斯托斯把他的妻子和阿瑞斯一起抓在网里时，他们就开怀大笑。这足以说明古希腊神话认识到了美、丑和喜剧之间的密切关系。但有一个特定的神话也认识到这点，关于这个神话，博茨（Bohtz）于1844年出版的著作《论滑稽与喜剧》第51页有提及，可在阿瑟内乌斯（Atheneus）的《餐桌上的健谈者》（Depnosophist of AXIV，2）中找到。巴门尼斯科斯（Parmeniskos）曾去过特罗丰尼奥斯（Trophonios）洞穴，看到了可怕的奇观。后来，就再也笑不出来了，于是他就去德尔菲神庙寻求指引，神谕回答说唯有在她屋里的母亲能恢复他笑的能力。到了德洛斯后，巴门尼斯科斯见到了神母拉托娜（Latona）的肖像。这图像画在一根不成形的木头上，而他原本期待的是一尊精美的雕像，于是就不由自主地爆发了一阵大笑。神谕因此信守了诺言。阿波罗神的母亲和一根木头在我们看来毫不相干，但这些不相容的事物却实实在在地结合在了一起，这种本不可能的结合是荒唐可笑的。这个神话不正说明，令我们沉默的丑陋同让我们笑得发抖的滑稽之间的结合历史悠久吗？

首先，我们在否定的概念，在一般意义上不完善的概念里发现丑的概念。它绝非根本性的存在，而只是第二位的特性，在美中找到其存在的前提条件。于是，我们让自己相信，在自然界，丑部分通过纯粹的自然形式实现，部分通过疾病或损毁的介入而实现。由自然丑，我们辨别出知性丑，它无法包含错误、无知或笨拙，而只能囊括疯癫和邪恶。艺术作为美的事物的始祖，要能够以丑为对象，这似乎是一种矛盾。这种建构不仅证明了自身存在的可能性，也证明了其存在的必然性：一方面，艺术内容的普遍性，反映的是外在世界的全景；另一方面，滑稽的本质决定了它必须以丑作为工具。由于各门类艺术的媒介不一样，表现模式上更是有本质的不同，它们产生丑的可能性自是高低有别，其中音乐和建筑可能性最小，雕塑中等，绘画和诗歌最大。的确，就没有达到理想或破坏理想的纯粹可能性而言，各门类艺术不相上下，但建筑、雕塑和音乐因其技术手段多少会拒斥丑化。

所有基于形体的美都由统一、对称、和谐的总体比例组成。因此，丑开始于无形式，它阻止统一体的最终实现，或把统一体消解成无定形，在不和谐的矛盾中生成了一堆混乱的非形。

然而，丑不只是在一般意义上敌视比例。在具体情况下，丑的功能更是对范式的否定，这种范式是在文化实践中形成的，既是一种自然的常量，也是审美活动的习惯准绳，一种确定的趣味，我们也称之为正确性。对这种常规性的否定是不正确的，这尤其常见于个别艺术

约翰·柯里尔，《德尔菲女祭司》

和历史风格。

　　这种对比例的否定，以及对身体和传统范式的否定，它们的底气首先在变态，在一个否定的内在进程，只有通过外在畸形的凸显，否定的内在进程的瓦解才能被感知。存在、生命、精神的自由，能够将崇高转化成平庸，将愉悦转化成厌恶，将美丽转化成畸形。这并不是说如此这般的崇高、愉悦、美丽并非真正的崇高、愉悦、美丽，而是在伟大中发现了猥琐的客观尺度，在强大中发现了虚弱的客观尺度，在威严中发现了低俗的客观尺度，在精细中发现了笨拙的客观尺度，在戏耍中发现了死亡的客观尺度，在魅力中发现了丑恶的客观尺度。丑恶的极端就是邪恶，无所顾忌地摧毁自身的善。在恶魔般的伪装下，邪恶暴露了自身不过是最大限度的伪自由，刻意否定善，徒劳地在自身苦痛的深渊里寻求满足。

　　邪恶给予我们转换成漫画的可能，毕竟它在本质上包含了其对立面内容和形式的反映。魔鬼的形象就是纯粹的漫画形象，因为他把撒谎者表现为对真理积极主动的摧毁，把非意志表现为空无的意志，把丑表现为对美的肯定性根除。但是漫画可以把嫌恶化解成滑稽，因为它倾向于吸收所有丑的形式包括所有美的形式。漫画在其畸形中变得美丽，充满了无尽的欢乐，而这种可能性只需归功于幽默，因它把幽默夸张成了奇思异想。幽默不受限制的活力，充满同情心的骄傲自大，也伴随着怪相，并不会阻碍最纯粹的反思；在诸神狂欢之激情的驱使下，它就像已经登上山顶的酒神女祭司，勇敢地昂首向星空，好像她早就渴望逃离地球，回到神圣的以太——万物都自它而降。

注　释

[1]　如果我们的判断正确的话，就会注意到像在许多其他事情上一样，莱辛在此是真正的开创者，《拉奥孔》第23章至25章讨论了丑陋的和令人恶心的事物。而有意识地把丑的观念作为美之理念的有机部分引入科学则要归功于怀斯（Christian Hermann Weiße）的《美学体系》（*System der Ästhetik*，Leipzig [Hartmann]，1830，163-207）第一部分。——自此以下正文注释，若无特别说明，均为作者原注。

[2]　但是怀斯也曾从精神上来理解丑陋事物的非理念（Unidee），且这种片面性，即主要关注作为可怖、邪恶、恶魔之谎言的道德时刻，已经影响了他的追随者。这之中就有阿诺德·鲁格（Arnold Ruge），他的那本《美学入门》[*Neue Vorschule der Ästhetik*，Halle（Waisenhaus），1837，88-107.] 尤其明显。鲁格，头脑敏捷，读了黑格尔的著作后激动不已，迫不及待地想记下各种单纯的想法——黑格尔的观点对他来说是全新的，在某些阐释框架方面，他确实很幸运，因为从明晰的角度来看还是留下了许多可深化的空间。他在第93页写道："当有限的精神坚持它的有限性和自身的存在，对抗它的真实即绝对精神，那么众所周知这种妄想自足的精神就变成了反真实，而作为意志，它向内退缩只为自己考虑，就变成了邪恶，这两种形式，当它们形成外观时，都是丑的。" 设置这种狭隘界限的结果就是，卢格在描述丑时，所想到的几乎只有霍夫曼（Hoffmann）和海涅的诗。——［奥古斯都·威尔海姆］博茨（Bohtz）《论滑稽与喜剧》

[*Ueber das Komische und die Komödie*，Göttingen（Vamdenhoeck und Ruprecht），1844，28-51]中丑的概念更加自由和宽泛，但仍只是"乖张的精神"，是"倒转的美"。库诺·费舍尔《狄奥提玛或美的理念》[*Diotima oder die Idee des Schönen*，Pforzheim（Flammer und Hoffmann），1849，236-259.]又完全追随怀斯和鲁格。于他而言，丑是崇高的对立面，扮演着决定性的感性矛盾，以反对理想；按照他的说法，只有道德精神才有走向丑的倾向，且只有在人类世界里这种倾向是一种审美的真实。如第259页："轻浮的罗马人和僵化的犹太人恰似那毫无生气的原初世界，而好色的僧侣和软弱的哈里发，则是丑陋战胜虔诚的天主教和勇敢的伊斯兰的胜利。就这样，在美的概念之中，一如在人类历史上，丑在眨眼之间便完成了崇高的宿命。"

[3]   赫尔曼·豪夫：《时尚和传统：服装史集萃》（*Moden und Trachten. Fragmente zur Geschichte des Costüms*）。图宾根和斯图亚特（Tübingen and Stuttgart［Cotta］），1840，17-23.

[4]   按照霍华德的理论，哪怕是最容易消散的云的样式都能从某些基本形式中找到。在这里，我们想到的是旅行者和诗人们如此频繁、如此多样地描述的关于众多云彩的审美印象，这之中就有诺瓦利斯（Novalis）编撰《海因里希·冯·奥夫特定根，施里夫滕》（*Heinrich von Ofterdingen, Schriften*）第三版第一卷中的精彩段落："它们——那些云彩——飘过，想用它们凉爽的阴影把我们带走，当它们的形式变得柔然多样时，就像我们内心的愿望发散出来，就是澄澈的，此时统治大地的微光就像一种未知的、不可言表之荣耀的征兆。但是也会有黑暗、肃静和可怕的云，其中似乎潜伏着古代夜晚所有的恐怖：天空似乎永远都不想振奋起来，明亮的蓝色被摧毁，灰黑色的大地上一抹怒气冲冲的铜红色在每个人的心中都唤起了可怖的景象与恐惧。"

[5]   这里提到的名字中，奥斯特在过去几年也为更多人所知，德国人热衷于新奇的事物，奥斯特流行作品已经有一批颇有竞争力的译本。圣彼埃尔，我

们对他事实上已足够熟悉，因为他的叙事诗《保罗和维吉妮》（*Paul et Virginie*）长期占据着畅销书榜首，加上铜版印刷，更不用说还改编成了芭蕾舞剧，足以使得这本著作和它的作者声名广布。但他那部三卷本的《自然研究》（*Etudes de la nature*，我们手边的是1838年的巴黎版），研究的是极地地带，因此其假设都不切实际，然而这本书里有很多宝贵的多方观察和自然绘画，只是很少有人使用和欣赏。维舍尔的《自然美论》（*Abhandlung über das Naturschöne*）可以在他1847年出版的《美学》第二卷第一部分找到，是我们所能看到的该领域最出色的作品之一。如果德国人看过这个作品，或者哪怕只是看过康德《判断力批判》研究目的论的那一部分，都不会觉得奥斯特有什么新颖的地方。

[6]　施密特的《矿物志，或关于矿物之一般和特殊的描述》［*Mineralien-buch, oder allgemeine und besondere Beschreibung der Mineralien*, Stuttgart（Hoffmann），1980，4.］有四十四幅彩色插图。动物和植物频繁用图像说明，矿物则很少。因此，这本书有望进一步加工。作者很客观地声称："为一种矿物做插图并非易事，很多相当有活力的艺术家都尝试过，最后都不了了之。坚硬、毫无生气的形式同艺术家的本能相左，每一次视角的变换，就算不是全新的色调，也总会唤起瞬息的思虑，根本不可能传达出它的色泽度。投身这种工作的优秀画家，若非受内在动机驱动，耐心一般都不会太大，而且这个地下世界的某些颜色，就算付出了全部的努力，也仍然遥不可及。甚至在选择这项工作的对象时都会遇到困难，这都是很容易想象的。"

[7]　人们应该看看在卡尔斯鲁厄（Karlsruhe）出版的《中国：历史、浪漫、风景如画》（*China: historisch, romantisch, malerisch*）中钢版画里这些著名景点的图像。由于标题页和简介都没有日期，所以我们一幅都不能引用。

[8]　我们打算在此引用的冯·豪斯曼的那篇论文名叫"无生机自然的目的性"（Die Zweckmäßigkeit der leblosen Natur），可以在一个小册子里找

到，这个小册子的名字很恰当：《狩猎琐记》[*Kleinigkeiten in hunter Reihe*, Göttingen（Dieterich），1839，voll I，20-226]。它前面的一篇文章："论生机勃勃和毫无生气的自然之美"（Über die Schönheit der belebten und unbelebten Natur）也很精彩。这两篇文章都是典范之作，是我们民族文学真正的瑰宝，然而我们的文人学士尽管编造了十几部我们"民族文学"的历史，却对它们一无所知。高贵的豪斯曼，要是你只是一个外国人，要是你只是通过糟糕的翻译传播进来——那么人们就会知道这些精彩的研究——景观地理学美学就会大大提前，而这在我们德国，直到后来洪堡特（Humboldt）出版《自然观》（*Amsichten der Natur*，Tübingen：Cotta，1808，438）才确立。可叹的是，我们缺少相关意识，我们德国人因而只会做些更高的总结概括，上百次重复同样的事情，重复每一样事情。关于审美地理学，有一篇很好的论文，在美学家甚至地理学家中仍鲜为人知，而考虑到视觉艺术，它必须被列入我们所拥有的最好论著之中。它出现在一个作品集中，并没有引起太多的注意。这个作品集我们指的是克莱格（Georg Ludwig Kriegk）的《关于一般地理学的著作》[*Schriften zur allgemeinen Erdkunde*，Leipzig（Engelmann），1840，220-370.]审美地描绘地球形貌的论著有：洪堡的《天宇》（*Kosmos*，Stuttgart and Tübingen：Cotta，1845.），施莱登（Matthias Jacob Schleiden）的《植物及其生命》（*Die Pflanze und ihr Lehen*，Leipzig：Brandstetter，1852.），马修斯（Hermann Masius）的《自然研究》（*Naturstudien*，Leipzig：Engelmann，1850.），等等，这些作品已变得越发有名。人们还应该在它们的后面加上布拉特朗内克（Franz Thomas Bratranek）的《对植物世界的美学研究》（*Beiträge zurAesthetik der Pflanzenwelt*，1853.）。

[9]　植物形式的美学事实上是由朱西厄（Adrien de Jussieu）在探索植物科属类型时确立的（德文本《植物学》（*Die Botanik*，Stuttgart：Scheible，1848）；之后是洪堡（Alaxander v. Humboldt）的《植物形态观念》

[*Ideen zu einer Physiognomik der Gewächse*，Tübingen（Cotta），1806，8.]。贝尔格（Friedrich Berge）和里克（Adolf Riecke）编制的《毒草》[*Giftpflanzhuch*，Stuttgart（Hoffmann），2nd ed. 1850，4.]是一本关于有毒植物的铜版手册，里面能看到有时令人着迷的植物形式和最高贵的颜色。那种有毒植物会通过令人厌恶的气味暴露自己的看法也只是一种非常有限的事实，紫罗兰、樱桃、月桂包含如此之强的毒性，闻起来却好极了。在原生态世界，动物和植物之间有着同样的区别，因此它的植物即使不是崇高的，也都是美丽的。不妨同安格尔（Franz Unger）的《原始世界》[*Die Urwel*，见于《不同时期的原始世界》（*Ihren verschiedenen Perioden*，Vienna：Beck，1851）]相比较，这本书里面有作者委托库瓦塞格（Joseph Kuwasseg）绘制的图像，在普鲁兹（Prutz）的《德意志博物馆》（*Deutsches Museum*，Leipzig：Brockhaus，1852，voll I，62-69.）中，我对这些图像有过概述。

[10]　格兰德维尔在《芬芳花朵》（*Fleurs animées*）中，首先从杧果、甜菜和甘蔗选取滑稽表达，随后瓦林（Amédée Varin）把它应用于南瓜和甜菜，尽管在我们看来他并没有取得同等的成功。

[11]　对动物进行审美的观察仍然远远落后于植物。除了已经提到的维舍尔的论著，在这个主题上，我几乎找不到一部重要的作品能够上升到更普遍的观点。如果不去一直上溯到亚里士多德的自然史的话，那么施特林（Scheitlin）的两卷本《动物一般心理学初探》[*Versuch einer allgemeinen*（vollständigen）*Thierseelenkunde*，Stuttgart and Tübingen：Cotta，1840]对我来说仍然是自然科学家们自己做的最好的一本。

[12]　卡尔·道博（Carl Daub）：《加略人犹大，或与善相关的邪恶》[*Judas Ischarioth oder das Böse in Verhältniß zum Guten*，Vol.2，Part. 1. Heidelberg（Mohr und Winter），1818，350ff.]第352页一个关键段落："例如，整个动物王国被洪水淹没造成的暴力死亡一点都不缺少暴

力，因而很自然，因为可能就像是一种实验性的、故意的和有预谋的行为，在洪水找到它们的通道和水池之后，就倾泻在了大池上，而对于另一个——或许是人类——种族来说，那些原始动物的骨架会给予你满足好奇心的机会，让你在它们牙齿上磨砺你的智慧。它们没能平安度过一生，而是被淹死、窒息，或是被别的什么方式杀死，且是公正的，它们的死亡仍然不缺少谋杀，不过是通过自然中的非自然，并不是自然本身发生的，更不必说神灵了。同样恶毒的力量把一群猪赶进水里淹死，把水倾泻在猛犸象和穴熊身上，倾泻在巨大的树懒和其他诸如此类的野兽身上，正是这种力量，似乎潜藏在每一事件之中，它并没有成为那些事件本身，但通过这些事件，像地震、局部洪水和其他灾难警告世人，由于这种力量的存在，动物的生命，人类的生命，甚至那被赋予了自由和理性的世俗之国王——毕竟'风暴中呼啸的浪涛为什么要问一个国王的名字？'——都仍然且永远处在危险之中。自然有其恐怖之处，但在它之中激起恐怖的既不是大自然——它本身是永恒之爱的作品，也不是超自然——它本身就是永恒之爱，神圣的力量（Power）威胁着风和大海，不管你信还是不信，它就在那儿（《马太福音》8：26），你会用所谓世俗邪恶的客观必然性取代他（Him）吗？或者你恰好知道这些恐怖同你没有关系？" 我在一篇论自然变形的散文 "自然的变形"（Die Verklärung der Natur）中对这个理论进行了反驳，这篇文章在我的《研究》（*Studien*，vol.1，Berlin，1839，155ff）上找到，第185-192页涉及了丑，与这儿的主题相关。

[13]　歌德：《全集》，第28卷，第118-119页，"意大利之旅"。我们想把帕拉哥尼亚王子愚蠢行为中的疯狂因素单独拿出来谈谈，就像歌德所表达的那样。第115页："人类：乞丐，女性乞丐，西班牙人；西班牙女人，摩尔人，土耳其人，罗圈腿，所有组合类型，侏儒，音乐家，小丑，古装士兵、诸神和女神，穿着古代法国服装的人们，带着弹药袋、满口脏话的士兵，附加了令人恶心形象的神话：阿喀琉斯和带着小丑的卡戎。动物：只有部分是一样的，有着人手的马，人身马头，畸形猿猴，大量的龙和蛇，

各种各样形象的身上千奇百怪的爪子，双面，交换了的头颅。花瓶：所有种类的怪物和装饰性曲线，朝下延伸到瓶身或底部。——如果人们只是认为诸如此类的形象只是急就章，是无意间的产物，只是毫无选择或毫无意向地摆在一起；如果人们认为这些支架、底座混乱无序，那么人们也会感受到那种为癫狂所折磨之人都会遭受到的不舒服的感觉。然而，这种刻板思维方式的荒谬性最大程度地体现在这样一个事实上，即小房子的檐口朝一个方向或另一个方向上完全歪斜，因此，我们心中那水位和钟摆的感觉——事实上使我们成为人且是所有韵律的来源——被撕裂并遭受折磨。于是，这些成排的屋顶上也饰有多头蛇和小型半身像，以及猿猴音乐合唱团和类似不正常的东西。龙与诸神交替，阿特拉斯支撑的不是世界而是一只酒桶。——当然，如果有人打算把那由父辈建造、外观相对合理的域堡保存下来，那么他就会发现离大门不远的地方有一个罗马皇帝戴着桂冠的脑袋以及一个侏儒坐在海豚头上的形象。”

[14]　按照列维佐（Levezow）那篇研究戈尔工（Gorgon）理想的文章，戈尔工理想的发展有三个契机：首先，它是一张动物的脸；其次是一张舌头嘶响的面具；最后是一张人脸。它不论有多美，最终都失去了所有的特征，只通过头发和翅膀来表明美杜莎式（Medusa-like）的特性。我们所钦佩的美杜莎·龙达尼尼（Medusa Rondanini）所具有的可怕的恩典（phobera charis）最后也消失了。

[15]　安塞姆·费尔巴哈（Anselm Feuerbach）《梵蒂冈的阿波罗，考古—审美观察系列》［*Der Vaticanische Apollo. Fine Reihe archdologisch-asthetischer Betrachtung*, Nürnberg（Friedrich Campe），1833］。已故的费尔巴哈视文中这一点为对其观点决定性的外在肯定，他的观点是大多数可塑青铜作品都已失传，而可塑青铜原本可以让大师充分自由发挥。第75页：“要是奥林匹亚阿尔蒂斯地区流行的运动员和摔跤手青铜塑像还在，哪怕只留下提亚德斯和女舞者大理石雕像原件——在浮雕和平庸壁画中微弱的阴影仍然吸引着我们的眼球，这里就会为我们打开另一个全新的

崇拜之源，我们会被那些艺术家精湛的技艺所震惊，充分的自信让他们胆大至极，事实上，他们也的确敢作敢为。我们应该感谢他们，因为他们没有停留在最纯粹的造型艺术四极之内，他们没有故步自封，没有刻意避开每一次自由的运动；我们很乐意追随这个艺术家的脚步，走在令人目眩的道路上，直至他艺术的巅峰，只有当无生趣非自然的扭曲图画让他皱眉时才放下凿子，或者，赐予他建造诸神塑像之恩典的人，作为艺术的惩罚，命令他暂停休息。除了埃及安息之死，没有什么在古希腊艺术的范围之外。"

[16]　为李彭豪森（Riepenhausen）兄弟绘画激发，歌德花了很大功夫在雅典彩绘长廊和德尔菲神庙找出了波里格诺托斯的图画。它们展现出了一种史诗般全景。从传说到我们的描述——并不完善——中，我们能知道绘画的内容，且就这些描述来看，它们没有排除任何可怕的内容。就此而言，通常我们看到的由温克尔曼和莱辛收集的精美形象不足以证明视觉艺术排斥丑陋。我将略过被肢解了的尸体——人们能够看到它们散落在马槽的稻草上，等等。德尔菲神庙上的图画表现了奥德修斯拜访地狱，泡宋（Pausanias）对这些图画有过描述，我只想从中引用些可怕的段落：在卡戎的喊叫声中，一个连逆的儿子被自己的父亲勒死。……一个寺庙的强盗受到惩罚。他被交由一个妇人发落，这个妇人似乎非常熟悉每一种药物以及用来杀人的每一种毒药。……在这些东西之上，人们能看到欧律诺摩斯（Eurynomos），他是冥界神灵之一。据说，他吞食死者的肉，只留下骨头。在这里，他表现为蓝黑色。他露出他的牙齿，坐在一个捕食者的皮毛之上。

[17]　文中提到的这些段落的确很常见，但我们还是不能略过这么重要的权威表述。亚里士多德《诗学》（De Poetica）卷五："如我们所言，喜剧是下等人的模范且的确不是完全意义上的坏，但可笑的对象则肯定是低劣或丑陋的一类人。它包括一些不会导致痛苦或灾难的踉跄或丑陋，一个明显的例子就是可笑的脸——丑陋、扭曲但不痛苦。"西塞罗《论演说家》（De

Oratore）卷二，第58页："可以说，荒谬可笑所在的地方或领域就在低卑或丑陋，因为我们唯独或者说主要嘲笑这些事物，即以毫不低卑的方式评论和指出低卑。"

[18]　柏拉图论这种差异的主要文本还当属《斐力布篇》（*Philebos*）。在其他地方，他指出美的东西不只是一种有用的欲求，不只是那激起爱的东西，不只是有用的东西，但在这篇对话中他提出了肯定的定义。在这旦，比例是他基本的概念。出于因果的力量，宙斯必须有一个王者的灵魂和王者的理性。因此，从精神中，最终由宙斯的王者灵魂产生了所有秩序和所有合乎秩序的事物，由此我们就不用在定义比例、数字、确定性以及享物的概念或理念之家园时感到尴尬了，毕竟，在这里，对于柏拉图来说比例是首要的；基于这个永恒的基础，对柏拉图而言，排第二位的是对称的、美的、完善的以及充足的，它们都是同一属的多不胜数的类型。于是，他在一个不同的地方称之为丑的东西，在任何地方都属于不成比例之类。比较卢格的《柏拉图美学》（*Die Platonische Aesthetik*，Halle，1832，22-60）和穆勒（Eduard Muller）的《古代艺术理论史》[*Geschichte der Theorie der Kunst bei den Alten*，Vol. 1，Breslau（Josef Max），1834，58-72]，后者特别关注和谐与不和谐之概念，按照《斐力布篇》25de和26a，有限的种类、同等的与双重，对立面的统一、恰当的有限组合与无限组合，必须同单纯的比例概念区别开来。

[19]　在《收藏家和他的圈子》（*Der Sammler und die Seinigen*，Werke vol.38）这篇文章中，就像那个时候人们对自己所能表达的那样，歌德根本性地解决了理想主义者和宗派分子之间关于特征化的论争。作为反复争论的结果，歌德建立了如下模式：

1. 严肃性；个人化倾向：举止：（a）模仿者；（b）个性—学生；（c）小师傅，也可以是（a）复制者，（b）严格主义者，（c）微型图画家。

2.游戏；个人化倾向：举止：（a）幻影师；（b）不规则主义者；c）素描

画家，也可以是（a）想象主义者，（b）蛇形主义者，（c）设计者。

3.严肃性和游戏结合；普遍的教育；风格：（a）艺术真理；（b）美；（c）完善。

[20]　正文中有个印刷错误：这个城堡叫梅尔汉特（Meilhant）而不是梅尔哈特（Meilhart）。这座奇特的城堡被收录在盖尔哈博（Jules Gailhabaud）和库格尔、博克哈特（Jacob Burckhardt）合著的《建筑古迹》（*Denkmäler der Baukunst*）卷三"中世纪古迹"第六部分第5页上。很不幸，这个本应极具学术价值的且制作精良的系列不过是从最狭隘的法国视角构想出来的。凯尔特风格、古罗马风格、中世纪罗马风格以及意大利建筑风格在书中都受到了不成比例的青睐。相反，同艺术发展关联甚大的古迹，像德国建筑，则被完全忽略。梅尔汉特城堡十分有趣，但要想同马琳博格城堡（Marienburg Castle）相比纯属徒然，甚至遥不可及。

[21]　在歌剧领域，我们本可以收集到关于最令人反感的愚蠢的诗歌作品或不如说烂作之最富成果的汇编，因为说到"渴望享受生活的愚蠢"的话，没什么地方比我们当下的严肃歌剧更合适的了。然而，既然理查德·瓦格纳（Richard Wagner）的三卷本作品《歌剧和戏剧》（*Oper und Drama*, Leipzig: J.J. Webber，1852）给予现代歌剧文本，尤其是这些歌剧拙劣、荒谬的译本中反诗意的丑以充分的尊重，那么我们便仅取这一个例子。

[22]　马琳博格城堡并非阶段性地建成的，因此人们无法用时间上的异质性和其他风格的引入来解释对纯粹对称形式的侵犯。实际上，这座城堡是按照一个计划在几年内建成的，这就可以理解为什么这座建筑能够基于充分的和谐，自由地结合次要的审美要求和建筑要求，从而体现了高度的美感。

[23]　赫特纳：《古代视觉艺术导论》[*Vorschule der bildenden Kunst der Alten*, Oldenburg（Schulz），1848，vol.l，307f.]

[24]　这个妓女［拉古勒斯（La Goualeuse），真正的街头歌手］讲述了她自己的故事："我再也不知道怎么生活。他们抓住了我。他们让我喝白兰

地！——给你！"

"我知道。"凶手说。

苏继续道："通过一种奇怪的反常行为，《拉古勒斯》的特征为我们提供了这些天使般的率真类型，在堕落中保持了她们的理想，就好像造物无力通过她们的声音抹除上帝在一些特殊额头上留下的高贵印记。《巴黎的秘密》中这种狡辩值得波林·里梅拉克（Paulin Limeyrac）在杂志《两个世界》（Revue des deux Mondey，1844，voll.I，74.）上对它进行的严厉批评。对这部小说的美学批评，对其漫画方式中丑的概念是如此重要，在阿尔伯特·施韦格勒（Albert Schwegler）的《当代年鉴》（Jahrbücher der Gegenwart，1844，653ff）中甚至更为尖锐。然而，在这年的同一卷中也有威尔海姆·齐默尔曼（Wilhelm Zimmermann，199-219）的文章，为这部小说的文化—历史意义辩护。"

[25] 奥古斯特·亨内伯格（August Henneberger）的《当代德国戏剧》[Das Deutsche Drama der Gegenwart，（Greifswald：Koch），1853，54f.]这本小册子是关于这个主题我们所能看到的最合理、客观和扎实的著作。

[26] 转引自赛洛克斯·阿金库[（Jean Baptiste）Seroux d'Agincourt]编撰的《绘画集》（Paintings，voll.I，Plate 40ff.）。

[27] 这尊雕像现在尼姆博物馆（Museum of Nimes）。这种形式有很多值得称赞的地方。对此，法国批评家本会且也应说："它本身就很优雅，是生命，是青春，是舞蹈节奏。"但是我们批评的是脑袋，或者说是下巴和眼睛。

[28] 吉维努斯《莎士比亚》[Shakespeare，vol.4，（Leipzig：Wilhelm Engelmann）1850]第36页写道："就算在今天，我们仍然必须要认识到这种立场的真实性并没有受到那种观点的影响，即一再暗示莎士比亚笔下的市民和无产者形象出自古罗马人，由于运动中的群众在哪儿都是一样

的，更不要说这两个在政治上如此相似的民众，这种批评毋宁说是赞扬。我们不想逐字重复对方已说过的赞扬的话，即在这些作品中角色、命运、爱国主义、军事荣耀、真正的态度、永恒之城的公共生活，都被表现得栩栩如生，但的确，为特征化古罗马人的生活，莎士比亚忠实地采用和生动地改编了微小的细节，至于这些细节，莎士比亚可能是从普鲁塔克那儿得来的，比根据最严谨的文物研究成果最准确地表现那个时代更有价值。"

[29] 布伦塔诺两卷本《戈德维》（Godwi）于1802年在不来梅（Bremen）出版。布伦塔诺在标题页上的署名是玛丽亚（Maria），文字同样个性十足：一部狂放的小说。在布伦塔诺作品集中，这部奇书，这部歌德《威廉·迈斯特》（Wilhelm Meister）超浪漫的仿作，却没有见到，只是在第五卷中收录了一小部分片段。

[30] 在布拉特朗内克（Franz Theodor Bratranek）的《植物王国美学的贡献者》（Beiträge zu einer Ästhetik der Pflanzenwelt, Leipzig: Brockhaus, 1853）中，对《芬芳花朵》有专章论述，第396和397页，布拉特朗内克评论恰如其分："格兰德维尔描述的动物私密和公共生活场景已经向人们表明如何才能再次唤起对最高层面的反思中唤起象征之原初的快乐——他或强调了人类身上动物的一面，或在动物身上映射人类环境和关系，在人兽共处的世界忠实再现了社会的所有糟糕现实。因此，他在《拟面花》中继续着这种手法，就像从前处理典型化图像时的做法，这次，他由或原初或传统或习惯上已确立了的植物的意义开始，把它转化成女人的表达、手势和衣服。通过象征，植物具有了人的内在，并由此被赋予了灵魂，这种方法现在被艺术家借用，每种植物类型都有对应的人形——它们本是花儿，在我们面前却变成了人，而象征不过是用花的形式来表现人类。随时随地且在所有的形式上，格兰德维尔都知道怎样在这样的人类植物甚至纯粹的景观中给我们以启示。"

[31] 在博利（August Pauly）翻译的《琉善文集》（Lucians Werke, vol.4, Stuttgart: Metzler and Vienna: Mörschner und Jasper, 1827）中，

琉善在《真实的故事》前言的结尾处写道："我承认，所有这些人，他们中的大多数我都见过，但我不能指责他们撒谎，因为我发现，即使在那些拥有哲学家头衔的人群中，撒谎也如此习以为常：我只是对这样的事实好奇，后者想象的读者不会在意在他们的故事（荷马史、伊姆布洛斯、冠泰西阿斯）中没有一句真话。与此同时，我徒然想留给这个世界一点我写的东西，这样我就不必是唯一宣称放弃制造神话的权利和自由的人。毕竟我没什么真实可言（我在生活中的经历不值一提），因此我只得撒谎，但在这样做时，我比其他人要稍稍诚实点。因为我至少说了一样真话：我在撒谎。通过这样真诚的忏悔，我希望避免他人对我故事内容的所有批评。现在，我庄严宣誓：'我所写的事物，我既没有亲眼所见，也没有经历过，更不是从别人那里听来的，就像它们不可能存在一样，没有一丁点真实性。'好吧，就让那些喜欢它的人相信它吧！"

[32] 康德在《判断力批判》"美的分析论" 第17节，把理想同常态的理念区别开来："理想并非是作为确定的规则从经验比例中推导出来的，而是只有根据理想，判断的规则才会成为可能。理想整个种属的图景，浮现在所有不相干且多少有些差异的个体经验之间，理想被自然用作其同种类产物的原型，但似乎在任何个体身上都没有完全实现。理想对于此种类远非美的原型，而只是形式，这形式则是所有美的必要条件，因而纯粹意味着此种属表象的适当性。"

[33] 弗兰兹·库格尔（Dr. Franz Kugler）：《论古希腊建筑和雕塑的色彩装饰及其局限》 [*Ueber die Polychromie der Griechischen Architektur und Sculptur und ihre Grenzen*，Berlin（George Gropius），1835，4.]

[34] 赫尔曼·乌尔里奇（Hermann Ulrici）：《论莎士比亚的戏剧艺术及其同卡尔德隆和歌德的关系》 [*Ueber Shakespeares dramatische Kunst*（und sein Verhältniβ zu Calderon und Göthe）Halle（Eduard Anton），1839，146 and 174.]

[35] 见根特（Friedrich Wilhelm Genthe）《马卡洛尼亚诗歌史及其最杰出作

品集》〔*Geschichte der macaronischen Poesie und Sammlung ihrer vorzüglichsten Denkmale*，Halle（& Leipzig：Reinicke〕，1829.）导言。

[36]　怀斯在他的《美学体系》第177页写道："美、丑之类抽象定义并非完全空洞，而是有意义的。就算此时它们必定会被带入相互之间冲突的状态，从而确保抽象不会剥夺它们辩证真理和生动性。"

[37]　我也将引用德罗伊森译本中的段落，他的译文比弗博的高雅：

——已经在敲门

老人等在后门嘟嘟哝哝

——这个小内裙我必须从我妻子这儿拿走，

出发，快

穿上她的小波斯鞋子！

（起身，穿上女装。）

但到哪儿找个小地方，看不到

情人约会？啊哈，晚上所有的猫都是灰色的。

（走上舞台。）

将不会有人看见我躺在这里。

[38]　席勒曾和费希特吵架。费希特为席勒主编的杂志《季节女神》写了篇关于精神和字母的文章。席勒不想原样发表，因为他发现投递过来的文章有不足之处。费希特以极大的骄傲为自己辩护，席勒出于审美满足的目的则坚持要求概念和图片应该相互支撑。这次争论，通过公开出版的往来信件为我们所知，也很可能导致席勒写下了发表于1795年的那篇文章《论运用美的形式的必要限制》（*Über die nothwendigen Grenzen beim Gebrauch schöner Formen*），我在文中引用的文字可以在这篇文章——没错，确切地讲，是在一个脚注——中找到。

[39] 　鲁格：《新美学入门》（*Neue Vorschule der Ästhetik*）第75-77页。费舍尔的《狄奥提玛》（*Diotima*）追随他的观点，见198页："我们通常所说的自然的崇高与其说是审美上的确证，不如说是一种情绪表达。自然不能提升我们，只会强加于我们。"

[40] 　伏尔泰在《奥尔良少女》序言中一劳永逸地为整首诗奠定了基调。他赞扬了珍妮所表现出来的勇敢和信念的奇迹：

珍妮有颗雄狮之心：
如果你读了这首诗，你将会看到。
面对她新的功绩你会战栗发抖，
她不寻常的行为中最伟大的
就是，守护她的童贞一年。

[41] 　按照歌德《浮士德》中的名言，法律和权利与生俱来，就像永远的疾病。但是，对民众和书籍的判断也像没完没了的疾病一样与生俱来。狄德罗和他的书成了无知和充满偏见的人们展现他们那么丁点勇气的靶子之一，因为他们根本就不了解狄德罗或他的著作，却给这位无神论者、百科全书编者和粗鄙小说作者贴上了言辞恶劣、行为可憎的标签。这是一劳永逸的决定，即人们只能带着道义上愤怒的语调提到他和他们。早先，在别的地方我也曾努力在人群中宣扬一种对狄德罗更友好的态度。我让人们注意莱辛、歌德、席勒、瓦恩哈根（Varnhagen）、莫里茨·阿恩特（Moritz Arndt）是怎么看待他的。关于《宿命论者雅克和他的主人》，在这里我只想说明，狄德罗用书本说话，反驳了愤世嫉俗者的指责，捍卫了自己，见内根主编《全集》（*Oeuvres*，vol.1，333f.）。人们认为〈宿命论者雅克和他的主人》只是讲了些愤世嫉俗的故事，这种看法是有问题的。由女房东讲述的悲惨的波美拉耶侯爵故事占了整个篇幅的三分之一。这个故事被席勒翻译成了德文，名为"女性复仇的神奇案例"（*Thalia*

Merkwürdiges Beispiel einer weiblichen Rache），收录于《莱茵·塔利亚》（*Rheinische Thalia*，vol.1，1785，27ff.）。其同环境存在客观联系的主题，即它的命运观念，在作品的第一个词中就已经宣告了，只能说，这是一部高度隐喻性的小说。"雅克说，他的队长说过，在这儿，所有临到我们身上的善和邪恶，在别处都是早已写就了的。

主人：一句伟大的话。

雅克：我的队长补充说，每一颗飞出枪膛的子弹都有其合理性。"

[42]　豪泽的《无辜者大屠杀》只给我们展示了一群不幸的母亲，她们失神地看着她们孩子的尸体，身体上的伤口还在流血。这种单调性让这幅美丽画作显示出了极大的悲伤感，的确乏味。老布拉恩处理这样主题是多么与众不同啊！在他那儿，人们也能看到被谋杀的孩子、悲伤的母亲，还能看到母亲试图拯救她们的孩子，她们直面那些战士，同他们战斗。人们看到，对于那些士兵来说，母爱让屠戮变得艰难，他们为了执行可怕的命令，甚至从马背上跳起来，将长矛刺向孩子。基于这些画面，人们看到了一个深广的空间——一处巨大的开放广场，后方是一座桥，上面满是成群结队的士兵和逃跑的女人们。在豪泽的作品，这里则是一个监狱式的封闭所在。

[43]　黑格尔《美学》1838年版，第三卷第123页："因此，我们看不到一般的感觉和激情，而只有较低阶层农夫模样、接近自然的人，他们是快乐的、淘气的和滑稽的。在这种无忧无虑的兴盛发展中，有着理想的时刻：这是生命中的礼拜天，它让一切平等，去除了所有的邪恶，如此全身心欢悦的人完全不可能是坏的和恶毒的。由此观之，邪恶的出现，只是偶然现象还是作为人物角色的基本特征，这并无不同。在荷兰艺术家中，喜剧会去除情景中坏的要素，而对于我们来说，人物角色此刻在我们面前表现为这种形象，但也可以是某种不同的形象，这一点不言而喻。此等欢乐和幽默属于这种绘画极重要的价值。与此同时，如果人们今天想在同类图画中表现出刺激，那么人们通常会直接表现一些同幽默不可调和的普通、糟糕和邪恶的东西。例如，一个邪恶的女人非常严厉地斥责从小酒馆里出来喝得酩酊

大醉的男人；在这里——如我在早些时候所提到的——表现的只不过是，他是个悲惨的家伙，而她是一个恶毒的老女人。"——霍托《德国和荷兰绘画史》［*Geschichte der Deutschen und Niederländischen Malerei*，Berlin（Simion），1842］第一卷第137页有以下内容："艺术家若专注于这种平淡无奇的、毫无趣味的日常生活领域，试图从中获取他仅有的形式，并想强力激发其堕落的激情，那么就算按照最高程度的形式灵活性而论，除了让自己离开艺术领域之外，他什么都没做。"

[44]　格林穆特（Willibald Gringmuth）八开本《风俗画，哲学争论》［*De Rhyparographia. Disputado philosophica*，Vratislaviae（Bratislava：F. Hibt），1838］。这种勤勉而有趣的论著有着大多数学术著作的共同命运：自生自灭、不为人知。格林穆特在导论中系统梳理了各种关于丑的定义，最后，他虽然还是赞同怀斯派的观点，却始终无法同任何形式的滑稽可笑相容，只用歌德的一节韵文诗来总结自己的观点：

于是终究不可避免

诗人有些讨厌；

那令人难以忍受的，以及丑，

他不让它像美一样鲜活。

[45]　关于佩尔·维达尔，可见迭斯（Friederich Diez）的《游吟诗人的生平和作品》［*Leben und Werke der Troubadours*，Zwichau（Gebrüder Schumann），1829，149ff.］。里希滕斯坦的癫狂由其《妇女的祈祷》（*Frauendienst*）足见全豹。

[46]　莱辛在一篇短文里把怪诞的起源追溯到了古埃及人，这当然没问题。但究其根本，怪诞源自事物的本质属性。人们完全可以从中国人或印度人那儿得出这个结论。文中引用的这本书是滑稽诗歌的《我主受难记》（*La Passion de Notre Seigneur J. O. en vers burlesques*），出版于1649年。

这本书就诗意来说很糟糕，但内涵非常严肃，并不像表面看上去那样戏
谑。滑稽诗句不过是出版商为了大卖而做的噱头。

[47]　闹剧在所有时代、所有人中都充分利用了这些手段。的确，某种过度文雅
的审美观以轻蔑的神情看低闹剧，但这种看法的正当性同所谓的精致或高
级幽默一样，后者近来在我们之中变得如此高雅，以至于人们会更恰如其
分地称之为无聊。

[48]　卡尔·沃特（Karl Vogt）《动物生活画》［Frankfurt am Main
　　　（Riitten），1852］第433页："人们或许并不知道护林人朋友的故事，事
　　　实上这是个真实的故事。护林人以为自己是独自一人在房间里，就允许自
　　　己犯了一个明显不当的错误，而他突然惊恐地发现几条狗躺在桌椅下面，
　　　爆发出痛苦的嚎叫，惊恐之际他从一楼公寓的窗子跳到了花园里。护林人
　　　再次回来时，立刻就猜到他的狗突然疯狂的原因。不论何时，只要有一条
　　　狗在房间里弄出难闻的气味，他就把整群狗都痛打一顿作为惩罚，因为他
　　　既不想也找不到有罪的狗。"

[49]　可同他们在劳尔-罗切特（Raoul-Rochette）《图书馆的秘密》（*Musée
　　　secrety*）中的插图第37、40和41幅比较。

[50]　O.L.B.沃尔夫《小说史》（1841 324ff.）。

[51]　塔克西勒·德洛德的奇卡德舞取材于勃艮第葡萄节。按照他的解释，奇卡
　　　德的歌舞是对爱的戏仿。第371页："它根本就不是舞蹈，它从来就是戏
　　　仿，是对爱、优雅、古老的法国礼节的戏仿，嘲笑的热情在我们中能保持
　　　如此之久，令人钦佩！对丰满妖娆的戏仿，这个叫作《勒查胡特》（*Le
　　　chahut*）的放荡喜剧重聚了一切。在这里，人物形象被场景取代，人们不
　　　再跳舞，只是行动，爱的戏剧出现在所有的场所，一切有助于结局的事物
　　　都被利用起来;出于其表意的真实性，舞者，或不如说演员，甚至利用了他
　　　的肌肉，他鼓动自己，他让自己手忙脚乱，他跺脚如擂鼓，他所有的动作
　　　都各有其意，所有的扭曲都有所指，双臂会示意，眼镜能说话，臀部和腰
　　　部各有其修饰意象，各有其强大的说服力。它是尖声哭喊、神经质大笑、

不和谐喉音、难以想象扭曲的可怕组合。大声、狂乱、邪祟的舞蹈，鼓掌
的双手，旋转的双臂，躁动的屁股，惊悚的腰，轻叩的双脚，攻击性的手
势和喊声；蹦跳，滑行，折叠，弯曲，翘臀；她的眉毛放荡、狂怒、汗涔
涔，眼露凶光，脸色谵妄。这就是奇卡德，我们努力描述，但没有笔能写
尽它的淫荡无耻、诗意残酷、精神戏谑；以佩特洛尼乌斯诗风之宽泛都不
足以囊括它；它甚至会让庇隆（Alexis Piron）的神韵黯然失色。"但就算
如此，在1841年，德洛德认为奇卡德已达到了其荣耀的巅峰。"他相信自
己是如此强大，以至于忘了他成名于流行文化；有一段时间，他以可悲的
方式转向贵族阶级；他扮演著名人物、艺术家、狮子。——奇卡德正在离
开！"施塔尔只看到他落寞的退场。

[52]　见叔本华《作为意志和表象的世界》[*Die Welt als Wille und Vorstellung*,
　　　　Leipzig（Brockhaus），1848] 第二卷，第531-564页。的确，这种性爱的
　　　　形而上学不管在哪里都有点愤世嫉俗，但充满了来自自然和生活的富于魅
　　　　力的观点。

[53]　在弗洛伦萨画廊来自碧提宫（Palazzo Pitti）的铜版画中，海量的宝石得到
　　　　展出、放大以及精美的雕刻。这些卓越的艺术品中有相当一部分出自年轻
　　　　妇女和姑娘之手，她们为自然的力量所吸引，但她们的表达纯粹而优雅，
　　　　除了宗教没有任何别的思想。

[54]　内根在其狄德罗版第十二卷第255-266页插入了一段辩词：为什么在处理狄
　　　　德罗所谓的小说时他保留了"纯粹的文本丑闻"，而没有任何掩饰，因为
　　　　如果不是这样，正如文学史无论如何都会表现出来的那样，公众甚至会因
　　　　以狄德罗之名而来的更多麻烦的事情和更糟糕的风格而困惑。第263页，
　　　　他详细说了他是怎样多次让狄德罗思考那些书中潜藏的幻想危机："在这
　　　　里我可以说——为我表达自己观点所依据的理由所震撼——他已被体面、
　　　　贞洁以及道德传统所左右，在这方面，请原谅这位哲学家，牺牲几页冷冰
　　　　冰的纸张，哪怕最放荡的男人也是无意义和过于挑剔的，而对于最诚实的
　　　　女人来说是令人反感或难以理解的。可以肯定的是，如此这般净化了的作

品可能不会失去所谓效果。"1768年，莱辛在《汉堡剧评》第84期翻译了《八卦珠宝》中的一部分内容，因此在当时第一次让德国大众知道了这本书，莱辛同内根的观点一致，他写道："这本书叫作《八卦珠宝》，狄德罗再也不再想写它了。尽管狄德罗写得也很好；但无论如何，如果他不想成为一个文抄公的话，就必须完成这部作品。同样可以确定的是，只有这样的年轻人才能写出这本书——迟早，在某些时刻他会为写下它而感到羞愧。"

[55]　就此判断而言，我赞同邓洛普《虚构文学的历史》（*History of the Fiction*, 3rd. ec., London：Longman，1845），这本书被李布莱希特（Felix Liebrecht）翻译成了德文，名为《散文诗的历史》（*Geschichte der Prosadichtungen, Berlin* [Muller]，1851，397.）法国人仍然喜欢这本书。我们知道圣伯夫（St.Beuve）作为批评家就算在我们德国人中也是非常有名的，他在《文学批评与肖像》 [*Critiques etportraits littéraires,* ed. De Bruxelles (C.J.de Mat)，1832，vol.2，176ff] 中尽可能地说奉承话。他将其称为一个小杰作，清水出芙蓉，永恒不朽："《曼侬·莱斯科》（*Manon Lescaut*）是永恒的，历经无数次趣味和时尚的革命，真正的统治力被削弱，它仍能托底，一如它自己的命运，人们很清楚这种游戏的、懒散的冷漠。"

[56]　朱利安·施密特的作品中有许多关于莎士比亚、莱辛、伏尔泰和德国浪漫主义之有趣的内容，都源自真正的实证研究。如果它仍鲜为人知的话，那么可能因为两个因素：首先，作者没有持守一条真正的历史轨迹，而是——如它向我们展现的——循着一个艺术群体展开，这对想通过这本书一窥历史究竟的读者来说是不可企及的；其次，作者对他所考察的任何对象都无动于衷。以一种不满的语气，看待所有的历史现象，并弥漫全书。施密特具有敏锐地抓住现象否定面、鲜活地描绘它们的天分，但他太倾向于这种方式了，所以当他以卢格-鲍尔（Ruge-Bauer）的方法看待转变过程时，什么都是黯淡无光的。他是瓦伦廷·施密特真正的对立面，后者是如此虔

诚地、热情洋溢地谈论浪漫主义，且众所周知，我们认为，他在维也纳《年鉴》（*Jahrbücher*）中第一次对卡尔德隆戏剧进行了全面的研究和分类。就其中世纪文学知识而言，施密特堪称英雄。我不会放弃再次提出我一再提过的问题。我们德国人徒劳地重复印刷了如此大量的出版物。我们立马就会想到我们数量庞大的文集，它们组织良好，已经成为一个正式的、体面的再版事业。再考虑下数量庞大的外国小说翻译作品。那么，我们为什么没有出版施密特论卡尔德隆的作品？作为对邓洛普《虚构文学的历史》之肯定的、补充性的评论，施密特的作品仍然重要，他关于《一日谈》的研究，他对浪漫主义文学史的贡献，可否合在一起出一卷？若能实现，文学研究者将会多么感激。我凭自己的经验就知道从《维也纳年鉴》（*Wiener Jahrbücher*）获得相关材料有多难。只有《帮助》（*Beiträge*）被独立印刷成小册子发行。邓洛普的评论贯穿了《维也纳年鉴》的四个问题。关于卡尔德隆的评论的确只有在该杂志的新闻页才能找到。

[57] 亨内伯格的《当代德国戏剧》 [*Das Deutsche Drama*, Greifswald（der Gegenwart）：Koch，1853] 第8页："诗人可能回答说，格里塞尔蒂斯发现所有一切不过是一场游戏，通过拒绝帕西法尔（Parzival）向天平里投入对等的重量。"但是——"那真的就是女人的真爱吗？我们在这儿当作爱售卖掉的是什么？我们难道能忘掉这样一种献身，放弃自己的个性人格以及一定程度的人类尊严本身的权利，这与其说是明确地反对动物性的依附，不如说是无原则地给予爱，这必定会强化他作为爱人的感情或是她自身的尊严吗？"

[58] 霍托在他的《德国和荷兰绘画史》把这一进程划分成了几个阶段，即从凡·艾克到博斯，从博斯到马丁·邵恩（Martin Schön）。第212页："在他的打扮时髦的行刑者、恶毒难缠的男孩和鞭笞帮凶的形象中，马丁·邵恩证实了一种完全忠实于自然的研究。他只是经常以热切的心情放大已然观察到的特征。那些夸大了的畸形如象鼻般的鼻口，活塞般的脑袋和瘦骨嶙峋的身体无不更明确地证明由内至外的癖好。"转引自库格尔《绘画史手

册》 [*Handbuch der Geschichte der Malerei*，vol.2，Berlin（Duncker und Humblot），1837，84ff.]

[59]　见卢梭《戏剧性的相似之处》 [*Dram-aturgische Parallelen*，Munchen （Fleischmann），1834，vol I，189ff.] 当奥洛丽图思（Oloaritus）最终 拔出了阿格丽品娜（Agrippina）身上的匕首后，她哭道：

刺伤，凶手，通过四肢，罪有应得，
刺穿曾喂养了这样一个孩子的母奶。
刺穿裸露的腹部，那儿曾孕育了这样一个害人虫
等等。 [卢梭，195]

[60]　马格宁（Charles Magnin）《欧洲木偶史》 [*Histoire des Marionettes en Europe*，Paris（Michel Lévy Frères），1852，147ff.] 。

[61]　格里姆特夫人（Mrs. Gieremund）渴望吃鱼，却被冻得僵硬。

[62]　在西奥多·罗切尔（Theodor Rötscher）的《阿里斯托芬和他的时代》 [*Aristophanes und sein Zeitalter*，Berlin（Voss）1827.] 中，阿里斯托 芬同他所对抗因素的感染，已是既成事实。

[63]　海涅可以运用这和轻浮制造真正的痛苦，突然且完全多余地来个跳跃，在 最高尚的情感洪流里做个鬼脸，海涅引得一整个孩子气的小诗人群体误以 为这些无聊乏味的诗行是他真正的诗意时刻。见普鲁兹《当代德国文学论 稿》 [*Vorlesungen über die Deutsche Literatur der Gegenwart*，Leipzig （Gustav Mayer），1847，238ff.]

[64]　见格兰德维尔和拉菲特编纂插图版《德·皮埃尔、让·德·贝朗瑞全集》 [*Œuvres completes de P.（ierre）J.（ean）de Béranger*，Paris （Fournier Aîné），1837，vol.3，195-380.] ，这是那个时代珍贵的历史 文献。

[65]　《死亡之舞》（*Danses macabres*），现在能见到的非常扎实的研究文

献。丝毫不乏敏锐的反省。但是，我并不认同这样一种观点，即最新的
《死亡之舞》（我指的不是雷特尔的木刻）在德国仍然没有得到关注以及
没有被同稍早点的《死亡之舞》建立联系。这是一幅油画，主要由一个叫
贝切（Becher）的画家绘制；18世纪，德国中部埃尔福特（Erfurt）奥古
斯丁修道院柱廊里有一长溜相当多且通常并非粗制滥造的绘画，都是依
据布尔乔亚民谣趣味创作出来的。如果人们从巴塞尔（Basel）的《死亡
之舞》开始，穿过埃尔福特到吕贝克（Lübeck）——这儿能找到另一幅
《死亡之舞》，事实上可以画出一条对角线。然而，埃尔福特系列至少因
完整性之故值得平版印刷。我在《论德国文学史》［*Zur Geschichte der
Deutschen Literatur,* Königsberg（Gebrüder Bornträger），1836］第
25页分析了荷尔拜因的《死亡之舞》。

[66]　八开本《狮王亨利》（*Heinrich der Löwe,* Quelinburg, G. Basse,
　　　　1818），二十一篇英雄诗，分三个部分，昆泽作了历史的、地理的注解。

[67]　见伊德勒（J.L. Ideler）《古老的法国文学的历史：从起源到弗兰西斯
　　　　一世》［*Geschichte der Altfranzösischen National-Literatur von den
　　　　ersten Anfängen bis auf Franz I,* Berlin（Nauck，1842），248ff.］这种
　　　　苍白的寓言不经意间统治了14到16世纪的整个欧洲。

[68]　叔本华《作为意志和表象的世界》第262页以下。

[69]　特洛宾（Turlupin）也被叫作塔巴林（Tabarin），戈蒂耶（Gautltier）被
　　　　称作加里格（Garguille），格罗斯（Gros）被称作纪尧姆（Guillaume）
　　　　且现在则被称为格罗斯波尧克斯（Grosboyaux）。爱弥儿·德拉·贝
　　　　多利埃尔（Emile de la Bédollière）在《江湖骗子》即《法国人目画
　　　　像》（*Banquistes, Les Français peints par eux memes,* Tome 1.de
　　　　Province，150ff）时，给出了许多关于当下胡言乱语的例子，然而它们往
　　　　往是从遥远的时代流传下来的。仅举"草席之歌"为例：

三只小猪在粪堆上

自娱自乐像在马车门廊。

我告诉他：斯塔林，我的小可爱，

我想要一磅黄油。

我会把油抹在你的木屐上

卷起你的糖果包装。

我的背心在膝盖处被刺穿

啊，把我的蜡烛头归还。

[70]   潘诺夫卡（Panofka）在《古典艺术作品的模仿与漫画》 [*Parodieen und Karikaturen auf Werken der klassischen Kunst,* Berlin（Königliche Akademie der Wissenschaften），1851] 中进行了复制。四开本，图1，第三幅。

[71]   鲍曼（Burmann）版《佩特洛尼乌斯》属于稀有图书，任何不能或者说不奢望看到这部著作中场景的人，都能在《恩科尔普轶事》（*Begebenheiten des Enkolp*）第456页找到它，威尔海姆·海因泽（Wilhelm Heinse）翻译自《萨蒂利孔》，1773年应该是在罗马出版，第一卷132页以下。

[72]   这里可有不少话要说！这里的素材，绘画尤其钟爱，而这种观点已习惯性地让我们僵化，然而从本质上来讲只能被称为恶心——年老的大卫王宠幸书念妇人，罗德在山洞里被他的女儿灌醉以便与她们同床，等等。但也有大量令人嫌恶的卧室杂耍、声名狼藉的色情绘画，这些人们谈都不愿谈的东西，都属于这里。我将只举一个例子。1823年，我在哥廷根大学的收藏中发现了一幅画，藏在活动盖板下面，显得别有用意，我们的向导指出了一些特别有意思的地方。路易十四曾同蓬巴杜夫人打赌：她没法从戒指里尿出去。这幅画表现了正努力做此尝试的蓬巴杜夫人，而国王陛下则双膝跪地，亲自拿着戒指，满脸的淫荡好奇！

[73]   我想从德罗伊森的《阿里斯托芬》 [全集] [*Aristophanes*（Werke）

（Berlin，Veit），1838］第二卷第204页摘录极度浮夸的基内希阿斯独白的开头部分，当然，这部分也意味着对酒神般基内希阿斯的戏仿：

摧毁，这妇人毁掉了我！
面对一切，她就这样不加保护地让他站起来！
哦！这是怎样的感受！哦！我是怎样的倾诉，
对这最甜美妇人，如此残忍的欺骗！

[74]　　　《贺拉斯抒情诗集》（*Horatii Epodon liber*）第八首"好色的老巫婆"
　　　　（In anum libidinosam）：

你个烂货，问个没完没了，
弄得男子汉气的我都焦躁不安了！
你那黑色的牙齿和岁月践踏过的
为年老色衰爬过的眉毛；
在两片干燥的屁股之间张开
你的肛门像一头血红的奶牛。
但你的胸脯和腐烂的乳房刺激了我，
像母驴的乳头；
柔软的大肚子，以及细长的大腿
连接着肿胀的小腿
祝福你！一场葬礼和遗像也
热闹非凡地为你而来；
不要让妻子戴着圆润的
珍珠沉重地走过。
什么？如果斯多葛派宣传册在
丝绒座椅上排列成行怎么办？

目不识丁，我的神经会镇定些吗？

我的护身符不起作用了吗？

为激起我骄傲的欲望，

你的嘴必须施展其魅力。

我承认，在这令人恶心的叙述中找不到一丁点的诗意。

[75]　前面所引潘诺夫卡第4页，能看到一处对贞洁的戏仿，因为阿塔兰塔
　　　（Atalanta）应该表现其卓越的品质。至于爱和友谊，又有一说，即它们也
　　　意味着交配、性交。然而在普鲁塔克（Plutarch）之后，此类说法便有了
　　　此处所指的另一层含义。卢克莱修（Lucretius Carus）在《物性论》（De
　　　rerum natura）第四卷1259节及以下：

平静的愉悦以怎样的方式发生

很多人说：按照动物的行为

以四肢着地就像神奇的仪式通常所做的那样。

女人怀孕，因而于她们所能采取的位置，

乳房向下，种子进入挺起的腰部。

接着，卢克莱修按照自己的方式作了自然哲学的解释。

[76]　《费弗山姆的阿登》（Arden of Feversham），译本见蒂克的《莎士比亚
　　　入门》[Vorschule Shakespeare，（Leipzig，Brockhaus），1823] 第
　　　一卷113页及以下。

[77]　面对英国和法国小说以及短篇故事，德国人轻率的翻译狂热，是我们文
　　　学、乃至我们整个社会的一种痼疾。我们在这个领域翻译了多少英国和法
　　　国作品，他们又翻译了多少我们的作品，人们应该从统计数据上把两者
　　　进行比较。那些连平庸都谈不上的作家的最糟糕的只言片语立刻被翻译
　　　成了德文，若是查看下借阅图书馆的目录，几乎会认为考克、达林考特

（d'Arlincourt）、大仲马、费法尔（Feval）、詹姆斯（James）等都是我们自己的经典作家。人们应该问上一句，外国文学中像瓦尔道的《随性》（*Nach der Natur*，Hamburg: Hoffmann und Campe，1850）、奥尔巴赫（Bertold Auerbach）的《新生》（*Neues Leben*，Mannheim: Friedrich Wassermann，1852）、古兹柯的《精神骑士》〔*(Die) Ritter vomGeiste*，9 vols.，Leipzig: Brockhaus，1850—2〕、普鲁兹的《小天使》（*Engelchen*，Leipzig: Brockhaus，1851）、史蒂夫特（Adalbert Stifter）的《学习》〔*Studien*（6 vols.，1844—1850）〕这样的小说，德文译作难道不会超过十部吗？人们应该扪心自问这些作品中有哪一部被翻译成了法文或英文？人们应该记得，就算是我们国家较早的公认经典也很少被翻译，甚至是蒂克（Tieck）——更倾向于轻松写意——的作品，也只有像《蓝皮书》（*Le livre bleu*）之类的短篇故事被翻译。另外，考虑到三分之一德国人懂英文或至少是法文，且足以阅读那些小说原文（也即布鲁塞尔、柏林和莱比锡重印本），与此同时却只有少数英国人和法国人熟悉德文；人们就不得不承认，这种关系已明显失衡了。对此，单靠政府人员的干预已经无济于事，他们太肤浅，只会催生一种迂回获得被禁止愉悦的欲望。只有自内而外的改变，通过更好的教育，通过强化民族感情，通过自我尊重，通过对我们祖国的真爱（而非那种我们通常采取的、从根源上让我们的力量包括道德力量枯竭的嘲讽态度），才能真正做点什么来对抗它。但我们在文中提到的骑士和强盗小说证明了在我们国家的底层社会无聊和奇幻的东西是多么流行。只有一件事不应忘记，即它们拥有某种狂野的诗意，一种放荡不羁的冒险精神，能够迷惑未受教育、受教不多以及麻木之人，而善意的大部头道德说教之作，乐此不疲地宣扬时间和金钱的经济价值，就像戈特尔夫（Jeremis Gotthelf）的《奶酪时光》（*Käserei auf den Vehfreude*）及类似著作，根本没法同雷布洛克牧师（Pastor Leibrock）等人本质上粗制滥造的东西竞争。

[78]　　论通奸，见《研究》〔*Studien*，Berlin（Jonas），1839〕第一卷第

56-90页我的散文"通奸的诗意处理"（Die poetische Behandlung des Ehebruchs）。

[79]　关于这个主题，可看彪罗（v. Büllow）四卷本《新短篇故事》〔（Das neue）*Novellenbuch*，（Leipzig，Brockhaus，1834-6）〕，或参考凯勒（Adalbert Keller）在他六卷本《意大利短片故事宝库》〔*Italienischen Novellenschatz*，Leipzig，（Brockhaus），1851〕中精心选译的意大利短篇故事。

[80]　我本应把歌德的这段精彩描述放在注释里，因为它占用了太多的篇幅。只是，考虑到只有极少的人会去查看书后的注释，因此我迫使读者在文中研读可能是较好的做法。人们不应回复说，我只要给出歌德作品索引就可以做得更好，因为在查找资料方面我们是如此之懒散——何况谁手边总有那么多的作品呢！而且，无意责备我忠实的读者，我确信直到让他们看到这段文字之时，他们中的大多数人都不知道歌德作品中的这个《舞者之墓》，因为歌德的这些小文通常几乎没人读。

[81]　这类作品中包含大量的喜剧和轻歌剧。例如，以《粉红鬼魂》（*Der rosenfarbenen Geist*）为代表的维也纳闹剧，尤其喜剧化地、欢快地运用了恐惧——一列送葬队伍出现在舞台上，死者都穿着粉红色的衣服，手持赞美诗和麻袋，作为鬼魂走在送葬的队伍里面，哀悼着自己，等等。

[82]　鲁格的《新手》（*Neue Vorschule*）第106页："所有诗歌和其他艺术的丑，所有气质和行为的丑，所获得的事实上只是一种明显的存在，一种明显的精神现实性，即鬼魂明显的存在。鬼魂只是外观，但又并非精神真正和实际的外观，因而事实上并非外观。"等等。

[83]　歌德在自传第十五卷中也说过，提坦巨神衬托的是多神论，就像魔鬼衬托的是一神论，因此魔鬼不是一个诗意的形象。但恰恰是作为陪衬让他变成了那不在他自身之中的东西，一种诗歌与艺术的契机。所有诸如此类的丑都是不美的，没有诗意，没有艺术性。但在特定的语境中，在特定的条件下，它就具有了审美上的可能性和效果。例如，该隐，这个杀害自己兄

弟的人，他自己都讨厌自己；卢西弗（Lucifer），诡计多端地欺骗了自己，也是连自己都讨厌；但在拜伦（Byron）的神话剧《该隐》（*Gain*）中，该隐却通过亚伯（Abel）、亚达（Adah）和齐拉（Zillah）而变得诗意化，而卢西弗则由于该隐也变得诗意化。另外，基督教的撒旦论（Satanology）完全不同于单纯一神教的撒旦论。

[84] 译本见蒂克《莎士比亚入门》第一卷《莎士比亚的戏剧艺术》（*Uber Shakespeare's dramatische Kunst*）第221页，关于《麦克白》中的女巫论述得非常正确："他的女巫们都是混合物，半属于创世黑暗面的自然力量的存在，半属于陷入邪恶的堕落的、普通的、人的精神；它们是邪恶的回声，从邪恶的中心和精神王国回应人类胸中的邪恶，唤醒它，助它成长以及指导它决断和行动。"

[85] 见马克尔（F. A. Marcker）《按照古希腊概念之邪恶的原则》[*Das Princip des Bosen nach den Begriffen der Griechen*，Berlin（Fedinand Dummler），1842，58-162.] 在第151-156页，马克尔结合具体语境讨论了丑的（τό αιαχρòν）同坏的（κακòν）之间的区别。尤其重要的是，他从柏拉图《大西庇阿斯篇》（*Hippias major*，154. 289b）中引用了一段论智慧（αoφìα）的话："同样美丽的少女坐在诸神的边上可能是丑的。"也即是说，就神权也包括正义而言，可能会被想象为可怕的存在。

[86] 在《插图大全》（*Illustration universelle*，Paris，1846）第150期第201页发现了一张皮影戏《卡拉-古兹》（Kara-göz）的插图。莫尔南（M. F. Mornand）在他的文章《非洲之行回忆录》（*Souvenirs de voyage en Afrique*）说到了这种魔鬼："他将所有恶习、败行、怪诞集于一身，将我们所能发明的各种类型混合使用，既吓唬小孩，取悦大众，又让冬天的夜晚正听荒唐故事的老妇人沉默，或在政治风暴中分散民众对即将到来的政变的警惕性质疑，或再次助长生就蠢笨之源头——就是这生来的蠢笨构成了我们时髦之人的优点。加拉古斯（Garagousse）就是阿勒坤（Arlequin）、派拉斯（Paillasse）、波切内利（Polchinelle）、克罗米

坦（Croquemitaine）、蓝胡子（Bluebeard）、卡图什（Cartouche）、马约克（Mayeux）、北非的罗伯特·麦克奎尔（Robert-Macaire）；但是，虽然具备这些品性，他在观众中激起的不过是微弱的敬意；正是作为淫秽下流事物的典型，他接受了他们所有的赞扬。为此角色，他把愤世嫉俗中最令人恶心以及更可怕的东西都搬上了舞台；他的言辞，他的行动，都是那种令人嫌恶的粗俗。为冒犯自然的温和，他甚至戏仿那在神话传说中被归因于帕西法（Parsiphae）的巨兽。"

[87]　狄德隆《基督教图像》[Paris（Imprimerie Royale），1843]，四开本，第545页。在生殖器部位是另一个头，还伸出了舌头。另外，中世纪的微型画画家认为，当他们把魔鬼作为真正令人嫌恶的形象画出来时，他们是在完成一件虔诚的工作，因为在他们虔诚的疯狂中，他们认为这样画会激怒他——激怒魔鬼。好吧，这总是相当于某种侍奉。

[88]　施莱格尔《作品大全》（Sämmtliche Werke）第七卷也有收录。

[89]　译本收录于蒂克《莎士比亚入门》第二部分。

[90]　我拥有一张大的铜版画《圣安东尼的诱惑》，由皮考特（P. Picault）雕刻。卡洛曾把这幅杰作献给了修道院长安托万·德·塞维尔（Abbé Antoine de Sever）——国王的忏悔者（Prédicateur ordinaire du Roy），并附拉丁箴言：就算所有武装到牙齿的人都起来反对我，我的心也不会害怕。——关于《狂魔》（diablerie）之名，我只想补充一点，即中世纪那些神话都叫作《大狂魔》（Grande diablerie），表演时至少需要四个魔鬼。

[91]　施伊布《Scheible》的《浮士德博士》（Doctor Faustus, Stuttgart，1844）第23页有复制——也是《修道院生活》[Das Closter]系列第二幅——关于猎人类型可以参考《绘画史》（Geschichte der Malerei）第二卷第79页库格尔的观点，他说此类形象带有汉斯·霍尔拜因式的"意大利"脸。

[92]　美学家在处理戏仿和滑稽模仿的概念时遇到了与逻辑学家处理归纳和类推

概念时同样的麻烦。一些人称之为戏仿，另一些人却称之为滑稽模仿，反之亦然。滑稽模仿的基本定义不会变，即它是戏仿但又不只是一般的戏仿；当然，如名称所示，它以不同的形式伪装了同样的内容，从而赋予内容不同的品性。戏仿也可以是严肃的，滑稽模仿则始终是荒谬可笑的。

[93]　如前文所引，西奥多·费舍尔把加瓦尔尼同托弗尼进行了比较，并出色地概括了后者的幽默特征。托弗的画只是铅笔速写，它们通常似乎只是些小点和笔画，但如果给它们加上那些关于贾波特先生、约里波瓦、铅笔先生以及其他人的精彩故事，便别具风味。通过施耐德（Schneider）和布劳恩（Braun）在慕尼黑讽刺杂志《飞页》上的推广，托弗的方法在我们中近乎流行。为概括它的特征，我们不揣冒昧从费舍尔的论述中摘录几句。托弗的处理使作品具有了史诗般的品格，费舍尔强调这非常关键："如果《费斯图斯博士》（*Dr.Festus*）中的天文学家们从水中获救，我们还必须弄清楚他们的假发怎样了，且这导致了另一个漫长而有趣的故事。克雷平夫人抹上了一滴沥青膏，随后掉落了；它辗转经过了各种各样的人手，最后在她孩子前教授、后来的海关警察博尼雄的皮肤上结束了它的循环。于是，托弗以史诗般的专注穷尽了主要的母题。他引出这些主题的方式就是抽丝剥茧直到最后的线头。最后，托弗的整个方法可以称为渐进法，人们会充分感受到逐渐消失、继起、延展的过程，就像讲故事那样，然而其目的不是因为疲劳而在从一个情节延展到另一个情节的某个点上停下休息——就像《阿尔伯特的故事》（*Histoire d'Albert*）那样，不知节制的儿子的每一个新阶段都以父亲踢他一脚结束，而每一次人们都只能看到一个人的脚和另一个人的屁股；时间就这样不断重复，贾伯特（Jabot）先生再次表明立场，维约克斯·博伊斯（Vieux Bois）先生换了件衬衫，以及更多类似的事情。但是托弗喜欢用奇幻的方式处理连续性：他在多种场域展现同样的行为，这些场域被笔画分割开来，形成多种先后继起的时刻。阿尔伯特首先是作为一个葡萄酒商人的旅行推销员，然后是为一个书商工作，后者正编辑一部《形象的形而上学》（*Metaphysique pittoresque*）。人们

看到他进了一家人的门，他的贸然闯入令这家人恼怒。现在，托弗用笔画把纸的其余部分分成十一个窄条；在第一条上人们仍能看到形象完整的阿尔伯特先生，他正做着恭维的动作：他在一楼行刺。而在第二条上就只有半个形象了：在夹层里；在第三条上只能看到他的屁股和脚，总是深深地猫着腰：直至第十一层——如此这般，永远优雅，最后人们只能看到一个消逝的点。铅笔先生（Mr.Pencil）则画出了美丽的自然。绘画一结束，他就以最大的满足感凝视着自己的作品。另有一幅画：他从另一边看着它，一副满足的样子。他从他的肩上看着它，同样感到满意；他把它完全倒转过来，看着空白的背面，露出愉悦的神情，他再一次感到满意。托弗是如此深谙此道，因此在文本中复刻了这些话。于是，《铅笔先生》（Mr. Pencil）中那个妒忌的发狂的约里波瓦总是被括号注解为：因为，唉，盲目的激情。——现在我们也必须强调下病态的机会主义表演，莫名其妙地取消了自然规则，一旦主体走出第一次曝光，进入其命运的交织之中，陷入纠缠之时，这种表演就开始了。一个疯狂世界全速前进的车轮抓住了他的指尖与衣角，并把他无情地甩开。那不可能的事被处理得好像它可以自我证明。在其中几卷中，整个故事几乎都发生在空中——一场恶作剧的西风吹走了好几个人。这些人恰恰有着不可摧毁的身体；如果他们不是搞笑神灵，愚蠢的奥林匹斯山上的生灵，必定被无数次碾成灰尘，压成肉浆，喘息而亡，消亡于汗液。这里不再有重力；但仍有人静止不动，有人在它的重压下汗流浃背、气喘吁吁，但只需一次剧烈的震动，不可能之事就已完成。这里不再有任何需求；但是尽管有静止，也需要通过巨大的努力去克服：些许坚持后，人们便可以快速、急切地在中空的树干上钻个洞躲上数天或数周，在巨型望远镜里航行，在上了锁的手提箱里漫步，通过它们的孔洞让双臂自由活动。托弗所作的并非阿里斯托芬、卡洛以及许多现代怪诞画家笔下的奇幻，他不会创作绝对不可能的形式，如蛙人、鸟人等。在现代的材料领域，早已无法容忍这种情况了。但是，通过那些看似完整连贯的主题了无痕迹地过渡，不可能可以变为可能，当有人最初被准许越线哪怕只是一英寸时，不经